本书由广州市宣传文化人才培养专项经费资助

冰与火之间

南风窗新媒体　著

SPM
南方传媒　广东人民出版社
·广州·

南风窗

个体故事如何实现公共连接

张志安

拿到《冰与火之间》这部书稿，读着一个又一个扎根在人间烟火和平凡底层的故事，我总是在想：这些个体的故事到底是怎样打动读者、引起共鸣和社交扩散的？故事背后的情感、情感背后的生活、生活背后的价值观，是如何穿越文本将普通中国人的精神观念传递给更多人的？聚焦个体遭遇、选择和命运的非虚构写作，是否能总结出一些方法论，在个体故事和社会、时代之间建立公共连接的更多可能？

过去十余年，互联网催生不同类型社交媒体的兴起，从博客到微博、从公众号到视频号，以文本、视频为载体的非虚构作品，让我们看到更多个体被放大的生命际遇和情感力量。当专业媒体深度报道实践总体上有所衰落时，非虚构观察、体验和写作反倒以另一种"边缘冲向核心"的姿态扮演着替代性实践的角色。

以我长期关注的"深圳卫健委"公众号为例，其运营者曾将深圳这座青春之城、创业之城、梦想之城的结构性议题概括为两个关键词："搞钱"与"单身"。这两个对青年群体极具吸引力的持久话题背后，是平均32.5岁的城市人口的年龄结构，是多数人追求自我实现的普遍需求，也是这座城市的情感底色。

可见，个体与群体、城市与社会之间的"搭桥"，一定程度上是由人物故事和社会结构的关系决定的。每一个个体故事，细节上是千差万别的，过去对个体故事的记录往往更追求离奇情节和特殊遭遇，而今天的非虚构写作，往往放大的是平凡个体的寻常故事，却依然能触动读者的情感、激发广泛的共鸣。

非虚构作品的故事性和专业性

《2022年冬，我在临沂城送外卖》一文突然爆火，临沂大学中文系副教授邢斌花了一个月时间体验外卖员工作，写下这篇非虚构长文。

在这篇非虚构作品中，作者通过白描手法，记录了自己体验外卖员过程的故事与感受，并提出自己的一系列疑问："今天我们想体面地存在于社会中，究竟每月需要多少成本？""底层人的信息茧房与知识分子的信息茧房，两者是否相通？"这篇非虚构作品，通过纪实、文学写作手法的运用，激发了大量读者的情感共鸣，加之触及数字劳动这样的社会热点，所以会有更强的热点触发效应。

文章发表后，也有北京大学法学院教授提出不同看法，主要是针对个案背后数据的准确性、故事背后治理的复杂性进行探讨："什么时候，我们能够真正地依据客观的数据，真正地尊重市场，尊重经济规律，形成治理逻辑，而不是通过道德直觉，或者基于个案基础上的爆款文章来推出应激性质的治理策略，那是我们走向成熟的表现。"

相关争议的背后，可以比较出非虚构写作与专业调查报告之间的区别。总体上，非虚构作品更注重细节与个体故事，善于聚焦社会热点、突出情感表达，通过新媒体传播更可能实现破圈传播。而相较于非虚构作品的故事性和情感表达，专题性的社会调查报告或专业性的调查报道，其写作更为理性与严谨，更注重揭示因果关系与复杂的社会逻辑，在问题逻辑的深入剖析上更具有专业性，但往往在介入热点、激发情感、制造话题方面显出不足之处。

近年来一系列引发社会关注的非虚构作品，往往胜在故事性，以其朴素的底层正义和平凡人意志，吸引和打动了万千读者。多数读者，并不在意这些非虚构作品是否缺乏足够的专业性和复杂性，而更在意此类非虚构作品的情绪价值和情感力量。

非虚构作品"公共连接"的方法论

普通人身上的故事，未必如新闻人物那样离奇、曲折或跌宕起伏，但由于其足够真实、平凡，反倒更让人感觉就在身边。这样的个体故事，如何才能与更广泛的群体、社会和国家之间建立

"公共连接"？五个要素是比较重要的。

其一，故事。故事可以平凡，但故事涉及的议题往往具有重要性，在重要性的基础上，对故事的叙事如果具有沉浸感，则更容易将读者带入人物的经历和故事的场景中。

其二，情感。好的故事，要想打动人，情感张力是至关重要的。喜怒哀乐、甜酸苦辣，真实情感的真挚表达，可以在"个体—群体—社会"之间激发共鸣。

其三，知识。故事的背后，是具有信息量的，可以增加读者对个体生存、群体生活、社会困境的了解和洞察。专业写作者对知识的看重，还可实现"专业性储备+通俗化表达+复杂性呈现"的多重功能。

其四，舆论。某个故事能在网络舆论场中激发共鸣和共情，往往是因为触及一些社会热点或争议话题，才更容易引发网民参与和激烈讨论。故事议题和网络议题的同频共振，是非虚构写作引起舆论反响的基础。

其五，心态。在当前的网络舆论环境下，那些关乎底层正义的人物、事件和话题，更能激发公众的结构性情绪。个体故事一旦与特定群体的社会心态产生连接，更容易激发共鸣和反响。

满足上述五个要素中的两三个要素，讲述个体故事的非虚构写作就能达成一定的"公共连接"。如果说，这五个要素中要突出一个最重要的因素，往往是情感。经由情感的力量，个体故事更容易与社会、与时代产生交集。

在多重触达中建立对复杂社会的理解

年轻一代，如何从象牙塔走向复杂社会，通过记录个体命运来关照社会需要和回应时代叩问？《冰与火之间》这本书，提供了诸多启示。

写作者要能够跟社会共情，需要跳出自我的感受，从个体角度切入，思考个体背后的群体，并从群体延伸出去考虑社会的结构。比如，同样是年轻人面对就业的压力，大家困扰的来源是不一样的。有些人是家庭已经解决了你的生存问题，工作则是为了有更强的自我实现价值。有些人是因为自己还需要赚钱养家，担负着家庭未来的反哺责任。

同样关注个体命运的困惑，要有这种经由个体到群体、再到社会连接的意识。保持非常强的共情和同理心，一定要跳出个人，有"他者"意识。具体方法上，可以分成"三步走"：第一，是观察，对各种现象的观察保持敏锐性；第二，是调研，解决一定的专业性和科学性的问题；第三，进一步地在观察和调研的基础上，不断地思考、对话、阅读；在系统阅读的基础上跟老师、跟学者、跟研究者或专业行动者进行对话。

在这个过程当中，年轻人会不断地接近甚至抵达社会的真相。观察、体验、思考、研究、调研、反思、对话，这个循环往复的过程是非常重要的。在这种多重的触达中，年轻人更可能建立起对复杂世界的完整理解，以"冰山一角"的写作手法呈现个体故事和社会、时代之间的逻辑勾连。

我们对个体、对社会、对世界的认识，是一个永不休止的过程。这种公共传播的意识、思维和能力，不仅需要知识积累、方法训练，还要有足够长时间的跟踪和研究，需要价值观的自我修炼和时间积累。

（作者系复旦大学新闻学院教授、中国新闻史学会应用新闻传播专委会理事长）

向着冰雪前行，呵护理想之火

李少威

　　这本书编选的文章全部来自南风窗官方微信公众号，可以视作2019年以来南风窗推动媒体融合发展的一个成果展示。

　　当然，无论从数量还是类型上看，都远远不是全景。但它们一定程度上可以代表一种新的融合性风格：融合了南风窗过去作为一本政经新闻杂志的严肃思考和家国情怀，也融合了移动互联网时代选题特征与新闻生产规律，语言更加亲近大众、更加亲近年轻读者。

　　社会急剧变化，新闻媒体必须跟上节奏。而跟上节奏，需要一个转型过程。转型，无不经历疼痛，因为转型命题提出，本身就意味着某种程度的落后，你所擅长的、热爱的、执念的、依赖的，一切你所熟悉和珍视的，都不可避免地显得过时了。过时，就面临被抛弃的危险，因此，转型成败决定生死存亡。

这是过去至少十年时间里，大部分有历史的机构媒体面对的难题和考验。剧变时代，历史往往成为包袱，往昔的荣光往往成为泥足深陷不能自拔的缘由。机构的基本要素，是人，是团队；团队中人与人的互动会形成文化，反映的是团队运转机制。当考验降临，能不能放下过去端着的架子，真心实意面对时代的新特点，进行自我革新，改变人，改变生产机制，改变文化，这就叫做转型。

诚实地说，这是一项艰难的任务。许多机构媒体的融合转型，归纳起来大致分成三类。

第一类是失败了，事实上未能占领移动互联网的舆论阵地，从而在这个"众声喧哗"的时代基本失声。

相当一部分原来的机构媒体，被动或主动地加入媒体融合转型行列，但成效甚微，生存困境至今未得解脱。过去的路径依赖无法摆脱，团队的更新换代难以实现，新闻产品没有获得新的生命力，制度和文化无从进行时代化刷新，最终结果就是失去了读者，失去了存在感。这就意味着，人们的生活已经和它们没有关系，现实世界已经不在乎它们在忙活什么了。

这样的情况并非孤例。

第二类是半成功，还能在市场上谋得续命之资，但媒体的固有功能已经日渐丧失，转型，转型，最后把自己变成了一个纯粹的商业机构，忘记了自己原本的使命。它们利用自己原来作为媒体机构所建立的资源连接能力，从事与新闻生产无关或关系甚微的商业活动，辗转红尘，消耗巨大人力物力，获得微薄的收入，总结起来就是把媒体工作彻底变成了一种体力活。

也有做得比较高端的情况。有一些媒体机构生意做得比较成功，资产买卖，资本运作，项目投资，从经济意义上看高端体面，但同样地，媒体内涵已经十分稀薄。

先破后立，立起来的这个样子，自己都不认识了。

第三类是在我们的理解范围内真正意义上的成功者。所谓转型成功，就是把自己整合进了新的技术手段、新的传播方式、新的社会文化生态当中，但依然保持着媒体机构以新闻和思想获得影响力，以影响力关怀社会进步和个体命运，以局部超然于世态的独立风姿，赢得尊重，树立权威，从而带动间接性商业回报的发展模式。

这是我们的少数同行所实现的令人羡慕和尊敬的结果。"影响力—收入"，还是过去的格式，靠影响力在市场上有尊严地活着，而且活得更好。对媒体机构而言，这是最熟悉也最单纯的生存方式，但对媒体机构的转型而言，又是最难达致的结果。

南风窗希望做第三类，依靠内容的影响力提供知识和思想，呈现态度和价值，向往公正与美善，从而间接获得回报，有尊严地在市场上存活。我们认为，这才是媒体的本质。

某种程度上说，我们必须与时俱进地去改变，但改变的意图是为了不变。媒体的属性不变，媒体的工作内容不变，媒体的独立思考不变，媒体这个名词本质意义上的第三方关怀不变，过去所强调的理性、良知与责任不变。不敢说我们已经实现这个转型的愿景，只能说初心不改，不断地努力，持续地看到进步，我们依然在坚持，以及，我们过得挺好。

南风窗真正有明显成效的转型，是把微信公众号作为主要阵地，对过去单纯依赖的纸质杂志，进行功能补充。

纸质杂志本身已经具有穿透时间与空间的深广影响力，但是众所周知，新世纪以来，所有平面媒体的发行与广告都在萎缩，有的甚至是塌陷式收缩。南风窗的纸质杂志，在全国数以千计的期刊当中是比较坚挺的，发行量和影响力至今都保持在一个佼佼者的水平。但它的局限性也暴露无遗，因为过长的生产周期、特定的载体形式，都限制了它在风云变幻的信息场域中发声的能力，它难以做到及时，也无法互动。而在一个整体上以及时和互动为特点的信息时代，这就意味着存在感的丧失。

败也微信公众号，成也微信公众号。败的意义在于，它是一种破坏性创新，破坏了媒体原有形态的生存根基；成的涵义则是，它建立了一种新途径，让严肃认真生产的内容可以更快更广地触达用户，而且目前为止，只有微信公众号能够承载那种逻辑井然的长时间阅读。如果不能适应它，那么我们就在媒体本质意义上失败了；如果适应了它，那么我们就会获得新的生命，我们的价值表达就还有机会。

所以我们在2019年春天开始了积极主动也是破釜沉舟的探索。

我们改变人，也就是改变观念。社会竞争永远残酷，没有一种抱残守缺值得被时代无条件地理解和供养，包括任何自感崇高的价值和理想。我们必须努力提供当下社会所需要的内容，而不是"我写什么你就看什么"，自以为一出手必定会掷地有声。

我们改变生产机制，从期刊周期里挣扎出来，去拥抱这个瞬息变化的信息之海，我们要从传统工匠的不紧不慢中脱出，成为一个高效率的现代知识提供者。

因为信息过于密集，所以信息很快过期。某种程度上说，就像半导体领域的摩尔定律一样，鞭策着所有竞争参与者必须在窗口期内提供合格产品，错过了窗口期，就没有人再为生产劳动埋单。而且人们已经不太在乎质量问题，"日抛型"的信息太泛滥了，停留时间如此有限，接受者根本来不及思考质量。在这种情境之下，假冒伪劣比精工细作更有优势。

因此我们的生产机制必须跟上时代节奏，高效率地提供有质量的内容，既快又好，才能和只快不好的假冒伪劣者对抗。我们必须接受好内容的生产者既是一个完整的人也有能力做一个高效率的工具这一事实。

我们改变文化。当下的世界不再是简单的二元对立的价值争论的样貌，不再是一件事情只有对或错的唯一选项。群体分化、观念分化和生活方式分化都已经十分多元，同一个问题你可以获得一份长长的选项清单。在这些选项中，大部分并不极端，它们可能是淡定、有趣、离奇、中庸、新潮，但它们都是真实的生活态度，聚拢着真实存在的人。

如果说过去的文化是凡事强调立场，那么现在的文化就是对丰富的社会提供更多的共情、包容以及专业的理解。

其实所有的改变，归根到底都是努力去找到爱上这个新的社会阶段的理由。"过去才是可爱的，现在一切都面目可憎"，这是我们这个民族文化基因里顽固的一面，从历史上可以找到太多太多的例子了。九斤老太所谓"一代不如一代"，表现的就是这种面向过去的观念形态、文化形态和生产组织形态。但我们今天仍然要大声说，这是错的。无论对一个个体、一家机构，还是一个民族、一个国家，这都是错的。热爱当下，向往未来，才是发展正道，也才是希望所在。

语言描述起来很概略，但这个过程的实现是复杂而具体的。它是信任的结果，是追随的结果，是共识的结果，是自我意识让渡的结果，是所有人怀抱着最大的善意和共同愿景，一起奋斗的结果。因此想起我那些年轻的同事，心中始终怀有感激和尊敬，并且深深地爱着，出版这样一本书，表达的正是这种感激、尊重和深深的爱。这本书里那些文章的作者，基本上是"90后"，他们年轻、热烈、充满活力、思维激荡、对外部充满好奇、天然地和这个时代没有缝隙，他们还博雅、虚怀、温和、自信而相信，愿意为了我们愿景目标中描述的理想与尊严，去克己，去寻求一致，并且从中找到自我实现的方向。

这些年轻人是南风窗新的生命力所在。路还很长，战略性的妥协和对理想与尊严从未放弃的信念，都还在纠结、交互和博弈，但我们始终相信，真理像光一样，终将指引我们来到媒体人向往的应许之地。

转型没有一劳永逸的可能，世界已经变得步履匆匆，转型就是工作本身的日常而关键的内容。不断地自我革新，不断地与时俱进，这是呵护媒体职业尊严和媒体人心中理想之火的唯一办法。我们还在探索，还在前进，我们势必要在未来数年里，把深度的真实、深邃的思想和深刻的生命体悟，再次寻回。刺骨的冰冷和火焰般的热烈，是我们这一角色最强烈的依恋，一切转型最终都将向着它靠近。

　　冷静地思考，热情地生活，这群年轻人激情的生命始终震荡在冰与火之间，无日不然。感谢所有关心南风窗的人们，也希望能给他们更多的时间。

（作者系南风窗执行主编）

目 录

生死疲劳

小人物的弧光

塔尖上的人

理性与秩序

生活的底色

10块钱的盒饭谁在吃

记者　向治霖

　　要是对生活多一些留意，你很容易会发现，在城市走街串巷的人当中，有这样一群特殊的商人：他们把圆柱状的铁皮，或是塑料方正状的箱子，绑在摩托车的后座，又或是用三轮车来装，再用一层篷布严实地盖上。可是不管多严实，也盖不住扑鼻而来的熟食香气。

　　一般来说，在行色匆匆的路人注意到他们时，这一层篷布、箱子上的盖子，都已经完全打开了。他们在隧道的公路边、城市的天桥下、建设工地的宽敞处，或者别的任何看起来僻静的地方，开始售卖他们的食物。

　　你也许想知道食物的味道，但是在好奇中又充满怀疑。这是因为，它的就餐环境看起来非常糟糕，甚至要食客自己动手打饭、加菜和盛汤；而且，各路车辆就在身旁驶过，漫漫尘土似乎在催人离开。

　　不管你怎么想，这个生意其实挺旺。

它像一个临时的餐馆，卖饭的人会准时出现在老地方附近，而食客们也准时地来。他们买好了饭，就近找个地方坐，几筷子下去，冒出满头大汗。无须多久，饭点一过，这个临时的餐厅便收摊消失，仿佛没有存在过。

勇哥就是这样一位摆地摊卖盒饭的"店主"。他曾在美的工作，还在两家工厂做过厂长，手下管着几百号人。不过，后来他还是"裸辞"离开工厂，在路边摆起了摊。

01 | 从厂长到摆摊贩

出来摆摊的决定，像是勇哥的一次叛逆。他对此解释说，只是"再也不想进厂打工了"。

作为一个四川自贡人，高中没有毕业，勇哥和许多同乡一样，刚成年就去到珠三角找活路。13年辗转，他在深圳、惠州、东莞和佛山的各类工厂干过，在佛山顺德区的美的定下来，干了七八年，然后在佛山高明的产业园谋生。

"再也不想进厂"的原因，无非是付出与收获不对等。

2021年4月左右，他"裸辞"离开工厂，很快陷入迷茫。

躺在家里20多天，他好像是想通了，"其实我遇到的那些事儿，在这一行里很常见的，可以说90%的人都遇到过。"但他拒绝再进厂，而是摆起了地摊。

地摊摆在佛山高明区的杨西大道上，沿线有大大小小的工厂、工地和产业园，建筑工人是他最重要的食客。驾车在这里绕不了多久，就能看到宜家、美的等品牌工厂或代工厂。在勇哥的眼中，这里充满机会。

他一开始卖的是卤菜，就是自己搭了调料，拌上猪耳朵、核桃肉以及海带凉菜，等等，每天推着三轮车到集市上卖。做了20天左右，很快就放弃了。勇哥笑道："其实味道不好，真的不好。"

他一边做一边摸索。"要说学习的话，抖音上有一些摆摊的教程，能找到一些配方，但也说得不完全。"

于是他转做盒饭，卖给建筑工人。"最开始，他们（工人们）没有什么要求，能吃饱、吃好就行。"勇哥解释说，菜的味道不重要，工人看重的东西，一是盒饭的分量，二是荤菜的质量。

摆摊，首先要跨过一道心理上的坎儿。

"开始的时候，真以为自己迈不出去。"勇哥说，离开美的后，跳槽去的两家工厂中，他都是担任厂长，"手下管着几百号人，多威风啊。"勇哥嘴角牵动，笑得戏谑，说："一转身竟摆地摊，吆喝起卖东西来了。"

但"把车推出去，心态也自然跨出去了"，遇见曾经的同事、以前的"手下"，大家相视笑笑而已。

搵食最重要。

02 | 极致"性价比"

做起盒饭生意后，勇哥找了杨西大道边一个工地旁边的门面租下。摆摊卖饭，也是有讲究的。勇哥介绍说，首先是离工

地越近越好，尤其要靠近工友的生活区。其次，饭量管饱，荤菜
要够。

再者，或许最重要的是，湘菜和川菜是工地盒饭的"硬通
货"，诸如红烧肉、红烧排骨、辣子鸡、小炒肉、扣肉等，没有
这些菜，是不可能有销量的。

"干工地的，外地人比较多，特别是云贵川的人。"勇哥
说。他记得自己门面旁边的一家餐馆，位置本来不错，但老板是
本地人，只会做粤菜口味的盒饭，没多久就关门了。好在，勇哥
自己是四川人。他租下的门面，内院能放下几个灶台，他和妻子
两人早赶晚赶，到了饭点就送到工地门口去卖。

两人最早经营的时候，不得要领。勇哥说，开始的盒饭
"口感还不行"，但是工友们并不挑剔，还会给出改进建议。慢
慢地，夫妻俩琢磨出了需要的口味。

"开始做了一个月左右，算下来，基本是平账，没赚到
钱。"勇哥说，夫妻俩最早是去超市买菜的，但要等到晚上七八
点之后的打折时段；后来，超市取消打折活动了，他们才去市场
买菜，成本降了一点点。

在成本固定的情况下，对于盒饭的菜品搭配，要格外花心
思。勇哥介绍说，"荤菜是不能糊弄的，这个事关销量。蔬菜，
我们每天都留意行情，哪个便宜就买哪个。"回想起来，这是他
们走过的一段弯路。

"我们现在拿肉的话，直接找屠宰场附近的批发商。"勇
哥说。这是他经由朋友的介绍才了解的，在批发商那里拿肉，
（2021年8月）肉价比市场上便宜1元。

蔬菜方面，勇哥和妻子去市场打听行情、比较出价，再自己运回店里，每天要花一两个小时。

他们后来才知道，在平台上网购蔬菜，不仅比市场便宜，拿货还要方便得多。

除了肉与菜之外，油米柴盐调料品等都是每天支出的硬成本。"最多的时候，我们一天卖过300份盒饭。你知道这是什么概念吗？光是大米，就要用掉五六袋。"勇哥说。那时他们卖的盒饭有两种：荤的15元、素的10元。

勇哥从一开始就清楚，在工地门口做生意，提价是不行的，只能千方百计降成本。他后来发现，饭盒也是一项支出。

"塑料的打包盒，成本在一个3角钱左右，如果换成泡沫盒，成本就是一个9分钱。"他挑眉一笑，说道："我们一天用100多个饭盒，这里面得有多少钱！"

03 | 逃出内卷

如果以为摆摊经济的本质，只是成本与毛利的加加减减，那也未免小瞧了这门生意。

各项压力接踵而来。

2022年以来，市场肉价连续上涨，猪肉从去年的10元左右一斤，到2022年9月已经突破20元（批发商处拿肉不区分部位）。

可是，不管成本如何上涨，工地上摆摊的售价是不能变的，这近乎是一个死结。

雪上加霜的是，连燃气也跟着提价。勇哥回忆说，最早燃气是一罐85元，后来一路上涨，到了一罐125元。"两三天就要用完一罐，这么算下来，每一份盒饭的成本就上涨了1元左右。"

勇哥问送燃气罐的工人，为什么价格一直涨，得到的答案却很"宏大"，"俄乌冲突以来，闹能源危机，整个行业不都涨价嘛！"

成本上涨，只能自己扛下。

在这些变动之外，勇哥发现，其实连摆摊早都开始卷了。

2021年5—8月，就在他逐渐探索行情，慢慢走上正轨时，同行也明显多起来。最早不过两三家饭店在做，很快四五家、七八家。"工地生活区那条道上，基本就被占满了。"

同行多了，不免带来恶性竞争。大家卖12元的盒饭，有同行以10元出售。工地盒饭本就是一个"价格敏感"的生意，勇哥试过降价，是在盒饭快要卖完、只剩下几个的时候。但是事实证明，真的这么做了，工人们会赶在最后来买盒饭，结果就是销量下降。

所以他决定不跟随，"在这一行，价格战是没有意义的，因为伤害的只有你自己。"据他所说，价格战果然没有继续下去。

不过同行一多，风言风语也跟着起来了。别看地摊盒饭不起眼，其中发生的事，也类似于商场风云。"有的同行就会传言，你卖的盒饭掺水啦，米太差啦，或者用的是冷冻肉。"勇哥回忆说。

"这样的竞争没意思。"他决定另谋生计。

那是2021年8月，勇哥开着他的小车，在高明区杨和镇的产业园区四处转悠，真让他找到了一个"新大陆"。那里距离他的门面10公里左右，骑机动三轮车过去要30分钟。"老婆也没有反对。我做什么事，她一般都很支持。"

就这样，勇哥打入新的工地，直接进入工人宿舍交谈起来。"开始的时候，我直接把饭送到宿舍，工地食堂的人看见了，也没有说什么。"

从那时起，到了每天的中饭和晚饭时段，勇哥都要来回骑车1小时，去新的工地送饭。他很精明，不仅时不时换下菜单、更新口味，还会偶尔给工友免费加餐，做一些荤菜小炒过去，一来二往，渐渐熟了。

"我的性格就是爱折腾。"勇哥这样解释他积极换地儿的原因。等到工作安顿好，他将弟弟也从四川叫来，两兄弟一起送盒饭。

04 | 只是生活

我们的采访是在2022年9月底，算起来，勇哥正式摆摊的生涯刚好一年。他已经将母亲、女儿，都接来了佛山高明区，加上妻子与弟弟，一家五口人生活在一起。除女儿上学外，一家人各自承担着工作。

满了一年，是时候算经济账了。勇哥伸出了三根手指，"一年的净利差不多是30万元出头"。

细摊下来，勇哥表示："一份盒饭的利润，是4到5元。"生意最好的时候，一天卖过300份。不过大多数时间，日销量在100份左右。

勇哥一家人的生活，像循环的齿轮一般重复。他们每天凌晨左右睡去，早上6点起来，先是接收平台送来的蔬菜，接着择菜、备菜、蒸煮米饭等；8点多，勇哥开始炒菜，再分类摆好、装盒。

忙到10点左右，几十到上百份不等的盒饭做好了，由勇哥的弟弟送饭。在10点半左右抵达工地门口，11点半之前大致卖完。回到门面，清理工作做到下午2点左右。

再过3个小时，晚饭时间就要到了。勇哥一家休息不了多久，要立刻开始新一轮准备。忙完这一些，到了晚上八九点。在下午6点，勇哥还要去批发市场拿肉。接下来，准备第二天的饭菜，又一次忙到凌晨才休息。

如此重复一轮，再一轮。

"我是做了这个生意，才知道多辛苦。"勇哥摸了摸鼻子，说，"前一阵子，广东不是老下雨吗？那段时间真的很难做，但我们是没有假期的。在大雨里面，我第一次体会到了，什么叫作呼吸都困难。"无论是雨是晴，他们风雨无阻。勇哥的弟弟在提到辛苦时，只是笑了一下，说："你看我的脸，都是这一年晒黑的，一脸的色斑痘印，也是这么长出来的。"

生活总是充满变数，地摊的生意，也会遇到难缠的食客。

有的工人会逃单。因为工友下班总是成群结队的，地摊前乱哄哄一团，就有人浑水摸鱼，这往往要在事后清点才能发现。勇哥回忆说，有一次他抓到现行，但是那个人跑得很快，他因为生意也顾不上去追。

不确定性还有很多。例如，同行再一次扎堆来了，而这又会招来城管。"这一行吧，总归是个短期生意。"勇哥说，现在的工地一旦完工，他又要换个地方，重新开始。

"拉面哥"的流量江湖

记者 赵佳佳

2021年3月19日，"拉面哥"的妻子突然在面摊前晕倒，被紧急送医。据说是压力太大、劳累过度引发的低血糖所致。或许并无大碍，第二天，"拉面哥"又照常出摊了。

关于"拉面哥"程运付，那则最广为流传的故事是：他卖了15年拉面，3元一碗，从未涨价。

大多数关于他的报道，都在呈现土味网红主播成群聚集的奇观。似乎很少有人在意3元一碗的拉面在这个时代意味着什么。人们对于程运付的追逐，是从众，更是某种意义上的反叛。

在一个物欲膨胀、人心疏离的世界，在互联网的流量红利和单一价值取向的驱动下，程运付和他生活的小村庄，被偶然又必然地点亮。但在荣光到来的同时，他们还得承受多方利益博弈带来的撕扯。

01 | 拉面不涨价

程运付说他揉的面比机器揉的面更香。

把面粉倒在大石缸里，往里加山泉水，和匀以后用手使劲揣，等面厚得像棉被一样，双手握成拳头，一拳拳往面里凿，是力气活。面要是揉不开，就容易坨，吃起来不滑溜。

回到2009年，程运付才开始拉面不久，遇到些问题，和好的面提不住，一拉就往下滑，像水一样，往锅里一放，全断掉。

那时候，费县县城有个出名的拉面师傅叫李庄儒，程运付向他拜师，学了两个月拉面。

李庄儒告诉他，一年里各个时节，面不一样。春秋时节，面和好就成型；夏天气温高，和好的面放两三个小时，就酸了，做不了拉面，要往面里加盐；冬天气温低，面发紧，要用温水泡。

程运付来拜师学艺的两个月里，李庄儒没有收他学费，还租房子给他住。

2021年3月12日，李庄儒告诉南风窗，之所以帮程运付，是因为自己2003年到费县的时候，全身上下只剩18个钢镚，他能体会穷苦人的处境，所以对于徒弟，他能帮的肯定会帮。

谁都知道程运付家穷。1999年，他妈妈生病，借了10000多元外债。2004年，他结婚又借了些钱，给了丈母娘家1100元彩礼，对方又返了600元回来；电视机也是媳妇娘家人买的。他说债务像山一样越垒越高，15000多元的外债，用了10年才还清。

2020年底，快手主播"我的农村梦"把镜头对准程运付，问他，现在住的房子是自己盖的吗？他收敛笑容，低下头摆弄手上的面团，只是摇头。

他的拉面摊子维持着全家的生计。但自从开始卖拉面以来的15年里，他的面3元一碗，从未涨价。一碗6两多，用他婶婶许春云的话来说，"能让人吃得饱饱儿的"。

"你这样挣得到钱吗？"前来拍摄的主播问他。

他说来赶大集的老头老太太都干苦力，不是做买卖，"老百姓钱来得没有这么容易。"他想让所有人都吃得起他做的手工拉面。别人家卖面要四五元一碗，但他觉得哪怕涨1元钱都不好意思。

房子是哥哥程运明的，程运付一家人一直借住在那里。儿子今年16岁，他想给孩子盖一栋两层小楼，预计要花30万元。他给自己算了一笔账，要想盖小楼，他得做30万碗拉面。

他今年39岁，却生了一张老成的脸，下颌角宽，晒得黑黑的。人家跟他聊天时，大多数时候他都爱笑，露出一口白牙，眼尾全是褶皱。但他也常哭。很难想象这样一个高个子的北方男人，为何会有那样纤细敏感的内心。

人家问他，为什么你要感谢那些来吃拉面的婶婶们？他的眼睛躲开镜头，停顿了好几秒，然后吸着鼻子说："没有他们帮忙，我们不可能干起来。"

或者问他："拉面卖3元一碗，你的妻子支持你吗？"他说妻子支持，没两句话又哽咽住，接着说，"人这一生坎坷不易，走在路上，多亏她背后支持我。"

程运付人生的拐点出现了。从安徽萧县赶来的年轻女孩彭佳佳，为他拍了两条47秒钟的视频。一夜之间，彭佳佳的抖音账号收获了超过50万名粉丝，以及1亿6000万视频点击量，"拉面哥"的名字蹿红网络。

在彭佳佳出现之前，已经有主播拍过以程运付为主角的一系列视频，"拉面哥"的外号，也并不是由彭佳佳起的。但直到这天，一个普通老百姓的命运才真正被改写。

在那两个视频里，程运付与往常一样讲："我把钱看得比较淡，把人情看得比较重。"但彭佳佳告诉南风窗，她拍的视频与众不同的地方在于，程运付在视频里还说，"刘德华是我的偶像"，以及"不管你是什么地方的，你只要来到我们山东，就是一家人"。

后来，在程运付家乡，来拍程运付的抖音主播李安全对南风窗说，一则短视频发布以后，会首先进入同城的小流量池。在小流量池受欢迎的视频，会更容易被推送到全国的大流量池。

"我是山东人的话看到了宣传当地好客，我也点赞。点赞量一上去，播放量自然就上去了。"

当程运付身上善良、单纯、好客的特质，与一整个重视地缘联结的省份勾连起来，顺利进入算法推荐的快车道时，另一个故事开始发生。

程运付走红以后，全国各地的游客和主播涌向他生活的小村庄，将通往他家的两公里路堵得水泄不通。一开始，程运付还会照常把摊子拉到大集上去卖面。后来人实在太多，他索性就在家门口支起面炉子。

3月，一个阳光丰沛的午后，程运付的表大爷坐在高高的山头上，正抽着烟，俯瞰着人群，那是过往80年人生中从未出现过的景象。成千上万人，正为一人而来。

02 ｜ 我在光明顶等你

在山东省临沂市费县，车顺着241省道往东南方向开，窗外的道路两旁，枝丫光秃的杨树不断向后退。向北拐进下梁公路，在一大片灰白的低矮楼房和荒芜土地之间，出现一个悬吊着十多个绸布红灯笼的入口。

记者还在入口时，抖音主播潘亮就打来电话："你在哪儿？快来盟主这儿，我在光明顶等你。"

程运付走红半个月以后，短视频平台开始对他限流，任何关于"拉面哥"的关键词都会被屏蔽，主播们小心翼翼绕过那些词语。直播的时候，为了告诉观众自己在拉面哥家门前，女主播说："知道我在哪儿吗？拉哥，面面！懂了吗？"

后来，大家索性用暗语来指称，"盟主"就是拉面哥程运付；他的家在小路尽头的山坡上，主播们说那个地方是"光明顶"，或者叫作"好汉坡"。

车流绵延几公里，挪不动道，只能徒步往前。

村口一截水管爆了，两位大娘拿着铲子，要把水管上的土翻起来。向她们问路，大娘满头汗，笑得眯起眼睛，说从这里向内走4里路，就是程运付的家。她们说，之前有8辆免费的摆渡车，后来被送去年审了，只剩下一些收费的三轮车，5元钱一个人。"姑娘，你要记得跟他们讲价，4块钱也行。"

也有一些大爷骑着三轮车免费摆渡拉客。一问才知道，电动车是品牌商送的，要他们立个牌子在车上：××电动车，助力拉面哥。

这个地方其实叫马蹄河村。70岁的老村长王恩彬在村口指挥交通，一个白喇叭挂在路旁的杨树上，反复播放着王恩彬扯着嗓子录的混着浓重的临沂口音的一段话："戴好口罩，为了疫情防控，戴好口罩。没有口罩的，上这个地方领个口罩。免费发放，免费发放。"

王恩彬说，程运付火了之后，老百姓连夜把路拓宽，村里前前后后开辟了八九个停车场。网上有人谣传说这里的停车位每个收费50元，他们急忙在村口立上大字牌，写上，"好客山东人，免费停车场"。

用来做停车场的土地是从村民家临时征用的。开始还好说，后来天上好雨一落，村民闹着把地要回去，到清明了，得下种子。于是村里没剩多少可以停车的地方。王恩彬天天安个板凳坐在村口，劝那些闯进来的车全掉头出去。

往前走，狭窄的土路上竖着根电杆，挂着5G通信的广告牌，这时候人们才会注意到，在这个人头攒动的边远村庄，网络运行的速度可能比在城市中心还快。

负责当地通信设备维护的徐明生告诉南风窗，前来直播的人多起来以后，主播们嚷嚷着网络信号太差，他于是把情况往上汇报。

电信的应急通信车先开过来。紧接着，联通和移动也来了。在这里建立一个小型的5G基站并不困难，从其他基站放一条光缆过来，通上电。只需要20多个人，一晚上就能处理好。

一路上有各种小摊贩，卖吃食、水果、小孩的玩具，可以骑马、画像、套大鹅换现金。

红色的横幅拉满路两旁的杨树。婚介公司、卖火腿肠的、卖门的、卖别墅的，全在红幅上"力挺拉面哥"。还有带货的主播在土墙涂上一大片蓝色，写着大字，"吃拉面，喝百事可乐"，蓝色涂料黏着在雨后湿润的土地上。

有从河北邢台赶来的一家人，举着牌子寻求帮助。他们说，被当地的地痞侵占宅基地，人家堵在家门口打人，当地部门上下推诿，"欺负得我没办法了"。

他们刷快手时看见全国各地的主播都来拍拉面哥，于是带着老人，抱着小孩，从3月7日晚开始坐上火车，在硬座上一直挨到3月9日才到了这里。

还有亲人被绑架杀害的女人，在光明顶上哭嚎，说犯罪团伙中的女人通过不断生小孩来躲避服刑。而戴着红袖章的人会劝他们离开这里，到更远的地方去。

从村口要走大概30分钟，才能抵达光明顶，越接近这个地方越拥挤，举着手机的人群把程运付的家层层包围起来。门口圈出一块空地，用一条破旧的红布把人群和程运付以及他的家人分隔开来，像动物园里的某个展馆。

人声鼎沸。一位自称"军哥"的先生在直播时，晚祷般嘀咕着，他在说，智慧的人，善于抓住机会，抓住人生的每次机会，你的人生才会精彩，"所以说，认识军哥，这就是你人生的机会"。

有位山东本地的男主播，大声地跟观众辩论："他比那些一线的网红要高尚得多。拉面哥是英雄,你们用《新华字典》查一下'英雄'的意义,不要逼逼赖赖的啊。"

还有一部分人,他们举着牌子站在最靠近程运付的位置,牌子上全印着他们丢失的孩子的脸。那些人抿着嘴唇,不笑,不讲话。

而南风窗记者站在层层人群之外,挤不进去,只有爬上光明顶,才远远望见程运付的侧脸。

03 | 彩色小鸡以及主播

在马蹄河,最能吸引孩子注意力的,是一种彩色的小鸡,商贩把小鸡染成紫色、绿色、粉色,10元可以买走5只,叽叽喳喳,装进笼子,让孩子们提在手上。

最能吸引大人注意力的,是主播。在程运付家四周,有些以主播为中心围拢起来的人群,记者路过时,看见一群人中间有个皮肤黝黑、头顶霜白的男人,正扭动身体,在他身旁有个长头发的人不停地甩着脑袋。

主播潘亮指着那个男人说,"嘿,你看,奥巴马"。

"迪拜王子"也出现在这里。两年前,流浪大师沈巍走红时,"迪拜王子"就曾经前往上海,他和一位穿着军绿色大衣的先生搭档,说要向沈巍请教垃圾分类的方法。他的搭档捧着本书,在脖子上挂一块纸板,写着"垃圾分类,拯救人类",而他声称自己刚从中东赶来。

他罩着一件白袍,头上裹着白底花格子头巾,用黑绳缠住头顶，再盘一圈金链子，即使在夜里，也要把墨镜架在鼻梁上。

这套装扮由他精心设计。花头巾是他费了好大劲才从网上买到的，大多数头巾都是白色，他嫌丑。原本他还想穿东北的大花棉袄，但是这打扮已经烂大街了，所以他穿上了白袍。

对于主播而言，人设相当重要，花头巾只是一种手段，"迪拜王子"的目的是提高自己的辨识度。在这里，已经有孙悟空、猪八戒、牛魔王、太上老君，"光是济公，现场都有5个了。"

"我看过非诚勿扰，有个人就是这个装扮，我一看这个，给人一种很拽的感觉。你往现场一站，人家都以为你是中东来的。"

南风窗记者和"迪拜王子"聊天时，"奥巴马"也走上前来。他说自己今年40多岁，从河南来，曾经接受过《钱江日报》采访，他在采访中叮嘱中国人在外不要赌博。这件事情无从查证，但他自己相当确信。

白天，他在人群中扭动身躯；晚上，他站在这里说，他和"迪拜王子"是大国总统的形象，只会站在一旁鼓掌，跟那些跳舞的人不一样，不能"掉范儿"。他说自己在这里，一方面是为了宣扬中国友善和平的形象，另一方面，是想通过网络改变自己的生活。"网络玩得好的话，一年挣个二三百万，是吧？人家是个人，我们也是个人，对吧？"

他也戴着墨镜，背挺得笔直，双手交叠放在身前，微微昂着下巴，他身上有酒气，白色衬衣领口沾满了汗渍和尘土。他要记者给他们拍张照片："拍几张照片，你好写文章：'我们在山东费县见到了两位国际人物'。"

在这里，每位主播都得找到属于自己的道路。南风窗记者是在老村长王恩彬身边见到抖音主播李安全的。和他同行的兄弟原本有20多万粉丝，来到这里以后，因为平台限流，那位兄弟发现直播的观看人数甚至不如从前，于是掉头离开了。

李安全说服自己，要转变思维，因此他留下来，专门拍摄老村长王恩彬的日常。十天下来，他新开的账号增加了6000名粉丝，收获了超过25万次点赞。

他在马蹄河的直播似乎很得章法，不断地总结平台导流的规律。

"要垂直拍摄"，意思是要一直把画面主体放在同一个人身上，这样才能被算法准确识别。另一个促使播放量上涨的因素——"蓝天白云"，让蓝天白云成为视频的背景，画面的素材才更完整，也更加正能量。

规则早就暗中敲定。李安全知道，有些红线是必须绕过的，不能做危险动作，不能搞软色情，甚至不能抽烟，"如果谁在那儿直播抽烟的话，立马就给你警告了。"

从表面看，背着红书包的大姐王一朵似乎没有他们那样机敏。有工作人员给她发了一顶红帽子，她把帽子扣在头上，帽檐歪向一边，举着手机直播，嘴里念念有词，绕着山坡一阵乱走。

"小哥哥小姐姐们，来给主播点点赞啊，点到5000个赞，我就回到那个C位上去，跟面哥零距离接触。那就是我的位置，我一去，那些人就给我自动让开，你们相不相信？"

王一朵说自己是"70后"，老家在内蒙古赤峰，为了做生意，20年里常住在江苏镇江。平台限流，她在这里直播没有多少人看，但她站在光明顶上看别的主播唱歌时，浑身也透露出一种怡然的神气。

和镇江不同，临沂的气质更接近她的老家赤峰，炒菜时荤的素的一锅乱炖，不像南方菜系那样小巧精致。坐在路边喝水的时候，捡垃圾的大爷会问她："姑娘你饿不饿？饿的话我给你弄碗面去。"她上马蹄河的小摊去吃水饺，10元吃20个，吃完以后，叔叔们还要问："你吃饱了吗？"

她望着记者的眼睛，激动地说："我们在镇江的时候，到什么酒店去吃饭，从来没有老板问，你吃饱了没有。"

04 | 师父、墙画、雨夜合约

3月初，有人给李庄儒发了几条视频，在视频里，人们说程运付的二叔才是程运付的授业恩师。其实那是一场误会，但李庄儒气得上头，在3月4日连发了3条视频澄清此事，"竟然有人敢冒充拉面哥的师父？"

在那之前的3天，程运付曾回到李庄儒的拉面馆。他坐在小板凳上跟李庄儒聊天，双腿并拢，把手夹在腿间，整个人缩成一团。李庄儒问他，"为什么这么多年，你不联系我，你上费县，也不上我这儿来？"程运付说，自己混得不好，没脸见师父。

二叔"冒充"师父的事情发生以后，李庄儒接连打了好多个电话给程运付，想让他出面发个视频澄清，说清楚自己的师父是谁。程运付始终没有行动，他接受《人物》采访时说："我火是我的人品火，不是拉面火，他为什么要打电话让我澄清？"

李庄儒说，他并不知道程运付的家庭有哪些困难，也不知道他为什么要卖3元一碗的拉面且不涨价。在程运付走红之前的12年时间里，李庄儒也并未联系过他。

但如今，频繁联系似乎变得必要起来。3月4日，他和程运付通了电话。讲了什么？他不肯告知。但是，"反正我有录音。你不认我可以，但你不能胡乱认师父。"

在李庄儒的认知中，谁是程运付的师父，是个相当严肃的问题。同样地，谁捧红了程运付，对于主播们来说，也是个严肃的问题。

从济南赶来的徐凡传媒有限公司的人，在程运付家附近的土墙上画了好几幅画，有火车、牛、老虎山，还有程运付的画像。

那幅人像中，程运付在拉面，他的旁边是一片金黄色的云彩。但潘亮指着云彩让记者看背后的痕迹，他说，在这个位置，原本有一幅彭佳佳的画像。

彭佳佳的同伴何远告诉记者，3月11日那天，他看见那些人正在为程运付画墙画，于是走过去对他们说："可以把佳佳画上去。"对方很爽快地答应了，因为大家都认为，没有彭佳佳，就没有程运付的走红。

但为什么又涂掉了？徐凡传媒有限公司的负责人在电话中对记者说，画好那幅画的第二天早上，就有"官方的人"找到他们，让他们把彭佳佳涂掉。"他们说，这幅画，佳佳画上去不合适。"

2月23日以后，彭佳佳又到程运付家拍了好多次视频。3月14

日，她再次从安徽萧县赶来，举着手机一路直播，身后跟着一大串人，他们兴奋地叫嚷着，说佳佳来了。围堵在程运付家门前的人群自动为彭佳佳让开一条路，但她在门口等了好几分钟，才有人来把门打开。

那天晚上离开的时候，何远咕哝着，说程运付现在有点飘了，不再那么感激他们，反而有种"你们怎么又来了"的感觉。

但他们的内心已经出现一种坚定的信念。"好不容易把他拍火了是吧？我们有资格享受这个流量带来的一些东西，不能拍火之后就拍拍屁股走了，让别人来接我们的盘。这是我种的果树。对吧？"

但并不是所有人都认为，果树是彭佳佳种下的。3月5日，快手主播"我的农村梦"发布视频，他想要证明，从2020年10月23日开始，他就拍摄了许多关于程运付的视频素材。

程运付的哥哥程运明记得，2月25日那天，下着雨的夜里，有人把程运付带去了临沂，程运付说是去买车，不让哥哥跟着。但就是在那个晚上，程运付和别人签下一份三方合作协议，约定运营"拉面哥"账号的收益分成为，程运付占50%，乙方与丙方各占25%。

李庄儒告诉南风窗记者，与程运付签订合约的其中一方，就是"我的农村梦"账号运营者。但这一信息无从核实，截至发稿，这位主播仍然没有回复南风窗的采访请求。

想要参与利益分食的，还有两大短视频平台。多位主播告诉记者，抖音会屏蔽一切关于程运付的话题和视频，而快手也渐渐开始对此加以限制。

一个潜在的规则是，炙手可热的网络红人只能归属两家平台的其中之一。在老村长王恩彬身边跟拍了十天的李安全说，3月13日，抖音和快手都派人来到马蹄河，"各自出1500万元让拉面哥签约，拉面哥一家都没签。"

05 | 美丽乡村马蹄河

在费县，土是沙土，三分之二的沙，三分之一的土。杨树是人能看到的最多的树，遍布山头，灰茸茸地连成片，这种树木好存活，砍下来可以制成板材。这样的土地，还能种苹果、杏、桃、板栗。板栗，是马蹄河村民重要的收入来源。

程运付的婶婶许春云指着远处的山说，山上没路，车上不去。在马蹄河，板栗成熟后要靠人力用担子从山上挑下来，或者用布袋扛下来。

种地很多时候并不挣钱，甚至要赔本，但赔本还是得种，要是不耕耘，好地就会荒掉。犁地的时候，不是每家都有牛，得把犁子套在人的肩膀上去翻土。大雨一落，泥石全往下滚。

程运付火起来了。许春云想到这事，首先问记者："你说咱这儿的路能修好吗？"

被互联网选中的每个偏远村落都可以被称为幸运儿。如果程运付没有成为"拉面哥"，以5G信号为标志的时代红利，不知道要多久才会照拂到马蹄河村。

此时，与"拉面哥"有关的一切事物似乎都变得红火起来。

有个圆脸圆眼睛的女孩得到了关注，她皮肤白皙，笑起来露出虎牙，在村子里卖水饺，网友们叫她"水饺西施"。人们来吃水饺、直播、与她合影。她的脸上有种欣欣向荣的神情。

李安全也把王恩彬拍火了。他第一天来到马蹄河，准备停车时，王恩彬正在维持秩序，招呼他，说："小伙子你把车停好啊，车门锁好别忘了。"李安全心里想，怎么会这么热情啊？举起手机就拍下了第一个视频。

在他的镜头下，70岁的王恩彬是能踢正步的退伍军人，是照顾着患有帕金森综合征妻子的丈夫，是指挥村民拓宽道路的老村长，虽然头发花白，但一跨腿就骑上摩托车扬长而去。

越来越多的人想来为王恩彬拍视频。王恩彬揪住李安全，问他："小李啊，你怎么搞的，咋这么多人跑来拍我？"

还有卖水饺的六姐妹、卖猪肉汤的程程。主播潘亮还跑到高处的水库去划船，拉着女孩拍视频，预言说下一个火起来的地方就是水库，"到了五一假期，这里的人会更多。"

有从胜利油田退休后拍视频玩的大叔，开始跟水库周围的人家谈买房的事情，或者租下来也行，做民宿。房子的主人为一间屋子开价，每月800元。大叔合计着，一年只需花15000元，就可以把整个四合院租下来。

他说："这里非常好谈。这个地方的人非常单纯，行就是行，不行就是不行。"

3月13日傍晚，太阳退去，气温渐渐降下来的时候，程运付家的鸡跳上了门框，一只接一只，扑棱着翅膀飞上了院里的树，据说鸡上树是因为地面温度过低，飞到树上可以避寒。赤峰大姐王一朵看见了那一幕，转过头笑起来，打趣着说，看啊，一人得志，鸡犬升天。

马蹄河的路能修好吗？答案很可能是肯定的。王恩彬告诉记者，上面下了指示，要把马蹄河建成"美丽乡村"。无论拉面哥红还是不红，"美丽乡村"都得建。

"我们马蹄河村，在临沂地区是第一个建设点。欢迎你们在我们建好之后再过来。"

一些改变也悄然发生在程运付身上。他和前来拜访的人聊天时，不再是在李庄儒面前那副缩成一团的模样，他翘起二郎腿，和人谈笑风生。走红之前，程运付拉面时，总穿着一身破旧的花棉袄，天气冷的时候，头上罩着个毛线帽。但现在不同了，他穿上一身白色的厨师服，头顶戴着微微耸起的花边厨师帽。

南风窗记者一直在想，面对众人的围追堵截，成天被各式各样的客人叨扰，程运付会很疲惫吗？怀着歉意，记者进入他家，询问能不能接受采访。那是晚上6点，拉面摊早已收了进来，屋子里放着声量不亚于院子外面的、鼓点强烈的音乐，人来人往，总有人想为他挡掉提问。

程运付摘下口罩，露出笑容，眼睛里散发着光芒。他站在高一级的台阶上，对我们说，要镇里负责宣传的人领着我们来，他才能接受采访，"现在我说了不算。"

那种神态并不是倨傲。记者只是感受到，"拉面哥"程运付以及他所在的这个小山村，被一股莫名的力量托了一下，然后抬起了头来。

（应采访对象要求，许春云、徐明生、王一朵、何远为化名）

"快递大神"的十二时辰

记者　向治霖

被叫作大神的那些人，早就警告过："兄弟，别去，那是黑厂。"

队伍里的21个人，包括我在内，仍然跟着中介出发了。我们穿过人群，在挤满了人的狭窄巷子里灵活向前，终于上了大马路，然后被车子载到了目的地。

目的地是一个物流枢纽。

我偶尔在网上购物，近一半的快递在抵达这座城市时，都被送到这里中转。有时，软件上的物流信息很全面，会说快递已经抵达了某某仓库，某某编号的分拣员正在扫描取件。

中介向我们介绍的工作，正是一家仓库公司的分拣员岗位。

队伍中的人，大多年纪很轻，有十八九岁的，最多二十岁出头。但是，在第一天的工作后，就有四个人甩手离开。

在工作之前，中介谈过条件，说是包吃住，然而公司的人很快叫应聘者交钱，十人间的宿舍，每人每月交费100元，还不包括水电费。

至于食堂，有是有，但是新入职的员工都被安排上夜班，在凌晨0点到早上八九点钟，食堂根本不开。

大神们是对的，这是黑厂！

大神们常常是对的。他们说，这也是黑厂，那也是黑厂，天下厂子一般黑，"打工是不可能打工的，这辈子都不可能打工的。"最后，他们无处可去。

01 | 日结

在东区的日子越发难了，七月份暑假一放，很多学生来到东区找暑假工做，人力一多，"日结"的工作就几乎消失了。

对大神们而言，"日结"是最重要的金钱来源。

所谓日结，是指当天干活儿，当天拿钱。工资一般为每天180～250元。招日结工的公司，通常是因为自家工厂的人手不够，但有一批活儿必须迅速做完，只好来找接受短期的临时工作的人。

但在夏天，缺啥也不缺人。年轻孩子被从学校里放出来，他们不计较工资，能够把吃苦当成社会体验，填了过往日结工作的空。

大神们自是难受。

东区，这个大神眼中的圣地，此时似乎变成了炼狱。

求职的人，在一条民房之间的巷子里拥挤着，从早到晚发出鼎沸的人声。快到凌晨了,仍然有二十多个男青年,他们坐在巷子口的台阶上,个个把玩着手机,也不说话。

我很好奇,上前问了一个正在打《王者荣耀》的青年:"现在还在招工吗?"

"没了没了,这个点怎么可能有。"他挥挥手说,他已经没钱住店了,只是在这儿坐着,又没地方去,又没事情做,就在这里玩手机。

坐在一起的青年们心照不宣。他们玩着手机,挨得很近,看上去像是在团战开黑,其实都是没地可去、互不认识的陌生人。

巷口以内,在黑灯瞎火中的路边,还有几个落单了的大神,他们都是二十岁出头的男性。其中有个低头玩赛车游戏的,脚上只有一只拖鞋,另一只脚光着,他告诉我,在东区,继续待下去要死,他正打算借钱去深圳的三和。

三和,又一个圣地。

"三和大神"的名声已经传到海外。他们在深圳的龙华地铁站附近,只做日结工,因为可以做一天,玩三天,拿到工资就去网吧打游戏。他们火了以后,网上把他们生活的区域,以据点的名字命名为"三和"。

东区也是一个在大神之间约定俗成的称呼。它并不是真正的城市东部区域,仅仅是指一个村子附近的地方,此处有很多职业中介,招日结工的人在这里走街串巷。

东区不比三和,它更像是我在两年前见到的三和的缩影。东区虽然小,但是很全面,跟三和相似,巷子里求职的人摩肩接踵,但更多的人在两旁的台阶上站着或坐着,几乎一动不动。大神戏称，这些人是在假装找工作。

来找大神的人，不全是中介。在白天的东区巷口，至少有五个收购微信号的摊位，使用了半年以上的微信号，能够得到起步价50元，年限越久的越值钱，微信号最高能卖到180元。

他们也会收购身份证，但不会公开标价。我询问后了解到，一张身份证能卖100~250元。

其他收购二手电器和手机的摊位，不一而足。这些摊位，是大神们在钱包枯竭后的最后生活保障。

02 │ 借钱

大神不是神，到了无米下炊的地步，再黑的厂也得进。

7月18日，我又一次到了东区的中介巷子，在此观察找工作的大神们。夏天的阳光很有穿透力，巷子里又潮湿又闷热，有的人索性打起了赤膊。

招聘启事很多，处处是白纸黑字，它们被贴在一块块的木板上，正对着人群展示。白纸在阳光下很刺眼，黑字看得人头晕，太大的字反而不容易看清。

只是，看不清也没什么，纸上的内容大同小异。

在这条巷子里招工的大多数岗位，用十个字就能介绍清楚。诸如，富士康普工、汽配厂普工、快递分拣员，或是"装货、卸货"。

工资也无须多看，纸上普遍写着的是每月5500~8000元。也有写时薪的，在13~15元之间。当然，这些信息并不真实。

大神们自然是不信的。他们知道，招聘中打出的5000元以上的工资，是在出全勤、每天加班、从不迟到等的基础上，还不一定能拿到的。否则，他们也不会成为大神了。

在多年的教训下，他们不会看纸上数字。殷勤些的人，会不停地搭讪中介，在断断续续的攀谈中，试图套些关于工作的真实信息。

一名求职者，在"众智人才"的门前呆立着，凡有人上前问话的，他就凑上去一起听。十几分钟后，自己也有一搭没一搭地和中介聊天。像他这样的人，还有很多，每个中介门口都围着一群人，看上去无所事事。

中介们也知道这一点，他们就坐在招聘板的旁边，有问必答。

中介都是中年女性，她们嗑着瓜子，或是嚼着别的零食，一遍一遍重复着介绍工作的内容和待遇，眼光始终放在自己的零食上。有的时候，嘴上说的和纸上写的不一样，她们毫不在意，也没有人会质问。双方很有默契。

对于大神来说，来找工作，约等于落难了。正常的工资发放无法拯救他。

最吸引他们的，是能够借钱的工作。有这样的岗位时，中介就会站起来招呼："进工厂进工厂，能借钱啊，进去2天能借300元啊。"应声而来的人，立刻就把中介包围了。

一个坐在巷子的饭店里吃饭的大爷乐了，他跟着喊："来吃饭来吃饭，送啤酒了啊，送啤酒。"他自顾自地乐，头也没有抬一下。

日结工作，永远是令大神们垂涎的肥肉，只是太稀缺了。周勇只想找日结，来回在巷子里逛了一个上午，到了午饭时间，他终于找到了一张招聘启事，上面写着："招临时工，全程6小时。"

周勇交了100元的中介费，我和他一起，坐上对方约来的车。六人座的小型面包车里，硬生生塞进来11个男性。车子开了半个多小时，终于抵达目的地。下车之后，我们又被交到了另一伙中介的手中，问我们要体检费。

周勇纳闷儿："不是说做日结的吗？"

对方告诉我们，没人说过是日结，这份工作要去江西的工厂，"全程6小时"是说坐车去江西要6小时。想走，也行，把这一路过来的车费交了，每人50元。

周勇懊恼了很久，不过，队伍中搞错了情况的人还不止他一个。商量过后，他们决定就去江西，先摸一下情况，不行再回来。我只能独自回到了东区。

03 | 中介费

我是在浑水摸鱼中上了车，没有交100元的中介费。后来又趁着两队中介在交接的时候，拿回了自己的身份证，下楼梯打车走了。所幸没有损失钱财。

经此一役，我想必须谨慎点，但是很快发现，谨慎并没有作用。

在询问一份媒体实习生的工作时，中介说，需要200元的中介费，我感叹太贵，对方立即挑着眉毛瞪大了双眼，说："嘿，还有讲价的。你是刚来的吧？这也不明白吗？不问你收费，你做两天就跑了怎么办？嘿，真是什么人都有。"

她是对的。在东区，中介都是提前收费，再把人带去工厂。

我才明白，为什么大神们不厌其烦地向中介套话。毕竟这一去，是要交钱的。

在另一家中介，我终于找到了工作：快递分拣员。中介说，做临时工（1—2个月）的交220元，做长期工（半年以上）的交20元。我毫不犹豫地选择了后者。

后来在仓库的领班吴杰告诉我，人都来了，想干多久看自己，在中介那儿交的钱，多与少都是一样的。

吴杰的皮肤很黑，不高，但是很瘦，这让他梳得高高的头型显得很大。他的身边常跟着一个小队长，两人负责对新人的管理和培训。

他是那种手上有一分能力，就会将它发挥出十分效果的人。面对我们这群新人，他有求必应，住宿也好，租房也好，入职手续也好，他都说："包我身上。"当然还有一句后缀："我争取帮你们说说。"所以，他很快和求职者中的人热络起来。

吴杰告诉我们："刚来的人，都要上夜班，因为咱们的工作只能在这个时间段做：晚上12点开始，到（次日）早上8点，最迟不超过9点。"我当时还没意识到，这完美避开了食堂开饭的时间，中介承诺的包吃住彻底沦为空谈。

工作前，吴杰给我们办了工牌，所在单位是"力×"，并且收了20元的工本费。不过在进入仓库时，我们又被要求交10元押金，去领一件工作马甲，上面写着"科×人力"，没有这件马甲就不能进入仓库。

先前的中介公司是另一个名字，仓库公司又是另一个名字，我已经不知道自己的雇主是谁。不过，对"人力"二字有了新的理解：在他们看来，一个人，就是一份劳动力，别无其他。

进入仓库前，吴杰让我们在大厅集合报到，最后动员我们，大家五湖四海地来了，干活儿就要好好干。在他身后的墙上，有一句标语：用行动证明实力，用业绩捍卫尊严。

仓库内的陈设如同牢笼，四周都是光秃秃的金属架子，在架子底有块钢板，刚好放上成箱装满的商品。

货架之多，仿佛不尽，将人截在其中，连目光也逃不出去，就被不远处的货架挡下。偌大的仓库，被这些货架分割成不同的区域。四面墙体包裹，顶上十多米高的天花板暴露着混凝土。身处其下，不见日月。

04 | 师傅

与我同批的新人有21个，但在第一天的工作后，很快就走了4个。

太累人了。

分拣员的工作并不复杂，只是异常地考验体力和耐力。培训期间，每个新人都有一个熟练工师傅。我的师傅叫潘聪，是个三十岁出头的中年男人。他手把手教：

先领一张自己的任务表，找到任务指派的区域，比如
"A13-01-0A"。在这里，货架上满是零碎的小商品物件，诸如
香皂一块、饼干几盒等。每种商品都要查看。

先查它的SN码，也就是条形码下的数字符号，记下后四位
数。比如是"1234"，我就把数字念出来，潘聪找到它在任务表
上的位置。

接着，在商品上找到使用期限，同样是我来念，潘聪核实表
格数据。如果不统一，就要在对应的格子上更新信息。有的商家
不知道出于什么用意，在包装袋上，使用期限的信息很难找到，
有时两人找个几分钟才能找到。

最后，将这类商品在"A13-01-0A"货架上的数量点清楚，
记在对应的表格上。

这样，一个商品的分拣工作就做完了。接着清点下一个。

我和潘聪两人分工，在起初的一个小时，我还能够很快并且
清楚地说出商品信息，计算商品的数量，心里想着"这工作很好
做啊"。只不过，有的货架上密密麻麻地有几百号小商品物件，
更需要付出耐心。

完成第一张任务表时，所用时间还不到一小时。

但很快，难度升级了，下一张任务表的区域，不再是小物件
了，而是十几二十多斤重的商品。我仍然要一一拿起，找到它的
条形码，以及使用期限，最后一个个翻出来清点数量。

虽然不是搬运，只是翻动重物，诸如小电器或是汽油桶
等，单个的活动并不困难。只是，当一排十多米长的重物放在眼
前，它们杂乱无章地堆砌着，等着一个个去翻动抱起，我是体力

不支了。

报数的声音，自然而然地弱下去了。

与我同批的新人，起初我还能听见他们在其他的货架中，跟自己的师傅等人开着玩笑。后来，仓库内彻底安静了，只有窸窸窣窣的人的报数声音，小得如同白噪声。

不到两小时，我开始犹豫了，真的还要做下去吗，有必要吗？再过十分钟吧，我就离开这儿。

05 | 疲惫

十分钟后，我没有走。

其实在仓库里，时间感是缺失的。四周都是层层货架，抬头只能看见天花板吊着的大风扇。手机、手表等物品不被允许带进仓库。我在第二天试过带手机，但在门口过安检时，警报声嘟嘟响起，还是被扣了去。

这种情况下，变得麻木，反而能够减轻痛苦。

在做完了第二张任务表时，我趁着领取新表格的时机，瞧了一眼办公室里电脑的显示时间，才凌晨两点半，不到上班时间的1/4。

但是没多久，我感到轻松多了，一直站立的双脚已经麻木，便不觉得酸痛。手臂也似乎成了机械，不用经过思考，就自然而然地抡起手边的商品，无论是体重秤，还是汽油桶。这种感觉非常奇妙。

天是在不知不觉中亮起的。做完第三份表格，我往办公处走时，突然发现远远的窗户透进来阳光。是清晨了。

看见阳光，疲惫瞬间又重新占领了大脑和身体，吊着的一口气似乎漏了大半，身体仿佛瘫下去了一点。

师傅潘聪看出我的变化，他叹了口气笑道，"才到哪儿啊，这两天是最好过的了，下了雨天气凉快。放在前两天，气温高的时候，一楼30多度，二楼40多度，那才是泡在汗里面，热死个人。"

时针还没指到9点，有新来的女孩已经哭了。收工的时候，她坐在我对面的木板上，来时梳得整齐的刘海，此时已经乱糟糟，她无心打理。

她坐着，试图靠在膝盖上睡觉，但是一次次似乎快要倾斜摔倒，于是睡不着，脸上反而都是硌出来的红印子。

另一个女孩站到她身边，两人以前是不认识的，她似乎想安慰她，但是没有。她倚靠在墙上，闭眼养神。

9点时，终于收工，我似乎恢复了一些精神，但脚上仍是深一步浅一步。清晨的阳光有些刺眼，照在身上，很痒。

男生们回到宿舍，没有人洗漱，直接扑上了床。在身体躺下的那一刻，麻木流淌过全身，是种又酥又软的感觉。

在我隔壁床位的男生，三分钟不到就沉沉睡去，他上铺的兄弟翻身一看，笑骂了他一句。不过，还没过两分钟，整个宿舍都进入了睡眠。

在仓库时不觉得，醒来时，突然发现身上的汗气会这么重。整个宿舍，似乎笼罩在一层浑浊的汗气里，还带有仓库里的汽油和油漆的气味。睡过了十个小时，空调依然吹不散。

全体醒来时，已经是晚上7点，宿舍里人少了一个。没有人说话。

男生们拿出手机，开始看小说、刷短视频，或者打游戏。我在仓库上班的三天里，这个情形没有任何变化。在仓库中，各人有自己的任务，也有监工盯着，没有机会娱乐。收工后，迫不及待想要睡觉，醒着的休闲时光只有三四个小时，他们更愿意花在手机上。

他们似乎不需要有真实的休闲娱乐，又或者，在手机上的娱乐就是他们的真实。

日子仿佛陷入了循环。上班，收工，睡觉，醒来时去工厂外吃顿饭，又回到仓库中，一切重新开始。

在我的短工之行即将结束时，我主动找了罗珩聊天。在宿舍里，他总是半躺在自己床位上，盯着手机上的页面，能够保持几个小时一动不动。我们在工厂门口的大排档聊天，罗珩说，他还有一个月满十九岁，名义上是个暑假工，但可能不会去学校了，"家里压力挺大的，读大学太贵了。"

他说，自己交了220元的中介费，本来想做两个月，没想到会这么累。不管怎么样，先撑过去一个月，起码能拿到工资。但也不一定，在这里做了三天后，那个光怪陆离的东区，他还怪想念的。

闲鱼上，有最真实的北漂故事

记者　朱秋雨

　　"全新，有碎钻，非常漂亮，包邮不讲价"，宋羽在二手交易平台上将自己的粉紫色钻石项链打六折出售。宋羽是一个26岁的北漂，她告诉南风窗记者，自己在疫情期间"每天脑子里都在不停地想，想着怎样更省钱，想着还有什么东西可以卖"。

　　在国内最大的二手交易平台闲鱼上，每天都有人出售各式物品，但最近一个词条明显多了起来，"离开北京"。

　　"因离开北京，甩卖一次也没用过的健身卡""由于疫情原因离开北京，急售电子琴""准备离京返乡，免费送猫"……南风窗统计，在过去的一个月里，闲鱼上超过800个新增数据与离开北京有关。

　　卖掉这些东西就离开北京。选择离开的人原因各不相同，有人因为工作调动，有人因为伴侣，更多的人是在新冠疫情下陷入低迷，清空掉带不走的、不愿意带走的物件，向北京道别。

01 | 真正穷，顾不上精致

2020年2月1日，正月初八，回老家过年只待了八天，宋羽就赶回北京。当时，新冠疫情还在风口浪尖，她却相信，复工的日子即将来临。"回来还要隔离十四天，万一这期间幼儿园突然开学了怎么办？"

复学的日子，一拖就是三个多月。她的幼师同事们有的回北京后，又重回家乡等待开学。很多则在朋友圈里有了自己的副业，还有的已经转行，到社交平台做电商直播。

等待中的宋羽要坚持不住了。所在的民办幼儿园失去了学费这一主要收入来源之后，每个月发给教师的，只有1000元左右的薪资和600元的房屋补贴。

月收入锐减，迫使她"脑子里每天都在不停想事情"，"怎么样可以更省钱"。疫情期间的四个月，她没买过一件新衣服和化妆品，这在过去不可思议。作为时下流行的"精致穷女孩"，这些年她的消费观一直都是——即使钱不多，人也要为了自己向往的生活和喜欢的东西变得精致。

"其实这能害人"，宋羽如今却这样评价"精致穷"。

疫情之后，她因为没有存款，对生活风险的抗压能力几乎为零。以至于现在常反思自己，"当初不应该买它们，应该把钱攒起来。"

"把所有能卖的都卖了"，为了交上房租和还清花呗，2月底始，她开始在二手交易平台上卖东西。先是蔻驰、香奈儿等品牌包，再到新换滤芯的空气净化器，接着卖欧美大牌眼影盒和意大利鞋履品牌的千元礼券……

两个月间，她陆续卖掉了很多"身外之物"。连平日她最心爱的、朋友送的生日礼物——香奈儿护手霜也被她挂上闲鱼，最后以300元的价格成交给另一位"精致"女孩。

"情况不允许我精致，还是好好生活吧。"她告诉自己。

可还是撑不住。即使比以前月开销减少近百分之八十，2000多元的房租依旧让她捉襟见肘。她有要坚持的原则：山穷水尽也不能向家里要。宋羽说："工作多年没怎么帮过家里，现在不能让他们知道我连自己也养活不了。"

为了凑房租，4月初，她到便利店打小时工，时薪17元，从上午7点到中午11点，一个月能挣近2000元。下午她再回家继续上幼儿园的直播课。

在北京的第八年，这是宋羽第一次觉得要"承受不住了"，"无论是在身体还是心理上"。在过去，她一直认为这座城市代表希望和梦想。18岁从职业高中毕业，她只身一人来北京从事幼教事业，从未想过离开。

"从前生活太丰富多彩了，快乐一天算一天"，宋羽形容。而现在的北京更像是梦，梦总有要醒的一天。

压死骆驼的最后一根稻草，是房东催租的信息。

4月30日，她给房东转账后，躺在床上看着手机屏幕弹出的余额提醒短信，突然发现自己，"辛苦挣钱一个月，一分不剩"。就在那一刻，她感到"没有希望了，挣的钱都给房东了"。重新开始是她唯一的选择。

5月初，宋羽开始在闲鱼甩卖出租屋内还算新的电器、家具、食物及舞蹈课的年卡，并在每条商品的介绍栏打上"离开北京"的字样。她说，"岁月静好的时候买东西是开心的源泉，遇到事情，才懂得家人说的道理。"

02 | "想哭却已经没有眼泪"

离开北京，不是一个新鲜词。北京市统计局公布的最新数据显示，2019年末北京市常住人口2153.6万人，比2018年减少0.6万人。其中自然增长人口数量达5.66万。换句话说，北京市在过去一年里净流出6.26万人。

2020年受疫情影响，北上广等超一线城市，地区生产总值全部同比下降超过6%，工业、投资、消费，包括房地产成交率也几乎全部同比下降。更多的"后浪"选择流出北京，不是意料之外的事情。

与宋羽一样，在北京待了8年的深圳人墨墨也打算离开。

墨墨是一家2018年底成立的艺术培训机构创始人。受疫情影响，该机构四个月未能开学授课，培训场地月租3万元，教师工资2万多元，自住房租4000元……都是他每月需支付的成本。月底要交租金和付员工薪水时，是他最脆弱的时候，"像是在扔钱，心在滴血。"

5月初，等待了近四个月的复工通知无望后，他认为"基本上不太可能了"，打算再等最后一个月，再不复课就遣散员工离京，及时止损。

他还没有将即将放手不做的想法告诉员工，却将放在出租屋里自用的雅马哈牌钢琴摆上了闲鱼。原价7000多元、七成新的钢琴最终以2800元的出售价给了一位"爽快的买家"。现在只差"货拉拉上门拉走"，相当于"贱卖"。

"我已经没有什么不能舍弃的了，以前还会放不下在北京积累多年的资源与人脉，现在一切都无所谓了。"他说。

2012年到北京市某高校钢琴系上学，从读书开始，墨墨就到校外机构做钢琴助教，随后升任老师，毕业后当上了店长，两年后"出来单干"。

"学音乐的，都会想红，想在圈子里小有名气，"这是他留在北京的初心。2019年底，他感受到自己的培训机构要"起飞了"，旗下授课学员增加到了100位，"年后打算大干一场。"

而疫情给一切按下暂停键。原本很有前途的培训机构，现在随时可能资金链断裂。残酷的现实让他在过去四个月里情绪崩溃了很多次，"想死"的心都有了。看着过去的积蓄逐月递减，他只能"每天吃了睡睡了吃，打游戏，偶尔弹弹琴"，其他的"什么也不会做"。

"现在还没到最后一刻，也许奇迹就发生了呢。"他曾多次这样告诉自己。

5月13日，期盼已久的北京市复课的通知终于来临。通知显示，北京市中小学生最早可于6月1日复课。不过，该通知最后提及，校外培训机构复学时间另行通知。

即使奇迹发生，6月培训机构能顺利复课，墨墨依然下定决心，"再撑两三年就回深圳"。回老家之后，他可能会去考公务员，"陪伴家人是最重要的"。

今年4月，墨墨在深圳的奶奶因病去世。正月初七就回京的他没有见到至亲的最后一面，深受打击的同时，他却发现自己内心麻木到"想哭却已经没有眼泪了"。

03 | 又一朵后浪离开北京

5月10日，河北邢台青年张少川在闲鱼账号上更新了8个物件。从烤面包机到情侣枕头，这些商品是他"又一朵后浪离开北京"的标志。

他还打算将养了一年的猫转让出去，"不是因为不好带，而是它只属于北京。"

张少川觉得自己不属于北京，他打定了主意要"净身"离开，就像当初什么也没带就来了。

2018年，他辞掉了家乡县城国企的工作，接受了北京某新媒体的offer。大学一毕业就回小县城工作，他多少有点不甘。有了这份工作，他立刻来了北京，"即使它只给我2000元月薪，我也要来。""我想做有影响力的青年，用文字养活自己！"

张少川在北京工作得不错，一个有着几十万粉丝的微信公众号，运营、内容、涨粉最后均由他一个人负责。但是繁重的工作任务，让他一周七天都只能待在逼仄的出租屋内，周末也在准备要发送的内容。

北京这么大，可是张少川的活动范围甚至不如他当初在县城时来得大："很讽刺是吧？"

待久了，他开始觉得自己过上了一种"双脚离地"的生活。他每天在公众号上写东西，"我关心风，关心蝴蝶，我关心国家大事，关心爱情。"但是实际上，他关心的都只是工作，而没有生活。

这样的感受一到过年回家时尤为明显。认真工作一年，他总认为自己进步了很多，但一接触到家人和朋友，他发现自己格格不入，"他们只关心酒关心烟，关心你谈婚论嫁的对象。"张少川在北京没有获得成就感，在老家也没有归属感。

回家，可能是悬挂在每个北漂头顶上的一把剑。疫情加速了张少川的回归。

在家远程办公了四个月，他在网络上见证了2020年初各国发生的生离死别。而老家稳定的一日三餐、家人陪伴，让他反思，自己一个人在北京过得"多没个人样"。此前家人一直提起的，"安安稳稳地生活，比如说当中学老师"，挺好的。而在此之前，中学老师是他讨厌的工作选择。

"这不是对生活的妥协，真实的人间就是这个样子，我们需要去了解它，学习它。"他说。

对外经济贸易大学教授廉思形容，突如其来的新冠疫情让当代青年成了"战疫一代"，更是对青年价值观产生了深远影响。其中，90.1%的受访青年表示，"疫情期间，我更加理解父辈们的思想观念"，新冠疫情让代际间价值观的隔阂有所缩小。

"我就是想回家了"，张少川说，"想去感受真实的人间了。"

在疫情期间最困难的时候，墨墨在单曲循环一首歌，歌词里唱到的"茶包渗入家里，村舍候鸟歌唱，吃妈妈一片姜，有爸爸讲理想"。他现在觉得那就是最理想的生活。

（部分受访者采用化名）

学区房的神话：1900人掀高10倍房价

记者　赵佳佳

　　杭州的父母，很少有人不知道耀江文鼎苑，那个被网传为"杭州最牛学区房"的小区。它位于杭州市西湖区北面，从小区西门往外走100米，就到了浙江大学紫金港校区。2008年，杭州最著名的学军小学在这里建起分校，与文鼎苑配套。

　　十年后，人们惊讶地发现，这所原本默默无闻的学军分校，在各项指标上超越已经建校百年的本部校区，跻身杭州小学第一梯队。开盘时，文鼎苑房价1万元左右，在杭州平均线上徘徊，而当杭州综合房价尚未突破3万元时，这里的二手房价已经达到10万元每平方米。教育和房价上的双重超越，让文鼎苑成为其他家长和投资者眼中的"神盘"。

　　文鼎苑的业主把自己比作为儿三迁的"孟母"，自发组建"孟母鸡血群"，为小区内的孩子举办奥数比赛、英语打卡、夜间跑步等活动。外界因此看见了这群站在学区房背后，攒聚在一起，为孩子的教育绞尽脑汁的父母。

其他家长和投资者们讥讽说，文鼎苑孟母"'鸡娃'鸡出新境界"，说"鸡娃"是业主炒房新手段，只要让孩子成绩好，房价就会跟着噌噌往上涨。

不过，旁观者所看见的"最牛学区房"的财富神话，或许只是像毛玻璃一样的表象。楼市里万千拥趸效仿"孟母鸡娃"，想要复制成功密码。而事实却证明，钥匙只有一把。

01 | 最牛学区房

文鼎苑里的草坪和杭州高档住宅小区里的不一样。那些高档小区里，草皮青绿厚实，但文鼎苑的草坪上，草根枯白一片，歪倒在裸露的泥地里。

这儿孩子太多了。成群地在草坪上踢足球，长年累月，绿草活不出头。前段时间天晴，许天游在草坪旁边拍下一张照片，画面里是五个婴儿推车靠在一起，娃娃们在晒太阳。"就这几个，过两年全都是同学。"他说。

他的孩子6岁以前，在小区里放养，年龄相近的小朋友，全聚在一起玩。直到孩子升入大班，许天游突然发现，之前的小孩几乎都不见了，一问才知道，全去了培训班。那时候，他并不完全明白大家报培训班的理由是什么，"他们报，我也要去报一下。"小区里面有个国际象棋班，象棋班旁边有个乐高班。一块儿报上，离家近，好接送。

杭州的各种线上社群有很多，教育交流群尤其壮大。为了获取教育资讯，一对父母加入的群聊数量可以达到200个。许天游说，在前几年杭州小升初还可以自主招生的时候，这是普遍状况。

当他也开始加群的时候，压力随之出现。他记得滨江区有个家长，为了培养两个孩子，从世界500强企业退出来，小孩一个上三年级、一个上五年级，那个家长给两个小孩报同样的培训班，总共10门课。

他曾经加入一个杭州有名的QQ教育群，成员超过2000人。他发现那些爹妈聊天的时候，总说别人过于"鸡血"，结果扭头又给自己的孩子报了好多培训班。人们暗自较量，互相戒备，信息壁垒高筑。后来，他退出了。但他把文鼎苑的"孟母鸡血群"留了下来。他说他的孩子上大班的时候，有问题会去问群里高年级的学霸家长，他们会毫无保留地把自己了解到的信息传达给他。群内业主的孩子年龄跨度大，从幼儿园到大学，所有阶段的问题都能得到解答。

"孟母鸡血群"已经扩张到4个，成员将近1900名。父母们有什么教育方面的提议，会迅速得到回应。

2020年8月，他们组织起"文鼎苑首届思维挑战杯"，由群内办奥数机构的家长出题，让小区内3到6年级的孩子参加。后来，又有家长把小孩们组织起来，围着小区夜跑。

有的家长在群里坚持办英语角，每天发一个打卡小程序到群里，孩子们完成当天的英语阅读任务以后，就可以打卡。每次打卡满21天，家长会为小朋友举办聚会作为奖励。中秋节那天，他们因此可以聚在一起做月饼。

2008年，杭州最有名的学军小学，在文鼎苑旁边建成了分校紫金港校区（学紫）。4年后，为了抑制以钱择校和以权择校的风气，杭州实施"零择校"方案，开始分区入学。学紫只对应3个楼盘，而文鼎苑是其中唯一的商品房。

当学区房出现，教育和房价之间就产生勾连，一些不寻常的改变开始发生。

小学成绩没有排名，当地家长会用几个指标去衡量学校实力：自主招生考入文澜中学的人数（文澜是杭州公认实力最强的民办初中），以及希望杯和挑战杯获奖人数。2017年，成立仅10年的学紫，在各种指标的对比下，全面超越了建校已逾百年的学军本部。

与此同时，文鼎苑的房价涨幅越来越大，一步步逼近学军本部所在学区的价格。

一位先生10年前读大学时本来准备在文鼎苑买房。那时候107平方米的房子要260万元，他对文鼎苑价格走势没谱，要回了20万元定金。但文鼎苑涨势惊人，2020年，他还是买进了一套两居室。而此时，107平方米的房子售价已经接近1000万元。

02 | 被筛选出来的母亲

2020年12月19日，上午8点30分，许天游出现在文鼎苑西北角一家面包坊里。阳光丰沛的周六早晨，领着孩子的妈妈们陆续出现在这里，她们会把小孩送去上钢琴课，再回到这里喝一杯咖啡，还有的妈妈会带女儿出来晒晒太阳。

这里就像一个根据地。妈妈们进门会和许天游打招呼，每个人都彼此认识，她们都是"孟母群"的一部分。跟她们聊上一会儿，你就会发现这个社群的不寻常之处。

那位送女儿去上钢琴课的妈妈孙云晓，是"孟母群"的创建者，也是一位发表过20多篇SCI论文的物理学教授。把女儿带出来晒太阳的妈妈，此前就在浙大工作。女儿上小学前在美国读幼儿园，对英语的熟悉程度超过汉语，会把"走近路"说成"走短路"，因为在英语里近路是"short cut"。

做产品经理的叶格是一个3岁男孩的母亲，她的丈夫是计算机博士，丈夫的父母在国企里面当领导，而她自己的妈妈魏萍是"文革"结束后第一批大学毕业生，出来工作当了化学老师。

2008年，叶格还在上大学。魏萍听说，那个叫文鼎苑的楼盘，毗邻新建的浙大紫金港校区，刚刚落成的学军分校虽然暂时名不见经传，但听说学军分校老校长汪培新会把自己的孩子送来念书。她给叶格交了首付，要她毕业后自己承担房贷，就这样把房子买在了这里。

那时候，未来尚不可知。但魏萍深信，以教育为目的，永不出错。

在叶格读中学的时候，魏萍就执意把她送进宁波的镇海中学。魏萍知道，那所学校的教育模式很像衡水中学，高压，题海战术，没有自由之精神。

但最高压的环境，能输送出最合格的学生。

叶格当年的班上一共50名学生，其中6个考上香港大学，4个去了北京大学。考上港大的同学，后来有2个升学进麻省理工学院，2个到了哈佛大学。她的同学散落在纽约，在华尔街上的各大投行工作。

许天游会负责"孟母群"的入群审核，业主加入时要告知自己的信息以验证身份。他知道，1900位家长里，超过100个都来自阿里巴巴。这又是另外一群依靠知识改变命运的人。

与文鼎苑配套的不止一所小学，事实上，家长可以将孩子送去文鼎苑幼儿园，再送去学紫读小学，然后直接升入紫金港中学，高考或许又可以考进浙大。叶格说，至少在10年人生中，这些孩子会一起成长，邻居全是同学，父母之间也彼此熟识。

我问那些家长，怎样定义自己所处的阶层，他们给出的答案通常是：中产。

"985毕业，知名企业工作，有较好的职业上升路径，也有了一定的资产累积。就资产来说，大家都差不多，人均2套房子。"

北京航空航天大学经济学教授聂晨，曾从文化资本视角去分析学区房购买动机。他在文章中写道："个体家庭从依靠血缘维系的大家族聚居中搬离，寻求与经济资本相似的阶层居住，导致城市中区域房价的差异，和居住隔离的发生。"

因此叶格才觉得，文鼎苑的成分非常"纯粹"。

来到这里的人，有相似的学历背景、资产状况，以及趋于一致的价值观念。文鼎苑39栋楼房，每面墙壁后边，都是一个以孩子的教育为根本目的的中产家庭。

有位家长还作了一番总结："很多小孩还很小的家长，可能对学区房的理解不太准确，以为只要是名校，就会让自己的孩子起飞，把小孩丢进去，家长就可以解放了。这样做的家庭，小孩成绩大概率是不会太好的。实际上，名校只是一个中心点，围

绕在这个中心点上的学习氛围和分享精神才是影响小孩更直接的
东西。"

"孟母三迁，选的其实就是邻居啊。"

03 ｜ 10年，故事为何发生在这里

文鼎苑房价不断走高的时候，杭州城东江干区的家长们，
开始接连不断上教育局的网站投诉。他们也想要引入优质教育资
源，来拔高区域房价的天花板。

"听听杭州千万人的呼声，把城东新城搞搞好吧，来一个杭
州名校为城东新城正名，把我们江干的老脸捡回来吧！"

但容易被人忽视的事实是，与文鼎苑配套的学军分校，2008
年刚开始招收第一届学生，那时候，这所小学非但不算名校，在
本地论坛上还饱受质疑，被认为是一所"山寨学校"。

当年，文鼎苑所在的紫金港还是一片荒芜。那时候，有位业
主带着闺女，在一座桥上指给她看那片工地，说那就是我们以后
的家，"两只狗冲着我们叫两声，周围连灯光都没有。"

那么，10年过去，故事为何发生在这里？

2016年的G20峰会是这座城市历史的拐点，它对于杭州的意
义，从2017年开始显现。

在这年，阿里巴巴第一次进入世界500强企业的行列。同
时，杭州楼市在经历长达5年的低迷期以后，终于再次回暖，综
合房价上涨超过1万元。

在文鼎苑周围，还有另外一些变化开始发生。叶格在纸上打

着草稿，把它们画了出来。阿里总部，就在文鼎苑往西8公里，那是余杭区，杭州教育的一块洼地。码农家长们在这里生养后代，必须为孩子寻找教育资源。叶格说："因此它隔壁的西湖区变成了码农最好的后花园。"而学军小学的紫金港校区，是距离最近的选项。

叶格的丈夫虽然是计算机教授，却绝不会允许自己的孩子去敲代码。"他以后考不上博士，进不了大学当老师，我把他屁股打烂。"

真正成为码农的人们，大多来自小城市，通过自己的努力改写命运。种种迹象表明，码农集群会成为房地产福音。

北京昌平区的回龙观被称为"睡城"。因为房价低，吸引了第一批码农在此安居，他们的孩子入学后，学校办学成绩逐年攀升，房价也水涨船高。南京雨花台区也有类似的故事。说程序员老爹去开家长会做分享，主题是"手机究竟是如何通话的"，然后解释了5G的原理。

因此坊间有戏言，说"小区不是学区房，码农二代来帮忙"。

以文鼎苑为中心，西北方向10公里内，分布着建设中的西湖大学，以及阿里云总部。政府想要将西湖大学打造成为"中国的麻省理工"。而超级算法的基础设施，也随着阿里云一起，布局在这里。西南部3公里处，则是菜鸟总部和腾讯云AI所在地。

叶格知道，互联网企业不断入驻，很重要的原因是，如今在杭州招人，太方便了。政府吸引人才会直接用钱"砸出来"。她丈夫是山东人，在国外取得计算机博士学位，政府引进时直接给了150万元购房补贴。

来到杭州的那天晚上，我遇到的出租车司机是个河南人，49
岁，已经来杭州开出租车13年了。2007年，杭州的房价和北京、
上海处在同一水平。2011年后的五年，北京、上海仍然高歌猛
进，杭州却止步不前。他说杭州的路和桥在那几年间越修越多，
交通的拥堵却从未缓解。

他知道，如今的杭州人，不会有人去开出租车。当年那些从
小城市走出来的年轻人来到杭州，在互联网的浪头上实现了阶层
跨越。20世纪90年代，也曾是属于他的年代，那时候，有人看他
机敏，想带他一起下海经商，被他拒绝了。理由是，他如果走得
太远，家里成绩同样优异的弟弟就只能留乡种地。

而这一天晚上他告诉我，说自己因此错失了人生中唯一的
机会。

04 | 制胜法门及紧箍咒

许天游已经给孩子做好了学习规划。到小学毕业之前，英语
成绩必须达到足以应对高考的程度，150分满分，目标是要考到
130分以上；另外还要背完500首古诗词，现在已经背完了300多
首，还要不断复习。

"孟母群"里，还有从阿里巴巴辞职后全职带娃的家长，会
把每周工作日的日程做成表格，精确到分钟。起床，5分钟，出
门准备，5分钟，放学回家，20分钟。期中考试结束又做一张表
格，每一门功课错在哪里，错了几题，分析原因，分析重点，分
析如何避免。

绕着文鼎苑漫步，会发现街边的店铺，除了餐馆，就是培训班。

许天游探访过文鼎苑方圆一公里之内几乎所有培训机构，他会整理出详细的攻略分享给有需要的业主。"孟母群"里不止他一个人在干这样的事情，大家会通过师资、规模、优势等几个指标来对培训机构作出评估。

据说在文鼎苑，所有经营不善的店铺都会转让办培训机构，社区里就算是团购买菜的群，最终都会变成"鸡娃群"。"鸡娃"，意指给孩子"打鸡血"，父母为了孩子能取得优秀的成绩，不停地给他们安排学习和活动。

在这里，信息是完全透明的，家长们把各自的资源聚合起来，变成共同制胜的不二法门。

孙云晓记得，学紫上一届有个班级的家长中就曾出现过一位"领袖人物"。那位妈妈本身就是小学老师，她深知小升初自主招生的诀窍在于，"占坑班"。

那时候，浙江省教育厅尚未发布"公民同招"新政策，民办中学会给出40%的自主招生升学名额。

民办学校会和一些培训机构合作办班，最终获取自主招生名额的孩子，大多是从这些班里选拔而来。但按照这种途径进名校，需要先参加考试，考试合格才可以进入培训班。这种方式被称作"占坑班"。

大多数家长的困扰在于无法及时获取信息，而这位妈妈直接带着全班中上水平的孩子去参加考试，最后让40多人的班级中30多个孩子都考进了理想的学校。这个班级被妈妈们叫作"宇宙最强班"。

2020年，杭州市开始实行公民同招、锁区摇号政策。这意味着，原本通过自主招生渠道尽数流向民办中学的孩子们，如今失去主动选择权，只能进入学区对应的公立初中，或者凭运气在民办初中摇号入学。

在过去，杭州最好的民办中学是文澜，而公立中学的天花板是杭州十三中。

在所有的排行榜中，文鼎苑对应的紫金港中学都不占上风。但新政实施后，许多文鼎苑的孩子选择直接升入紫金港中学。

前不久，在西湖区举行的2020年新生摸底考试成绩流出，紫金港中学综合成绩排名第6，远远超过西湖区平均线。

但在这一切的光辉叙事中，孩子的声音始终是缺失的。唯一可以窥见他们内心的凭证，出现在"孟母群"一位业主办的语文培训机构的展览墙上，那是他们的作文。

老师布置的题目叫"紧箍咒"，他说他不是要孩子们只停留于写出自己的困境。他告诉他们，要写出自己的痛苦，"紧箍咒给孙悟空带来的痛比约束感更重要"。

完成作文的是一群刚刚经历过小升初的孩子，他们是这样叙述的：

"如今不过初一，沉重的学业已压在我身上，我再抬不起头去仰望星空。"

"孩子不是他们的附庸品。孩子是一个独立的个体，是一个鲜活的生命，他们有自己的思想，自己的兴趣爱好，但因为紧箍咒，他们不得不压制自我，迷失了自我。"

"大概，只有最后完成了父母的梦想，紧箍消失的那一刻才会释然。但此刻，他也已完全忘却了当初的梦想，只会按父母的规划，完成自己的人生。"

（文中受访者均为化名）

流动的记忆

离开三峡故土，如此生活二十年

记者 吴阳煜

6月末，一条记录水下三峡的短片，收获了数十万的播放量，一时成为热门。

2023年正值三峡大坝蓄水20周年。视频的制作方在三峡水域现场拍摄，出动了潜水员进行水下勘探，再在后期通过3D建模，得以在电子屏幕上，粗略重现出被淹水下老城的每一条街巷。

视频底下的评论区，成为网友们追忆昔日渝鄂水下故乡的集中地。作为当年那139万迁往异乡的移民之一，一位网友说："这片江面的下面，是我出生的地方。这片江面的上面，是我生活了13年的县城。"

还有一句IP地址显示为"重庆"的评论写道："故土难离，祖辈的尸骨还在水下，落叶终须要归根。对于巫山移民，最后的最后，也要回到巫山老家。"

原籍位于重庆巫山县巫峡镇龙门村的谭远琼，在22年前，就亲身感受到了这种举家远离故土、再无法重返的哀愁。

这一切，源于一个世界级水利工程项目，中国历史上超大规模的移民计划也由此开启。

1992年4月，关于建设长江三峡水利枢纽工程的决议通过。次年，日后总计人口超过130万的三峡移民工程正式揭开序幕。再到1999年三峡移民跨省外迁安置工作启动，无数受长江哺育的三峡儿女，见证了家园的沧海桑田。他们背对母亲河挥着手，踏上背井离乡的迁徙旅程。

如今30年过去了。三峡移民这一独特群体，夹在家乡和新的户籍地之间，在重建家园，也在祭奠故乡。在两地之间的生活生发出迷茫、乡愁、"悬浮"的移民心理，像《三峡好人》中"走钢丝绳"的人，摇摇晃晃。

但他们和水底家园的联系，从未断绝。

01 | 从长江到珠江

现年61岁的谭远琼，当年生活的村庄，地处两座山中间的平原地带，长江就从山峡中间穿过。家在长江边，谭远琼和丈夫侍弄着3亩菜地，又养了12头猪。每当收成的时候，便能挑着辣椒和长条的茄子，担到县城里去卖。"当时日子过得挺平静、满足的。"

"2001年8月23日。"谭远琼说，自己一辈子都会记住离乡的日子。

在那之前，早在20世纪90年代，她的丈夫就在老家村干部的带领下，与其他村民外出考察，寻找合适的外迁安置点，安置包括本村在内的巫峡镇附近4个村的人口。

稍近的有湖北荆州，再远些有广东惠州的博罗县，他们还去了一趟东北。

带队出远门考察回来，谭远琼的丈夫和同行的村民们，还不是很能接受要背井离乡的事实："这些地方再怎么好，我们还是对自己的家乡最有感情。"

"舍小家，顾大家，为国家"，像这样的标语和口号，在新世纪之交的巫山县城各地，越来越频繁地出现。按照当地政府的安排，2001年2月18日这天，龙门村出发考察外迁安置新区的队伍又成行了。

彼时，谭远琼的两个儿子一个正在部队参军，一个尚在邻省湖北读警校。放心不下自己家的猪和菜，出发的时候，她留下了丈夫看家，自己登上了前往广东肇庆大旺的船，就这样阴差阳错地成为同村带头签字、落实异地安置的第一人。

如今肇庆高新技术产业开发区所在的大旺，多年以前还是一个国营农场，曾经在20世纪70年代末，接收过从越南回国的归难侨。三峡移民安置工作启动的时候，大旺原有的人口还不到4万。经过论证，迁出地政府认为，这里足够容纳下巫峡镇下辖4个村的移民，它似乎比之前考察名单上的其他地点，都更合适。

在这里，远道而来的谭远琼意外碰到了一位在当地政府工作的老乡——在后者的劝说下，坐在政府的办公室里，她在搬迁安置同意书上签下了自己的名字，又受权帮同村另外两户人家代签了。包括龙门村村民在内的这999名移民的命运，在那一刻有了新的转折点。

回家不久后，有一晚，谭远琼突然发现，自己家菜地栽种的蔬果，整片整片齐刷刷地被砍倒了。她怀疑这是自己带头签字同意外迁的举动，引来了其他村民的报复发泄。但来不及找出肇事者，全村浩浩荡荡的搬迁行动就开始了。

另一头，大旺农场一处小山所在的区域，施工队快马加鞭进驻，一边挖起了山，一边拆起了山上原有村子的房子。他们接到的任务，是要在6个月内，在这里建起222栋移民安置房。

终于到了启程的那一天，谭远琼铭刻在心的2001年8月23日。更早些时候，各家各户凡是可以带走的行李，都已经先村民们一步，被小车送到县城，再被装上特地加长的大货车运走。

家里的房子在出发的一个月前已经被拆掉，亲手喂养的十几头猪，也都悉数卖掉。当时"脑子里一片空白"的谭远琼，没有想过要带走一抔被长江水日夜冲刷的泥土，也来不及拍下故居最后的模样，她打了一口大大的木箱子，里面装满了全家人的衣服和被子，那几乎就是全部的家当了。

载着差不多全村人的大船启航了。有人跺着脚，应该是在和脚下滔滔的江水用力作别。大人和孩子都没有忍住，船上外迁的移民们在哭，船下送行的亲友也在哭。巫峡两岸江面并不是很宽，除了轮船的汽笛声，还有大家的呜咽声，传到了这头，又回荡到了那头。

离别时刻，其他什么也感觉不到，谭远琼向南风窗回忆道："心里面和刀绞一样，不知道未来会怎么样。"

02 | "走钢丝绳"的人

2023年7月上旬，刚过端午节，午后时分的大旺气温已经高达35摄氏度。迫于酷暑，大旺城北幸福村、吉祥村两个移民新村的居民们基本躲在了室内，路上行人寥寥。

谭远琼家的桌球馆，就开在幸福村村头的临街位置。这里靠近两村交叉地带的商业地区"市中集"，集中排列着由当年巫山移民所经营的餐馆、特产店和发廊。

桌球馆右手边是一家重庆小面，左手边的餐馆招牌写着"万州烤鱼"，它的旁边还有一家"巴人酒家"。途经各家店铺门外，耳边或是重庆"土话"方言，或是一口"川普"乡音。共享着相似的湿热气候，在幸福村，一下很难找到与重庆明显的不同之处。

走入桌球馆，南风窗记者看到，22年前加班赶工落成的安置房，已然有了岁月侵袭的痕迹，天花板四周明暗色调不一，依稀看得出刷过好几遍的油漆下面，还有墙灰脱落的痕迹，头顶一处角落还露出了一截钢筋。

房子有三层，除了一楼经营棋牌室外，二、三层被谭远琼一家子用来自住。每一层的窗户，都被她换成了质地坚硬的铝合金——不安全感源自2002年的一场变故：当时才落户大旺不到一年的巫山移民们，和本地说着客家话、潮汕话的其他客居群体，语言不太相通，进而在相处过程中出现摩擦。

因为难以一下子适应在安置地的生活，移民们想要返回巫山。他们自发组织车队上路，车才上高速，大家伙儿又被劝回来了。"过了3年时间，我的心才安定下来，把这里当成自己的家。"

三峡外迁移民的叙事，曾吸引导演贾樟柯创作了电影《三峡好人》。在电影的结尾，男主人公决定回老家下井挖煤还债，走到河边时，他回过头看到，快要成为历史的县城废墟中，两幢破旧大楼之间的高空连着一根钢丝绳，有个人正摇摇晃晃走在上面。

告别故乡巫山，在同样湿热的南粤生活20多年，谭远琼在心理状态上，依然像那个走钢丝的人，水下的故乡是自己再也回不去的家园，始终觉得自己的心是"悬浮的"。

"回去巫山现在的新城探亲，听着、说着家乡话，还是觉得亲切，很高兴，但自己心里也明白，这是走访亲戚，是做客，它再好也不是我们的久留之地。有一百个不愿意，还是要在这里努力生活。"

03 ｜ 联结的"通道"

三峡外迁移民们"走钢丝"般的心理，有着复杂的成因。

河海大学中国移民研究中心副教授严登才，长期致力于三峡外迁移民的生计重建、社会适应、身份认同与社会融入等相关主题的研究。在他看来，不同安置点和不同移民家庭所呈现的状态和效果是不一样的。"这和安置点的区位、安置模式、地方政府扶持的力度、移民自身的努力和家庭特征等，是高度相关的。"

美国历史学家孔飞力在解读中国近现代海外移民史时，提出了"通道—小生境"模式。孔飞力认为，迁出地和迁入地之间存在联结的"通道"。

对此，严登才进一步向南风窗解释道，"通道"既包括两地之间人员、资金、信息的双向流通，也包括情感、文化乃至祖先崇拜、神灵信仰的相互交织。"外迁并不意味着移民和迁出地完全隔绝。正是因为'通道'的存在，才使得移民在身份认同、文化适应和社会交往等方面呈现出'双重性'。"

3年前，严登才与学生曾在安徽铜陵某地移民村，就三峡远迁移民的社会心态现状与背后成因做过调研。在谈到昔日家乡与现实居住地的关系时，移民受访者们的一个比喻让严登才印象深刻："他们习惯用'娘家'指代老家巫山，而用'婆家'来指代安置地铜陵。"

约20年前，外迁前往铜陵时，家乡当地的工作人员曾经安慰移民们，过两年就会来看他们——往后的20年间，期盼"娘家人"的到访，成为远在皖南的移民们对故乡最直观和具象的思念体现。

三峡外迁移民们对"娘家"的想念，从未停止。但水下的故乡，是再也回不去的家园。谭远琼有着感同身受的经历。

2006年，第一次带着年幼的孙女回到已不复存在的龙门村时，谭远琼站在库区旁的桥上向下望，村庄淹没在过百米的水面之下，曾经熟悉的景象都化作了一汪一汪的江水。她只能用手隐约指出一个方向，告诉孙女，那里的某处，葬着祖上的先人；另一个方向的更远处，那里是以前的家。

今年清明，谭远琼一家人依旧没有回巫山老家祭祖。假期短短数日，路上交通繁忙，现实的种种因素，让归途显得更加烟波茫茫。清明那天，她在桌球馆门口的水泥空地上画了一个圆圈，圈内写上了家里过世亲人的名字。一旁摆上纸钱，领着家人朝着北方洒下了三杯酒。

像往常一样，谭远琼拜托了还在巫山的亲戚，代自己一家，去迁毕的先人墓前祭扫。她告诉南风窗，这是重庆老家过去的风俗。"这里距离巫山，路上少说八九百公里，祖先们万一收不到我们的纸钱，怎么办呢？"

04 | 本地的异乡人

查阅可追溯的历史资料，1992年10月，三峡库区的移民安置规划试点工作，首先是在湖北宜昌秭归县开始的——根据中央电视台的报道，当月，秭归杨贵店村的一位老党员带着4个儿子迁出自家的瓦房，成为三峡百万移民搬迁的第一户。

同年，在秭归郭家坝镇郭家坝村，关于三峡移民搬迁的动员工作，也已经持续了两年时间。在这里，秭归的主要水系之一——童庄河穿境而过，沿着奔腾的河流，村庄向前布局排开，两岸的脐橙是郭家坝村的特色农作物。

一场村委组织的会议过后，或原地后靠，或投靠亲友，或外迁，郭家坝村的移民工作被提上了日程。眼看着大家伙儿开始提前测量自家的房屋、耕地面积，计算可以申请的补贴款项，村民谭维观和自己两个已经成年但还未分家的儿子，依旧对一家人未来的出路感到迷茫。

如今71岁的谭维观，曾经在20世纪60年代后期，赴越南开展援建工作，却在一次执行修建桥梁铁路任务的时候从高处摔下，腰椎受伤后，再也干不了重活。失去了部分劳动能力，也实在不舍自己一家人亲手栽种的一棵棵椪柑果树，他计划着，等到两个儿子分家后，便把房子迁到更高处，原地后靠。

意外就发生在分家上面。大儿子以此为理由，向谭维观拿走了全家人的户口本，却瞒着父亲和弟弟，在移民迁出同意书上签下"代办"的名字，然后领着全家人接近14万元的拆迁补偿款不辞而别，加入了南下出省的人流。

短短20天内，从祖上就生于斯长于斯的本地人，变成户口被落在数百公里之外安置点的异乡人，向南风窗回忆起当时的巨变，时隔30年后，谭维观的小儿子谭海波，仍忍不住将眉头皱得发紧。"当时我们真是感觉天跟塌下来了一样。"谭海波说，自己那段时间只觉得不安和荒谬，从未到过的陌生城镇，成了自己和父母未来一辈子的户籍所在地。

05 │ "175m"标志

谭海波一家留在了家乡郭家坝村。

但更为迫在眉睫的现状已经到来：随着移民工作的开展，三峡工程的蓄水工作也在同步进行，水开始涨到房子的墙角，然后过了门槛，直到淹没了炕，最后一批留守的村民也不得不卷好铺盖，抱着被子离开。

三峡工程的相关施工方，用混凝土打造了一批高大的水泥桩子，在上面画好了红色的刻度线后，以便在不同的关键水位线将它们投放安装下去，起到标识和警示的作用。

按照设计，三峡水库蓄水至175米，便说明该工程的防洪、发电等各项功能，都已达到预设要求，其综合效益可全部发挥。不断上漫的江水，一步又一步逼近醒目的"175m"标志，也在倒计着谭海波用以建设自己新家的进度。

重新建房的补贴款项没有拿到手，也因为户口已经被迁走，当地政府不允许谭海波圈出更多的土地，他只能在175米的水位线之上，勉强搭起了一个土木结构的砖瓦房，单层的。

在房子一旁砌了个简陋猪圈，又在山上开辟了一片新的果园，再选好了一个适合动迁的"好日子"，他将自己祖辈的坟墓，迁到了更远处的山坡之上。像蚂蚁搬家一样，谭海波试图让自己一家人在这175米之上重新好好过下去。

当时，妻子已经怀孕，小房子住不下更多的人，谭海波只能在别处租了一个窝棚，给父母凑合先住着。墙是木墙，头顶是石棉瓦。这一住就是两年。

直到多年后的今天，他对父亲谭维观，仍心有愧疚。但日子如他所愿，随着哥哥带走的补偿款被部分追回，生活安定下来的谭海波将房子加盖了一层，又等自家的脐橙收成卖掉后，在第二年又盖多了一层，总算将父母亲接了回来，实现了团圆。只是望着脚下的江水时，他偶尔也会禁不住地想，淹没在水里的老屋，不知道还剩下多少痕迹存在。

更多离开了家乡的三峡移民，尽管遇到心理上和现实中的种种不适，但融入新生活的脚步，并没有停止过。严登才在铜陵调查发现，外迁三峡移民学会了腌制当地的泡姜；他们还渐渐理解并遵循了下午时分不探望病人的习俗，也知晓了只有主人送来请束才能应邀赴宴，有别于老家吃的"流水席"——"实际上，当他们把这些不同的地方讲出来，说明很清楚文化的差异在哪里，从而去学习。"

"在迁徙流动中，移民群体原来所拥有的本土文化，不可避免地会受搬迁的影响，但他们同时也在学习着迁入地的文化，如当地的风土人情习俗，积极尝试着慢慢融入。"

让严登才感到欣慰的是，在文化双向交融的过程里，现实的一些不如意之下，围绕着改善家庭经济的朴素愿望，更多的三峡移民仍然努力保持着向上的生活态度。"尽管存在文化、心理上的不适和落差，但许多移民都愿意直面。"

断肠人在天涯

记者　赵佳佳

现年24岁的天涯社区显然已经"老"了。

曾在21世纪头十年里辉煌鼎盛的"全球华人网上家园"，如今因无力支付拖欠电信公司的机房费用，已关闭服务器两月有余。

它携带着接近200TB的数据，像泰坦尼克号那样骤然沉落在海底，连带着许多时事洞见、格律诗的韵脚、观念大战的硝烟、俊男靓女征婚启事、一万帖鸡毛蒜皮一起，尽数失去音信。

这是一场与记忆相关的灾难。

有网友因此"伤心透了"。他曾在上千个帖子和上万张图片里，记录了每月的工作安排、未来的人生规划、城市的发展变迁，还有"家乡从无到有的大公路"。他难过地大骂，"说关就关了，怎么这么没担当。"身为母亲的网友，在天涯上记录了孩子从出生八十多天至今十多年的成长点滴。她原本想要把多年的记忆打包成送给小孩的成人礼，而服务器关闭后，她只能期待

"奇迹发生"。

作家杨本芬的女儿章红,甚至"慌不择路"地跑到微博上去求助:"得知一个噩耗,天涯社区关闭了,我妈妈写了好多东西在上面,这下全都消失了。有没有天涯内部人员可以帮忙调出我妈的所有帖子和博客文章?"

没有人曾提醒他们,互联网产品会失败,服务器会关闭,你曾经记录下的值得珍视的一切,都有可能消失。

章红早就知道,在这世上,万事万物变动不居,但如今她才真实地体验到了这种因记忆的丧失带来的惊慌。由此,天涯社区的关闭成为她口中"一个巨大醒目的注脚",用以诠释我们在当今的世界中面临的一种无法回避的、严峻的现实。

01 | 蝴蝶效应

章红没有料到,2023年4月25日那天她在微博上发出的一声呼喊,最终会像亚马孙雨林的一只蝴蝶扇动翅膀那样,在不久的将来引发一场飓风。

最先接收到信号的人是宋铮,曾经的"小黑",如今的"老黑",天涯社区的头号网友兼第一名员工。他被网友召唤去章红的微博评论区,面对"天涯的帖子还能不能调出"这个问题,他回应道:"应该可以(抢救回来),不过可能还需要时间。"

2000年,原本在一家轮胎公司做橡胶的工科男宋铮,接住了天涯老板邢明抛来的橄榄枝,决定跳槽成为天涯社区的第一名全职员工。他在天涯工作的那十年，正是这个网络社区深刻影响中国社会精神面貌的一段时期。

当天涯社区步入如今的存亡时刻，许多天涯前员工和老网友首先就会想起宋铮——哪怕他已经离开天涯十多年。

原本，宋铮对于天涯服务器关闭的消息只持观望态度。他了解天涯，也了解天涯的老板邢明，他知道这个社区走向衰亡有其必然性。但就在他看见章红求助信息的时刻，一些不知名的情绪重新开始主导他的意志。

"我觉得网友想要把数据保留下来是应该的，只要能找回的，都应该给人家找回来。"

在他给出回应以后，媒体开始争相报道。5月上旬，宋铮在天涯认识多年的好友扶苏也给他打电话，要他站出来"振臂一呼"，重启天涯。

扶苏说："老哥，只要你站出来，剩下的事我帮你办。"

他只花了很少的时间就下定了决心。首先说服邢明给了他这场行动的授权，搞清楚了重启天涯服务器最少需要300万元的这个基本事实，然后就运用他的媒体人思维，制定了"抖音直播七天七夜重启天涯"的这个话题。

他们的思路很清晰。扶苏是金主，负责出钱，而宋铮是一面旗帜，主要任务是要像虹吸效应那样把愿意出力的天涯网友聚集起来。直播开始的时间定在5月28日，为了不让天涯的话题热度散失，他们并没给自己留下太多筹备时间。

在动员前员工和老网友们加入行动的时候，宋铮用以煽动大家的说法是，天涯社区其实并不属于天涯公司，而是属于全体天涯网友。

大家听到都觉得太热血，太"燃"了。人到中年，已经不知道多久没做过这样的事，要去重启天涯，因为那是天涯网友们共同创造出来的历史。

直播真正开始的那些天，中关村创业大街上的昊海楼二层人声鼎沸，我在人生中第一次同时见到这么多中年人以如此奇特的方式聚拢在一起。

扶苏想要帮忙，前提是必须由宋铮来主导。宋铮记得他说："老哥，只要你站出来，剩下的事我帮你办。"扶苏自认是魏晋名士阮籍那样的人，善作"青白眼"，意思是，对他看得上的人，他会青眼有加；对看不上的人，则会翻白眼。

他也创立过一个文化论坛，叫作"轩辕春秋"，其中的许多人也是扶苏交往多年的好朋友。直播场地的提供者就是其中之一，从11岁开始跟着扶苏混轩辕春秋，字都认不全的年纪也还是会"翻着字典"跟论坛里的网友掐架。如今他也已经三十出头，天天跟着扶苏在重启天涯的直播间忙前忙后。他来这儿也没别的原因，"扶苏一开口，我们就干活。"

我还在现场见到了一位"95后"的女孩。曾经在某大厂工作的时候，她的部门领导是咏梅——另一名全身心投入重启行动中的天涯前员工。和我闲聊的时候，她说咏梅和她曾经跟过的所有大厂领导都不同，待人亲和，做事踏实，给了她很重要的职场第一课。她来这里帮咏梅做宣传图，她说："只要咏梅姐叫我，我一定会来的。"

在这里，人和人的联系就像树的枝节那样逐渐延伸出去。

他们的核心目标是重启天涯，构建秩序全凭侠义。时间是他们从本职工作中抠出来的，为人父母的年纪还有些不言自明的无奈，所以直播现场有时候也会出现一两个小孩。

前员工高颖君说，曾有人问她："做这些事情，你图啥？你耗在这个事情上面又不赚钱，是接私活吗？"她说不是，人家更迷惑了："那你到底是图啥？"

"你没办法去解释，很难解释。"

事实上，这可以说是一帮几乎没有直播经验的散兵游勇，其中唯一有直播经验的是扶苏公司里的电商团队，但他们也从没有做出过七天七夜不停播的壮举。听到宋铮提出这个方案时，扶苏想都没想就答应了，他只是说，"老哥真牛"。

但实际情况是，要维持这样一场不停机的直播，起码需要三个直播团队轮转工作，而他们只有一个。

曾经在天涯负责品牌公关的前员工咏梅，头脑清醒地见证了全程所有的兵荒马乱。

彩排原本被安排在开播前一天的下午，但直到开播都没能成功彩排哪怕一次，总是有各种各样的事情在打乱节奏。

临近开播，扶苏才从上海急匆匆地赶到现场，提出的第一个建议就惹恼了宋铮。他说从横店调来了漂亮的布景道具，想让宋铮把直播的屏幕从原定的竖屏更改为横屏。屏幕是横过来了，但整个团队的人连麦克风都还没来得及测试，以至于开播前五分钟，宋铮叽里呱啦说了一大堆，观众只留言说，"听不见"。

大家只能每天摸索着学习一切。

在观众的建议声和宋铮不断的反省中，"重启天涯直播间"的屏幕从横的变回竖的，沙发从大的变成小的，桌子从矮的变成高的。从没有直播经验的这一群中年主播们学着带货，慢慢才知道原来送礼物给观众需要发"福袋"，讲话要避过无数的不适宜的词汇，商品在48小时内必须发货，每过一小段时间还要请观众们动动手指，"把粉丝灯牌儿点起来"。

在七天的时间里，宋铮常常是在凌晨三点下播，回到家继续看各个平台上的网友评论，整理大家对当天直播的意见，然后从早晨六点开始入睡，在十一点前起床，继续新一天的直播。

七天七夜不停播，简直有点像一场行为艺术。

设备都累坏了。麦克风会突然没电，电线也烧断过。人们从早到晚在昊海楼里穿梭。

疲惫到极致的时候，宋铮的大脑会宕机。他在和天涯网友杜子建的一场连线里，念错了好几次商品的信息，急得有直播经验的杜子建赶紧纠正他，"不对！59块6，这个报价错了，会被惩罚的。"

夜已经深了，窗外没有天光，年过半百的宋铮坐在一片立得高高的照明工具之间，头顶和下巴浮现出一层霜白。

他很快又转换了神色，面向屏幕对观众说，他之所以留着发茬和胡子，是在等剃须刀赞助商找上门来，好给大家表演他的绝活——"电动剃须刀剃光头"。

直播结束的那天，大家统计了直播带货的利润和各种捐款，总数大约是20万元，离300万元的目标仍旧遥远。但他们不准备放弃，若是暂时没筹够，那就继续。其中的大多数人压根不关心天涯重启以后能不能重新运行。

扶苏说，他们的底线，是要备份天涯的数据。

6月3日晚上，直播结束以后，所有人还是热热闹闹地去聚餐。

一大群人在深夜涌进烧烤店，厨师们跑出来拼了好多张桌子也还是差点坐不下。扶苏做东，肉串垒成小山，人们挨个碰杯，拥抱，说真心话。

咏梅端着一个硕大的啤酒杯拽着我说，换作在其他的任何一个场合，这些中年人都不可能以这样的方式交往。

在直播间里给桌子拧螺丝的是某上市公司的研发部总裁，到处转悠着给大家收拾饭盒垃圾的是企业高管，常常被唤作"小助理"的咏梅，早就开始创业做自己的老板，已经不当小助理二十余年——人人都有自己的社会身份，却很少再有机会被视作一个有血有肉的人。

人们为着一场拯救记忆的行动出发，摘下面具，袒露自身真实的人格，就这样赤裸地相聚，于是又再生产出新的、闪亮的记忆。

那夜聚餐结束的时候，很多人都哭过了。在朦胧的记忆中，好些人都记得有人在背宋词。

那是初见面时被咏梅形容为"长得高高，黑张脸，也不说话"的志愿者杨铭。他在喝醉后满脸通红地背诵《赤壁赋》。赤壁下的客人在怀古伤今，苏轼劝诫他，"逝者如斯，而未尝往也"，只有当下的清风明月可以把握，于是继续饮酒放歌，最终"相与枕藉乎舟中，不知东方之既白"。

02 | 过去是我们的立足之境

在天涯工作十年，宋铮自认比老板邢明更加了解天涯。他说，天涯的诞生纯粹是无心插柳。

当年邢明热衷炒股，找了个兼职的程序员来写了个股票论坛，程序员假公济私，另外又写了电脑技术论坛和天涯杂谈两个版块出来玩。

到1998年底，丁磊在网易推出了虚拟社区，人气很旺。邢明觉得，那只是在论坛外边加上了个人中心和登录页，索性又让程序员照抄网易虚拟社区的结构，最后做出来的产品叫作"天涯虚拟社区"，名字和配色都抄得和人家一模一样。

"邢总最开始并没有想做一个虚拟社区之类的东西，纯粹是跟风，觉得别人做得好，我来学一下。然后就这么做了。至于说未来的产品规划、迭代计划，这些都没有。如果现在有人以这样的方式去做一个产品的话，一定会死的。"

那时候，邢明把主要的精力都放在他主公司"海南在线"上，在天涯社区上的投入非常少。

宋铮曾给邢明算过一笔账，从1999年天涯社区诞生开始，到2005年天涯社区进入全球网站排名前100，邢明在天涯上的总投入不超过200万元。这里面包括网络服务费用、人员费用，以及所有的运营成本，"你现在很难想象一个互联网公司，一个网站花200万元运营五六年，这是不可能的。"

没钱，曾是天涯面临的最窘迫的现实，但同时也成为它最重要的机遇。正因为没有钱，它才得以吃百家饭长大，无意间活成了一个真正意义上的、原生态的网络社区。

天涯社区最早只有八个版块，后来发展出的所有版面几乎都是由网友自行创建。

比如最常被网友惦记的"莲蓬鬼话"版块，之所以叫这个名字，是因为它的创建者ID是"莲蓬"；再比如负有盛名的"关天茶舍"，则是北京大学历史学系教授罗新以"老冷"为ID创建的。

在天涯网友小六向我提供的一份珍贵的历史文件中，我得以重临当年的"关天茶舍"，窥见他们关注的部分议题。

这是其中一些帖子的题目：悲剧与绝望；少数者的权利；人的驯化、躲避与反叛；蝴蝶，或昆德拉的终极之物；自由与责任的冲突；正义及其标准。

"关天茶舍"之名，则来自陈寅恪先生在王国维自沉昆明湖后写下的悼念诗，《挽王静安先生》中的"吾侪所学关天意，并世相知妒道真"。1999年11月27日，在"关天茶舍"开版之时，罗新写下版块名字的由来，以此鼓吹往日那些纯粹的学者身上"令人吃惊的道德自守的勇气"，以及他们"关怀民族文化前程的热诚"。

"我们这些后辈学人，越来越受困于学术分工的细碎，越来越痛感自己与社会、与他人的隔离。但是，无论我们局促在现代知识体系的哪一个角落，我们毕竟在同一片天空下面，我们破碎的知识、断续的思想，都关乎天意，关乎世运，关乎我们自己的生存。"

此后，"关天茶舍"以它严肃的文化讨论氛围聚集了一大批极具思辨才能的文史学者，但严肃并非天涯唯一的色彩。

至今仍在天涯担任北京分公司总经理的浪语，向我讲述了很多版块诞生的趣闻。

在"关天茶舍"里，只有那些思想见地最深刻的人才能获得认可。有些网友觉得在里面跟别人玩不起来，就跑出去创建一个新的版块，叫"百姓酒馆"，"关天对百姓，茶社对酒馆，你看那名字就是对着干的"。最早的诗词版块叫"诗词比兴"。既然是"比兴"，就意味着这是古典诗词的地盘，便很难容下那些写现代诗的人。于是又有人出走，创立"天涯诗会"，专门网罗现代诗人。后来又有写打油诗的从中离开，建立了"打油诗社"。

2001年，咏梅和浪语同在另外一家公司工作，她说那时候的浪语每天"像个傻子一样一动不动地趴在电脑前面"。她觉得他的行为特别奇怪，就问他在看什么，于是浪语就把天涯推荐给了她。

她说自己从此以后也开始沉迷天涯，"我喜欢这个网站到什么程度？每天早上上班，第一件事情就是先把电脑打开，然后登录天涯网站，然后我再去洗杯子。因为天涯打开特别慢，等我回来以后它才会慢慢地载入，但我就是愿意等。每天早上上去看看今天有没有什么新闻，刷一遍好的帖子，然后才慢慢地进入工作状态。"

对咏梅而言，泡天涯和自己看书的感受大为不同。书本上只有那些不会流动的知识，而天涯上的"大神"们，会就很多既有的思想进行他们独有的阐述和解读。除此之外，大家还会跑到各种各样的版块中去，看情感故事，或者婆媳大战。阳春白雪的文章和下里巴人的故事并行不悖。

在ID与ID的不断互动中，她纵身跃入了一个巨大雄奇的、层级丰富的世界。

在天涯，版主和管理员大都是义务劳动。版主是由网友们推选出来的，由版主制定版块的服务规则。如果网友们不认可版主的管理方式，就会集体发声"倒版"，取消版主的权利。

2003年前后，天涯的许多规范已经逐渐成为大家默认的守则，时任专职管理员如风决定把那些不成文的规范拟定成为《天涯基本法》。而这份文件的核心内容之一，不是去约束网友的行为，而是去约束站方、管理员和版主的权限。

如风所担任的职务原本叫作"站长"。为了稀释这个职称中所包含的过大的权力意味，他在《天涯基本法》中将"站长"的身份取消，以"站务委员会"的称谓取而代之。

那是一段每个人回想起来都滔滔不绝的历史，其中根植着许多人与世界共存的时刻。

2008年5月12日下午2点28分，汶川地震发生。宋铮记得，那是星期一，他们正在QQ群上开例会，群里突然有小伙伴开始讲，地震了。他刷新了一下"天涯杂谈"的页面，发现全部是地震帖。

当时没有人知道如此强烈的震感到底来自哪里。宋铮迅速地点进一个回复比较多的帖子，找来广州的编辑，把这条帖子推上了头条。

随后，他让编辑做了调查表，把中国所有的省市全部列出来，贴到帖子之中，让有震感的网友去报告自己所在的位置。那个时刻，网友们的信号就像星火一样从地图上逐渐被点亮。当上千人填写完调查表以后，局势已经变得清晰。有震感人数排名第一的是重庆，接着是陕西和青海等地，最后遗留下了人数为零的四川，宋铮得出了结论，那就是浩劫的中心。

那时候还不到下午3点。而新华社关于四川地震的消息，在下午3点30分才发出。

天涯网友当天就已经开始发起捐款捐物的倡议。宋铮记得，网友们把好多物资寄到天涯公司所在地，全公司的人一起参与打包，也还是人手不足。于是好多网友赶到公司来帮忙，水、食物、帐篷、日用品，最后打包成20吨的物资，由两辆大卡车连夜送往灾区。

在讲述关于天涯的故事时，章红曾向我回忆起宫崎骏。她记得宫崎骏说过，过去是我们的立足之境。

这句话似乎并不是很好理解。她疑惑的是，为什么说已经消失的过去，却是我们的立足之境？她花了好长的时间去感受其中的深意，后来才想到，"会不会就是说，过去已经固定下来了。它是一块稳固的不会漂移的大陆，你才有可能站立在上面，然后开始你的新生活？"

往日的故事中包含了太多。当下我们所经历的有些事，早已在过去演绎了无数遍；而我们如今或许尽皆失去的东西，曾经的人们却真真实实地拥有过。

那是些略显古典的信仰，是对真理的捍卫，对自由的崇尚，对人与人之间守望相助的不灭的期许。

在《千与千寻》中，宫崎骏讲述了一个叫千寻的女孩误入魔女的澡堂后努力拯救父母的故事。魔女汤婆婆想要剥夺千寻的名字，而前来帮助她的小白龙告诉她："你一定要记得你叫千寻，如果忘记了你的名字，你就再也找不到回家的路。"

1999年，在天涯诞生后不久，宫崎骏在《异境中的千寻——这部电影的主旨》一文中，写下了他对《千与千寻》的理解。他的原文是："在一个无国界的时代，无立足之地的人是最受人鄙视的。立足之地就是过去，就是历史。没有历史的人和忘记了过去的民族，只能如蜉蝣一般消失。"

所以宫崎骏要劝诫世人的其实是，不要遗忘。

03 | 如同蚂蚁搬家

现在看来，2008年其实是天涯历史上最后一个真正的高峰，在这年发生的一系列重大社会事件里，天涯是风头无两的舆论阵地。2009年3月，天涯举办十周年年会，场面非常隆重，大家甚至还在讨论天涯上市的事。

到了2010年玉树地震发生的时刻，最先曝出消息的已经不再是天涯，而是微博。

那是天涯社区的历史转折时刻。一个交互性更强、以用户为导向、以大数据技术为核心驱动力的移动互联网时代已然到来，没有谁能在变局中幸存。曾经的天涯网友、如今的科技自媒体人潘乱给出的评价是，天涯"早就跟主流话语没任何关系了"。

如今再去追究天涯为何衰亡已经没有意义。互联网产品和人一样，总有其特定的生命周期。有时候，凋零只是时间问题。

"天涯真我"版块的首席版主"科比无罪"早就开始对这种必然的凋零心存警惕。

在天涯，他最常发布的是他的摄影作品，以图片标记他的生活。但天涯起初没有相册功能，发图之前必须要先找到"图床"，也就是专门用于储存图片的网站。在"图床"上传照片以后，再把链接贴到天涯，网友们才能看见。

但这就带来了非常严重的后果，因为"图床"公司很容易就"死掉了"。如果用户没有足够的危机意识，那么他们存储在"图床"上的作品可能会在一夜之间消失。为了保留自己的相册，科比被逼着换了四五次"图床"，很多记忆被他及时地保留下来，但也有一部分没能幸免，消失殆尽。

他还曾在土豆网发布了很多视频。比如他求婚时专门做的，邀请很多朋友一起来拍摄的短片。

后来，就在2012年，土豆宣布与优酷合并，原本支持用户上传个人视频来分享生活细节的土豆网，开始有意地淡化这项功能。最后留给科比的只剩下一片空洞，"那个视频看起来还在那儿，但当你点开，就说这个文件已经没了。"

作为一个自称"极其恋旧"的人，在不断的失去中，科比早已培养出一种判断互联网产品衰亡的敏锐嗅觉。就像蚂蚁会在暴雨来临之前搬家那样，他也会在嗅到湿润的气息以后，在失去自己的数字记忆之前，抢救下能抢救的一切。

2022年，科比发现，天涯博客隐藏了对外的功能，用户发布的内容只有自己能看，别人不再能够访问。那时候他就隐约意识到，天涯"已经要完蛋了"。

于是他开始陆续备份他在天涯博客上留下的内容。但这件事情太过费劲，没有好的工具，他只能翻出那些博客，一篇篇复制粘贴到苹果手机的备忘录里。还没等到他完成这项工程，天涯博客就已经开始出现问题，连他自己都失去了访问权限。他打电话到天涯公司，对方说，是服务器故障，很快就会恢复。他还记得电话那头的人说："如果真要停，会提前一个月通知你的。"

等了一段时间，天涯真的恢复了访问。他感到备份的工作已经刻不容缓，于是在接下来的一个月之内，每天只要有空就去复制粘贴。他最早在2004年开始发帖，一直到2022年，总共发了两千多篇博客文章。他不仅备份下了博客原文，甚至留下了当时所有的网友回复。

他说天涯博客是他的树洞，也是他一去无回的青春，两千多篇博客让他曾经的生活至今仍旧清晰可辨。

在天涯，他曾发过最火的帖子，是关于他和当时的前女友、现在的妻子的恋爱记录。那是2005年，恋人分手，留下一大堆笑容灿烂的照片，科比决定全部发表在天涯。后来，帖子火到远在法国留学的前女友都有所耳闻，并且也注册了天涯ID出面互动，也就这样再续上了曾经破裂的姻缘。

2011年，在结婚现场，科比把当年帖子里重要的内容和值得保留的留言全部制作成海报，打印了好几十张出来，从婚礼现场的酒店入口一直铺到了会场中央。我问他为什么这样做，他说因为这就是他和妻子之间最珍贵的记忆。

他觉得，在这个世界上，跟自己有关系的事情本来就不多。他对"重启天涯"的行动其实根本不抱希望，在他看来，这是他自己的事，"你能够留住什么，能够抓住什么，就要尽量地保留住他们。没有什么会永远存在的，你应该自己去把握住那些和你自己有关的东西。"

在我离开北京之前，我完成了对咏梅的采访。在那场漫长对话的最后，我们把追问推向最极端的位置——互联网产品会失败，人的生命会终结，遗忘和丧失是必然的，我们这些人，如此费尽苦心去记录，去挽留，又能怎样？

她迟疑了一下，然后说："墨西哥人讲，人的一生有三次死亡。第一次是你的肉身死的时候，第二次是在葬礼上，最后一次，是这个世界上没有人记住你的时候，你就真的死掉了。我听到这个说法的时候，突然想到，如果我妈妈没了，谁会记得她？"她说着，眼泪慢慢浸满眼眶，"是因为我们想做这件事，我们在拼命努力地去抓住这些东西。"

在章红和宋铮的直播连线中，她回忆起把天涯的"噩耗"告知母亲的时刻，她本以为这对于母亲而言也是一场沉重的打击，但母亲似乎并没有因此而焦虑，"她的态度有点像，比如说这就是树上的一片树叶，树叶落下来了，那就落了吧。虽然她也觉得有点可惜，但她说那就随它去吧。"

我原本以为这就是事实，当人活到足够老的时候，就会对遗忘和丧失释然。但最终，我在杨本芬那里得到了完全不同的答案。

杨本芬告诉我，章红打来电话那天，她一下子被震撼住了。

她想，怎么办呢？天涯没有了，就好像失去一个伴那样，她想再去看看曾经写下的那些往事，也再看不见了。她没法大叫出声，但这种丧失实实在在地剜伤了她苍老的内心，在章红看不见的电话这头，一片雾水在她眼里升起。

或许人在变老的过程中，会越来越频繁地经历遗忘和失去。杨本芬想起了毛毛，她养了11年的宠物狗，在6月12日被汽车碾死了。毛毛死的那天，在很多人的面前，杨本芬抱着它大哭，眼泪横流。

"我想再去看看天涯也看不到，我想再去看看我写的那些杂七杂八的东西，我也看不到。我就像失去毛毛一样，毛毛被车压死了，我一直这么想念它，也无法能够找到它。天涯也是一样的。这么想念它，你哪怕是大哭一场，也没法子能够把它找到，是吧？它已经没有了，想念归想念，好多事情是没办法解决的。"

83岁老人的生活是很孤独的。儿子忙工作，章红和外孙女秋秋都在美国。丈夫走后，杨本芬独自生活。家里请的钟点工每天晚上七点到家里来，陪她睡觉，第二天给她做早餐和午餐，然后就离开。

整个下午，她都是一个人。身体的情况已经变得很差，有时候写作写不下去，看书也看不下去，她也不下楼，只是"在家里死扛"。有时候要拿出曾经和家人一起拍的相片来看看，哭两下子，说"你们怎么走了呢"，搞得自己很悲伤。

她说，人年纪大了以后，要靠回忆生活下去，"没办法，没有那么多事做，去分散人的精力，都是靠回忆那些往事来维持自己每天过的日子。"

在她看来，不断地去回忆她曾爱过的那些人和事，是一桩完全"一厢情愿的事"。因为人的记忆和其他所有人都没有关系，而仅仅与自己相关。当人活到83岁的年纪，她所爱的许多人都已经离去，在记忆中不断地与他们重逢并不会让人感到喜悦，更多只会带来悲伤，令人活活受罪。

但她仍要执着地回忆，"因为我想它，想他们。"

04 | 我真的来过这个世界吗

春天的一个日子，章红决定重新登录天涯社区。在此之前，她已经大概十年没有回到这里。当时，杨本芬正在动笔写她最新的作品，有些人物素材曾被她记录在天涯上，章红准备去为她找出来。

借这个契机，她搜出了杨本芬曾在天涯发表过的所有帖子，这才讶异地发觉，原来自己的母亲在这个社区里记录下了如此多的事情，就像网络日记本那样，已经成为一座记忆的富矿。

这些互联网碎片，把往日的故事重新带回章红眼前。

她记得那是2002年，操劳了半生的母亲在厨房里写成的《秋园》，已完稿好几年，但始终找不到出版的渠道。小说的主人公原型是杨本芬的母亲梁秋芳，讲述的是动荡年代里一位母亲和一个家族如浮木般漂浮的历史。

驱动年过半百的杨本芬开始写作的，是一种与时间赛跑的紧迫性。

那是她母亲去世的时刻，她被巨大的悲伤冲击，"身心几乎难以复原"。她深感时间的流逝会带来不断的遗忘和丧失，如果不抓紧时间记录下尚且能回忆起的一切，那她的母亲与她自己在这个世界上存在的痕迹，或许很快会像尘埃那样被轻易拂去。

故事写完后，没人愿意为杨本芬出版。但身为杂志主编的章红知道，写作的过程最终应当在与读者的连接中完成，"一个人表达就是为了被听到"。而彼时的天涯已经成为章红口中"大名鼎鼎"的网络社区，于是她索性注册了ID，直接开始在天涯上的"闲闲书话"版块发帖连载《秋园》全文，帖子的名字就叫"妈妈的回忆录"。

那时候，万维网已经经过了最初十年的发展，开始展现出耀眼的生命力。Web2.0时代的到来，意味着互联网开始跟更加广大的人群发生深度连接，它冲破曾经信息单向流动的历史，以不可阻挡的势头，摇撼着整个世界的知识权威。

章红记得，她刚开始发帖的时候，有网友会提出不满，说普通人的历史没人有耐心看的，只有上层人物的历史才有色彩。

但她完全不同意对方的看法。

权威叙事已经开始瓦解，互联网将要成为所有小人物讲话的空间。她说每个生命都是平等的，都值得记述。"民间的历史，普通人的历史，就像是树林当中的每一棵具体的树，大小、高矮、形状、颜色，都不一样。我们都曾经是这个世界的组成部分，无论多么微小，都会有值得一说的经历。"

大多数时候，杨本芬和"妈妈的回忆录"都很受欢迎。网友们热情地追帖、留言，引得杨本芬不由自主地想要去感谢每个愿意看她帖子的人。章红记得，哪怕人家只是友善地回复一句

"Mark"，甚至有网友在这个帖子里面互相掐架，杨本芬也会搞不清楚状况地要章红代她谢谢人家。

章红工作忙，没有太多的时间去帮她妈妈回复每一条留言。迫于形势，年过花甲的杨本芬让章红给她买了台电脑，用手写输入的方式开始自行上网。

学会上网后，杨本芬"真是疯了一样"，在电脑前一坐就是好几个小时。那时候还没有病痛缠绕她，于是在粉丝的认可带来的激情中不断地创作。在天涯，她"不停地写，不停地写"，后来的《浮木》与《我本芬芳》，都是这种激情的产物。有时候她凌晨3点钟就要爬起来看一遍留言，挨个回复，"生怕辜负了他们"。

直到2018年，由于膝盖半月板磨损严重，她已经不能久坐，椅子也必须要坐那种高高的，因为膝盖难以弯曲。她在这年选择了动手术，却没想到从此"遭了大罪"，疼痛几乎伴随她日日夜夜。折磨到极致的时候，想跳水一了百了，但痛得连"爬都爬不得了"，于是她把占地方的台式电脑卖掉，自此再也没有登上天涯。

2023年春天重新打开天涯的章红，看见了许多早已被她忘却的生活细节。

她在上面能够重新找到她和丈夫从恋爱到结婚再到养育小孩的全过程，也找到了并未被出版成书的、母亲和晚年的父亲相处的点滴琐事。父亲在新冠疫情期间去世，此时这些记忆尤其显得珍贵。她将那些链接挨个转发给她的妈妈，带着满心的庆幸，她想，幸亏贴到网上了。

但没过几天，章红就发现，天涯开始无法访问，她转发给妈妈的那些链接，点开来也只能看见屏幕上一片白白的旷野。

起初她以为这是天涯一贯存在的技术问题，只好等待。但过了好几天再去看，仍旧无法访问。于是她开始每天都去看一眼，期待它的恢复，直到不久之后，她看到朋友圈里有人发关于天涯服务器关闭的消息，这才终于有一道晴天霹雳降落到她眼前。

记忆的丧失到底意味着什么？

章红记得，曾有一个天涯网友是母亲的忠实读者，他的天涯ID叫作"不是那条蛇"。他是图书公司的编辑，曾经也想要像杨本芬那样记录下他父亲的故事，但又总觉得难以完成。看到"妈妈的回忆录"以后，"不是那条蛇"深受感动，也曾动过想要为杨本芬出书的念头，虽然未能成行，却也的确留下了无数让杨本芬和章红动容的留言。

2020年，《秋园》终于得以出版，在这本砖红色的小书面世之前，章红重新联系上了"不是那条蛇"，却得知他的父亲患上了阿尔茨海默病的消息，这件事给章红的内心带来了很深的震撼。她听他说，父亲已经叫不出他的名字，不再记得他了。

"你想啊，我第一次听到他提到他的父亲，还是在我妈妈发在天涯的帖子上，他想写他父亲的故事，也就是说那时候他的父亲还能讲述。这十几年当中我们没有联系。当我们再次联系上时，他的父亲已经从一个能够讲述自己故事的人，变成一个连儿子都不认识的人。原来时间就是无情到了这个地步。十几年，人会从一个有正常的思维能力的人，变成一个完全失去了思考力，乃至于也失去了记忆的人。"

对章红而言，记忆就是一个人精神生命的骨骼，是从很深的地方真正支撑起自我和人格的东西。

那么多人共同见证着同样的历史，而一个人在其中选择保留的历史片段、组织这些片段的逻辑、评判历史的思维方式——所有这一切构成个人记忆，而这份独一无二的记忆，最终决定了我们是谁。

在《秋园》的序言中，杨本芬这样介绍书本的内容："我写了我的母亲梁秋芳女士——一位普通中国女性——一生的故事，写了我们一家人如何像水中的浮木般随波逐流、挣扎求生，也写了中南腹地那些乡间人物的生生死死。这些普通人的经历不写出来，就注定会被深埋。"

在当时六十多岁的老人杨本芬的内心里轻轻叩响的，是这样一个关涉到她存在根源的问题——"我真的来过这个世界吗？"

二十多年后，她给出的答案是，她写下了妈妈，这世上就有了妈妈；因为写下了妈妈，就有了她自己。就这么一回事儿。

"因为我写的这本书，大家都晓得了，世界上有个'秋园'，'秋园'就是我妈妈，对吧？我把她一生经历的酸甜苦辣，基本上都写出来了。而我出过这些书，我写过这些东西，别人看到还是会记得，世界上曾有一个杨本芬。我自己不觉得我是来过这个世界上，但是确实是来过这个世界的。因为我留下了这么多痕迹。是不是这么一回事啊？"

可是杨本芬也已经变得很老了。

她开始记不清楚生活中的很多小事，曾经写在天涯上的那些故事，大多都回想不起来。太多人和事，正在走向湮没。

她突然想起了2018年卖掉的那台旧电脑。

当时，回收电脑的老板从主机里头拆出了"一个坨坨"，"重重的，一排好好的零件，说是所有文件都在里面，可以请电脑高手，花点钱，这个文件还弄得出来的——这是真的还是假的？"

她发图片给我看，原来是一个内存为500GB的硬盘，如果不出意外，大量的记忆仍旧镶嵌在这个方形的金属腔体之中。

"啊啊！太好了。"杨本芬说。她的语气像是从山洪中侥幸逃过一劫。在劫后的暗夜，幸存者杨本芬重新点燃希望，开始渴盼一场重逢。

守护老屋"一颗印"

记者　黄靖芳

当莫正才推开朱红色的铁门，一个自成的天地便出现了。

这座紧凑的院落，头顶着层叠错落的瓦片，内外天井分隔出进门的不同区间。以内天井为圆心，上下两层的房间堂正地分布在眼前。

20世纪30年代，乡土建筑研究先锋刘致平作为学者，最早发现了这种散落在云南的四合院。

他仔细地记录和研究其形态、样式，因为此类民居格局规正，像是有人从空中俯身稳稳盖下的印章，在论文中他称其为云南"一颗印"。

莫正才所拥有的"一颗印"，如今在昆明已非常少见。

莫正才已经86岁了，妻子离世，儿子搬出，他已经独居20年。他需要面对的是日渐苍老的日子，还有不理解的下一代、再次响起的拆迁命令，以及可能消失的村庄。

这颗印，随时会被抹去。

01 | 老村，老屋

老人所依附的，是比他更老的房子和村落。

滇池，是昆明最深刻的城市印记。而滇池的东岸除了是地理位置的标记，还兼具着生态和文化价值。这里曾拥有大片的农地和荒原，自古是滇中最富饶的坝子之一，作为"菜篮子"源源不断地向昆明人供应菜蔬。

当城市化的步伐拓展到了东岸，情况就变了。

2010年，莫正才所在的宏仁村收到了拆迁通知，村庄包含新村和老村两部分，分别是年轻一代和老一辈所居住的场所。一场长达9年的拉锯战打响了，个中的抗争、抗议此起彼伏，结果是到了2019年，宏仁村仍然没有被完全拆除。

老人们也称老村为"小村"，这是因为它和邻近的彝族村落子君村，是类同子母村的关系。

漫长的汉彝文化交汇、融合的过程，消解了很多独特元素，但彝族的色彩还是能不时被发现——在村民所供奉的财神庙里，就存放着一座具有彝族特色的"石猫猫"神兽。

老村内，被列为不可移动文物的宏仁寺、竹国寺等历史建筑，昭示着村庄悠远的历史。

可除此之外，这座村落如今甚至难以称得上雅观：大部分的房屋被推倒，签署了同意拆迁协议的人家会以砸烂窗户为标记；随处可见的破落墙体以及堆放在道路出入口的砖瓦，让村子看上去更像一片废墟。

想要找到莫正才的房子，需要路经早已无人居住的房屋、狭窄的石板小径和尘封多年的古照壁，就像是一个走出迷宫的游戏。

他拄着拐杖，戴着遮阳帽，每天穿行于此。

只有回到老屋的时候，他才能清晰地感觉这是他的"领土"。

这是一座没有子民的"王国"。他温和地打点着空间内的所有物品，几乎每一处地方，都有被他归置的用途。

天井的两角都放着盛水的容器——当雨水顺着屋檐落下，便有了各自的去处：一处用不锈钢的水桶接着，用下方的开关拧开，便是可以用来洗手的简易水池；另一边承接的是厚重的水缸，水面漂浮着绿色的青苔，饲养着数尾从附近农贸市场买回的金鱼，往下看是若隐若现的红色。

与正门相对的是对厅。过去是家族中的年长者居住之所，如今厅门上的雕花仍然清晰可见。退化成淡蓝色的门框，背景是莫正才重新涂上的绿油漆，莲花卉上的叶子也仍然青葱，仿佛百年来未曾褪色。反映人们生活和信仰的神兽、植物和炉子图案，虽然有些斑驳，但是仍然清晰地保留着最初的面貌。

1915年，莫正才的曾祖父莫惠修当时担任乡长，他建了三处房屋给即将成家的三个儿子。一份保存在二楼的土地文件，讲述了这段过去。而莫正才所居住的是唯一能完整保留下来的遗产。

长期关注老村发展的北京大学社会学系教授朱晓阳，也曾多次到访"一颗印"。

他发现，老屋的西北角一直聚集着一群野蜂，甚至组建起了很小的蜜蜂房。十多年来两者都相安无事地共同生活着，老人从不打扰野蜂，后者也不会对其有任何滋扰。"一般人应该很难做到。"他回忆说。

滇中高原四季气候温和，很少出现严寒酷暑，但是会有大风。"一颗印"一般采用无窗的外墙，高高筑起，以防风沙。莫正才的房子也不例外，他对房屋最直观的感受是"冬暖夏凉"。

"古人称'道法自然'"，朱晓阳在文章里写道。他认为房子的价值还体现在老人80多年来所参与演变的"居住现实"，那是一套和空间相处的规范、尺度、伦理，"他从不说，但我们能观察得到。"

如果没有对比，会很难理解维护房屋所要花费的心思。莫家200米开外，便是村子里"幸存"的另外一处"一颗印"。这所房子的历史可以追溯更远，为1914年。

因为子女众多，房屋的产权被拆成四家人的财产，如今已经凋空为散养家禽之地。蜘蛛网、鸡笼和屋顶上丛生的米白色荒草包围了四周，曾经在过往的影像中坚决捍卫房子的女主人离世于2019年春节前，还有8天就能过年。

当下，莫正才老屋的命运也成了未知数。

02 | 无人为继

两个月前，莫正才从外面回家的路上，有经过的邻居提醒他，"房子被写上红字了"。

按常理，只有已经同意拆迁的人家，才会在房屋外看到"验""拆"两字。他是绝不可能同意的，签下名字的是他唯一的儿子莫荣。

上述的拆迁项目，起源于昆明市官渡区一项名为"螺蛳湾国际商贸城二期项目"的建设工作。2010年5月初，有七个村庄的拆迁开始启动，宏仁老村以外的其余村庄已经被推平。

莫荣在没有告知父亲的情况下，签署了同意书。得知后，莫正才愤怒地去了拆迁办，证明自己才是户主。他的据理力争换来了事情的暂告一段落，直到2019年4月份"拆"字重新出现。

既是形势所迫，也是认知使然，儿子并不留恋这套老院子。

一天两餐的饭点，是父子可以打照面的时候。每天，莫荣会从不远的新村住处拿来饭菜，送到莫正才的书桌上，一般是米饭、白菜和几块肉片。而后，他会进到耳屋剁碎带来的蔬菜，喂饱门外的鹅群。

莫荣对南风窗说："人老了，（就）各有各的思想。"

如果有名人曾经光临，房子的价值也许能得以彰显提升。可惜没有。他觉得倒不如靠拆迁换回可以出租的房子，毕竟现在"打工也不好打"。莫正才看过拆迁的协议，上面显示每平方米的补偿标准是3300元，而房屋的测量面积为180平方米，算起来约59.4万元。

莫荣的想法，在年轻一代中并不孤立，拆迁成了一面放大镜，把原本并不牢固的代际关系弄得更为支离破碎。

莫正才经历的"代签"是其一。宏仁老村的村民小组组长李绍荣说，还有为了能让父母同意而以离婚相逼的后辈。

多数家庭最终还是遵从家庭经济主力的意见。一个饱经风霜的老人不会想离开他的根，但是一个对家庭经济再无贡献的成员，他个人的意愿又算什么呢？

莫荣还提到了一个理由，那就是老屋产权所归属的另一家人也同意了，他不想"惹麻烦，不好做人"。

因为祖辈的子嗣众多，实际在村子里民居的房屋产权不会只为一人所有。在用宣纸写出的《遗嘱分单》中，显示莫正才祖父获得的是房子1/3的产权，而后他通过购买又获得了另外1/3，莫正才一共有2/3的支配权。剩下的老屋西边部分，属于三祖父的后辈，他们早已同意拆迁。

6月上旬的中午，昆明的阳光如期钻进老屋的预定位置。经常穿着一件长衬衫和薄背心的莫正才老人说，他喜欢居住在此的原因之一，是房屋巧妙的结构。

冬天来临的时候，上午八九点的和煦阳光已经可以照射到对厅前的檐廊；夏季则正好相反，内天井纳住了全部的光线，坐在屋子里尽是阴凉。

这是一种经过长期观察和生活后才会得出的感受。在莫荣看来，则是另一面。房子住的人少了，他觉得"阴气重"。

事实上，父子俩几乎未曾就房子保留与否的话题进行过正式的交流。记者的询问，意外地促成了这一场合。向来温和的莫正才听到解释后，语调升高，驳斥道："这是借口。"

和那些为了家庭关系选择妥协和迁就的老人不同，莫正才呈现出一种不合时宜的固执和界限感。"老人向外辩护说喜欢住在这个地方，像是会把自己置于愚蠢的位置上"，朱晓阳观察到，但是莫正才并不"避讳"这样做。而当问起对于三祖父部分房子的看法，他则不会言语过多："这是人家的事情，我不能干涉。"

他想要守住的，就是自己的地方。

发现"拆"字的两天后，莫正才便用和好的泥土扑上，抹掉了通红的字印，不然看着"总觉得会有人来骚扰"。过往村子里不乏历史悠久的建筑，但是很多人将其改造成了更便利的砖瓦房，唯有老人的"一颗印"仍然保留这种不用一块砖头的建筑样式。材料是当地人口中的"土基"，在外看来是土黄色的土坯。"能防潮湿"，有当地人这样说道。

年久失修的老屋有过因屋顶长满野草，每逢下雨便会漏水的时候。每到冬天来临前，莫正才都会把瓦片上的草一根根拔起，缺失的部分用水泥重新涂刮。这个习惯直到多年前他的腿脚已经相当不利索时才停下。

"好住得很。"莫正才坐在他惯常的对厅前的书桌旁，说道。

村子面临拆迁前，莫正才不时会去旅游，在家还会练字、画画，但是大部分的爱好都在2010年后戛然而止，只有看书的习惯还保留下来。现在他看的是《古文观止》，并且能背出里面的五篇文章。他说，作用就像寺庙里的和尚念经一样，"背了就不会想不通很多问题。"

03 | 暮年

退休前，莫正才在被他称为"三农场"的国营企业担任组织部部长，他还保存着的名片上写的职称是：政工师。

他讲话条理清晰。过去被下放到农场做挤奶工的时候，他是队里最获信任的人。当时物资紧缺，灯泡也需要按需分配，但是大家都放心让他去领灯泡。

在"一颗印"里，除了天井的四季桂和盆栽，还有四方的对联也颇为显眼。他写道，"祖宗遗物何人护，满堂子孙谁像贤"，横批是"古建困扰"。

宏仁村在当年的拆迁风潮中之所以能顽强留守，是因为聚集了年富力强村民的新村和老年人的老村足够团结。但是，拆迁的路径后来发生了变化，新村被剔除出拆迁范围，而老村的老龄人口在逐渐减少、分化。

出生于1933年，九旬的莫正才发现，自己的身体越来越不好了。2017年巡回放映的纪录片《滇池东岸》里，他还会在人群的密集处宣扬"人在房子在"的理念，但这句鼓舞的话语成了留守的最后底气。

最近，朱晓阳重新把老屋的情况写出来放到网上，是因为他听到老人在电话那头说"死也要死在这个地方"。这让他意识到，这是一位一向克制的老人内心清晰的信号。

6月7日端午节这天，有云南大学的老师和学生来到老屋，他们想为房子装上监控摄像头。门口的果树因为可能遮挡摄像头的视线，被斩断了不少枝杈。

学生跑前跑后，因为没有无线网络，机器的连接需要网线的不断调试。这两部高挂的仪器，和莫正才今年才拥有的手机一样，成为这座房屋里少数具有现代感的物品。而安装的原因是，近段时间村子里莫名失火的房屋变多，他们在做"万一"的准备。

面对不乐观的前景，目前老人唯一的诉求是，希望能申请将房子作为文物保护单位保存下来。

官渡区文化和旅游局的负责人回应南风窗称，已经联系省市专家进行过前期实地勘查，之后需要按照流程进行审批，因为涉及不同部门，目前并不清楚具体进行到流程的哪一步。

保护这栋肉眼可见其价值的建筑，是出于朴素的自觉。莫正才否认在继承时，祖父曾对他说过诸如好好地守着房子之类的话语。他认着的道理是"祖宗遗留下来的"，本就应该"一代传一代"。

也许，祖辈也不曾料到后世会发生的事情。

每年新学期的开端，云南大学民族学与社会学学院副教授向荣都会带领学生前往村庄做服务学习。莫正才总是不厌其烦地担当讲解和引路的人，老屋里也见证着众多学生的来访。

"他会带着学生看地下贝壳的痕迹、河流的痕迹，他永远都是从这个地方的历史开始讲起，而不只是要保护自己的房子……老人是在很强的历史感里，理解现在发生的事情。"

这是一种能被学者专业地称为"文化自觉"和"理解历史脉络"的行为，尽管当事人并不自知。

所有的纷争、嘈杂，都是停留在屋外的。当你看上一眼这间百年老屋，便能明白它身上附加着的价值。

从工作中沿袭下来的自律，仍然保持在莫正才的生活中。在妻子因病辞世的多年后，他还是习惯将每天的日程安排妥当。

"我不孤独。"他说。

永别了，可爱的"蓝胖子"A380

记者　姚远

　　安-225运输机的机头砸落在地面上，机翼已经被烧成焦黑，歪歪扭扭地垂落着，似乎随时会发生断裂。这是俄罗斯第一频道电视台镜头下的场景。

　　这一面目模糊的残骸，曾是这世界上尺寸最大的运输机，全球仅乌克兰这一架。如今，它毁于战火。

　　2022年2月24日中午12点12分，中国南方航空注册号为B-6136和B-6137的两架巨型客机空客A380从广州白云机场起航，前往位于美国加利福尼亚州莫哈韦沙漠的飞机坟场，正式退役并长眠于此。那些未完全老化的零部件，移植给其他尚有机会飞向天空的同行们。

　　安-225是世界上最大的运输机，而A380是世界上最大的客机。它们的双双谢幕，似乎是一个隐喻：巨型飞机退出人类航空舞台，成为一段历史。

　　2011年10月15日，5架空客A380落地广州。中国人给这些身材庞大、外形圆乎乎、憨态可掬的飞机起了一个亲切的外号——"蓝胖子"。

在工程学意义上，A380是迄今为止世界上最伟大的飞机之一。它长72.7米，高24.1米，翼展长达79.8米，拥有四个引擎，双层座椅，最多可以容纳800位左右的乘客。

在阿联酋航空和新加坡航空运营的A380飞机上，甚至设有独立私人空间的床位，鸡尾酒吧台、淋浴间甚至是水疗中心。A380宽敞的空间和安静的飞行环境，为这一切创造了条件，它让跨洋飞行不再是一场漫长的煎熬，而是一次愉快的休闲体验。

由刘德华监制并主演的电影《危机航线》在宣传时，片方自称是"中国第一部空中犯罪电影"，故事就发生在一架A380上。

片方实景打造了三层机舱：上层的头等舱、免税店、餐厅、美容室、按摩室，中层的商务舱和经济舱，底层的行李舱和备餐区等——"完美还原了有'空中巨无霸''空中五星级酒店'之称的豪华客机内景。"宣传语这么写道。

空中客车公司业务分析和市场预测主管曾自豪地说："我们开发了世界上最受乘客欢迎的飞机。"那时，他们坚信，A380的诞生，将改变整个航空业的生态。

转眼10年过去，电影还没上映，正值壮年的A380就被南航宣布了退役。据报道，剩余三架A380也在2022年内陆续退役。世界上其他拥有A380机型的航空公司，大都也将其视作烫手山芋。

"未来，人们也不会再需要A380这样的大型客机了。"黄敏告诉南风窗。他在国内一家大型金融租赁公司任高管，对航空业与飞机资产有长期和深入的观察，这是他纵观A380自诞生至落寞全过程后的个人判断。

A380离场之后，也许，人类也要向曾经宏伟的一个空中梦想说声"再见"了。

01 | 市场偏差

以空客公司的命名顺序，按理，这款巨型客机本该被称作A350，但他们跳过了350、360和370，选择了A380。

时任空客首席执行官的Noël Forgeard觉得，数字"8"的形状，一个环落在另一个环之上，与世界上第一架全通双层客机的横截面十分相似。

正如其跳跃性的命名原则所预示的，在技术水平上，A380是超前的、领先的，是航空工程的一个奇迹。有专家认为，A380在技术上领先世界10～20年。

但对市场而言，A380是滞后的。它来得太晚了。

"飞机设计的超前性和市场变化的不确定性，决定了会有成功的机型，也会有失败的机型。"黄敏为南风窗解读。他说，A380的失败，源于飞机设计的目标市场和真实市场发展之间存在的偏差。

黄敏说，20世纪90年代，全球经济正处于一个快速发展的阶段，旅客数量快速增加。空客公司认为，枢纽机场的资源是有限的，所以与其增加飞机的频次，不如增加飞机的容量，500座以上的飞机可以满足枢纽机场巨大的出行需求。

"空客认为未来航空市场和航线网络依然是枢纽型的，以核心机场为中心，辐射周边的中小机场。打个比方，从上海飞洛杉矶的航线，执飞航司希望将全国各地的旅客先集中到枢纽机场上海，从上海飞往洛杉矶，再从洛杉矶分发到最终目的地。"黄敏解读，"在这一运输模式之下，大型飞机的存在就很有必要了，它会让航线效率大大提高。"

可市场没能如空客所愿，沿着"枢纽辐射"模式继续发展下去。旅客们用脚投票，他们不再愿意经过枢纽机场中转，倾向于更加省时省力的直飞。

与此同时，二三线机场也建设起来，为航空公司开辟直飞航线提供了条件。在如今"点对点"的航空网络中，载客量愈高的飞机，愈显得笨重和不经济，轻快便捷的小机型成为承担飞行任务的首选。

飞机愈大，其运营成本愈高。黄敏透露，空客A380的运营成本大约是波音777机型的3倍，甚至更多。前述南航管理层人士告诉南风窗："空客A380有四个引擎，在经济上天然不如两个引擎的飞机。"这多出的两个引擎，在油耗和维护上都需要增添一笔不菲的支出。

高昂的运营成本，决定了A380必须达到12个小时的利用率。这意味着，它每天必须保证12个小时的航行时间，才能盈利。

但若只是飞国内航线，在不出现延误和技术问题的情况下满载运行，飞行时长最高也只能保持在10个小时左右。"这是理想状态了。"黄敏说，"只有跨洋飞行才能保证12个小时以上的利用率。"

据消息人士称，南航在这5架A380上，第一年的亏损数额就高达2个亿。

直到2015年，南航开辟"北京—阿姆斯特丹"新航线，A380挑起重任，才实现了它的首次盈利。

但已经太晚了。此时，距2008年北京奥运会已过去了7年，距2010年上海世博会、广州亚运会已过去了5年。错过了这三大国际性盛会，A380错过了中国航空最需要它的时机。再后来，病毒肆虐，国境封闭，擅长跨洋飞行的A380更是失去了展露拳脚的舞台。

02 | 疫情加速了退役

需要明确，新冠疫情是A380退出市场的加速剂，但不是决定性因素。

"其实（南航）早就想把它卖掉了。"南航一名管理人员告诉南风窗，"世界上许多航空公司都在计划如何处理A380，不是疫情之后才开始考虑的。"

实际上，在疫情初期，A380还发挥了重要作用。2020年3月26日，中国民用航空局发布《关于疫情防控期间继续调减国际客运航班量的通知》，为遏制境外新冠肺炎疫情输入风险高发态势，国内每家航空公司经营至任一国家的航线只能保留1条，且每条航线每周运营班次不得超过1班。

于是，载客能力最强的A380成为首选。南航将5架A380全数调配至国际航线中，用以更加高效地运送乘客。据界面新闻报道，直至2021年上半年，广州—洛杉矶航线的载客量仍接近全满。一趟国际航班的净利润，比疫情前增加了数百万至数千万元——这是A380为数不多的，为航空公司带来经济效益的高光时刻。

好景不长。载客量越大，乘客感染新冠病毒的可能性也越大，触发熔断机制（即停航）的可能性也越高。

2021年12月28日和2022年1月4日，自洛杉矶出发，入境广州的南航CZ328航班分别确诊了阳性病例16人和14人，民航局立即暂停该航班的运营长达8周，对其实行了"超级熔断"。

据民航局通报，截至2022年1月14日，南航从洛杉矶飞往广州的CZ328航班，从2020年5月以来共被熔断14架次，合计熔断时间长达98天。

这意味着，严峻的疫情境外输入形势之下，由A380执飞的航班数量也在削减，动荡不定。

"以中国市场为例。在疫情以来的两年多时间里，国际航线恢复率几乎从未超过10%，适合A380的跨洋航线几乎消失。而飞国内航线，只能是越飞越烧钱。"黄敏说。

那三年，由于国境封锁，全球航空业预计亏损超2000亿美元，各航空公司想尽办法削减成本，以渡过难关。甩掉A380这个"包袱"，便成了航空公司们首先采取的行动。

连生存都成了问题，人们再也分不出资源去投喂这只"吞金兽"。持有A380产量一半以上的阿联酋航空宣布，取消大部分尚未交付的A380客机订单；德国汉莎航空决定退役6架A380；卡塔尔航空计划在2024年退役旗下10架A380。

2021年5月，卡塔尔航空公司首席执行官Akbar Al Baker甚至公开宣称："回头看，购买A380是我们犯下的最大错误。……我们再也不想飞了，A380在燃油消耗和排放方面效率非常低，而且我认为在可预见的未来它不会有市场。"

2021年12月16日，世界上最后一架空中客车A380被交付给阿联酋航空后，正式停产。至今仍有A380客机尚在服役，但它们的生命不再被延续。

它们中的一些，已经从伟大的天空之鸟，成了停在沙漠里的"器官捐赠者"。

03 | 悲情离场

20世纪90年代，波音公司的工程师、市场分析师、财务规划师和高层领导，在讨论联合生产超大型飞机时告诉过空客同行，市场不会支持500座以上的飞机，未来更不会。甚至，波音认为，他们自己的747机型对市场来说，"已经太大了"。

来自全球的专家、记者，也纷纷向空客高层这么建议，可都没能阻止A380的诞生。

美国《福布斯》杂志评论，在A380的设计和生产过程中，"一直存在着过量的雄性激素、民族自豪感、政治上的哗众取宠和自负。……A380实现了其政治目标，即雇用大量的欧洲航空航天技术人员，保持欧洲大陆在高科技航空制造领域的先进性。"

威尔士制造机翼，英国制造发动机，机身和垂直尾翼产自德国，水平尾翼来自西班牙，总装在法国完成。的确，A380是欧洲航空智慧的合力。

但A380还是败给了市场。在空客的计划里，A380本应生产500架以上，但真实数字仅仅是想象里的一半，最终定格在了251架。

幻想实在过于宏大了，宏大到像是航空系统里的一次异常增殖，一块不断挤压着周围组织的良性肿瘤，不会入侵机体，但与其他组织分界鲜明，令人忧心忡忡。

"国内绝大多数机场都不具备A380的起降条件。"黄敏说。这也是促成A380退出中国市场的原因之一。

南航的管理人员也向南风窗承认，A380配套设施的运营成本极高。"一般的飞机，比如波音747，50吨的牵引车就够了，但A380需要自重70吨的牵引车，只能由我们航空公司另行购买。"

这只空中巨兽还需要75米宽的跑道和60米宽的滑行道。"它的翼展太宽了，如果在北京机场的跑道上滑行，另外一条滑行道是需要停下来的，其他飞机不能同时使用。"上述人士说。

还要拥有3个最低2个活动端的旅客登机桥，价格大约是一亿元一个。A380不同寻常的体型，对客梯车、行李传送车、加油车、垃圾车甚至是配餐车都提出了更高的要求。

适应它的成本是惊人的。为了容纳A380，纽约和新泽西港务局在机场基础设施升级上就花费了1.75亿美元，甚至更多。不是所有机场都负担得起这笔钱。

A380没有建立起一个成熟的生态。于是，系统发生了排异反应，将其淘汰出局。

一款堪称工业奇迹的飞机，落得如此结局，颇富悲情色彩。世界各地的航空爱好者们自发组织纪念活动，送别A380。

2020年11月14日，葡萄牙HiFly公司因无力支撑其运营，决定提前退租A380飞机。最后一次飞行，在驾驶员的操控下，HiFlyA380从葡萄牙贝雅起飞，在葡萄牙海岸附近用航线在空中画了一个爱心，然后飞往了图卢兹——最开始，它出生的地方。

机场外的草坪上，数十名飞友向A380用力挥手，用镜头记录下这个绘有珊瑚图样的大家伙最后的模样。视频被上传至中文互联网，当镜头定格在A380缓缓驶入停机坪的那一刻，弹幕上飞过不同颜色的"泪目"。

一位资深飞友颇有感慨，对南风窗说："A380是航空科技的奇迹，是人类在拉高天空承重极限上的成功探索。击败它的不是其他竞争对手，而是时代变化的速度。"

而他个人，不愿意用"失败"二字来形容这款飞机。

摇滚石家庄的爱与痛

记者 赵淑荷

2023年7月28日下午，下班高峰时段，石家庄街头的交通略显拥堵，人们讨论着今年夏天最厉害的那场台风。

与此同时，其实在石家庄内部，也正在酝酿着一场文化飓风。

两周前，石家庄公布了将要创办"摇滚之城"的消息，引发河北内外文化界巨大关注。这是第一个把"摇滚乐"这样一种舶来文化作为名片的城市。

石家庄有自己的理由。

在这里诞生的乐队"万能青年旅店"是中国最优秀的摇滚乐队之一；从这里走出的旺财、相对论、昏热症、牙龈出血、Rustic、星球撞树等乐队被全国乐迷熟知；Click#15的Ricky、盘尼西林的小乐都是石家庄人，被一代人视为摇滚文化"圣经"的杂志《我爱摇滚乐》在这里创刊并存活十余年；而"石家庄"的民间英译"rock home town"的另一个译法，是"摇滚乐的家乡"。

作为"开国第一城",石家庄是一个"火车拉来的"移民城市,这里生活着从河北各个市镇及五湖四海迁居至此的居民。因此,在石家庄的街头,可以看到全国各地的小吃和谐地出现在一起:新疆的椒麻鸡、保定的驴肉火烧、西安的甑糕、山东的煎饼以及"石家庄特色安徽正宗牛肉板面"(被当地人戏称为"石特安")。

这里没有方言。多数石家庄人说普通话,带着被泛称为"北方口音"的腔调,少数人操着祖籍的乡音。

就是这样一个因为海纳百川而面目模糊的城市,被称为中国最没存在感的省会的城市,一鸣惊人地,正在进行一个名为"摇滚之城"的计划。

这背后,是几代石家庄人的爱与痛。

01 | 石家庄的"摇滚元老"

7月26日,我见到了石家庄第一支摇滚乐队"地平线乐队"的创始人、主唱兼吉他手邢迪。

邢迪出现在石家庄第一批的地铁摇滚快闪活动中。他跟朋友张欣组成新乐队,参加激情夏夜的惠民演出,进地铁为市民唱歌,为石家庄率先造势。

邢迪把这看成一种责任,他知道可能会有人说自己做这事儿"不摇滚"。但是作为石家庄的一个公民,他觉得,"需要我,我就来了"。

　　四十多年前，邢迪还在上初中，学美术。某天他在石家庄曾经的文化中心八一礼堂经过，看到一个流浪汉。那个人站在一个很高的墩子上，一边弹吉他一边唱歌。邢迪没见过这种乐器，更没听过那样轻灵奇妙的音乐。他感觉到自己一下子就开始崇拜这个弹吉他的人，吉他带来的音乐不亚于"神的降临"。邢迪把自己一个学期的颜料钱倾囊相予，那是20世纪80年代的3块钱，"一笔巨款"。

　　邢迪逃课逃了一个星期，每个下午都来找他，那人就开始教他弹奏。1981年，石家庄还没有"琴行"这个说法。在中山路地道桥有一个"文体乐器部"，他们告诉邢迪，吉他这个乐器，没有库存，只能订货。邢迪的父亲也好文艺，全力支持邢迪的爱好，给邢迪订了一台"凤凰"牌吉他。

　　1984年，致力于普及瑜伽的"当代中国瑜伽之母"张蕙兰，应政府邀请把西方现代流行音乐介绍进中国，她带来了两支美国乐队，朝阳国际电子乐队和幸存者乐队（另译"悲惨星期五乐队"），将基于"四大件"（电吉他、电贝斯、架子鼓、键盘）和插电演奏的摇滚乐作为瑜伽冥想音乐引进中国。

　　邢迪的父亲当时在石家庄第一工人文化公司上班，对文化方面的消息很灵通。有天邢迪的爸爸从单位跑回家，喊上邢迪，"快去看，有美国人演出。"

　　这两支乐队在中国的大城市开展巡演，原定首场在北京。北京方面因为从未有此先例，出于社会影响的考虑，选择先在石家庄"试水"。因此，石家庄成为中国最早举办摇滚演出的城市。

　　20世纪80年代末90年代初，崔健、唐朝、黑豹在北京开启了中国摇滚乐历史上最辉煌的一个时期，他们在这种"西方音乐"上所进行的探索振奋了邢迪。1992年，地平线乐队在石家庄成立。

乐队的转折点发生在1994年，崔健的经纪人王晓京邀请他们去北京发展，但前提是必须要辞去工作。

其他乐队成员细加考虑之后都没有选择辞职，乐队里只有邢迪一个人真的辞去了省歌舞剧院的工作。

地平线没有闯到北京去。

后来邢迪在北京与新成员重组了地平线，在那里做了8年音乐，新加入的键盘手李志辉在石家庄也有个乐队，叫"方月亮"。

早期地平线为稳定放弃签约王晓京这件事，其实显示了很多信号。

比如，从一开始，对石家庄人而言，摇滚乐与工作——甚至是体制内的工作——并不是泾渭分明的。

2021年，姬赓作为专家人才获石家庄市政府特殊津贴；2023年，石家庄文化旅游投资集团文化体育公司演出分公司的负责人告诉我，在他们筹备建设"摇滚之城"的团队里，有一个年轻人，在石家庄是小有名气的乐手。

官办"摇滚之城"的消息释出之后，很多人首先觉得，亚文化与主流文化的合流是不可思议的。

政府参与搞摇滚乐，到底是一件"不摇滚"的事情，还是一件"特摇滚"的事情？

答案还在风中飘荡。

但是对石家庄来说，最起码，这不算非常稀奇，摇滚乐在这里开端的时候就已经与体制有密不可分的联系。

除了邢迪的经历，能够证明这一点的另一个事件，发生在1986年。崔健在北京工人体育馆唱响《一无所有》开启中国摇滚乐纪元的同时，相距300公里的石家庄，启蒙一代人的音乐杂志《通俗歌曲》，作为官方刊物，在河北省艺术研究所这样一个事业单位里诞生了。

02 | 一代人的摇滚"圣经"

20世纪90年代末，石家庄人晓朱从军校退学。这在有军校教育传统又无比看重体制内身份的石家庄，无异于一种极端叛逆的行为。

但这只不过是晓朱"摇滚人生"的开始。

退学回家的晓朱在打口带和盗版唱片商贩当中找到了精神依托。后来，"文笔好，又懂点音乐"的他应聘了《通俗歌曲》的编辑工作。

在他加入之前，《通俗歌曲》基本上是一本刊登流行音乐曲谱的"歌词本"，后来晓朱丰富了内容，主动介绍摇滚乐、写乐评、采访乐队，后期甚至改版为《通俗歌曲·摇滚》。

1999年，晓朱决定从《通俗歌曲》里独立出来，做一个相对来说不受限制的音乐杂志。《我爱摇滚乐》（以下简称"《爱摇》"）创刊了，刊名取自摇滚歌手琼·杰特（Joan Jett）的歌曲《我爱摇滚乐》（I Love Rock'N Roll）。

杂志没有刊号，但每期封面粘贴的音乐光盘是正式出版物，于是杂志封面写上"随CD附送"，杂志作为光盘附属读物发行，这是《爱摇》的斡旋方式，主编晓朱称其为"出版界的法外之徒"。

石家庄这个城市有很多个侧面，《爱摇》的气质很像被淹没在小广告里的石家庄。如果说杂志前半本是真正的摇滚乐译介与评论，后半本则兼有地摊文学的趣味猎奇和青年读物的前卫混乱、离经叛道、胡说八道，自由地谈论文学、政治、哲学、玄学。

因为"后半本儿"的存在，有人说，与其称《爱摇》为一本"摇滚乐"的杂志，不如说这是一本"摇滚"的杂志。它在普及音乐的任务之外，更开拓了一代青年的认识边界，启发了年轻人独立思考，探索世界。

这本杂志前所未有地把国内热爱摇滚乐的人"牵扯"在一起。

7月28日，台风来临前的傍晚，我来到中山东路488号，这里是《爱摇》最早的编辑部。

据说，这里曾经每天都会收到来自全国各地的读者来信和稀奇古怪的礼物。在纸媒兴盛的时期，《爱摇》惊人地做到了不依靠广告盈利，仅靠订阅收入就可以存活。

2013年，纸媒走向没落，《爱摇》停刊。网络上读者挽留、等待，出现频率最高的一句评论是，"从中学读到大学"。那是一代人的青春。

2015年，停滞一年的《爱摇》转向新媒体，编辑段郎和几位同事开始主办微信公众号和微博。六年后，在"爱摇"的微博底下，有个网友回忆，当年出最后一期的时候，他听到消息说，杂志社表示如果这一期销量好，就还能再出下一期。

他一口气买了几十本，到处送人，六年了还没送完。

在纸媒没落、新媒体兴起的那几年，华北平原的冬季雾霾像一个枯燥得无法醒来的梦境，沉重地压在每一个石家庄人的身上。《爱摇》停刊之后，总编晓朱离开了石家庄，举家搬到云南。后来在某次采访当中，晓朱说，"我曾得到了我想要的一切，说了一切我想说的，认识了一切我想认识的人，这都缘于我曾生活在那个城市。"

如今，石家庄的空气质量得到了改善，城市不断发展。当年爱摇编辑部所在的小区现在挂上了拆迁的牌子，院里的房子露出红色砖墙，被判定为危房。

我在488号院中行走的时候，一楼平房里一个大爷探出身子，问我找谁。我说这儿原来有个编辑部。

大爷有点耳背，我重复多遍。然后他摆摆手，说没有编辑部了，这里的人基本上都走了，"这里要拆啦"。

03 | 万能青年旅店乐队与被遗忘的城市

在拾万当代艺术中心的展台，放着一本自出版书，我在上面看到这样一句话："我们是经济落后、文化枯萎的二线省会城市的居民，我们也无法在这块土地上种植生活的根脉。"

作为距离北京最近的省会城市，石家庄拥有北京无法想象的低物价。在这里，你可以轻松买到30块钱的T恤、6块钱一碗的凉皮、5块钱的肉夹馍。网传石家庄曾经被评为中国幸福指数最高的城市，不知道是否与低物价有关系。

而低物价的表象之下，却是工业城市衰落、经济落后、消费乏力的暗流。

"东北文艺复兴"的说法已经被提了四五年，人们却尚未意识到，与东北命运极其相似的华北，连衰落的历史都尚未得到真正的言说。

如此生活三十年，石家庄等到了万能青年旅店乐队（以下简称"万青"）。

这支乐队早就成为石家庄的文化名片，在政府行动之前，就已经在为石家庄贡献旅游消费。他们在歌曲当中提到的河北师大附中、药厂、有"八角柜台"的人民商场（现为"新百广场"），成为石家庄这个"缺少景点"的城市里，真正的文青打卡目的地。

与石家庄在网络的低存在感迥然相异，《杀死那个石家庄人》在中国摇滚乐史上的存在感令人难以忽视。

我跟邢迪聊天的时候，他中间提到了董亚千（万青的主唱兼吉他手），"这孩子社恐，因为他沉浸在自己的世界里，对音乐很专注。"

这个敏感的孩子，从小就闻到石家庄的空气里有一股药厂的味道，那可能来自青霉素的培养基。《杀死那个石家庄人》的第一句歌词就写道："傍晚六点下班，换掉药厂的衣裳。"

在新中国的布局当中，石家庄是纺织和制药重镇。1953年，华北制药落址石家庄，担负起研制国产青霉素的任务，它结束了中国依赖进口青霉素的历史，也让石家庄成为中国最大的抗生素生产基地。

时间往前推，早在20世纪初，作为京汉铁路一部分的正太铁路，为了节省投入，将起点稍稍南移，建在了一个小村庄，它成为山西与京津冀沟通连接的交通枢纽，石家庄从此开始崛起。起于微末，这是政府认为石家庄"不宜更名"的历史原因。1947年，石家庄是第一个解放的大城市，"开国第一城"的荣光，照耀在这个"火车上拉来的城市"。

时代变迁，2021年，石家庄的人均地区生产总值在全国省会中落到了倒数第二。

重重困局当中的石家庄，在经济急遽变动的时代里，见证了一系列"魔幻"事件——这里产生了《征服》的原型，有一起震惊全国的爆炸案，出了三鹿奶粉，却没能等到经济的再次腾飞。

荣光逝去之后，石家庄人首先要面对的是生活，其次要面对的是遗忘。

这座城市显得暗淡了。曾经从全国各地迁入石家庄支持新中国建设的人们，带来了各地的方言，却制造了一个没有方言的城市；带来了各种文化，却让石家庄的传统难以溯源。

他们的后代继续在这里生活，试图在石家庄找到自己的位置，万青就是其中一员。

万青创作的母题，是人与地域的关系、人与时代的关系，他们是在历史的坐标当中确认自身的音乐作者。首张同名专辑《万能青年旅店》见证了石家庄的变化和父辈的失落，用文学的眼光将其辨认为"大厦崩塌"并告知世人，为石家庄的历史书写保存了尊严感；同时，对当代青年生存处境和心理困境的观照超脱了地下风格，以其悲悯的人文情怀丰富了中国摇滚乐的美学内涵。

有人不无偏颇地认为，直到万青出现，摇滚乐与石家庄才有了深度绑定的契机。

《我爱摇滚乐》新媒体主理人段郎说，石家庄市是个没有"传统文化"的地方，各县区的文化也更植根本乡本土，要发展文旅，只能从当代文化当中找。而石家庄的当代文化里，最有声名的莫过于摇滚乐。

在近十年间，这种"声名"有很大一部分来自万青的贡献。

04 ｜ 理想与现实的两端

7月27日，我与石家庄第一家livehouse（小型演出场所）"地下丝绒"的创始人辣强见了面。他是3月石家庄摇滚乐调研座谈会参会人员名单上的其中一位，现在他有一部分精力放在协助政府建设"城市名片"上面。

辣强把自己的工作定义为，"政府想干这事，我提供一点相对专业的建议。"外界都怕石家庄这事最后搞成"外行指导内行"，辣强就是政府为避免这种局面专门请来的"内行"，"但也只能起到提建议的作用"。

在"摇滚之城"落地的前两周，一条在网上被热传的视频里，一支年轻乐队正在地铁车厢里演唱郝云的《活着》。引发外界质疑的是，在下班时间里进地铁演出，是否扰乱了车厢秩序，影响市民正常出行？另外，直接翻唱《活着》这类歌曲，与真正的摇滚乐现场演出之间，是否存在较大的差距？

石家庄文化旅游投资集团下属文化体育公司演出分公司的负责人于彤向我解释了这些活动的初衷，"主要是造势"，在公众当中建立对摇滚乐的认知度。因此他们首先是选择在全城遍地开花，打开局面；另外考虑到大多数的观众可能对一些摇滚原创乐队不是非常熟悉，对他们的表演形式也比较陌生，所以选择了一些商演乐队参与演出，并倾向于选择传唱度较高的曲目。

网上的评论，团队都看到了。正因如此，他们决定在接下来的策划当中进行调整。"摇滚音乐季"的第三周，地铁快闪已经基本取消了。

摇滚乐是西方舶来的亚文化，而"摇滚之城"则是石家庄市政府主办的自上而下的全民文化活动。于是，摇滚乐与石家庄之间，实际上存在两对矛盾。

一是摇滚乐作为亚文化与主流文化相遇时产生的碰撞。

二是摇滚乐对听者思想深度、音乐素养的要求让它在作为一种全民文化推广的时候，与大众接受度之间产生的差距。

对于这些"矛盾"，邢迪和辣强——这两位年纪相对较长的"老炮儿"给出了相似的答案，他们都提到了鲍勃·迪伦（Bob Dylan），披头士(the Beatles)及约翰·列侬（John Lennon），提到了他们歌曲当中的人文情怀与普适"大爱"。辣强意识到，如果一味追求摇滚乐的纯粹精神，在这里只会遭遇一个非常失败的答案，而真正富有情怀和深度的创作，无须特意进行主流价值观改造，它们天生适合"摇滚之城"。

7月24日，石家庄文化广电和旅游局通报了一则处罚，由于暴力香槟乐队在7月22日的现场表演时当众脱裤，造成恶劣的社会影响，有关部门对做出该举动的贝斯手处以行拘，责令承办该场演出的红糖livehouse停业整顿，并处罚金20万元。

一些网民认为处罚太重，与支持摇滚乐发展的创城方向相悖；一些网民认为这种行为严重违反公序良俗并且观感油腻，在创城期间损害了石家庄的形象，当罚。

无论对此有何种结论，这件事将让石家庄不得不意识到，跟摇滚乐这个从西方来的"叛逆青年"打交道，他们还有很多磨合的工作要做。宽松的上限设在哪里，严格的下限如何确定，都是"摇滚之城"建设之路上必然要解决的问题。

辣强赞扬政府主动选择摇滚乐来打造文化名片的勇气，也提出了自己的看法。要办成这事儿，不能光靠一个部门使劲，其他部门比如交通方面也要配合，"不要我看个演出，出来一看车被贴条了。"

2023年，"地下丝绒"此前已成功主办过两届的"河北原创音乐节"将首次迎来政府力量的加入，这也是石家庄将会在"摇滚音乐季"展开的"大动作"。于彤向我介绍，8月份，音乐节将是"摇滚之城"的工作重心。

除了"河北原创音乐节"，网络上还流传着另外一档音乐节上真假不明的参演名单，据说有万青参与。这并非没有可能，如果在政府支持下，让更多的乐队与更广大的观众见面，对双方来说都是好事。于彤觉得，这些"小道消息"，从侧面反映了大家对石家庄的期待。

05 | 一直游到海水变蓝

邢迪告诉我，他现在正在跟MCN合作，每晚在抖音直播，收入比做现场可观。玩音乐，也得生存，邢迪觉得，自己跟摇滚乐磕了半辈子，过了"拗造型"的时候了，先活下去，才更有可能创作好的音乐。

这也是他和辣强会全力支持"摇滚之城"建设的原因。参与其中的乐队，或许能有更多机会获得生存状况的改善，大家都希望这会是一个良性循环。

"码头薯条儿乐队"是响应"摇滚之城"建设新组成的乐队，并不令人意外的是，主唱小徐也有一份体制内的工作。两个月前，旅投的人找到他，希望他能参与"摇滚音乐季"的演出，他就组了个局，邀请以前玩音乐的朋友一起再闹腾一次。小徐说，这件事确实给他们注入了一股精气神，很多乐队成员都没想到，自己还能重新组队上台。

离开石家庄之前，我去了万青成员入股的酒吧麦忘馆。

依照惯例，麦忘馆在周三会热闹一些。来者皆有伴，唯独角落里坐着一个男孩，刘海过眉，独自垂头听歌。

这个男孩今年准高三，正在放暑假，还有不到半个月就要开学了。

男孩跟我讲述了他为何会出现在麦忘馆。初中时他听到万青的《大石碎胸口》被其震撼，那时他还没有手机，就把万青的歌下到电话手表里，他双手举起，做了一个戴耳机的动作，"每天狂听。"

前一天他也来了麦忘馆，带着妈妈。他们坐在靠窗的座位，喝无酒精饮料，男孩给妈妈放万青听，妈妈说，听不太明白，感觉没有调。

今天他独自来这儿，定好十点就得回家。他就读于石家庄一所非常好的中学，寄宿制，衡水模式，管理严格。他向我科普了"小时假"，指的是探亲时间不足一整天的假期，比如中午放假，第二天早上返校，甚至晚上就要回来，以小时计算。

河北考生确实很不容易。石家庄是全国唯一一个没有"985"和"211"院校的省会，缺少好学校、名牌学校，让河北的考生考上好大学的路途比其他省份考生更为艰难。与此同时，河北也面临着大量的人才外流。

说到这儿，男孩显现出一些叛逆："这样的生活我已经熬过两年了，还有一年，就不伺候了。我觉得人能说出的最美妙的语言，就是'不伺候了'。"

他说出这句话的时候，语气并不狂妄，但是我在他的话语中，看到了一代石家庄人的影子。

男孩听说我是外地人，便一直嘟囔着："石家庄有什么好玩的？"但有趣的是，他一直没停下在手机里为我翻找他拍摄的石家庄。

他为我推荐了"麦德香炸鸡"，推荐我去正定古城玩，告诉我滹沱河是"石家庄唯一有点景色的地方"，为我介绍石家庄著名的烂尾工程——现在已经作为一个魔幻现实主义地标存在着。

他拍了这样一张照片，石家庄某个村庄被拆迁之后，土地上覆盖了一片塑料的蓝色，画面的左下角，一个年轻母亲正在为婴儿哺乳。他这样向我解释这张照片："这地上蓝色的像海，却又不是真的海；这个母亲在喂奶，而她脚下的村庄，也是她的母亲。"

我提出把这张照片发给我的请求，互通联系方式时，我看到他的微信名是"一直游到海水变蓝"。这个名字取自贾樟柯的纪录片，而贾樟柯又引自余华："在我小的时候，看着大海是黄颜色的，但是课本上说大海是蓝色的。我们小时候经常在这儿游泳，有一天我就想一直游，我想一直游到海水变蓝……"

正好这个时候，放了一晚说唱的DJ突然切换了美国朋克乐队绿日（Green Day）的*Good Riddance*，男孩被这串清新动人的旋律吸引，他高高举起手机录下了这段歌曲，就像无数曾经在石家庄的livehouse、酒吧、草坪上受到摇滚乐感召的年轻人一样。

（于彤为化名）

返乡手记

大年初一，老板今天要放假

记者　赵佳佳

年三十晚上，我妈答应我，在正月初一给自己放天假。这就意味着，一年到头，我爸和我妈终于拥有了唯一的假日。

作为经营夫妻店的小商贩，二三十年来，朝六晚九，全年无休，就是我父母的工作常态。

其实本可以不这么拼命的，至少现在不用了。作为家里最大的开支——我——已经长大成人，开始工作。虽然我弟弟还在上小学六年级，但家里的储蓄和硬资产还是足够支撑他顺利上大学的。

那我妈妈究竟为什么还不愿意给自己放假呢？

我起初以为是因为钱，毕竟她时常碎碎念，说初一这天开店还是至少能有两千块钱的毛收入。

但后来我发现，可不全是为了钱。

初一早上我爸回到店里的仓库，给他养的猫儿们煮饭吃，回家之后，我妈忙不迭问他，"隔壁那谁谁今天开门做生意没？"

"那谁谁"就是她生意上的竞争对手。虽然这只是个小小的五金店，但你要知道，小生意里也有大江湖。

我爸回答说，开了。于是我妈脸上立即浮现出一种不甘的神色。看她那架势，我真怕她立马从我家厨房冲到她的小商铺前，"哗"一声拉开她的卷帘门，开始她新一天的战争。

我立马提醒她，可不准哦，今天是假期。她这才咧开嘴笑起来，做出一副转歪脑筋的学生被教导主任揪住衣领的样子。

她后来反省自己，说不愿意放假的根本原因，是爱跟人较劲。

她如今的竞争对手和我年纪相仿，二十多岁，所以能起得比鸡早，睡得比狗晚，干得比驴多。毕竟年轻就是本钱。我还偶然从我妈口中得知，那谁谁的父母，就是我妈的上一任竞争对手。

我妈从上一代斗到了下一代，别人都退休让子女继承家业了，我妈却还在继续跟新来的年轻人较劲。

但爱较劲在我妈妈身上并不是什么让人讨厌的个性，正因为爱较劲，所以她成为一个勤劳、坚韧、善于应对生活的女人。

这仿佛是她存在的原动力，是驱动她生命的最紧迫、最焦灼，同时也最生机勃勃的力量所在。

01 | 爱较劲这件小事

我的妈妈出生于1974年，小学毕业。那些年生活实在艰苦，但却并不能解释我妈为什么只读完了小学，毕竟她的姐姐妹妹都去念了初中，唯独她没有。

她曾回应过我这个问题，也是嘿嘿一笑，有点不好意思地说："上课老是开飞机。"

她自诩为十分聪明的那类学生，考试做数学卷子，做完洋洋得意，心想，"这次要考满分了！"结果成绩出来一看，是个鸭蛋。

二十多年的相处中，我能基本判断出，我的妈妈并不是个笨蛋，甚至有点小聪明。但看来她确实很不善于应付书面知识。

不过，让人感到奇怪的是，她的成绩虽然惨不忍睹，却写得一手好字。

为了解答我的困惑，我妈告诉我，她上小学时的同桌写字非常漂亮，她于是也就刻苦练习，想要写得比同桌更好。我想这大概就是爱较劲的天性为我妈创造出的第一笔财富。毕竟在我小时候，我妈唯一能让我崇拜的地方，就是她桀骜不驯的字体。

在我的成长过程中，我发现，我妈爱较劲这件事儿，最集中表现在她和我爸的相处上。

不知道不服输是不是属于重庆女人的天性，虽然我的妈妈无法代表整个区域群体，但在我的所见所闻以及我真实的生活经验中，我妈这样的重庆女人，还是很有一点代表性的。

我爸是个心地善良但嘴很碎的人，只要有什么他看着不顺眼的事情，他就会想要去指责别人哪里做得不对。基于对我爸的反抗，我妈的行动思路，就是和他较上劲来，"只要我做事比他更强更快，那他就再没什么话可讲！"

我妈的强大，可以说是由此造就的。

我爸爱做饭，但他的流程讲究细致周全，因而速度极慢。我妈虽然做不到那样精致，但她认为自己可以在速度上赶超对方。做饭有什么了不得，在我妈看来，那是全天下最简单的事情。

进入厨房的第一时间，她可以同时开启厨房里的三个锅，分别负责煮饭、给肉焯水、煲汤前煮沸水。她的大脑急速运转，按照最高效率的分配方式来安排切肉、择菜、剥蒜、洗碗等步骤。

通常不出半小时，一桌菜就能成型——只不过是开动筷子之时，米饭还是夹生状态罢了。

我爸妈相识于1991年，那时候我妈17岁，我爸22岁。这是两个穷酸年轻人的相遇，家庭无法给予他们任何物质财富上的支持，学历水平又不允许他们从事什么高精尖的技术活动，于是只好白手起家，开夫妻店，做点小本生意。

他们一开始做餐饮店，后来做五金店。开五金店对于一个以较劲作为行动指南的女人来讲，可就不仅仅是下厨房那么小儿科的事情了。

我爸妈的五金店什么都卖，像个小百货超市，你要是搬家时置备新用具，来到这里，锅碗瓢盆样样给你配齐。

这也就意味着，店里的货物数量庞大，种类繁杂。生意好的时候，进货的量也大，店里就我爸妈两个人，为了节省下请工人搬运所需的费用，他俩自己当老板也当工人，每件几十上百斤的货物，一下子到个几十件，全凭自己往三四楼上的仓库转运去。

一直以来，大概是有一种强烈的直觉指引着我妈，让她意识到，家庭的和平源自话语权的平等。而她认为，在这样一个小市民家庭之中，话语权要通过实打实的劳动去取得。从小我就知道，我妈是个绝不服输的女人，她嘴上不多说什么，但是心里铆着劲。所以最终呈现出来的局面就是，我爸能搬多重的东西，我妈就非要搬多重的东西。

许许多多街坊四邻已经吃完晚餐准备休息的夜晚，在雾蒙蒙的夜色里，我的爸爸妈妈还在往仓库搬运货物。有时候是几十箱陶瓷碗碟，有时候是几十捆折叠起来的木桌子，有时候是塑料凳子，一摞二十个，比我爸还高出一大截那种。

我小时候时常跟在我妈身后观察她搬货的样子。

我妈身高只有一米五出头，为了省力，她和我爸一样习惯把东西扛在肩头，或者背在背上靠腰部发力。她就那么矮的个子，货物像是在向下拉拽她的身体，于是她整个人的结构就变得歪斜，很像是地震之后的遗迹。

02 ｜ 日常的胜利

虽然我妈嘴上说她自己爱较劲，和生意上的对头较劲，也和我爸较劲。但据我观察，其实她并不是要从针对某个人的具体的输赢之中获得回馈。

具体的输赢是指这样一些情况。比如有时候，她可以比竞争对手多卖出几件同种类的商品，或者比人家早半小时拉开卷帘门；再比如，她洗碗只需要我爸耗费的三分之一的时间，或者是能比我爸搬运更多的货物。

但其实并不是，她不是非要和谁攀比。和人攀比是出于虚荣，但虚荣压根无法支撑起她全部的生活。

我的妈妈虽然受到的教育不多，但我一直认为，她从真正的生活中得到了很好的教化。

我记得我曾经在仓库老旧的绿色门框旁边，看见她用记号笔写下的小字，"二月十四日开花"；她曾推荐我去采访一位为他们搬货的棒棒军，理由是此人诚实，不奸诈狡猾；她偏爱库房里那只老猫，因为老猫慈爱，始终庇护幼崽，品性纯良。

她是我见过的性格最纯真的妈妈，心里从不装下过夜的仇恨，平等地爱这个世界。

今年过年回家，由于天气太冷，她抢走我去年买的一顶有小熊耳朵的帽子戴上（因为我今年有一顶新的），估计她也觉得自己有点可爱，因此眯起她那双漂亮的凤眼，笑得露出一口齐整的白牙。虽然如今她已经年近五十，但她说直到前两年，如果她走路时手上握有什么条状的东西，还喜欢像小孩一样甩着玩儿，就这样溜达回家。

也正是因为她受到了源自生活的很好的教化，所以她不麻木，也不愚昧。但生命的痛苦势必会在她的心间留下伤痕。

比如早年间，我的外公外婆和我爸爸之间的关系很不好，因此矛盾总是以非常激烈的形式发生。

我小时候住在农村，我的家是一座独栋小楼，那时候我经常会感到奇怪，为什么我爸爸妈妈的卧室天花板上，会有一个那么大的窟窿？

后来我才从我妈嘴里打探到，那是我妈怀上我的时候，由于外公想要让她堕胎，不愿意让她生下我爸的小孩，但我妈拒不服从，因此外公才在天花板上砸出了一个大洞，以此宣泄他的愤怒。后来每到下雨天，我都要端个小桶放在窟窿下方接水，否则卧室里就会出现一道河流。

我上小学的时候，在外公和我爸妈之间爆发过一场很可怕的冲突。

具体的原因不得而知，我只记得我爸靠着沙发，把脖子露出来放在扶手上，外公举着一根用来凿石头的铁钎，想要冲过去插进我爸的脖子里，我爸就拍着自己的脖子说："你来啊，你来把我杀了。"

外公被外婆和妈妈拖住了，他没能真的杀了我爸。

那天晚上，爸妈带着我离开了家，我们准备住进仓库里。但妈妈一直在哭，下楼还没几步，她就想要往楼道的窗户外跳。我就抱住她，并且威胁她，我说："你要是敢跳我就跟着你跳。"

婚姻生活有时候也会带来很大的刺激。

我记得妈妈有一天和我爸吵完架以后，哭着给我发语音消息诉说自己心间的难过，然后用文字给我发了这样一段话，她说："以后我要是死了，把我烧了就甩到河里，这样我就自由了，可以随风飘到好远好远的地方，再也不要在这儿受这鸟气。"

她和我都在逐步认识到，原来活在这个世界上，需要面临那么多超出我们控制范围的矛盾，人和人之间的爱里也会长出仇恨的荆棘，那些痛苦会日复一日地缠绕并紧缚我们的内心，最后，它将深深地陷落进心灵的泥沼里。

我记得我妈曾经说过，她不爱去医院看病，如果不幸患上了什么不治之症，那她只希望自己永远不要知道，也拒绝接受治疗。因为在现世的生活中，她被迫承担起了很多责任，承受了很多压抑和痛苦，但由于要做一个负责任的大人，所以不能轻易放弃生命，不能轻易逃避。但如果某天疾病来临，就这样离开这个世界，那她会觉得这是一种恩赐。

但在对生命的痛苦和虚无产生觉知以后，要怎样继续接下来的日子？

从这个问题出发，你就能发现，我妈是个相当有智慧的人。不知是出于故意还是出于本能，她选择去计较很多事情，计较生活中很多看似不值一提的小事，并为之付出极大的热情和努力。她计较的这些事情看似有一些具体的对象，但事实上，很可能她从来不是要跟它们计较，而是在跟自己计较，在跟自己的命运计较。

如果说苦痛的人生就是一个不断坠落的过程，那么那些可能得到救赎的人，大概率是落向了一个绝壁上长满树枝的悬崖，树枝密密麻麻，就像倒刺一样，接连不断地挂住了她。

而我妈妈计较的那些小事，或许就这样，微不足道地，但又力挽狂澜地，阻止了她的坠落。

这就是一个普通小老百姓的生活。她面对一个通俗问题，要给出一种个人化的回答。人想要在这个世界上活下去，想要在承受住生活的巨大压迫的同时，还贪心地，想要精神抖擞地度过每天，那她需要的可能就只是争一口气。

她要在每个平凡无奇的日子里小小地较上这股劲：修好一个电饭锅，多出三百元营业额，迎来一个回头客，或者其他鸡零狗碎。这些秘密只有我妈自己知道，作为一个爱较劲的女人，她能从每天的日常生活中，赢得密密麻麻的胜利。

这是她个人的胜利，而不是她赢过某个具体的人的胜利。

正是在这些闪闪发光的胜利瞬间为她拼凑起来的图景之中，她才能够免于沮丧，并且能够持续开展她的生活。在漫长的等待中，外公逐渐老去，丈夫逐渐变得平和，孩子一个个长大，最终，作为对她的报偿，幸福正在来临。

03 ｜ 正月初一老板放假

从小到大，每个春节假期都是别人家的小孩玩乐的日子，也都是我给爸妈做帮工的日子。

在我弟弟出生前的很长一段时间里，在这个世界上，除了我爸妈之外，没有第三个人能比我更熟悉这家小小五金店的构造。这个不出二十平方米的空间，大概安放了上万种商品，最小的可能就只是一颗螺丝钉。

作为一个女孩儿，我的成长自然受到了我妈很大的影响。这也就意味着，我也和我妈一样，爱跟生活较劲。

比如今年，我妈就又讲起我小时候的丰功伟绩。

我上小学时，爸妈新开了一个分店，夫妻俩各照料其中一个。但有时候老店忙不过来，爸妈就会让我一个人暂时去做分店的小老板。分店生意没那么好，大多数时候，我都是搬个板凳坐在门口，晒着太阳写作业，听路过的叔叔阿姨夸我字写得好。

但也有些需要小老板展现真正的实力的时刻。

当时，我家除了经营五金杂货外，还负责承接各类生日礼品定制的生意，我们可以在碗和杯子上印刷"福如东海，寿比南山"之类的东西，叫作寿碗和寿杯。前来咨询的大多数人，都懒得跟一个上小学的小破孩谈生意，我却不信邪。我妈回忆说，我当时缠着一位顾客，较上了劲，非要让她给我个机会，因为我本来就很熟悉全部的流程。

最后，那单生意真的做成了，我妈似乎对此印象极其深刻，她告诉我，我赚到的是五百元钱。

直到现在，我回望整个成长经历，那些曾经让我深感痛苦的往事，竟然隐隐流动着热量。我的妈妈没有从书本之中受到足够的教导，但她真正从生活中摸清了做人做事的门道。我从小就听她说，女孩子要独立，什么都要会自己做，才能不会受到他人的欺凌。她没能说出来的话是，女孩子只有独立才能享有自由，正如我如今拥有的那样。

并且，我在成长过程中反复意识到，具体的生活传达给我的经验，最终会让我同一个更广大的，也更接近真理的世界接轨。

初中时的一个春节假期，我家小店在售卖年货，其中就包含彩灯。这种商品利润很高，但有个致命的缺点，就是容易坏，常常是一串彩灯一半亮一半不亮，让我爸妈很头疼。那时候，我大姨夫会点电工手艺，能让彩灯重新点亮。于是我爸妈想出了一个主意，就是让我拜大姨夫为师，在他修彩灯的时候，坐在他边上，学他的手艺。

具体的操作方法，就是拿根电笔，去刺探彩灯根部的铜丝。电笔亮，则代表此处电流通畅，没有故障；不亮，则代表没有电流经过此处。简单排查下就能找到故障所在的部位，往往是电线断裂了，或者是灯头坏掉了。接下来我只用重新接上电线，或者换个灯头，就能解决问题，让彩灯重新闪烁起来。用我爸妈的话来说，是"变废为宝"。

对我来说，学习修彩灯非常简单。因为刚刚学完初中物理的电路串联和并联的原理，无非就是实际运用一下罢了，很容易看清楚技术背后的本质。当时我很有气派地坐在店里，享受着父母的优待，毕竟，没有我修不好的彩灯。

后来有一天，我真正发现了这件事情的神奇之处。因为做物理作业的时候，最后有道大题，题目竟然就是修彩灯。全班同学中，只有我做对了。

我感到生活的具体细节和一个可以被理论化的世界早已经开始在我的身体之中流动，它们之间畅通无阻，又是如此融会贯通。

而这些，都有赖于我妈的严格要求。她不仅要求我好好学习，更要求我能够自己接电线、换灯泡、修电饭锅，要求我会做饭，会打扫卫生，也要求我能够盘得住很重很重的货物。所以我用于生活的鬼点子很多，同时我的力气也挺大。

腊月二十七，我照例回家过年。爸爸出去送货的时候，店里到了一批用于烧烤的钢炭，每件二三十斤，一共八十五件，我和妈妈一起搬上了仓库。

如今我长大了，我有足够的力量为她分担一切。我想，妈妈再也不用难过了。

今年，我提出了大年初一休假的要求。早上吃过汤圆，爸爸带弟弟出门上香，我和妈妈推着外婆出门晒太阳，中午吃完午饭，她可以回床上睡个小觉，下午家人聚在一起，摊开麻将桌打牌。别人愿意开店就开店去吧，我妈妈的幸福如今近在咫尺，暂时无须斤斤计较。

　　正月初一，五金店歇业，卷帘门不开，上面只写有，"老板今天要放假。"

我的家庭，和精神障碍共处

记者 端霓

时隔6个月之后，我再度陷入低潮。

身为记者的我，在又一个无法按时交稿的晚上，向妈妈求助，表示自己需要正式的治疗。

"我可以带你去精神病院看一看。"妈妈说。那是她熟悉的、往返20余年诊疗取药的地方。作为一名资深双相情感障碍患者，听筒里妈妈的声音很平静，她说可以带我去看看，以打消我的焦虑，"但那儿，并没有你希望的那样有用。"

关于交稿，我的上一次失败尝试，在半年前的除夕。

彼时，两年没有回过家的我，接到主编的约稿——过年返乡，回望家庭。虽然这是媒体每年新春的惯例动作，但我的为难显而易见。前年除夕，爸爸跟他的新妻子和未满一岁的新小孩在一起，妈妈住在老家的精神病院，而我留守在1800公里之外的广州，我们一家像天南地北的三座孤岛。而除夕，也是我的生日。

这一次返乡约稿，我本来是抵触的，但是又没有拒绝。因为我心里存有一丝希望，想借着"记者"这份工作的名义回家，探索像我这样的家庭里成长的小孩，应该怎样去看待自己的父母，怎样看待家庭，怎样回归常态、获得幸福。

遗憾的是，我失败了，而且"交稿失败"所带来的沮丧在半年后又席卷了我。

当下，我想将自己从工作秩序的全面崩塌中解救出来，最快捷的方式也许就是回到半年前，让我从那个悬而未决的议题中降落。我不知道这样的诉说是否正当，但我相信，这不只是我一个人的困顿，困在其中的还有我的爸爸妈妈，更多在公共场域失声的精神障碍患者，以及他们身边有相似境遇、需要支持的人。

这是一个讲述普通家庭里每个人如何同精神障碍患者共处的故事，我们身在其中，相互逃离又彼此羁绊。

01 | 回家

下定回家的决心，不是件容易的事。

我虽然答应了编辑部的约稿，但仍旧改签了两次机票，直到正月初二，才悄悄登上回家的航班。

放假前，妈妈说她非常想我，但老家还有阳性病例，嘱咐我不必冒险勉强返乡，我顺势答应。对于爸爸，之前我因为一次争吵删除了他的所有联系方式，已达一年之久，更没人敦促我回家。说实话，我也不知道该怎么面对他们，索性向他们默认，今年也跟去年一样不回家。

直到我拖着虚浮的双脚，恍恍惚惚地过了安检，才忙不迭掏出要写稿的借口，瞒着爸妈，只告诉了姑姑：我马上回来，拜托晚上家里分给我一张床睡。

我们一家的疏离，某种程度上是因为妈妈的病。

这场精神疾患从我1996年出生的除夕发作，或许是因为当年的生育观念相对守旧，条件有限、照料不周，妈妈和奶奶一家产生龃龉，她很快入院并确诊双相情感障碍，开始了在躁狂和抑郁的波峰波谷间载沉载浮的斗争史。

躁狂像滔天的潮水，将人卷起抛向高空。一个小小的偶发念头，对常人而言，只是颗种子，但在躁狂发作时会迅疾地生根破土发芽，抽枝后开出一朵朵花，果实结出又落地，不一会儿一片茂密的森林已然拔地而起。每分每秒的想法都像大爆炸的宇宙，人会妄想自己是天选之子得了神谕，不眠不休地追随自己的直觉乃至幻觉，做出任何事情，直至意志和体能都被燃尽，在一片废墟上陷入虚脱。

而抑郁则像漫无边际的沼泽，人的能动性衰减，感到舒适和安全的活动半径急剧坍缩，出门困难，不能跟人会面，不愿听见声音，躺在床上起不来，会用一种言语和词汇之外的东西混沌地进行思考，读写和表达能力消失，最终对自己身体的感觉也模糊了。在极其严重的自杀尝试的瞬间，人生就已结束了一次。再次主动或被动地回返现实后，会遭遇一种能把人封印住的认知失调的陌生感。

妈妈就是在这样的精神困境中挣扎的，而我的描述，仅仅是冰山一角。

因为这一切的时间原点是我的出生，所以每年除夕，我们的小家都会经历一个旧账被翻开的痛苦时刻。直到2018年末爸爸和妈妈离婚，它才宣告结束。因为从此往后，除夕夜家里只有我和妈妈两个人。

但在我不得不讲述了这些极端的家庭情况之后，我想向你讲述故事的另一个版本。

它是平静的、幸福的，和许多人的家庭都一样。

在介绍妈妈时，我极少提到她是一名双相情感障碍患者。我更愿意告诉别人，她是位有30多年教龄的老师，她在师专读的专业是历史，但她教过生物，也教过数学，还在职业生涯中期，从小学调到初中，克服了种种困难，工作一丝不苟，拿了五花八门的教学奖项。

她也是个称职的母亲。她的独生女儿安稳地长到27岁，一路都是"别人家的孩子"，考上了一所好学校，也在一线城市谋得了一份喜欢的工作。

疾病折磨着我的妈妈，但是没有摧毁她。

在我读幼儿园前，她便病情好转出院。在爸爸的持续监控下，通过咨询、服药，在十几年间把自己的生活管理得井井有条。

妈妈住院时，我也被奶奶和姑姑照顾得很好。她出院后，我们一家三口一起生活，我在和睦宽松的家庭氛围里从幼儿园一直读到大学。

那是一个什么样的家呢？我的家里，沙发和床上总是堆满了闲书和时新刊物。我的爸爸拥有十里八乡的第一台胶卷相机，后面又升级成了数码相机。

他是一位语文老师，很文艺，思想开明，爱看小说和电影。2010年我恰好升入他所任教的高中，我们"狼狈为奸"。遇到无聊的阅读题和作文他会帮我去网上找答案；在我压力大时，他甚至去骗我的班主任，说他的女儿生病了，牵着我的手大摇大摆穿过门卫，回家吃零食追剧睡大觉。

我们一家有过很多幸福的时刻，因为小县城里的老师和学生的作息时间高度一致，所以我几乎每顿饭都可以和爸爸妈妈一起吃。我们在客厅里端着碗一边看电视一边谈天说地，再分头去学校。我们也会一起放假，所以有许多一起出游的机会，妈妈也像所有女孩一样爱美爱拍照，他俩改完作业我写完作业，就一起去附近的郊野玩耍。

"我是因为工作太忙了，才初二回家。"想着过去的事情，我这么跟在机场接到我的网约车司机师傅解释。

因为师傅很健谈，而我想掩盖无人问候的窘境，我对司机说："我爸妈他俩在家做着饭等我回去呢！"在言语的一来一往中，我甚至不得不把这顿想象中的饭描绘得越来越具体。

实际上，爸爸再婚后，再也没有来机场接过我了。刚刚唯一知道我航班落地的姑姑，正在上班。没有人在家里等我。

02 │ 窘迫

我和师傅在车里的谈笑风生被一个陌生来电打破。"请问您是？"我接起电话。

"我听你姑说你回来了。"右边听筒里传来的，是一年多没听到过的我爸的声音，左边，网约车师傅投来目光。我瞬间因为谎言被拆穿而窘迫到失语，向爸爸解释自己怎么回来的声音，越来越小。

但，比我更窘迫的，是我爸。

沉默地行驶了半小时后，我被放在姑姑家门口。我打电话问还在上夜班的姑姑钥匙在哪里，不一会儿就有人从楼道里探出身子——是我爸。

他头发白了许多，看起来还比原来矮了一点儿，我意识到我们已有整两年没见过面了。

他想要像往常那样接过箱子，但我把背包塞给他，假装目不转睛地提着箱子上楼，箱子太重了。

到了姑姑家的客厅，不知是因为太久没见的难为情，还是北方室外的天寒地冻，他放下行李，讪讪地搓着手。

断联的一年多时间里，我和我的爸爸，唯一的交集发生在我的视频软件上。

两年前，我把一个我不常用的视频平台的会员账号给了我爸，给过就忘了。直到去年的十一假期，我为了一期人物采访，登录上去连续几天看一档冷门节目，无意打开了历史记录，才发现，那一个账号里有另一个人的密密麻麻的观看痕迹。

无疑是我的爸爸。他在看电视剧，时间非常规律，几乎每一天都看到凌晨4点甚至清早5点。

在公司加班的我，把他的视频观看记录投屏到大银幕上，一条条往下翻。

我仿佛看到，他在白天，陀螺一样地为了学生和重组的家庭劳神费力，也许只有夜深人静才有自己一点点清净的时间，侧躺着，把亮度调到最低，在小小的播放器里逃离日常。

他还会上火的时候生点口腔溃疡一类的小毛病吗？十一长假，他还会像以前带着我一样，带着他的新家人回奶奶家摘石榴和柿子、烧柴火炖土豆排骨吗？

公司空无旁人，我大哭一场。

终于再见了。我有机会当面问问他过得怎么样，但就在旁边，他的新小孩（原谅我不知道怎么称呼这个陌生的孩子）刚满一岁、蹒跚学步、牙牙学语，正是需要大人每时每刻关注的时候。

爸爸一边照料小朋友，一边和我就这样面对面地坐在姑姑家的客厅里。

我们有一搭没一搭地讲着话，话头常跟着小孩的积木一起，落在地上，摔出脆响。

2020年也是在十一假期，我回老家放松过节，和爸爸一起在妈妈家和奶奶家之间往返，上山下河好不快活。彼时爸爸和妈妈已离婚近两年，但我和妈妈都觉得除了分居，日子跟以往没有太大差别。家里有东西坏了或者有大件需要采买，爸爸会第一时间上门来办得利利索索，得了好吃好喝的会给妈妈送来一份，需要按时去医院复诊取药他也会开车陪同。

而分居，也没什么不可理解的。妈妈的病情从2014年开始有反扑的迹象，如果一定要归纳出一个诱因，也是不可理喻：那年夏天我上大二，进医院拔了两颗蛀牙，这种性质的入院没有人会在意，但精神障碍这桩事似乎就是这么没道理可讲，妈妈为此开始偶尔情绪失控。

我还记得2014年的那一年除夕，妈妈突然开始无厘头地回溯往昔的创伤，暖水瓶、陶瓷杯被摔了一地。我和爸爸无力劝解，又觉得妈妈这样子，我们作为家人是有些许责任在身上的，崩溃极了。

晚上7点多，我和爸爸，我们两个逃出门去，漫无目的地在空荡荡的大街上乱晃。望着万家灯火，他也哭，我也哭，哭到晚8点，他牵着我回家了。

我们三个打开电视，热了晚饭，伴着春晚的背景音，端出了我的生日蛋糕，像刚刚几个小时什么都没有发生一样。

在我后来常年在外求学工作的日子里，我相信，爸爸曾独自一人无数次地面对过类似那晚一地鸡毛的场景。

和精神障碍共处，像一场旷日持久的战争，我知道妈妈尽力了，她已经努力地好好维持了那么多年，平日跟我的交流里从未流露出异样。

我更知道爸爸尽力了，他知道那些只是病理性的表征。他长久以来努力积累经验，一次次把冲突平息过去。

但人的意志是会日复一日地被消磨的。所以，当我在考研结束的那一天，被他们轻描淡写地告知，他们已经离婚，我豁达得很，甚至安慰他们：拉开一点距离，反倒让彼此都轻松。

但这种天真的豁达和我与爸爸的"革命情谊"，在2020年的十一假期产生了裂隙。爸爸让我跟他去参加一个饭局，我很乐意地跟他一起出发。因为妈妈精力有限，陪他吃饭是我从小到大常做的事，而且不管席上有谁、我长到多大，爸爸总会给我夹鸡腿、剔鱼刺。

那一天，上完菜我们一桌人刚开始吃，一位看起来很膶腆的孕妇阿姨缓缓挪步进来，她坐得离我不远，我举手之劳帮她布菜，还搀扶她去洗手间。

饭局结束后，我和爸爸回了奶奶家。

在我们漫不经心地在天井的石榴树下吹风谈天的时候，奶奶提起那个阿姨，爸爸连忙讲她们相处得很好。我也卖乖说："是噢，我还扶她去洗手间。"话一说出口，一个我从未料想过的事实攥住了我——爸爸再婚的时候我在出差，忙得不可开交，对此并没有实感，而那位孕妇阿姨的身份不言而喻。

奶奶应该没想到，爸爸从头到尾没跟我提起过任何事情。爸爸眼神躲闪，露出窘迫的神色，我本能地转移了话题。

而此刻，我的余光又捕捉到那有过之而无不及的窘迫神情浮现在爸爸脸上——那个小朋友从姑姑家的客厅，憨态可掬地朝我扑了过来。

我朝他张开了双臂。我不知道我应该作何反应，我的脸上甚至还保留着我那亲和的"孩子王"式的招牌笑容。

03 ｜ 相见时难

我在姑姑家，像鸵鸟把脑袋埋在沙子里一样从初二躲到初五，什么事也没做成，什么深度的交谈也无法展开。

但我逐渐意识到一件事，在这许多年里，不管是地理上千山万水的阻隔，还是亲人们心照不宣的保护，我都被保护得太好了，而有意无意地回避掉了许多事情。

我一刹那明白了，妈妈为什么会在上个除夕重新住回了精神病院。

他们离婚后，爸爸仍对妈妈照顾有加。我们都以为，一切理所应当会在原有的轨道上运行，所有情感和关系都有转圜的余地。

但那样的愿望悄无声息地落空了。

要怪谁吗，可在这个过程里谁不需要依靠，谁又是容易的呢？怪病症本身吗，病又怎么可能像一个实体一样出来跟你复盘对证，向被搅和得支离破碎的生活开出赔偿的价码？

姑姑家离我的家只有500米，妈妈就在家里。直到初五，她还不知道我已经返家。

爸爸和姑姑问过我几次要不要回去，但我的确不知道该怎么面对我的家庭、我家里唯一的妈妈。我绝不可以也绝不会认为妈妈是当下家庭混乱的"始作俑者"，但我也担心面对她的痛苦，不愿意回到自己的家。那里曾经美好过，但也是物是人非的"第一现场"。

捱到初五的下午，我以我残存的理智计算发现，如果我再不回去，可能就要再等一年了。

我终究还是决定从床上爬起来，回到那个我居住了20多年的房子。

这个过程太过艰难，我连一句额外的话语都无法说出，我没有发微信也没有打电话，直接走出门去。

到了，我开始敲门。

没有人开，妈妈果然是又在里面的卧室休息。我敲得更大声，我听到有脚步声由远及近，她开门了。

她先是愣住，缓缓地推了推眼镜，然后高兴得不得了，她唯一的日思夜想的女儿、她"无私"地让踏实待在广州别费力回来过年的女儿，不声不响地，就这么回来了站在门口，她反复确认这是否又是她千万次幻觉中的一次。

我进到屋里，发现整个家，比我上次走时更混乱了。妈妈的病让她偶有幻听幻视，她会误以为有人藏在角落昼夜不息地监控她，或是指挥她做这做那。她在绝大多数情况下保持清醒，但在理性、智识和现代医疗手段解决不了问题的时刻，她不得不求助于玄学和一些意味不明的复杂仪式。

夸张点说，家里就像龙门石窟那样错落地摆放着各种神龛和佛像，我之前的衣服和书本都不知被丢到了哪里去。那种熟悉的无奈和烦躁，又可耻地涌上我的心头。

妈妈问我是怎么回来，又准备怎么走，我已经没有任何心力去撒谎和圆谎，如实讲完，她也如我所料地暴怒了。

这个女儿，甚至是她在已经绝望地站上楼顶的风口，迫使她走回人间的最大动力。但这个女儿，回到老家不但不第一时间告诉自己，还要去"投敌"？

我实在难以向她解释清楚我为什么会这样做，但我自觉理亏。

我在妈妈的泪水中，环视熟悉又陌生的四周，只想马上逃跑。

但当她发现我们只剩一个晚上可以待在一起时，竟很快消了气："妈妈不对，本来说好你就不回来了，你回来了我就已经是赚了，不得好好珍惜吗？"

这是很多场景下她惯常的"精神胜利法"，她开开心心地下厨去了。

疾患给妈妈带来了转换更快速的情绪，也意味着她比常人需要更多的休息，那天晚上吃完饭，我们很早就并肩躺在了床上。

大概是因为两年没见到的我终于回来，安心得过了头，本想好好夜聊的她竟很快睡熟了过去。我在一旁怎么也睡不着，竟然想起了很多类似于今晚的"熟睡"这种——疾病给她带来美好特质的场景。

她的情绪总是很充沛的。也是因为疾病，我们全家对彼此的容忍度都很高，我在她眼中仿佛是无所不能的完美小孩。她常常在微信和电话里，毫无预兆地"发疯"一样天花乱坠地夸奖我，反复用文字和声音来强调我自己都已经忘记做成的某件小事。她发自内心地相信就算我不回家，也能在外面把自己照顾得很好，让她骄傲。因为她的病，我有时觉得自己得到了远超平常容量的父母之爱。她是那么那么爱我。

她也格外敏锐地关心别人的感受，有一次我因为烦琐的审批流程错过了期待已久的出行，悻悻地坐在打算去大吃一顿的公交车上向她吐槽时，她先是变着花样地把刻板的制度大骂一通，突然又郑重地跟我说："我觉得你很棒，因为你知道难过的时候出去吃好吃的买喜欢的东西让自己开心，比闷在家里强太多啦！做得特别好！"

她是跟精神障碍很好地相处着的妈妈，也是因为莫名的神经质而天马行空的可爱妈妈，她跟别人的妈妈都不一样。

04 | 别亦难

第二天天亮了，我也该如期返程了。

爸爸开车来接我，我们三个人像之前每次我要离家去学校或者上班一样，煮一锅打卤面分着吃。

面条到了嘴里，妈妈像是才从漫长的睡眠中清醒，她之前设想的要带我吃的带我玩的都还没去呢，就已经要走了？她端着碗的手马上开始颤抖，眼泪又无声地滚了下来。

我其实是可以请假在家多留几天的，但是截稿日接踵而至，我自忖没有办法在这种过山车式的环境中写出任何东西。但还没等我出声，妈妈就又开始她一套严丝合缝的自我劝慰："你从小就写不完作业睡不着觉，现在留你在家玩你肯定不踏实，还是走吧，忙完再回来。"

她一边碎碎念叨着，一边努力眨着眼睛喝面汤。

理智告诉我，为了工作应该走了。爸爸载我去到奶奶那里，很快就因为要照顾孩子而先行离开。我跟奶奶吃了饭，奶奶也很不舍得，但也张罗着给我叫车去机场了。

我很少进行如此极限的出行，我原本计划搭乘的航班起飞时间是下午四时半，车子一点钟出发，预计两点多抵达机场。

但直到上了出租车，我还没有买机票。因为我盘算着，去济南要走跨城高速，理论上上高速之前，我可以随时叫停、下车。

我不想走，我想回家找妈妈。

我盯着导航上移动的定位，反复准备大喊一声让司机停车，但"想要写完作业"的好学生习性还拉扯着我，一路开到机场，我都没有开口。

拖着箱子走进机场，我感觉从没有一趟车坐得我这么累过。我瘫坐在入口的椅子上给妈妈打电话，说"我到了机场，但不想走了，我想回去"。

妈妈马上哭了："你就坐在那里不要动，妈妈现在就打车去济南接你回来！"

我仿佛已经听到她手舞足蹈从床上跳起来和被单摩擦的声音，又想哭又想笑："你是不是傻，我自己打车回来就好了嘛，钱跟时间都省了一半。"

她又开始赞美我，觉得我很聪明。"是噢！你叫车，我在家等你。"

但她的理智好像也一并从卧室天花板落回到了体内："跟你编辑说一声，请个假，应该就行吧？"她这么一说，我的头脑也冷却下来："不然我还是走吧，会赶不上出刊的。"

正在我纠结之际，情绪大幅波动后的妈妈又暴怒起来。我发觉因为疾病的影响，她再次难以自抑地陷入了前一天下午未竟的愤怒里。她开始语无伦次地发脾气，把之前所有受伤的事情一件一件摊开讲。

我知道这不是她真实的反应，但还是听不下去，用最后的力气买了那张计划中的机票，上气不接下气地大哭："好了，妈妈，我买好票了，我要走了。"

她又一下子平静下来，边哭边坚定地说："想回来就把票退了回来吧，别心疼钱，妈给你报销。当然你觉得必须得完成工作，就先走，下回清明就能回来了吧……"又在微信上敲字："着急的话元宵节咱就回来！"

尽管这么说，我还是没有下定决心，时钟已过三点，我想先安检好了，先登机再说，直到飞机已经在跑道上向前推进，我还在搜索"滑行时能否要求下机"。

但还没看到答案，已经起飞了。

我关掉手机，一路哭到白云机场，刚一落地就给她打电话："妈妈我现在就重新买票飞回家去好不好？"

我听到她在那头哭了又笑了："你赶路一天太累了，先坐地铁回去休息吧，睡个好觉起来写稿，不然你哪有心思玩？"她又顿了顿，跟我商量说："等你以后有空，也给你老爸打个电话。"

这一刻，我突然感觉到，她已经完完全全地原谅了我这次回家的所有荒唐。我同时也意识到，她其实早在上个春天出院联系我的时候，就又一次以她的方式，从疾病手里逐渐夺回对生活的掌控，我的崩溃反倒是一种被亲情蒙在鼓里的滞后。

我不再哭了，开始往地铁站走去。

县城的电影院有多"野"

记者 肖瑶

检票的大妈四五十岁，她一边在横格纸上用铅笔登记进场人次，一边抬眼和记者确认："小说家？"

就在不足一分钟前，这位身着大红色围裙的大妈还同时扮演了售卖3D眼镜、在影院入口卖炸洋芋粑的角色。她把双手在袖套上擦了擦，一边笑嘻嘻地接过这天唯一一场《刺杀小说家》仅有的3名观众手里的票，微微向后仰头，以借光看清楚票上的字，然后冲着观众们身后的一堵墙努努嘴："喏，3号厅。"

一幅巨大的辅导班广告撕开一条缝，竟然就是影厅入口，隐秘而蹊跷。

大妈接待每一位观影者，都要先在本子上一边手动登记，一边确认。

"人潮汹涌？"

"唐人街？"

唯有当念到"侍神令"的时候，她大大方方地喊出"侍神令"，来人也依旧"嗳"了一声，然后互相笑笑，大妈又问："爆米花要不？可乐？"

"来份洋芋粑，多点辣椒面。"

于是，观众带着洋芋粑而不是爆米花进了电影院，看了一场油滋滋的"麻辣"电影。

2021年春节，大年初一，这个位于贵州省遵义市湄潭县的电影院开业第一天，3个影厅、4部新片，上上下下却只有那位大妈一人忙活，她独自揽下票务、清洁、售卖等全部工作，脸上倒总是堆着笑，仿佛电影院是她自家开的，敞开大门迎客，不管来人是不是来看电影的，她都能接待。

电影院人流不旺，来人形态却丰富各异。几个十七八岁的少年坐在阶梯上玩手机里的游戏，两对小情侣在公椅上依偎着窃语，一个中年大叔垂着头打起了瞌睡，手里的票落到脚边。还有几个人独自拿着奶茶或咖啡，站在门口等待入场，视线却更多被场外吸引。

哪怕是春节档，一部影片也经常一天只放映一场，且有不少都在早上九十点钟。短暂假日的一天，睡懒觉和看电影只能选一样。

作为县城唯一一家电影院，它或许是骄傲的。

在大中城市里，电影院经营规范，规则清晰，完全是现代商业的一部分，在任何方面都不显得特别。而在许多县城里，电影院还带着上世纪末的遗风，成为一种颇为另类的存在。

01 | 别样体验

2021年春节给沉寂一年的全国电影市场营造了一个缓冲地带，几部贺岁档格外红火，连续五天单日票房破10亿，甚至有人宣称，中国电影迎来了一缕神似黄金时代的曙光。

而对返回县城、乡镇的人们而言，想要赶这一趟"复兴号"，只得走进当地小影院，走进各不相同的影院生态。

在过去的很多年内，县城电影院给从大城市归来的人的印象都是乏善可陈。

2019年，县城这家唯一的影院放映大年初一唯一一场《流浪地球》，整个影厅密密麻麻塞了50多个人，从电影放映前到最后一秒结束，耳边一直窸窸窣窣聒噪不断，有议论剧情的、摆龙门阵的、嗑瓜子的、打瞌睡的，甚至还有吃泡面的……简直是乌烟瘴气。

好不容易捱到影片最后一秒，从逼仄的空气里逃出来，深吸一口气，对影片的内容都记不太清楚。

有人举家观影，没买到连座票，便"威逼利诱"地恳求其他观影者让座，有人带一大堆稀的干的食物进电影院，硬是把观影弄成了野餐。

嘈杂与喧闹的另一面，是寂静与荒凉。

一次，沈小河与姐姐在甘肃某县城电影院看一天中唯一的一场《红海行动》，整个影厅只有他们二人。谁知，看到一半，工作人员忽然进来，问他们愿不愿意从头开始放，因为有几个新来的客人也想看这一部。

工作人员建议沈小河他们，可以先出去别的影厅看别的片子，过一会儿再回来接着看。沈小河哭笑不得，拒绝了这个无理要求，后来的人只好跟着他们看完了后半段，再接着重新开始看。

在广西百色市平果市长大的陈深回忆，县城里唯一一家电影院建在酒店顶楼，有时看完电影出来，发现电梯被停掉，"大概是为了省电"，只得绕着狭窄黑暗的消防通道下6层楼，足足要走十几分钟。

这个影院还不能选座，先到先得。看一场电影得提前半小时去，还有人为了座位打架。夏季人少的时候，影院干脆不开空调，影厅内又闷又燥热，消防报警器一直叫个不停，两个小时下来，"花30多块钱不如在家用电脑下载来看效果好"。

后来，陈深离家念书、工作，十几年后偶尔回老家，那家电影院早就被拆掉了，想看电影可以坐城际公交到市区里去，倒也不远，"但总觉得少了点什么"。

郭襄记得在自己13岁时，从陕西延安甘泉周边的农村来县城念中学，第一次看到了传说中的电影院。门口设有露天台球场、街头霸王游戏机、玩套圈的和卖棉花糖的摊贩，还有随着夜色降临准时响起的录像厅的大喇叭，好不热闹。

然而，在20世纪90年代，影院多数时候不是用来放电影的，它的正式名字是"影剧院"，时常扮演文化活动中心的角色，安排歌舞演出，男女老少如潮水，一次次冲垮检票栏。

1998年冬天，郭襄终于攒钱买了一张电影票，"票根是浅藏蓝色、长条形的"，看的是冯小刚的《不见不散》。那时郭襄还不知道冯小刚是谁，跟着观众一块儿哄堂大笑，一场电影也就过去了。

不过，因为看电影，她错过了学校的考试，回家后被爸妈暴打一顿。但这反而加剧了她对"看电影"这件事产生了某种神圣的向往，"去电影院看电影，得要'有勇有谋'那种感觉。"

20世纪80年代末90年代初期，不少香港电影北上内地，其中包括处于发展顶峰时期的三级片。内地电影市场长期制止情色，但小地方电影院则"暗地开花"，虽然查得紧，但依然十分叫座。

今年29岁、在广东惠州一个小县城长大的阿豪回忆，七八岁时，他常躲在县城影院最后一排偷看三级片，银幕上"香艳四溢"。每每这时，一定会有人守在放映室售票门口，一旦有人来检查，黑漆漆的影厅内就会传出人的高声咳嗽或寒暄："领导您来啦？"

这是给放映室的同事打信号，立马换片。

02 | 跌宕轨迹

直至今天，对生活在县、镇与村的不少人而言，一生也许只有几次甚至一次走进电影院的机会，而你正巧遇到的那次，说不定是他们的第一次。

时间倒推半个世纪，电影院在中国还是仅在大城市"试点观察"的新鲜事物，电影也并非商品。占据全国多数人口的广大乡村，"电影院"是直接建在土地之上和星空之下的。

露天或场部礼堂用的都是胶片。就像张艺谋电影《一秒钟》里那样，一部电影的呈现，从志愿者送胶片，到放映员不出差错地放映，耗时长达数小时，足够分量，也吊足了人们的胃口。

县城影院的辉煌期约从20世纪80年代开始，一直延续至90年代末期。

1994年，23岁的王建国来到山东济宁金乡县影视中心，成为一名放映员。据他回忆，当时的影院沿袭计划经济模式，每一部片源都是从省、市到县层层分配下来的。

影视中心在1997年迎来一次辉煌，"一年票房收入就达100多万元"。但紧接着，从1998年开始，电影市场就开始进入寒冬，各项业务直线下滑，全年经营收入不到70万元。

20世纪90年代以后，随着录像厅的兴起，加上电视的普及，电影院慢慢衰落了。

跨过千禧年，新世纪的头几个年头，金乡县影视中心每天都只放上一场或两场电影。县城的年轻人也渐渐少了。除了有大片上映，影视中心鲜有人光顾，"一年收入连10万都很难保证"。

再后来，随着实行院线制改革，全国约80%的票房集中在20%的院线影院，而80%的传统影院却只占20%的票房。

院线与中小城市的影院成员之间大都以供片为纽带，一部分中小城市的影院纵然选择加入强势院线阵营，获得了部分商业电影的首映权，却无法获得所属院线的资金支持，从而逐渐丧失竞争力，出现影院阵地大幅缩水的现象。

彰显县城电影院这些年生存跌变的维度，还有票价。

2021年春节档，疫情带来的消费降级氛围仍在蔓延，但电影平均票价以及观影人次双双破纪录，使得电影票房大盘成绩接连拔高，给全国奄奄一息的各大影院注了血。于是，2021年的春节档异常"昂贵"，在"猫眼电影"显示的电影票价上，北京、上海等一线城市春节档期单价平均都超过了百元。

物以稀为贵，作为当地少数甚至唯一的县城电影院，有的趁机哄抬票价，比大城市连锁院线涨幅还要高。

对不少三四线城市及县城的影院而言，全年收入极大依赖春节档带来的观影高峰。所谓"春节票房抵一年"并不夸张。

县城电影院的"势利"表现得赤裸而纯粹。以排片为例，越是小地方影院，越依赖前一天上座率来决定下一天的排片，随意且随"利"。

回家过年时，陈深在县城电影院观察到，2021年的7部新春大戏，第一天还看到有两次《人潮汹涌》的排片，次日却直接消失了，一整个上午齐刷刷全是《唐人街探案3》。他想看《人潮汹涌》，就只能在初三凌晨去看"幽灵排片"。

"挺魔幻的，但凡喜欢看电影的都知道这部《唐人街探案3》口碑崩了。《人潮汹涌》这种片子名字太文艺，听起来就不火。"

03 | "没人在我们这看电影"

"在县城，人们喜欢国产片，不喜欢外国片。"石家庄西部山区井陉县某影院总经理崔颖说。比如，2019年《复仇者联盟

4》上映时，预计票房会不错，结果人们却并不感冒。

不过也有另一种可能，人们宁愿开着汽车去40多公里外的石家庄市区去看一些好莱坞大片，"因为那里的观感体验更好"。

县城观众更喜欢"有大明星的""宣传力度大"的电影，像《哪吒之魔童降世》这种爆款，崔颖回忆，"当时（2019年）这部电影救了我们好几个月，一直放映到10月底，票房有20多万元。"

崔颖想起2020年疫情刚暴发的时候，忽然封城了，她只好把9个呢绒袋的成品爆米花分给了20多个员工，然后门一关，就是大半年。

大年初一的观影人数能达到4000～5000人次，整个春节档的排片场次能到50～60次。搁平时，这个数字通常不到30次。

"县城的人们喜欢饭后唱歌、跳广场舞，而不是看电影。"崔颖说。头几年，县城影院的观影体验的确糟糕，人们抱着啤酒、鸭脖，甚至带着宠物进电影院，还有人走错了影厅，出来时还抱怨只看了一半电影，问能不能重新放映一遍。

这家全县唯一市场化运营的影院共7个厅、1051个座位，除了春节和暑假，其他时候都是"淡季"，每天放映20多场电影，只开3～4个影厅就够用了。"说得难听点，空闲下来还可以省点电费。"

2021年春节前后，河北成为全国最艰难的省份，影院自然冷清。

过年返回乡镇县的年轻人喜欢不无自豪地感慨"包场看电影"。一次，崔颖在朋友圈看到有人发"在井陉包场看电影"，她一时气结，"这意味着没人在我们这里看电影"。

2014年夏天，大学三年级学生易承利用暑假时间在江西南昌县一家影城兼职，算下来日薪能拿90多元。

对自认为热爱电影的易承而言，小地方影城的兼职工作远比想象中枯燥得多。每天中午才报到，但通常要等到下午2点后影院才有放映场，易承的工作不仅有检票、巡场，还包括挂海报、打扫卫生、控制空调风机，甚至还要收影院垃圾，没用的倒掉，有用的卖掉。

唯一让他感到欣慰的是，下班时间后可以免费看电影，每个月工作时间满80个小时则会送电影兑换券。于是，那几个月的电影，无论评论高低，易承几乎都看了一遍。

另外，每天耗在影城十几个小时，观察观众们对不同电影的反应也蛮有意思。比如，易承记得有人在《后会无期》映后坐在厕所门口哭。印象中，他还看见一个男孩在前后两天分别陪两个女孩走进影院看《小时代3》。

不同于普遍同步发展的大城市，县城与县城之间可能存在好几年甚至十几年发展程度的差距。但正是这种差距，侧写着中国电影行业波澜壮阔而又跌宕起伏的发展肌理。

哈尔滨巴彦县一家影院的负责人宋涛根据自己近十年的工作经验观察总结，在过去，县城观众走进电影院大多随排片走，演什么放什么，基本不会自主去找影讯。

"但最近几年来，县城观众的观影在趋于理性"，宋涛说，猫眼预售、豆瓣评分等都会影响观众需求，"人们逐渐对进影院看电影这种娱乐方式产生认同"。

他想起2015年的一个冬夜，只有他一人检票值班，两个年轻情侣开了一路车，专门来看一天中唯一的一场深夜电影——重映版的《甜蜜蜜》。宋涛撕下两张票纸苍黄的电影票递给那两人，上面印着特价票字样，"不超过10元"。

回乡偶书：生活不易

记者　施晶晶

　　壬寅虎年，小县城的春节浸润在雨水之中，像是应景一般，家乡那些曾经面目模糊的人和事，前所未有地现出清晰轮廓。

　　在外七年，一年一回，从大城市到小县城，加上今年又换了新家，陌生和困惑于我，比往年更强烈。

　　岁岁年年，人还是那些人。但这一个年，那些难以割舍的关系和情感集中向我涌来，与亲友彼此关照中那些微妙的变化和冲突，几次让我不知所措。

　　所有的人和事都在告诉我：活着，都不容易。

01 ｜ 朋友，你在哪里

　　见个朋友，不容易；找到能一起说话、一起玩的人不容易；找到能和你一起尽兴而归的人更难。

每逢过年回家，有两个朋友一定要见，每年我都主动约。

曾曾是我的高中同桌，我和她最先在她家见面；大林是我的小学同学，我和他在KTV见面。

见面不易，说的主要是大林。

见大林的前期准备是件麻烦事，要考虑的问题很多。

我和大林只在小学同班过一年，但他是我联系时间最久的朋友，分外珍惜。因为是异性朋友，又因为我知道他有女朋友且我认识，我不方便单独约他，就要把他女朋友也叫上；而我就要再叫上另外的同伴，以免自己变成电灯泡。最后就总是变成大杂烩，基本4个人以上，这几年，都是这样。

我想听他讲过去一年在乡镇基层的经历见闻和感受，但在一群人中间，我问不到，讨论的只是一些公共话题，一对一、面对面交流已经是很久以前的事了。

见曾曾就没有这样的麻烦。她可以来广州找我，我可以去厦门找她，我们可以一起看电影、去游乐场、旅游，我们可以聊很多私密的事。但和大林，不可以。成年之后，保持距离成了我维护这段关系里最重要的事。很多场景成了非恋人异性朋友之间隐形的禁忌，去哪里见面成了费脑的事，毕竟小县城就那么点大。

小学初中那会儿，不需要考虑这些，我俩相互串门、上门蹭饭还是很自然的事情。记不清从什么时候开始，我俩都自觉地在外面组团搭伙见面，毕竟春节请异性朋友登门，父母四目之下，审视的目光也变得异样。

今年我和他在KTV见面，一起来唱歌的还有他的女朋友、我的朋友曾曾，以及两位特殊朋友。我对KTV唯一的恐惧就是会错意，这种恐惧只会在比较熟的异性朋友身上出现，更容易在家乡发生。

我是看着古早偶像剧长大的，所以会唱的多是情情爱爱的歌。有些歌真是随便点的，但一唱真有被误解的风险。在那些直白抒情的歌词里，在熟悉的异性面前，少年时那点莫名的情愫和回忆会突然被勾出来，破坏如今本就小心维护的距离，制造尴尬。

即便如此，我仍希望和大林有一次安静深入的交流、听他的故事，但再约了两次，都没能成行，最后他回："没事，再约时间"。这条消息往年他也发过，而我清楚，这句话意味着，要等到下一个春节——我意识到，有的朋友，见面的机会一年只有一次，也只有一面。

我依然珍惜并信任大林，但也在学习保持距离，适应新的友谊现实。

02 | 突然闯入的外人

成年人的社交终究不同于学生时代的关系往来，这是我从大林身上学到的，对这句话更深的体会，是通过大林和KTV聚会上的一位特殊朋友认识到的。

这位特殊的朋友叫阿君，我通过大林认识他，他俩的交情很深。大林不理解，我和阿君不算熟，为什么邀请他，他质疑我：交情不够，那我的动机是什么？我一下子被问懵了。

我从没有细想过这个问题，我尝试着梳理，告诉他，我首先是在履行一个承诺，因为去年和前年，阿君帮了我很大的忙，我许诺"要请他吃饭"。这话并不是客套，但似乎只有我当真。

我想得很简单，年轻人正儿八经围桌动筷太无趣，唱K是比较自由的场合，可以唱、可以听、可以吃吃喝喝，愿意你就来，不愿意你就拒绝，不需要太多弯弯绕绕。但大林觉得我"动机不纯"，我没能说服他。

同样是去KTV，在广州，我和同事一起约并不费劲，怎么回了家，就变得这么复杂，我不理解。

那晚是一个让我困惑的聚会，女生在唱歌，男生在喝酒，少有交集，倒是应了一首《不醉不会》，一边不喝所以不醉，一边没兴趣唱不会。

我困惑地看着他们在冷天一瓶又一瓶灌啤酒下肚，然后轮流跑洗手间。一个男生喝完了才说其实"没人喜欢喝"，这更让我满脑子问号。我寻求理解，大林告诉我，男生玩的方式和女生不一样，他没有具体解释。

我发现，原来并不是见了面就可以玩在一起。成年之后，每个人的圈子似乎都趋于固定，有它自己的规则。当晚，我像一个突然闯入的外人，但被挡在边界之外，或许这是场面尴尬、不能尽兴的根源。

原来光是春节，并不足以构成成年人相见的理由，定是交情或者充分的动机，才让我们聚到一起。学生时代，我们向外探索，拓宽社交边界。但成年人社会关系，边界分明确定，并不轻易接纳新人。

虽未能尽兴，但我没有不快，谈不上失落或者孤独。事后我兴奋地给曾曾发去一条消息：真实的人真的很有意思，他们的行为表情言语构成了一个很完整的形象，给了我很多意料之外。

我知道，这叫作"人情世故"，活在其中，有时人会很累，但思维的碰撞让我兴奋，我乐于领悟它，但也仍想做个"敞亮豁达的人"。

03 | 不去改变

回家之后，家乡长辈用他们的遭遇向我传授着生活的真谛：生活不易，人要现实和务实地向前看。茶余饭后，他们的经历围绕着"婚姻和家庭"展开。

大年初六，被催婚多年的堂哥去定亲了，主要是谈彩礼。女方要价43万，还要50个大洋（价值4～5万元），男方为酒席费用和金银首饰买单。

这是一笔很高的费用，堂哥的积蓄负担不起，因为他还背着房贷，就要靠长辈支援。我的父亲叔伯一辈都是从乡村进县城的第一代，家家户户多少都背着贷款，没什么闲钱，钱从哪里凑，就成了问题。

当天，这门亲事最终是谈下来了，女方同意彩礼先打20万欠条，但有附加条件，如果女方哥哥的亲事也谈妥了，欠条只能打15万，他们娶媳妇也急需用钱。这像是一桩买卖，而女孩子似乎吃了亏。

想到堂哥一家的负担，再想到被催找对象的自己和爱护着我的爸妈，听叔伯们很现实地议论着彩礼中"大洋"的单价是

800元还是1200元，能怎么筹钱，夹缝中的我再次不知所措，只有一句空洞的感慨："这么高的彩礼钱，对男方女方都是沉重的负担。"

我听着他们在一个约定俗成的框架里，现实地计量着解决眼下具体的问题，不去想这个框架应该是什么样，该如何突破和改变，但又发现他们的目标很明确："我们要的是人。"——叔叔的这句话给了我安慰——人比钱重要。有一瞬间，我觉得自己在"天价卖女儿"的话语里，剥开了它"物化""量化"的外壳，在里面找到了对人的尊重。

定亲之后，结婚是顺水推舟。而在外婆家，我管窥到了婚姻潜在的风险。

大年初四，姨丈和外公在农家院子里聊天，小姨和外婆在厨房说体己话。外婆拉下小姨的右肩，一块青紫色的瘀痕露了出来，我这才把小姨嘴角上的淤青和家暴联系起来；而我又知道了，外婆年轻时也被外公家暴，这两件事冲击着我——家暴竟离我这么近。

小姨眼圈泛红，压低声音说话。伤害是在过年前，她发现了姨丈有外遇的痕迹。小姨认识那个女人，她没有结婚，但有两个孩子，她曾给姨丈他们打过工。小姨给她打过电话质问，很快被挂断，号码被拉黑。小姨找姨丈理论，但他对此否认，言语冲突升级成肢体冲突，姨丈抓起小姨的头发往墙上撞，淤青就是这样烙下的。

平时看着温和大方的姨夫为什么对妻子疯狂动手？外婆和小姨只归结为"姨丈脾气太坏"，这显然不是答案。"他说平时在外面工作压力已经很大了，嫌弃我在他回家了还一直唠叨找茬"，小姨转述了一点线索。

在家里人看来，姨丈是有出息的人，很会赚钱。他有很多套房子，还在厦门岛内买了房。两年前，小姨带着两个孩子在厦门上学，平时姨丈和要高考的大儿子留在县城，一家五口两地分居，孩子放假了才能较长时间团聚，小姨称自己是"全职保姆"，为这个家牺牲了很多。

我们都不知道该如何帮她。外婆想找我爸来质问，小姨说问了也没用，我担心的不是有没有用，而是问了会引发更多家暴。家门一闭，我们这些亲人，远水怎么救近火？

姨丈动手那天，两个较小的孩子在旁边静静地看着，对眼前的疯狂没有意识，只有大儿子冲上去，攥住了父亲胸前的衣领，说："小时候你就打妈妈，现在还敢打！"后来我知道了，多年前，小姨一个人喝掉了一瓶白酒，她被送去医院，两天才醒过来。

小姨选择了妥协，她说自己不会再指责姨丈，放任他去了，守着孩子，她的眼泪没有落下。

我家相册里有一张小姨的照片，她一个人穿着白色婚纱，戴着头纱，笑容洋溢着少女的活力。如今，那样的笑容我再没见过——嘴巴依然可以笑，但眼神不会骗人。

离开外婆家，驾驶座上的姨丈和来时一样，没有说一句话。

在我家停留的时候，小姨和姨丈各自照常和还不知情的爸妈聊天。送走她们的时候，父亲说起，姨丈那么会赚钱，小姨穿的衣服也更高档了，小姨笑了。

那一天，我毫不怀疑，人人的生活都有所掩饰。

04 | 一碗一世界

房子是婚姻和家庭的物质载体。但对很多家庭，它首先是沉重的经济负担。

我的堂姑一家，去年在县城买了二手房，他们感受到前所未有的压力。

他们交了首付，背上了30多万元房贷，月供就占去约2500元；又赶上大儿子去职高读书，学费一年就要7000元；之后，堂姑丈的母亲查出了胃癌，光去福州手术就花了7万元，异地就医，报销比例低，现在还要定期在县城化疗，又是一大笔支出，还得分身照顾。夫妻俩都只是普通的零工，这每一笔账，都沉。

饭桌上，堂姑丈说起他被拖欠的一笔2000元工钱，这份活计只有口头承诺，维权很难。堂姑丈问我有没有什么办法，我又陷入了窘境，我没法提供有效的解决方案。我只知道，没有劳务合同，光靠赌别人的信誉，揽一份差事，对他们意味着多大的风险。

我仅有的建议，是告诉他"尽可能"签订协议，这样才有申请劳动仲裁的条件。但我也很清楚，这在实际操作中很难，很多活计，他们是靠口头人情得来的，而协议无情，面子上过不去，并且——永远不要低估勤劳的做工人为了多挣一点钱的可能性而甘愿冒的险、承的情。

讨生活的强烈意志驱动下，他们把自己摆在很低的位置，他们心有不安：如果我不做，总会有别人拿去做，那钱就是别人挣了。做工人的顽强、脆弱和辛酸，都在其中。

这个春节我两次见到堂姑，她的脸上一片愁云。母亲也说，她的面色都黑了。倒是堂姑丈举着酒杯，说着加油打气的话。

生活是一个系统，它底色悲凉，而每个家庭都有需要攻克的难题，困境也从不单一孤立地存在，但在他们身上，我又看到只要提着一口气，生活就还能继续。

尤其串门时，我看着亲人乐此不疲地参观展示彼此的房子，乐于对房间格局、采光、装潢给出自己的评价，我又真切地看到他们的安全感和幸福感：他们一个接一个地白手起家，并如愿在县城扎下根，有了实实在在、自由支配的安身之所，即便负担重，未来好像也是光明的。

在我的家乡，春节走亲戚，没有人能拒绝一口茶。我最爱用传统的三才盖碗来冲茶：盖为天、碗为人、托为地，一碗一世界。冲上铁观音，滤入公道杯，再往品茗杯倒上七分满待客。初尝微苦，入口后有回甘，茶入愁肠，公道自在心中。

05 | 调停者

这个春节，父亲又准备了一些唠叨。每年这个时候，我们都有一次走心的对话。

在这档栏目里，我知道了：瘦小的爷爷年轻时就受人欺负，挣不够工分家里揭不开锅时，他冒险上山偷种地瓜还被人举报受罚。后来他把乡亲的粮食作物收集起来，起早贪黑，肩挑着一路走到乡镇县城里去卖，慢慢成了村里比较有积蓄的人，80岁了还不舍得休息。

我还知道了父亲少年时，为一个红色书包被嘲笑羞恼了很久；放学了要割猪草；正长身体的时候，他看着同学把吃剩下的饭菜倒掉，他却因为不够吃而饥肠辘辘。我也知道了母亲早年因生不出孩子而吃苦受气。

但今年，父亲把全部的注意力投射在我和弟弟身上。

弟弟即将大学毕业，考研通关无望、考公准备不足、工作没着落。

父亲着急话多又爱挑刺，尤其看不惯儿子宅在家里打游戏，老捧亲戚朋友家孩子的好，狠踩他不留情面，觉得他处处不如人，多年没长进；弟弟话少不擅解释，最大的问题，他很迷茫，无从说起，宁愿逃避，也不寻求帮助。父子矛盾积攒了多年。

那天晚上，我成了父子间的调停者，一边为弟弟代言，向父亲解释，他看不顺眼的那些事为什么会出现，是不是构成问题，需不需要改变，尽管这本该由弟弟自己来完成；另一边我引导弟弟尽可能表达自己的想法。

弟弟说起自己对所学专业并不感兴趣。这刺激了父亲，第一次了解到这点的他懊恼郁闷又悔恨，说起当初填报志愿，弟弟临时自己改了专业，没有和他商量。他又说弟弟动手能力不行，不是做机械的料，父亲把这一意外变动归结为"都是命"。

不一会儿洗衣机发出警报，衣服洗好了，父亲借机去晾。他神色严肃，把皱成团的衣服甩得异常用力。我上前追问，他说自己"心情不好"。我追到他的房间，他确认弟弟进了浴室，关上门，显然有话不吐不快。

拳拳老父的崩溃就在一瞬间。他再次说起弟弟填报志愿的事，痛苦又气愤地压低声音说："读了4年，学费花了我七八万，学到点什么？没多少长进……我自己的孩子我怎么会不了解，他根本不是做机械的料。"说着眼泪就下来了。

我看着他把拭泪的纸巾往地上砸，转而安慰父亲。我告诉他，弟弟起码读的是本科院校，他的成绩排名也很靠前，亲人也说他这些年懂事很多……工作专业不对口很正常……对弟弟多一点耐心和信心，每个人有他自己的进度条……很快他喊我去睡了，我不知道，这些话他听进了几分。

父亲对儿子有很高的期待，弟弟将上小学时，他用心给弟弟改了名字，测名系统给这个名字打了97分，父亲很高兴。但这些年，父亲眼中，弟弟的回应低于期待。弟弟要成长，父子和解要时间。

06 | 悄悄离开

对我，父亲只盼着我尽早找到心仪对象。为此，他们在背后也没省心。父亲告诉我，曾有人向他提亲，那人大我6岁。谢天谢地，父母拒绝了后续接触。在父亲的观念里，男女差6岁，犯冲不吉利。事后知晓的我，发自内心感谢祖先"干支纪元法"的发明创造。

对我的脱单大业，父母心里有几分困惑。几年前，我听他们说起一位婶婶的议论：婶婶两个成绩不太好的女儿都谈了恋爱，我却没有人追。好笑的是，后来母亲会开我的玩笑："没把你生得白一点，高一些。"

从省外求学到离家工作，连年的聚少离多，母亲渐渐不让我做家务了，只要她在家，洗碗做饭我是抢不到的。

我像是家里的客人，十指不沾阳春水，问我想吃什么的次数，比问弟弟的还要多，问了几次，母亲从来不说明原因。

一天早上，母亲进来和我躺在一起，她提醒我，以后被人问起工资和年终奖，最好说少一点，甚至对父亲，也最好不要说得太明白。刚好前一晚，我对几位亲人说了年终奖，母亲或才有这般顾虑。

母亲解释："如果说得太多，万一大家来找你借钱，你怎么办？在外挣钱不容易，自己多留一些。"

我不愿意对父母设防，但我理解母亲的苦心，她仍在言传身教地保护着我。我回应她："记住了。"

这个春节，我给家里置办了些品质更好的日用品和小玩意，加上给长辈的红包，母亲一笔笔地算着，这个春节我大概给家里花了多少钱，担心我花了太多。

买回家的东西里，父亲最喜欢智能音箱和体脂秤。回家当晚，一家人都上了秤，我知道了父亲内脏脂肪偏高、水分不足，母亲肌肉和蛋白质不足。

回答"喜不喜欢、需不需要"这个问题，父母常常心口不一。

去年一年，为了多挣钱，母亲去外地做工，家里只有父亲一个人。担心他回家后太安静，我问他需不需要一个智能音箱，当时父亲拒绝了，过年真有了才觉得"挺香"。目前他是家里唯一乐意唤醒智能音箱的人。

我给家里囤了4箱96包抽纸，换掉家里粗糙的那些，把新抽纸塞进柜子里。母亲一开始还嫌弃太多，几天之后她告诉我，想着反正有那么多，可以用很久，纸都可以随手抽了。以前她只敢10包一小提地买，不想太快用完，纸也舍不得抽。

当我告诉母亲返岗的日期，她就在心里倒计时。回程前3天，母亲算了算我在家的天数嫌太少，等待太漫长。父亲母亲告诉过我，有我在的日子，家里更热闹些。

为了专心工作，假期有一天我去了图书馆。回来之后，母亲说，她一个人在家有点孤单，她也体会到了过去一年，父亲早晚独自在家的处境。我不敢细想，他们守望的日子。

去年底，母亲最终决定回家工作，她反复提到的一个原因是：年龄太大了，工厂不爱要，订单一淡，最先劝退的就是她。"太无情了。"她说。过了年，母亲50岁了。

今年我正巧在母亲开工上班那天离家，我有些欣慰，因为离别是情绪最浓烈的时刻，悄悄离开，可以避免情绪失控。但我知道，父亲母亲回家的落寞是免不了的了。

离家那天，母亲给我发了一次微信消息，打了两个电话。一个确认我是否起床，微信提醒我吃午饭，我没有告诉她自己几点到站，但另一个电话在我刚下动车走到出站口时打来。两个电话

我都没有第一时间接到，那一端的她，听着"无人接听"的语音
播报，心里大概很是失落。

我拨回去，母亲说："我想你了。"我为母亲的直白而惊
讶："怎么我刚走就想我了？"她说："就是刚走才想你嘛。"
原来，母亲是在见不到儿女的日子里慢慢习惯的。

这次回家，我在新房间里弄了一面照片墙。我把一家人这两
年最好看的照片洗了出来，钉在了墙上，足足有50张，我的照片
是最多的，我还把自己笑得最开心的照片钉在了最醒目的位置。

在离家700公里的广州，通过电话，我告诉母亲："想我
了，就去房间里看看我。"

留在县城的老同学

记者　李少威

01 ｜ 小酒吧

文雏打电话，出去喝两杯。

那是2008年的大年初一晚上，雪灾正在肆虐，南方冷风如刀。

我裹紧大衣出门，文雏在酒吧一张靠柱子的小桌上等我，配上一盏烛火，倒是温暖。

"天冷，不喝啤酒，喝点白兰地。"他说。

从前一起念初中，我们就经常喝酒，不是啤酒就是白兰地。

"我记得那次你摔得很惨，掉了两颗大门牙，满嘴是血，喝的就是白兰地。我们给你送回家去，被你爸骂了个半死。"我提起一点旧事。

90年代中期，我们是初中同班同学，还是好兄弟。时间久了，彼此不知现状，谈旧事反而是正题。

他一笑，露出两个银色的门牙，自己用手指敲了敲。我忍不住大笑。

文雏满身江湖气，但我还认得出从前那个他，本质没有变。

他在县城做烟花生意，是个灰色地带，既合法又不合法。有时会被警察查，有时会遇到他人敲诈，他的处理办法一以贯之——来硬的。

有一次，两名警察来到仓库，要查扣他的货，正要往外搬，文雏大喊一声，让弟弟把铁门锁上，然后兄弟俩一人操了一根钢管。"孙子，我们今天一起死在这里。"

最后没有动手。但我知道如果警察坚持要搬，他们真的会动手。

还有一次，他突然给我打电话，也是因为警察来查货。

派出所的人说他仓库里有大型烟花，这种危险品种是禁止销售的。他认为对方是选择性执法，让我这个记者赶快去报道，而我跟他隔着几百公里路。

这是记者的一大烦恼。所有人都以为你无所不能，亲戚或朋友总会找上门来，让办一些不能办或者根本办不到的事情。无论怎样解释，最后可能都会落下埋怨。

我确实无能为力，过了两个小时还是硬着头皮打了个电话给他，问问情况。他情绪很高涨，说问题解决了，正在喝酒。

后来我知道，他是打电话叫了几十个"兄弟"，围困了警车，最后货没扣成。完事以后，他就请这些人去大排档大吃大喝了一顿。

"你何必呢！"我说，"这一顿吃下来，超过货值好几倍。"

他就愿意这样，觉得这样解气。

放在今天，他早就进了"班房"，不说是黑恶势力，至少妨碍执法也是罪名难逃。然而当时县城的生态，似乎都默认这种"解决问题"的方式。

他变成这个好勇斗狠的样子，不符合同学时代对他的印象，但又是现实使然。

他还负责为厂里送货，孤身一人开着货车去外省，经常也会遇到纠纷，那个时候就是"狭路相逢勇者胜"，他必须狠。

有一次走在一条狭窄的路上，会车的时候只能一方避让到路边，让另一方先通过。他原本打算避让，但对方没有一点避让的意思的态度让他很不爽，马上改变了主意，把车熄了火，躺到后排去睡了一觉。

对这些事情，我并不像他那样感到兴奋，反而有点无语。

02 ｜ KTV

喝白兰地摔进医院去的，不只文雏，还有盛林。

记不清是哪一年，我和文雏、右民、眼镜仔、盛林，骑着三辆摩托车，去山村的小群家玩，喝的就是白兰地。

小群跟我们一起回县城的时候，已经是晚上，大家都醉眼蒙眬。

山路弯弯，盛林载着小群，一路疾驰，突然一头栽进了路边的长满灌木的斜坡，连人带车不见了。

小群还"啊"了一声，盛林就无声无息。我们把他从灌木丛拖出来的时候，他满脸是血，却已经睡着。

坐在后座上的小群是我们初中的班长，一个长得不难看的女孩。初中时期，情窦初开，她和右民还传过"绯闻"。

那时风气未如今日开放，所谓男女朋友，大多连单独待在一起都不敢。胆子大、敢牵手的，都是不怕被学校开除的顽劣之辈。所以我知道右民什么也没做，问他究竟有没有谈恋爱，他也只是笑一笑。

初中班主任是大学本科毕业，虽然不是名牌大学，但在这所老师普遍是师专毕业的初中，已经是鹤立鸡群。

班主任人也很好，尤其对成绩好或品行好的学生，待如子女。

在这三辆摩托车上，我和小群、眼镜仔算是成绩好的学生，文雏、右民和盛林是品行好的学生。

在酒吧，我和文雏提到了班主任。

"不知道他现在怎么样了。"我说。

"早就硬了。"文雏说起来面无表情。

"什么？！"

我大吃一惊。"硬了"便是死了，人死僵硬。

老师年纪并不大，2008年最多40来岁。"怎么就没了？"

"癌症死的"，文雏说，班主任后来离开了学校，考入政府当了个小官，可是才不到两年就死掉了。

右民打电话来说，可以去唱歌了。他在下午定了KTV的包间，因为过年要和亲戚喝酒，时间定得很晚。

县城的KTV价格不比大城市便宜，过年时节更贵，小小一间包房，最低消费就是1000多元，有一个女孩负责点歌和陪酒。进去之后我大吃一惊，陪酒的"小妹"，竟然是小群。

我有点尴尬，而小群若无其事。

右民很自然地跟她交流，显然早就知道她在这里上班。

小群还带着孩子，一个3岁的小男孩。已经将近凌晨，孩子还很活跃，跟着妈妈在KTV上班，显然也不是第一次。后来实在困了，他就躺在沙发上睡去，震耳欲聋的音乐和撕心裂肺的歌声似乎对他毫无影响。

小群喝了很多酒，后来哭成泪人。她几年前嫁人，家境还不错，在县城买了房子，但她说，丈夫是个混蛋，她一个人赚钱养家养孩子。

她问我过得怎么样，我说我一个小记者，没什么大本事，写字赚钱，生活还过得去。

她说，你多好，有文化，性格好，长得又帅。

我听了感觉怪怪的，不知道她心里想什么，也就不知道该说什么。幸好这时，她躺进了右民的怀里，坐实了初中时的"绯闻"，解脱了我的窘迫。

小群喝得烂醉，我和右民不得不送她母子回家。

大年初一晚上，两个大男人，凌晨一两点钟把别人的老婆孩子背回家……我和右民一路上默默无言，都在为进门之后的场景进行心理建设。

进了客厅，发现房子很新，装潢高端，皮沙发很大。我们把小群和孩子放在沙发上，两个人站在那里面面相觑，眼睛都忍不住瞄向房间的门。

03 | 江湖

右民是个成绩很差但很善良踏实的人。

初中毕业后他就没有再上学，在县城里打工，会修车，会接电路。不管在哪里，老板都很喜欢他。

初中同学里，我和右民的关系最好，见面总有说不完的话。我上大学时，放假回家，头一个晚上右民一定会来，每次都是两个人坐在窗台上谈往事，一直说到天亮。

送完小群，我们慢慢走回我家，躺在床上继续说话，说到了他们村的远利，也是我们的同班同学。

对远利，我印象很深。"远利这小子，从来没有好好上过一堂课。他最擅长的就是抓黄骨鱼，在河水里徒手就能抓到。有一次他摊开两个手掌给我看，上面密密麻麻都是小洞，全是让黄骨鱼给扎的。"

我说，我喜欢鱼，初一的时候我家住在菜市场旁边，周末就经常一大早去看各种各样的鱼，有时就会见到远利。他用自行车载着一个塑料盆，盆里全是野生黄骨鱼，大大小小，个头很不一样。野生的黄骨鱼很贵，几十块钱一斤，他一个月能赚不少钱。

右民说，那时候就数他有钱，但是太抠门，两毛钱一包的瓜子也不肯买给我们。上课时是个混蛋，经常挨班主任的骂，拎到后面去罚站。

何止罚站。那时候，对不听话的学生，老师动手就打的情况多的是。远利是最常挨打的一个，连班主任这样的斯文人都忍不了。有时让他站起来，上去就是一拳头。

有一次又在课堂上惹事，班主任打他，他居然还手。班主任说，我们出去操场吧，别在这里影响同学。远利说，可以。

于是他们就出去了，很久没有回来。

这人实在是太有趣，每次说到他，我们俩都会笑很久。我收住笑声问："你跟他同村，他现在做什么？"

"去年枪毙了。"右民说。

我整个人突然僵住了。右民重复说，远利去年打死了人，枪毙了。

我默然良久，没有再问。

我们那个时代成长的孩子，个把人走上犯罪道路最后被枪毙，也不是什么太新鲜的事情。父母经常教导我们要好好做人，所举的例子就是某个认识的年轻人被枪毙，"白费家里大米"。

1997年初中毕业，没有继续上学的同学，就都进入社会，进入江湖，江湖斗殴，乃是常事。同班的致凌，初中毕业几年后就因为拿斧子砍人，被判了刑。远利只是放大版，似也平常。

其实右民自己就是这一类的当事人。

2006年的时候，他突然出现在我工作的城市，找到了我。

接到他的电话实在惊喜，我马上约他出来吃饭。他就在离我住的地方仅一公里的一间汽车配件店工作，此后可以经常见面。

我根本没有想到"他为什么来"的问题，从家乡来城市打工，再正常不过。后来我才知道，他是因为参与集体斗殴，"出了人命"跑出来的。

同村人在县城开的一间店铺，被人找茬，对方扬言下午带人来砸了他的店。于是包括右民在内的一帮男人就被叫了过去，备好武器，开门迎客。一场混战，对方死了一个人。

"这个死了的人，你打没打？"我问。

右民也记不清楚，反正出事之后大家都跑了。后来双方主犯都到案了，过了几年案子都结了，右民没什么事，他又回县城去了。

右民是个好人，卷入此事，只是因为太讲义气，或者是磨不开情面。

人在县城，身不由己。

04 | 窘迫

我和四眼仔都上了高中，我上的是市重点，四眼仔上了县重点。二华也上了县重点，和四眼仔是隔壁班。

90年代末，有一次我和四眼仔一起逛街，遇到了二华，当街聊了一会天。

二华其实长得挺好看，但是全身都浸透着一种疲软的感觉，而且总是不自然地晃动，就像是一块捏在手上的油腻腻的破抹布。

分开之后，我跟四眼仔说起这种感觉，四眼仔正色说，你这样太主观，不要这样评价同学。

后来我们才知道，二华是有一种病。

上初中的时候我们就知道，他们家很不幸。三个孩子在县城读初中，父母在深圳谋生，读到初中的时候，母亲在一起凶杀案里死亡。

那次之后我十几年没有再见过二华，也不知道他在哪里，在做什么。

2010年，一个朋友打电话来，说让我出来见见老同学，并说出了他的姓。我猜就是二华。这个朋友也是同一年上的县重点高中，他们是同班同学。

来到约定的酒吧，才知道不是二华，是他哥哥大华。他们姐弟三个都是同一年级，大华在隔壁班，严格说不算同学，只是校友，但也算相识。

我问起二华，大华说，前几年已经病死了。

大华结了婚，不幸的是婚后不久老婆就得了癌症，"也快死了"。他自己工作也不稳定，收入不高，生活非常艰难。

听了这些悲伤的事情，我总不知道该怎么接话，找不到话，起身说要上厕所，去把账单结了。

初中同学里，后来有所接触的、能打听的就那么些人，占全班的比例很小，听到的却大部分是坏消息。其他的人活得怎样，茫然无知，其中肯定也还有不少悲伤的故事。

我很庆幸父母生给我一个好用的脑袋，让我能从这样一种生存状态里逃脱。在我们那样一个当时的贫困县，考上最好的大学是件大事，因此我还在大学读书的时候，见到初中、小学的同学，他们看我的眼神、对我的态度，都区别于日常。

大概是2003年寒假期间，我回到家里，白天就在母亲的服装店里帮忙。开了几十年的"服装行"，聚集着几百家门店，快过年的时候，人流密集，接踵摩肩。

小光和小富来到了服装店，见到我，都显得非常客气。他们是我小学的同学，就住在邻村，小学的时候一起上学，一起长大。我们坐在小板凳上聊了一会，虽然时间久远，但还是感觉亲切。

他们离开之后，我问母亲，他们都做什么工作。母亲说，他们现在就在上班啊，掏荷包。

我一下子又沉默了。

母亲在这里做了多年生意，她说的这个术语我懂。过年前人流量大，小偷多，有时母亲跟客人谈好了价钱，客人正要付款，却发现钱不见了，掏荷包的，是服装行店主最讨厌的人。有时候，他们连店主也偷。母亲的口袋就曾被剪烂，丢了几百元，后来找到派出所的亲戚，描述了一下外貌，很快把钱拿了回来。

他们成了道德原则与现实利益的对立面，却在同一个空间里若无其事地共存，这就是曾经的现实。回想起来，我也没有对他们感到过鄙视或者不屑，毕竟我不知道他们的真实生活的样子，他们曾经历和在经历着什么。

故事并不止这些，但说起来全部都是往事，最迟的也已经是十几年前。那个年代的这群人，缩影在一种日常的卑微里，已经成了看上去土里土气的一张张照片。

后来我就再也不了解他们，时间让命运在精神上更加分殊，但社会的进步一定已经让我们在物质上更加靠近。

每个人都有每个人的一生。

生死疲劳

在抗癌厨房，食物藏着生死

在这个三线小城，有尊严地告别人间

小猪，来生要幸福

章莹颖父母，失去女儿第六年

在抗癌厨房，食物藏着生死

记者　何承波

在抗癌厨房，江西人竭力收敛嗜辣和重口的冲动。

但那名中年男子还是下了半盘"子弹头"，辣椒素遇到热锅，顿时激发出催泪弹一样的呛味儿。一旁的老人大声提醒："癌症病人吃不得辣哦。"作为晚期胃癌患者，老人深知辣椒对肠胃的危害。

接着中年男子又放了一大勺盐，许久才说："我老婆中午喝了一口汤，觉得没意思，饭都没吃。叫我一定要多弄辣椒，多放盐。"

8月27日这天傍晚，他炒了个五花肉，浓黑的酱汁，肉与辣椒几乎等量。他自顾自地念着："哎哟，过一天算一天，日子不多了。"

人们不再多说什么。男子匆忙装好饭盒，领了米饭，快步走出了漆黑的巷子，返回一旁的江西省肿瘤医院。

这是一间癌症患者共享的厨房，厨房主人熊庚香逢人便说："吃好饭，养好病，早点回家。"但有时这个美好的愿望变成残酷的事实，他们不得不接受——"吃顿合胃口的，时日无多了。"

在抗癌厨房，食物总藏着生死。

01 | 钟

墙上挂了两座钟，万佐成和熊庚香觉得它们像自己。它们24小时不停转啊转，他们也24小时不停转啊转，转成了另一种时间。

天没亮，万佐成就起床引火，点燃20多口煤炉，水壶装满，挨个烧上。另一边，妻子熊庚香也开始煮粥。

抗癌厨房并不是真正的厨房。它位于肿瘤医院西侧，一栋自建的居民楼。厨房占据了门口10米左右的小巷子，共两米宽，是炒菜的区域，沿路摆了8个煤灶，另一排是桌板，用来切菜。一楼两间房子，还有十多个灶眼，用来煲汤。

天刚亮，病人和病人家属就会赶来，打稀饭、做早餐，拉开抗癌厨房里一种非常态的日常。

早上10点，阳光从肿瘤医院的高楼上照射过来，这里开启了一天最忙碌的时刻。剁肉声、锅铲声、高压锅冒气声、热油遇水的爆破声，滋啦滋啦，哐哐当当，这是熊庚香最欣慰的景象：人们暂时忘却了生老病死的紧迫性，只为吃好眼前这一餐。这个局促的空间，仿佛成了一间解忧厨房。

64岁的她，是个嗓门大的女人，她叉腰站在大饭锅前，打饭、拉家常，见着人冲水不关龙头，她吼叫的声音会盖过一切。但她并不总是这么暴躁。面对新来的患者，她总是龇牙笑着，安慰他们："吃好饭才能养好病。"

混熟的患者、家属，她会无所顾忌地开玩笑。医院的气氛太压抑了，病人和家属们需要放松一点。

67岁的万佐成依然硬朗，头戴棒球帽，脸上挂着两只口罩。他提着水壶，穿梭于各个煤炉，为患者家属们加水。

高压锅、蜂窝煤，在这样一个老旧城中村，安全是悬在头上的剑，他得随时盯紧。他就像那座钟一样，停不下来。过年时，女儿拉他回家吃年夜饭，不到一个小时，他就赶回来了。

这样的生活，一过就是18年。

30多年前，夫妻俩在新建县的乡下种地，1993年来南昌开餐馆。2002年，他们搬到这片城中村来，把如今这栋楼租了，摆摊卖油条。

2003年的某天，一对夫妻来问他们，可不可以借个炉火？

他们的孩子得了骨癌，截肢了。孩子闹脾气要回家，说饭菜不好吃，要吃妈妈做的。他们问了很多人家，都被拒绝。万佐成没多想，答应了："你们天天炒都可以，我不收钱。"

没多久，借炉火在病友圈传开。人越来越多，有时几十个人一起，万佐成索性多添几个煤炉。久而久之，这里成了病友们约定俗成的"抗癌厨房"。

抗癌厨房长期保持亏损，十多年来，炒一个菜只收5毛钱。好在，他们做油条批发能赚钱，补了这个亏空。2016年，水电和物价飞涨，他们才涨了价，炒菜1元钱，米饭每盒1元，煲汤2.5

元，勉强维持收支平衡。

去年，他们停掉了油条生意，如今全心全意打理这间厨房。

这期间，他们上了电视，上了热搜。抗癌厨房成了个地标，不时有人来观光打卡、发抖音。爱心也在传递。8月26日，快递送来200斤大米，熊庚香打电话道谢，对方一直未接。

8月的某天，有个南昌的大学生跑来，对熊庚香说，"奶奶，您还记得我吗？10年前，我妈妈在这里炒菜，您天天给我吃油条"。熊庚香想不起来。大学生接着讲，那时候没人带他，妈妈病重，常把他扔到厨房，由熊庚香照看。

他告诉熊庚香，他的妈妈还是没救活，36岁就去世了。

02 ｜ 临时避难所

抗癌厨房从不停止它的运转。

2月10日，戴骅带着丈夫，像逃亡一样从吉安赶来。丈夫得了咽喉癌，去年做了切除手术后，正轮到化疗时，疫情来了。

化疗掏空了身体，那期间，他吃什么都是苦的，没有汤，吃不下饭。

疫情管控，进出受限。戴骅守在医院大门的卡口，"像叫魂一样"，天天喊："阿姨阿姨，救命噢，没有汤活不下去噢。"

熊庚香从卡口接过食材，老万洗菜，她煲汤、炒菜。在巷子对面架了楼梯，递过去。

戴骅记得，有个11岁的小孩天天也喊："奶奶，奶奶，我妈妈不给我煲汤。"

那是个苦命的孩子，他爸爸几年前从工地上摔下来，死了，现在自己又查出脑瘤。

熊庚香免费给他煲参汤、排骨汤。

清明节刚过，孩子的妈妈发微信给熊庚香，说："孩子走了，谢谢你。"

又发来一张骨灰盒的图片。熊庚香吓死了，"赶紧删掉"。

但熊庚香转了500元给她，聊作慰问。

来自弋阳的余红朝也是在疫情期间来的。15年前，他妻子跑了，把1岁的儿子留给了他。2020年初，16岁的儿子查出血液型淋巴癌，脑袋肿得像大头娃娃。

他借了30万元，很快就花完了。接着要移植干细胞，费用高达50万元。对于收废品的他来说，无疑是天文数字。

他来抗癌厨房做饭。儿子要吃，他必做肉或鱼；儿子不吃，他只弄一点蔬菜，打三盒饭回去。他身体壮实，胃口不小，但为了省钱，有时就吃点米饭。

他觉得厨房里有人情味，像个家一样。

癌症，是一个家庭的灭顶之灾，而抗癌厨房则像一个临时的避难所。这里大多数家庭是来自乡下，穷苦者居多。对他们而言，一场癌症，倾家荡产并不为过。来这里做菜，李虹梅也是图节省。

她连连叹息："唉，治也治不好，死也死不了。"

儿媳妇每个月做一次化疗，一年过去，已经花了20多万元。她们住不起院了，挤在狭窄的宾馆里，每天二三十元那种。

40岁的儿媳妇去年查出乳腺癌，但选择保乳，切除了17个淋巴结。现在手臂使不上劲，免疫力也脆弱不堪，三天两头就感冒。更致命的是，癌细胞没有彻底清除，不久前卷土重来。儿媳妇害怕了，下定了决心，左右乳房全切。

70岁的李虹梅全程照顾儿媳妇，她懂得如何把节省发挥到极致。她每天光顾相同的摊主，混熟了，老板多给一点青菜，附赠几棵葱。孙子们还未成年，儿媳妇倒下，家庭也跟着塌陷。李虹梅不是家庭支柱，也要极力撑着。

李虹梅算过一笔账，医院食堂一份饭菜十多元，两个人一天要近百元的开支，还不好吃。来抗癌厨房，开销减半。

但她又有些"奢侈"，她随身携带一大瓶矿泉水。8月27日，她用矿泉水给儿媳做鱼汤，汤呈奶白色，不见一点锅灰和浮渣。

李虹梅在家不太会做饭，但她相信，自来水煮汤没有矿泉水好喝。

03 ｜ "日常"与残酷

每一道食物背后，都是一种人生。这是个烂俗到小学生都能随手用的比喻。但在抗癌厨房，它却从未如此贴切、真实。

有的家属无法忍受长期以来的癌症食谱，趁着病人做手术的间隙，逮到机会解放味蕾，满锅辣椒，大快朵颐。一个长期在这里照顾妈妈的餐馆经营者说："不吃辣椒，我脑壳发昏。"

有人无法忍受医院的气味，他们在抗癌厨房找个角落蹲着，吃完再带回病房。长期与疾病和医院打交道，他们对病房有一种生理性的不适。有个家属念叨，一到医院吃饭，她就想吐。

病人也难以伺候。上餐要吃红烧肉，下餐要稀饭。有个患者觉得熊庚香的稀饭不好吃，他妻子也不知道哪里不好吃。妻子亲自来煮，这次尝试煮硬一点，下次更软一点，放点小菜。煮出来别人都觉得一样，只有她知道区别在哪里。她是个柔弱的女人，丈夫肺癌晚期，儿子进了监狱。现在她成了家里唯一的支柱。

8月26日中午，50岁的吉安人陈美玲炒了个苦瓜，只放了几滴油，极其清淡。还没开始治疗，丈夫的食欲就比多数化疗后的病人还差。

53岁的丈夫前年查出了鼻咽癌，做了几轮放疗和化疗，本以为万事大吉，谁知癌症防不胜防，不久前复发，转移到肝上。但丈夫心脏也不太好，化疗吃不消，要先治心脏病。什么时候开始治癌症，要花多少钱，一切是未知数。丈夫情绪低沉、焦虑，有时又很暴躁。食堂饭不吃，陈美玲亲手炒的，无论荤素，他也觉得没味道，每天只吃一点稀饭。

他想念自家田里榨出来的菜籽油，念叨着只有家里的油才香。陈美玲能明白他的意思，丈夫是想回家，不想治了，要把钱留给没成家的儿子。

抗癌厨房里维系着一种难得的日常感。这里全是油盐酱醋的生活气息，病人家属们感激熊庚香夫妇给了他们一种家的感觉。但它又是非常态的，生老病死，都藏在背后。对于癌患家庭来说，日常背后掩盖不了残酷。

8月底，鹰潭的刘敏给母亲做了份甲鱼，母亲吃完又剥了个猕猴桃，不承想食物中毒，母亲抽搐起来，不断蹬脚，翻眼皮。好在两个小时后缓解了，但刘敏吓到两天都没能缓过来。

她一度觉得自己没能力扛起这份沉重的担子。

母亲查出宫颈癌，要住院两个多月。病房里还有个30岁的女人，天天哭："我有房有车，这么年轻，怎么就得了宫颈癌。"

这搞得刘敏很压抑，精神紧绷。那天，她来厨房煮稀饭，有人问她妈妈得的什么病，她当即抓帽子捂住脸，号哭起来。

万佐成说，很多人来这里，也是一种释放。

在熊庚香眼里，穷苦人未必事事悲哀，有钱人也未必万事美满。这里没有身份等级，大家都是落难人。

最典型的是56岁的刘进，他是抗癌厨房的特殊病人。

他不炒菜，每天来打个稀饭，却比其他人逗留更久。他总戴着圆礼帽，Polo衫扎进皮带里，皮鞋锃亮，指甲修长。他走路慢吞吞地，背着双手，一直独来独往，没有家人陪护。

刘进时常盯着油烟升腾的炉灶，看得入神。

不久前，刘进查出口腔癌，做了切除手术，伤口从嘴唇延伸到颈部，整个下巴像是镶嵌上去的。熊庚香说，他是当大官的，来视察。他一笑，说："只是个办事人员，早退休了。"跟熊庚香开个玩笑，是枯燥日子里不多得的乐趣。

8月某个周末，他神清气爽，像换了个人一样，买了一斤瘦肉，切得大块大块的，丢进油锅，油烟刺啦刺啦的。

我问他哪来的兴致。他歪了下头，示意一旁站着的中年女子，咧着长泡的歪嘴，笑："女儿来了嘛。"

他总算亲自参与了这份人间烟火。

04 | 生死疲劳

张国胜重新出现在抗癌厨房，她不停抹眼泪，念着："好好的，怎么说扩散就扩散了呢。"8月26日下午，她炒了两个菜。一旁病友家属叫她不要放辣椒，但她还是放了。她说："老范吃了没味道。"

去年，丈夫范学景查出肝癌。在肿瘤医院开刀做手术，切掉一个拳头那么大的肿瘤，腰上留下了一道近一米的伤口。

她正说着在抗癌厨房一年的生死见闻。一个20岁左右的年轻人跑进来，扫了扫挂在门边的二维码，还没等收款的声音响起，人就跑开了。张国胜更加难受起来，眼泪滚落不止，她不断伸手擦拭。

丈夫患病后，她真正感受到什么是"天塌了"，也感受到什么是人间情义。她是个悲喜形于色的女人，眉毛紧蹙，脸色也是垮塌的，大多数时候，是丈夫露着大白牙的笑容感染着她。

4月份，夫妻俩满怀希望地出院。

还不到半年，癌症复发、转移，丈夫也蔫了下去。

熊庚香对这些场面习以为常。

每年，有一万多人跟她的厨房产生联结。他们来自江西各地，每个月来做一次放、化疗，住院10天左右，回去了又来，如此反复两三年。临走时，他们在墙壁上留下一个电话。密密麻麻的，字迹褪色，已难辨认。

电话很少拨通，熊庚香知道，大多数人已经不在了。

半数以上的患者活不过5年。过去很长一段时间，中国癌症患者的5年存活率只有30％，或者更低。最近10年才稳步增长，2019年达到40％。

厨房里的钉子户是老夏，他老婆得了宫颈癌，熬到第七年才撒手人寰。熊庚香记得，老夏刚来时，神气得很。他是做生意的，家底深厚，觉得有钱什么病都能搞定，钱定胜天。"那时他这个也瞧不起，那个也瞧不起。"

疾病恶化超乎老夏的预料，没多久，癌细胞转移至大脑，压迫了神经，妻子卧床不起，也没法说话。老夏掏空了家底，赔上事业，落到熊庚香所说的境地："油盐都要我的，饭也免费给他。"疫情刚结束，他妻子就死了。如今他在当保安。

有人不得不怀抱希望，也有人不得不接受现实。

2020年6月，冯素琴得知儿媳妇查出胃癌晚期时，她整个人都崩溃了，自己也跟着病倒，住院。儿媳妇才32岁，比自己亲生女儿还亲。一家人本来到南昌的医院做切除手术，但医生告知，癌细胞已经扩散，切除毫无意义。腹部积水严重，要穿刺放液。一家人必须要接受保守治疗的现实了：活一天，是一天，如果不治疗，死得会更快。在医院，痛苦少一些，在家只会活活痛死。

化疗后，儿媳妇吃不下饭。冯素琴改了食谱，她放了辣椒，但每次都切两三种颜色的，尽量弄得鲜艳一点，看起来有食欲。

8月26日傍晚，冯素琴走后，抗癌厨房也接近天黑了。一对近70岁的老夫妻走了进来。熊庚香认得他们。老头笨拙，不会做饭。一般是得了乳腺癌的妻子在操劳。妻子为满足丈夫口味，放了很多辣椒，自己就接杯水，涮一下再入口。

这天，两人吵架吵得厉害。菜刚下锅，丈夫就捧着葱花过来，正准备放进去，被妻子厉声喝住，丈夫气得跺脚，差点把葱花扔在地上。

这是一幅奇妙的景象，病魔的阴影在褪去，他们的生活终于回归了日常的生机。

早些年，子女和亲戚不理解熊庚香，为什么天天跟癌症病人打交道。那时，她其实也有点私心："癌症太可怕，我多做点好事，你别来找我。"

过了60岁，她觉得自己迈入了生命的新阶段："不管得什么病，我都不难过了。"

（文中部分人名为化名）

在这个三线小城，有尊严地告别人间

记者 赵佳佳

我们即将开始谈论的这个话题，是一项有关死亡的事业。

死亡是生命确定无疑的句点，意味着每个人的命运所必然面对的终局。但问题在于，人到底怎样才能从容体面地走向死亡？

当我们年老体衰，身体失能时，如何在死亡面前保有尊严？当我们罹患癌症，病痛缠身，精神和经济上的巨大打击降临到家庭中时，如何化解身心的双重磨难？

三十多年前，这项事业被冠以"临终关怀"的名字，以研究中心的形式落地在天津，但它所指涉的内涵有限，人们认识不足，因此成长得异常缓慢。

直到2016年，在国务院印发的《"健康中国2030"规划纲要》中，一个名为"安宁疗护"的概念代替"临终关怀"，正式成为中国用以概括这项事业的政策语言，才真正意味着，一项专业的、为死亡谋福祉的工作，被提上了社会发展的日程。

但安宁疗护到底是什么，安宁疗护到底应该怎么做？

几年间，北京与上海被普遍视作探索安宁疗护发展模式的风向标，但在华北平原东部，在河北省一座普普通通的三线小城沧州市内，医生郭艳汝有些不同的看法。

在我去拜访她之前，她极为严肃地向我提出了一个问题："你认为，在那些经济不甚发达的地区，我们应该要推广大城市安宁疗护模式，还是要推广地市级或者县市级普惠型安宁疗护模式？"

她考住了我。

那些普普通通的地级城市，经济虽不甚发达，却遍布中国的大部分地区，关乎着更为广大的人口。但它们却很难获得一线城市前沿的政策支持与足够的财政补贴。

这也就意味着，如果安宁疗护事业想要在地级市求得生存，那么北京与上海的经验，或许难以成为它的参考。

这是郭艳汝给出的答案，也演变成为她为自己设下的一道巨大的难题——有没有可能成功打造出一个真正可操作、可广泛复制的地市级普惠安宁疗护发展模型？

2019年9月，在沧州市人民医院肿瘤院区内部，郭艳汝作为主任建立了安宁疗护科。她带领着她的医护团队和志愿者团队，开启了一场极其重要，却异常艰难的实践。

01 | 弃儿

对于曾经的麻醉科医生郭艳汝而言，职业生涯的转折时刻，是在2010年到来的。

在这年的清明节当天，她接到了一通电话，来电的人告诉她，那个原本约好了要来请她治疗的胰头癌晚期患者，由于疼得受不了，跳楼自杀了。

那时候，郭艳汝还在沧州市中心医院从事麻醉工作，电话那头的人是她本院的同事，而死去的胰头癌患者，是同事的亲戚。同事曾提前联系郭艳汝，问她有没有时间给亲戚打一针神经阻滞，为他缓解癌症晚期的痛苦。

当时，那位病人已经疼得近一个月没能平躺睡觉，据说已经消瘦得只剩皮包骨。

这本不是什么难事，作为麻醉专科医生，解决疼痛问题是郭艳汝的专长，也是她的本职工作。

其实就是500元钱的事情。

郭艳汝想，以医院的收费标准来计算，想要解决这个病人的疼痛问题，最多只需要500元钱而已，"可能连500元钱都花不了，他就能走得特别好。"

但她从同事那里得知，为了治愈癌症，病人生前曾每月花费数万元购买药品，其中还包含一些各处求来的药与不明来路的针剂，早已把家底消耗殆尽。

或许这个病人从来不知道，当癌症发展至晚期，在治愈性治疗以外，他其实可以选择一种缓解疼痛且并不昂贵的方式来度过余下的生命。

她想，病人或许是在剧烈的病痛折磨和经济的困境中，提前对医学丧失了信心，才选择以这样惨烈的方式为自己的生命收场。

那是郭艳汝从业的第七年，一位病人本可避免的自杀震撼了她的内心，直接促使她在那天夜里做出了她职业生涯中第一个转折性的决定：她要尽量抛开对收入降低和职业发展受限的担忧，开始钻研肿瘤疼痛控制这个偏门领域的知识。

一个朴素的念头驱动着她，"这个事情太残忍了，从那个时候开始我就觉得，镇痛治疗应该成为最基本的、能供应得起的、可获得的治疗方式，甚至对于肿瘤病人来说，最后阶段只给他提供镇痛都可以，他只要不疼了就行。"

这件事情发生两个多月后，有一位父亲走进了郭艳汝的办公室。

他其实只有30来岁，但眼尾的沟壑很深，在田间地头干活的人，长期日晒致肌肤老化，就会呈现出这样的痕迹。他显然是位地道的农民，手指缝里嵌着些难以洗净的泥垢，这使得他的指尖呈现出一种深沉的绿色。郭艳汝在农村长大，她再清楚不过，只有夏日长期拔草的人，才会拥有这样泛着绿色的双手。

站在郭艳汝跟前，他有些局促地说明自己的来意。

他7岁的女儿患有胶质瘤，已经进入晚期。脑科大夫让他带着孩子回家，但是孩子实在是太疼了。他边说边打量着郭艳汝的神色，似乎很担心自己再次遭到医生拒绝——这太常见了，当肿瘤病人进入晚期，许多医生都会劝返他们，理由是，病人已经没有治疗价值。

郭艳汝记得他着急忙慌地说："郭大夫您放心，我知道我闺女不行了，有什么事儿我都不会找您的，您就让我孩子别受罪了行吗？"

她没有回绝，这似乎给了他一些勇气，于是才紧接着表达了自己的另一个难处：为了给孩子治病，他们已经花了将近50万元。

"我就一个农民，您看看，您的治疗方案能不能尽量少花点钱？"说完他又顿了一下，好像又担忧起自己的请求会招致医生的不耐烦，于是很快又说，"没事，郭大夫，我就是这么一说，要是不行，您就该怎么着怎么着，钱不够我会想办法的。"

十多年过去，郭艳汝向我回想当初的场景时，她站起身来，缩着肩膀，搓磨着双手，模仿起那位父亲因贫困及忧虑而致的窘迫神态。

从这个搓手的动作里，她很自然地联想到自己做农民的父母。她说，你知道吗，太卑微了，这些求医无门的普通人太卑微了。

在此之前，郭艳汝从来没有尝试过为儿童进行镇痛治疗。在国内，成人肿瘤镇痛尚且是个偏门领域，危险性更高的儿童肿瘤镇痛就更是空白地带。但是为了给这个孩子制定一个安全、便利且性价比更高的治疗方案，郭艳汝决定摸索出一条自己的路径。

当时，通过查阅大量的外文文献，她确定了几种可以用于儿童镇痛的药物和相应的用药剂量。

经她筛选出来的这些药品都相对常见，甚至能够在村医处获得，也能直接通过村医进行用药。而且按照她的方案进行治疗，基本能够保证安全。

她的初期治疗方案中，每天的药品花费不超过10元。等孩子进入临终阶段时，病痛加重，她增加了一种名叫氟比洛芬酯的药物，让孩子父亲在药店买了十支带回家，每支的价格是50元。

使用氟比洛芬酯的第二周，这位父亲回到了郭艳汝的科室，带来了女儿去世的消息，孩子走的时候很平静，没有痛苦。

"她睡着觉就走了。"

他从老式中山装的衣兜里掏出两支剩下的氟比洛芬酯，想要用这个来答谢医生，答谢她最终让自己的女儿并不痛苦地告别人间。他说自己本来想买点东西来，但家里实在没钱了，只有这两支药，要是卖掉，还能值100元。

这位父亲的出现，使得郭艳汝在肿瘤镇痛的道路上又向前迈进了一步，她从此开始不仅仅是钻研成人肿瘤镇痛，还把目光投射到了几乎无人愿意涉足的儿童肿瘤镇痛领域。

那时候，她还不知道什么叫作"安宁疗护"，因而也无从得知，这位搓着手的农民为她带来的记忆，暗中为她将来所要从事的事业划分好了阵营，成为她想要推广人人负担得起的普惠型安宁疗护的动机。

十多年过去了，她告诉我，想要生存下去，也是可以通过做中高端安宁疗护的方式去实现的，只需要给病人用上更加昂贵的药品和疗法、打造豪华的单间病房，这些也是能够符合规范的。但郭艳汝不愿意把它变成一件奢侈品。

我问她，为什么呢？

她望向我的眼神变得十分锐利，反问道："你想想，在一个社会中，是中高端人群更容易成为弃儿，还是普通老百姓更容易成为弃儿？"

2010年，她想要为生命终末期病人服务的想法还只是一个刚囹的念头，这个念头尚不明确，也还未形成系统的思路。而这个系统在郭艳汝的人生中真正成形的时刻，却是伴随着重大的家庭变故而到来的。

2014年，郭艳汝的哥哥与嫂子因意外离世，留下一堆未尽的债务以及两个还未成人的孩子。2015年，她的母亲突发大面积脑梗塞，并且在此后的几年里重病卧床，这让她从一名医生陡然转变成为一位终末期患者家属。

在此之前，她从来无法真正理解一个重病患者的家庭为什么会变得如此脆弱，那些患者家属又是为什么如此敏感，甚至会突然暴怒，"随时都能像一个炸弹一样被点燃。"

为哥哥偿还债务以及为母亲治病，在很短的时间内耗尽了郭艳汝工作十年的积蓄。至今仍记得自己在另一位医生面前，也曾像从前的那个农民一样下意识地搓起手来。

当时，医生要给母亲用一种名叫阿替普酶的药来打通血栓，4000元一支的药物，全自费，但那个时候她的经济状况已经困窘到"连家里交电费都没有钱了"，因而不得不四处借债。

她不自觉地搓着手，在心里盘算着该怎么办，但医生甚至没有抬头看她一眼，而只是兀自低头在病历单上勾画着，交代病情和用药方案。

她其实很想知道，治疗的方案有没有其他选择？有没有效果可能相对差一点，但也能过得去的低价药品可供商量？

但医生的神色太冷漠了，她最后什么都没有说。

母亲入院一月后，情况不见好转，医生和护士就开始让他们出院，因为病人已经无须再做其他的检查，每天只能产生床位费用和基本的护理费用，没有治疗价值，所以"成为了一个被驱逐的对象"。

但回家以后怎么办呢？这些被医学所放弃的病人，痛苦无法得到缓解，突发症状没有办法控制，哪怕郭艳汝自己就是医生，也无法给出答案。

医学太冰冷了，她想。

"我内心真正发生实质性的变化就是在我妈妈病了之后，我的身份有了变化，对我触动特别大。从那个时候才开始想，你到底应该怎样做个医生？你到底应该用一种什么姿态，去做一个医生？"

02 | 浅蓝色病房的降生

在沧州市人民医院先后担任院长和党委书记的二十年时间里，王兆发已经见证了太多的死亡。

2008年前后，他曾在本部院区的急诊室内，见到一个喝下百草枯的15岁女孩，她的血液当中百草枯含量过高，能活下来的概率很低，只能放弃治疗。

女孩的意识很清醒，被家人抱走的时候，最后看了王兆发一眼。他记得，那是一双特别明亮的眼睛。

离开医院，就意味着她要在痛苦之中等待死亡的到来。王兆发很难想象这个过程，不由自主地忧虑起来，"孩子到家怎么办？她这几天怎么过？她并不是到家之后，马上就死了，而是有一个（死亡的）过程。这个过程，她要怎么度过？"

在医院里，被宣告治疗无效的病人太多了。

他见过许多躺在ICU里面一待就是好几个月，甚至待上两三年的患者。通过医保报销的方式，他们每天都接受好几千元的治疗，在生命的终期，以插管的方式与医疗器械相连，孤独地面对死亡。

王兆发告诉我，即便是应用再先进的诊疗方式，有时候，晚期患者的存活时长可能并没有显著的差异。

2015年，正是郭艳汝的母亲突发脑梗塞的年头，在沧州市人民医院，经过三年多的建设，一座占地80亩的肿瘤专科院区开始投入使用。

那时候，国家正在倡导医院建立癌痛病房，以解决癌症晚期病人使用麻精药品来镇痛的难题。但王兆发隐约感觉到，晚期病人的照护是一个社会问题，而不只是一个有关麻精药品的获取和使用问题。

但这个想法要一直等到他与郭艳汝见面，才真正开始有了具体的形态。

那几年，郭艳汝已经开始摸索安宁疗护的做法，但从前的条件有限，她没法单独建立起一个科室。直到2019年，她的母亲病危，最终促使她做出了辞职的决定。

她曲折的人生经历和她辞职的消息，辗转传到了王兆发的耳朵里。

王兆发想，既然郭大夫想要做安宁疗护却得不到允许，那么，沧州市人民医院或许能够在新建的肿瘤院区创造条件，为她提供想要的支持。

郭艳汝至今记得她和王兆发见面那天，她来到肿瘤院区的三楼，正担忧着或许找不到书记办公室时，王兆发就已经穿过长长的走廊，走到大厅里面去迎她了。

她觉得王兆发一点儿也不像她曾经见过的大医院的领导那样端着高高的架子。这位王书记只是慢悠悠地同她讲：小郭啊，你想怎么做，就怎么做去吧。

于是就在2019年的春天，郭艳汝终于能够开始筹建一个专业的安宁疗护科室，把这些年的思考和尝试全部投入这崭新的事业。王兆发在肿瘤院区的三楼给她划出了一片区域，全部从头开始设计和装修。

而这个科室最终应当是什么模样？全由郭艳汝来决定。

首先，这个病房必须符合三甲医院标准病房的配置，应当有的医疗器械全都要有，它应当是一个标准的病房，而不是一所养老院。

同时，郭艳汝也为它制定了许多特殊的内容。

这个科室有单独设置的谈心室、静修室、SPA间。

谈心室用来沟通，布置得跟个普通茶室一样温和。静修室的四面都是禅意十足的壁画，可以用来做生死教育或者冥想。而SPA间没有窗户，临终的病人可以在这里进行生命形态的过渡，它极其安静，不见阳光，因为在中国人的传统中，人去世后是不能见光的，否则魂魄会被招走。

为了降低病人的心理压力，墙壁上用来连接医疗器械的设备带是可推动的，当它没有被推开的时候，它看起来就只是一幅用来点缀的装裱画。

如果病人在病房去世，也不会惊扰到其他患者和家属。郭艳汝提前就考虑好了这一切，她将SPA间设置于科室的中段，从这里出来，只需要拉开走廊中间一道上了锁的门，就能通向一个位置隐秘的电梯，家属悄无声息地就能带着病人的遗体离开。

科室的墙壁被漆成了浅蓝色，这是当初郭艳汝力排众议保留下来的色彩。

起初，大家认为应该漆成温暖明媚的颜色，但郭艳汝知道，晚期病人和家属并不需要热烈的色彩，他们需要的是一方净土。因此它的颜色应当是疏离而克制的，是浅浅淡淡的蓝。

在这里，哪怕是最贫穷的人也能找到自己的位置——郭艳汝在这里设下了两大间惠民病房，惠民病房里的床位与其他病床没有什么两样，不过它只需要患者支付每日19元的病床费用，而且可以完全纳入医保报销。

她带着我参观了其中一间惠民病房，那是由王兆发此前的书记办公室改造而来的。天朗气清的日子，窗帘一拉开，满屋子就盛满了华北初秋温煦的阳光。

而人员招纳，又是另一个让郭艳汝忧心忡忡的难题。

她只是一名疼痛科医生，凭她一己之力，想要缓解晚期病人的身体症状是远远不够的，老是请医院里其他科的医生前来会诊也不现实，所以她决定，要组建一个跨学科的医护团队。

彼时王兆发正好相中了一个新来的呼吸科大夫姬骁亮，他看姬骁亮性格温和又阳光，认定他最适合跟着郭艳汝去做安宁疗护，后来又从乳腺外科提溜了脾气最好也最能干的刘志静来给安宁疗护科做护士长。

招纳人员的困难之处在于，安宁疗护尚未成为一个专门的学科，没有专科人才，那么学科建设也就无从谈起。郭艳汝今年才招到了自己的第一名研究生，而这仅有的学生，还是挂靠在全科医学的名目下才招收上来的。

人是一点点攒起来的。

有几个之前在中心医院的同事辞了职，跑来跟着郭艳汝干起了安宁疗护，还有两个大夫是姬骁亮之前的同事，也被撺掇来了这里。到现在，郭艳汝终于拥有了一个涵盖呼吸科、神经内科、儿科、重症的医生团队，以及一个容纳了放疗科、儿科、肿瘤介入等的多学科护理团队。

她还设置了一个专职的医务社工岗位，专门用来链接各种必要的社会资源。而这个做法，在北方的医院是极其少见的。

得道者多助，这个说法开始在郭艳汝身上应验起来。在攒起了一整个多学科的医护团队后，2020年，又有一些奇妙的人像"孙悟空从天上掉下来一样跳到了面前"。

当时，她去参加一场公益活动，和一位70来岁的老爷子分到了同一组去栽树，她看老人家年纪大了，想请他扶着树，自己来往地里埋土，结果老爷子立马就不乐意，非要亲自动手。后来她才知道，这位大爷叫赵洪雁，退休前是民政部门的一个老领导。

正是在那场活动上，经由赵洪雁的引荐，郭艳汝又认识了他的好朋友古华林。

他们结识的时候，古华林正在跟周围人摆道自己的人生经历，好些人听了都觉得晦气，扭头走了，只剩下郭艳汝杵在那里，因为她听见这位老爷子说，他会缝合尸体。

他说原来那些从电线杆子上摔下来的人，可能摔得面目全非，去世时胳膊和腿都分家了，他还能完好无损地给人家缝合回去。

古华林的出现是个莫大的惊喜。以郭艳汝的话来说，就是"想要什么就来什么"。她那段时间正在找这样一个擅长做遗容整理的人，踏破铁鞋无觅处，此时此刻，这样一个正正好的人，却意外闯入了她的视野。

而赵洪雁和古华林也就从此成为了安宁疗护科的常客，他们被科里的人亲切地唤作"赵伯伯（bai，一声）"和"古伯伯"，志愿者编号002和003。

赵伯伯的拿手绝活，是到安宁疗护科病房里去给病人理发，每次都会理上六七个。郭艳汝也留着一头短发，头发长了的时候，她也总是眼巴巴地望着赵伯伯来。而古伯伯为郭艳汝培训出了一整支精通遗容整理的医护团队，也曾亲自送走好多离世的病人。

两位伯伯的年岁大了，他们曾明白地告诉郭艳汝，说他俩是在为自己行善积德，等他们将来老得病痛缠身的时候，也就要住到这里来。

如果现在这里的病人都能走得那么体面，那他俩将来还有什么可担心的？

郭艳汝觉得，这些人之所以能够汇聚到一起，并不是因为她自己有多大的人格魅力，而是因为这件事情本身"得民心"。谁不会走到这一天？每个人都会走到这一天。她说："每个人都在这些离世的人身上，看到了自己未来的命运。"

03 | 医学专业主义及随之消失的道路

2017年初，国家首次以官方文件的形式为安宁疗护中心制定了试行的基本标准和管理规范。它的出现，为这个行业带来了原则性的共识。但安宁疗护工作如何具体落到实处，这是一个远比想象更庞杂的问题。

2019年9月18日，在沧州市人民医院肿瘤院区，安宁疗护病房正式挂牌开科，郭艳汝想要打造的地市级普惠安宁疗护模式，开始初现雏形。

最初那段时间，好些病人家属都会打电话来打听些稀奇古怪的问题，"你们那儿是个疗养院吧？"甚至还有其他科室的医生来咨询，问郭艳汝，"你们那儿能输液吗？"

她哭笑不得，只好反复地向大家普及，"安宁疗护的本质，是一个医学问题。"

安宁疗护科接收的，一般都是老年慢性疾病终末期和恶性肿瘤终末期的患者，其中，恶性肿瘤患者又分为成人和儿童。这些患者基本上都处于生命的晚期，他们的身体承受着诸多"高症状"负担。首当其冲的，就是疼痛。

在这个科室，忍受疼痛不再被算作坚强的美德，而是一个会被严肃对待的问题。

吗啡，是解决这个问题最有效的药物，可以通过口服和皮下注射两种方式来用药。郭艳汝告诉我，她遇到过很多对吗啡心存忧虑的患者及家属，她会告诉他们，吗啡不是毒品，而是药物。

"第一，用药剂量很小。第二，它很安全，不会造成脏器损伤。第三，现在用于癌痛治疗的这种阿片类药物形式非常不容易成瘾，这是由它的化学结构决定的，它跟毒品的结构和成分是不一样的。只是你得找专业的医生，按照他的指导去规范用药。"

口服的吗啡是小小的药片，疼痛不是特别严重的话，每天只需要吃上一两片。它会从中枢神经和外周神经两个通道开始作用于人的全身，只消半小时到一小时，疼痛就能消除。如果症状更加严重，医生也会根据病情需要逐步加大用药剂量。

但需要进行控制的症状远远不止疼痛。

2017年由国家卫计委（现国家卫生健康委员会）印发的《安宁疗护实践指南（试行）》中，已经陈列出了13种最基本的症状，但现实情况往往更加复杂。

四川大学华西第四医院姑息医学科的学科带头人李金祥教授曾在其著作《姑息医学》中罗列出超过60种主要痛苦症状，包括呼吸困难、吞咽困难、胃灼热、肠梗阻、膀胱痉挛，等等，遍及人体的消化、泌尿、血液、神经等各大重要系统。

一个最容易被忽视的事实是，体面地死去远不是一个岁月静好的人道主义命题。曾经的临终关怀强调的是"关怀"，但安宁疗护的本质却是在于"医疗"与"护理"。从医学层面上来讲，人在逐步走向死亡的过程中，需要对付的痛苦实在是太多了。

姬骁亮原本是一名呼吸专科医生，在来到安宁疗护科以前，他从来没有想到这个科室的工作会在专业层面向他提出那么大的挑战。

刚来的时候，他就遇到过突发消化道大出血的病人，那可不像是呼吸科的患者那样少量咯血，而是哇哇地大口往外呕出鲜血。虽然他知道一些基本的处理原则，但却不知道到底怎样才能更好地控制症状，"你不知道他接下来到底会怎么样，跟病人的家属去交代病情的时候，你心里都是没底的"。

除此之外，他还遇见过好多他从没处理过的难题，肾衰、心衰、黄疸，还有晚期肿瘤患者精神上的躁动不安，统统让他束手无策。

在安宁疗护科，医护人员的精神压力也远比大部分科室更重。因为在这里，病人的终点不是疾病的治愈，而是确切的死亡。再加上总是面临着好多复杂棘手的症状，导致自我否定的情绪日复一日卷上心头。

最沮丧的时候，姬骁亮曾说过自己不想干了，不是干不了安宁疗护，而是"我觉着我都当不了医生了"。

从介入科调来的护士马婧曾听一些其他科室的同事说，你们科才这么几个病人，你们累什么累呀，多好，是吧？

她蹙起眉头，显得有些忧愁，"我说，你们光看到了表面。你光看到病人数量少，但是你看到了他的质量吗？别的科室病人数量确实很多，但是他们的病情轻，不用你每天一小时一瞅他呀。我们科室20个病人里面19个都是一级，就是病情比较重的，别的科100个病人可能才有10个一级。质量不一样，护理的强度也是不一样的。"

在介入科，马婧只需要每天按照专业常规给病人打针输液，最多三五天，人家就好好地出院了，也不需要过多的护理。但在安宁疗护科，她要关注的，是病人的方方面面。

除了关注患者的身体情况以外，她还需要格外注意他们的心理状况。这些生命晚期的病人可不比那些有治愈可能性的病人有耐性，输液的时候，"耍，我就不输液""薅针"，形形色色的都有。为此，她要付出大量时间和病人交流，以稳定他们的情绪。

对她而言，最难面对的是孩子。

来到安宁疗护科的孩子由于身患重病，需要经常打针输液，但他们的血管又更加纤细和脆弱。每次扎针，马婧都紧张得出一身大汗。

作为妈妈，她也心疼那些被折磨得哇哇大哭的小孩，"每次扎针之前都得找了又找，摸了又摸，看了又看，就怕一针给他们扎不上。每次扎完之后手上全是汗，攥着孩子的手都打滑，一点儿不夸张。"

姬骁亮是最早来到安宁疗护科的医生，因此也的确陪着郭艳汝共同度过了一段相当艰难的时日。

好在，他所面临的那些专业上的难题，随着科室招纳的医生越来越多，涵盖的疾病谱系越来越广，大家互相学习着，慢慢地自我提升，总算是逐渐把各自原来的许多短板补齐，使得他们成为了一群综合能力更强的医生。

但在专业能力补全以后，姬骁亮却曾考虑离开这个科室。当时，他去参加了公务员考试，甚至已经通过了笔试。而他并不是个例。我在采访中发现，好几位科室的成员都曾经动过离开的念头。

促使他们生发出这个念头的，除了精神压力以外，还有着更加核心的原因，即收入的大幅下降。来到安宁疗护科以后，他们的收入直接下降了三成至六成。

一个吊诡的情形就这样出现了。

在这里，医护人员面临着更高的综合能力的挑战，承受着比以往更高的精神压力，但他们的薪资却经历了迅速的、断崖式的下跌。其实在沧州市人民医院，党委书记王兆发已经尽其所能地在为安宁疗护科提供平均奖的补贴，但仍然很难缓解大家经济上的焦虑。

而这正是目前安宁疗护行业发展的普遍状况，按照如今的医疗系统薪资评价体系，安宁疗护科几乎无可争辩地成为了量化评价标准之下"无法产生经济效益"的科室，进而直接影响到从业人员的收入水平。

但这还不是最严峻的问题。

郭艳汝告诉我，与腰斩的收入伴随而来的，还有人员晋升的困局。

由于目前安宁疗护没有自己的学科，医护人员因此也就失去了明确的晋升路径。也就是说，就算这群人在安宁疗护做得再好，也很难为他们带来职称上的增益。想要晋升，就只能走他们原本所属专科的职称评定流程。

"我已经脱离了原来的专业，我现在主要在干安宁疗护的活儿，但是晋升的时候你又把我拉回原来的专业，你想想，我晋升的难度有多大？我现在的研究文章都集中在安宁疗护的工作上，如果拉回我原来的专业，我的文章又并不匹配，对吧？这是很大的一个问题。"

郭艳汝几乎是时刻担忧着自己团队成员的生存问题，但对于她这样一位科室主任而言，能做到的事情又实在太少。

其实她正在怀揣着极其确切而热烈的愿望在推动这个学科的成长，但却更像是西西弗斯在推动山间巨石。她想着，如果有一天，有人想要离开这个科室，她也绝无怨怼，而只会感激他们在这样艰难的情形下，还陪她驻留了好些年。

04 ｜ 死亡所遗留的

2010年，那位农民父亲来找郭艳汝制定镇痛方案时，曾用女儿的小书包给郭艳汝装来一兜花生，花生显然是从地里新刨出来的，还裹着土。

郭艳汝收下了它。

她想，这大概是这位父亲此刻能拿出来的最好的礼物，"这点花生如果我不收的话，我觉得他心里会特别不安，可能认为我不会给他孩子好好看，我说'行，我特别喜欢吃花生'，他一听到我这样说，他就特别高兴。"

一周后，孩子去世了。那位父亲带来这个消息和两支氟比洛芬酯时，郭艳汝把两百元钱放进信封，以"给孩子烧点纸才能安心"的名义，把信封塞给了他。

只是郭艳汝没想到，接下来的三年里，孩子父亲年年都会专程给她扛来一大袋花生。

到第三年，他同郭艳汝讲，今后自己不再来了。因为在找到郭艳汝以前，他的女儿已经遭受了长时间的病痛折磨，这段经历给孩子母亲遗留下了严重的心理创伤。三年时间里，孩子母亲精神状态越来越不好，已经逐步糊涂到必须由人时刻照顾的地步。

那时候的郭艳汝还不懂得什么叫死亡教育与哀伤辅导，只是从这对夫妻的命运中，开始慢慢意识到，死亡其实并不只是与逝者有关的事情。

当病人迈入死亡的门槛时，其实生者也正匍匐在那门槛之前，随之承受绵延而来的悲伤。

人死如灯火寂灭，而这静寂的死亡所遗留下来的，其实是生者怎么活的问题。

2020年8月15日夜里，马婧值班时，接收了9岁的白血病女孩琦琦，她看起来胖乎乎，又粉嘟嘟的，是郭艳汝口中"漂亮得像天使一样"的孩子。

只是她已经走到了生命的最后一程。

刚来时，她双腿疼痛严重，哪怕是翻身时不小心碰到一下腿，也会疼得直掉眼泪。但除此之外，大多数时候她都很坚强。马婧记得，她第一次给琦琦抽血时也很紧张，但琦琦妈妈对她说，没事，你抽吧，琦琦不闹。于是这个孩子真的就安安静静地抱着她妈妈，一动不动，由着马婧抽完了血。

在安宁疗护科待了些时日，用上镇痛药以后，琦琦的精神明显好些了，喜欢看书画画和捏泥人。但马婧一直觉得，琦琦似乎是个冷冷的孩子，因为她不太爱笑。

有一次，琦琦跟郭艳汝说，自己从4岁开始生病，所以生命中绝大部分时间都是在医院度过的，"阿姨，我从来没去过学校。"

于是郭艳汝为她想了个办法。他们的团队中有位名叫兰香的志愿者，是儿童文学作家，同时也是当地某所小学的语文老师，郭艳汝把她请来，筹划着在病房里给琦琦办个小课堂，满足她的心愿。

正是从兰香和琦琦的接触中，大家才终于得知琦琦不爱笑的缘由。

"因为兰香问她说，琦琦，为什么我每次来都感觉你很严肃？她说因为我妈妈就是这个样子。她跟兰香说，兰老师，其实我什么都知道，我妈妈以为我不知道。她说我妈妈每天都是板着脸，很严肃的样子，有时候我看到她眼睛红红的，我知道她哭了。她不笑，我也就不敢笑，只有我妈妈笑了，我才敢开心地笑。"

兰香意识到，母亲对于即将失去孩子所表露出来的悲伤，其实已经浸透了孩子的内心，只是在很长的时间里，这位妈妈没有发觉这一切。于是兰香找到琦琦妈妈，把琦琦的回答告诉了她。

也正是因为这个细微的发现，琦琦妈妈才得以及时调整自己的情绪。郭艳汝记得，琦琦去世之前的最后一段时间，她每天去查房时，都感觉那个孩子高高兴兴的，不再是从前那副冷冷的模样了。

琦琦走的那天晚上，马婧待在病房外，她心疼得流眼泪，不敢去看最后一眼。

孩子患白血病去世的时刻，她的凝血功能会随之瓦解，鲜血会从眼耳鼻口处往外流出。郭艳汝找来古伯伯和赵伯伯，大家一起忙活了大半夜，直到清理干净琦琦身上的血迹，然后给孩子化上妆，重新又变成那个天使般漂亮的小孩，这才敢让她妈妈进去看。

郭艳汝知道，让亲属看见病人体面地逝世，比所有语言上的安慰更为妥帖。

那对父母把琦琦的遗体送去火化后，回到郭艳汝的办公室里，向她跪下了。琦琦妈妈说，我替女儿谢谢你们，谢谢两位老人，让她可以漂漂亮亮地走。

琦琦和妈妈的笑容，其实是润物无声地改变。但相比之下，还有很多病人的临终，将制造出更加激烈的矛盾，如何解决这些矛盾，时刻考验着郭艳汝和同事们的洞察力、理性思考能力，以及社会关系组织能力。

科室曾经接收过一位癌症晚期的画家，她和丈夫是离异后重组家庭，夫妻双方婚前各有一个孩子，婚后又育有一子。他们结婚后曾在海南购置过一套房产，为了筹钱给他们买房，画家的母亲将自己的养老金投了进去。

在这样一个家庭中，画家起到维系所有人关系的作用，当她的生命走到最后阶段，问题也就随之出现。

当时，她的母亲忧心着女儿死后两个孩子的抚养问题，又很怕自己的养老金随着房产的外流而打了水漂，毕竟，女儿一旦去世，女婿和这位母亲之间就不再有明确的亲属关系。

因此，她要求女儿处理掉海南的房产，并且将遗产进行合理分配，订立遗嘱。

但丈夫不同意妻子这么做。当时，他们在海南的房产正涉及一桩经济纠纷，如果立马处理房产，会带来更大的经济损失。他向妻子保证自己会抚养孩子并且赡养老人，等房产纠纷解决后，再按照老人的意愿去办理。

双方僵持不下。直到有天，矛盾以最激烈的形式，爆发了。

郭艳汝记得那天，病房里传出了很大的声响，她赶到的时候，看到因化疗而剃了光头的画家赤身裸体地趴在地上，她往自己身上泼水，用手拍打着湿漉漉的地面，说所有人都在逼她，她向丈夫和母亲吼叫道——"你们淹死我吧！"

此时此刻，如果立马介入其中说和，或许起不到什么作用，甚至可能会进一步激化当事人的情绪。郭艳汝一边思索着，一边把患者的丈夫和母亲都请出了病房外，然后自己走进病房，和她待在一起，但不发一言。

直到对方情绪平复下来，主动开口问她："郭主任，你怎么也不管我呢？"

这时候，郭艳汝才开始请她讲述事情的缘由。对于晚期病人遗产分配的问题，郭艳汝其实也不懂得其中曲折，她只是给出了一条建议，让他们去咨询专业的做遗嘱公证的人员。但通常情况下，公证需要当事人去现场办理，而当事人身患重症，无法离开医院，怎么办？

郭艳汝对她说，没问题，我们把公证员叫到病房里来。

在很长一段时间里，袁媛的存在，很令其他科室的医生费解，她是安宁疗护科的医务社工。但在郭艳汝的规划中，医务社工的存在相当重要，在科里，正是由袁媛在组织志愿者团队，以及链接各种各样必要的社会资源。

画家的家庭矛盾，催生了这个科室成立以来第一例遗嘱公证需求，但公证人员进病房这件事情到底应该怎么做，袁媛完全是从头开始摸索。

她找到了两家沧州市内的公证处，主动游说他们到病房内去做公证。一开始，工作人员还存有许多疑虑，在反复的沟通过程中，公证处的领导注意到了袁媛，才知道原来存在这样一个科室，有这样的一群有着公证需求的晚期病人，于是派了两名业务专员，专门跟安宁疗护科对接公证事宜。

其实这个过程并不繁复，只是许多人或许尚未认识到，原来安宁疗护还可以这样做。原来人们小小的善意与智慧，也可以成为撬动一项严肃事业的支点。

最终，在病房里，袁媛将画家、丈夫与母亲、科室医护人员、公证员这四方召集到一起，召开了一场"家庭会议"，以这种商讨的形式，将本人的意愿、家属的认可、医护的评估、公证员的见证聚合到一起，促成了矛盾的解决。

画家立下了遗嘱，分配好了她的财产，生效时间是在丈夫解决完房产纠纷问题以后。

这份遗嘱同时兼顾了画家丈夫和母亲的诉求，并且，公证员会将专业的文书、现场录音录像存档，这一切材料都具有高度的法律效力，消解了那些人性的不确定性带来的风险。

画家的临终故事充满戏剧色彩，但并不意味着它缺乏代表性。

对于那些终末期病人，尤其是对于那些因恶性肿瘤而走到生命终末期的病人而言，与画家类似的家庭矛盾、财产纠纷、医疗纠纷是如此常见，闹剧也曾以各种形式在安宁疗护科上演。

想要让逝者安心离世、生者继续好好生活，其间涉及的所有命题其实会汇聚成一个庞大的系统，它是一个医疗问题，也是一个伦理、法理、社会问题，它是如此事无巨细，需要一群专业且良善的人，付出极大的细心和耐心去关照生命的方方面面。

来到沧州市人民医院安宁疗护科以前，我从没见到过这样的医生和护士。

病人入院时，会被这群人追着问，你落实大病医保报销的手续了吗？要是没有，他们就会想着法儿给你办，因为这样能够提高住院报销比例。一个丈夫即将去世的妻子成日哭泣，他们会打听原因，得知是两个未成年的孩子难以抚养，就请有社会能量的志愿者找来愿意出资的好心人，承诺一直会资助到孩子长大。他们会按照患病的小朋友的意愿，在他去世时给他穿上漂亮的小西装。有熟悉的病人去世，他们前去吊唁时，我曾无意间看见护士长流着眼泪与逝者的妻子和女儿拥抱告别。

他们的存在让我确信，安宁疗护是一桩必须被精心培育的事业，它是否健康与壮大，将昭示整个国家的文明水平。

05 ｜ 没有痛苦的城市

在安宁疗护病房真正落成以前，在王兆发内心深处，其实还存在一个更加隐秘的愿望。

他告诉我，他真正的出发点，其实并不是单纯地想要建成一个新的病区，而是想要在沧州这片土地上，将安宁疗护作为社会事业去推广，"能不能把沧州市建成一座病人临终时没有痛苦的城市？当时我想的是这些东西。"

作为沧州市首个开设于三甲医院内部的安宁疗护科室，他们最终提供了共计28张病床，对于一座拥有700多万人口数的城市而言，这点病床数量，微乎其微。

而王兆发所说的"没有痛苦的城市"的构想，绝非仅仅依靠三级医院的病床就能实现的，它的背后暗藏着更加系统化的发展逻辑——应当尽可能将三级医院的安宁疗护服务辐射到基层医疗卫生组织，甚至辐射到居家层面。

王兆发的愿望几乎与郭艳汝的想法不谋而合。

开科大半年后，各项工作趋于平稳时，郭艳汝就开始着手发起了以安宁疗护为核心任务的医联体计划，招纳那些自愿加入的二级医院、乡镇卫生院、社区卫生服务中心，以及养老护理机构，试图摸索出一套规范化的"五级照护模式"。

郭艳汝认为，沧州市作为一个包含了10个县与700多万常住人口的三线地级市，它的存在，放眼全国各地都具有普遍性。

那些与沧州大体相似的地级市，拥有相差无几的医疗机构数量与服务水平，如果她能做出一个可以在沧州市行得通、当地老百姓人人可及的安宁疗护模型，也就意味着，这个模型很可能便于在全国各地推广。

原本，按照她的计划，她将把自己的科室作为沧州市的区域安宁疗护示范中心。

示范中心的任务，是制订本土化的安宁疗护标准与制度，并且作为培训基地，为医联体内部的各级机构提供技术上的支持，"它的定位是科研、引领、传播，做最难的部分。"

再往下是二级医院。每隔两三个县城，可以找出一家县医院做安宁疗护科。

由于担忧县医院安宁疗护的生存问题，郭艳汝甚至考虑到了他们的经营模式，"这个科室可以半边做医养结合，半边做安宁疗护，这样的话可以满足县医院的空床再利用，医养结合这个部分可以为他们带来一部分利润，总体来说也是能活下来的。"

而这个模式中最重要的部分，是接下来的乡镇卫生院以及社区卫生服务中心。

他们可以为症状比较轻微的病人提供基础安宁疗护服务，供应麻精药品做镇痛，同时也可以为那些想要居家的病人提供用药和护理培训。

如果这个模式能够推广，那么病人也就不再需要大老远跑去寻求安宁疗护服务，他们完全能够在200公里的范围内，找到一家最符合自己需求的机构。

对于那些跋山涉水来找郭艳汝做安宁疗护的病例，就像白血病女孩琦琦，从山东青岛赶来，郭艳汝一点也不觉得这是什么值得夸耀的事情，"他们本身就特别经不起折腾了，本身都应该居家的，为了得到一个安宁疗护服务，这么老远折腾奔波，你不觉得很可悲吗？这不是一件值得引以为傲的事。"

郭艳汝永远记得，当初琦琦正是因为离家太远，她的爸爸妈妈才选择在沧州将其火化，这也随之成为一个难以弥补的遗憾。而200公里，是一段在不疲劳驾驶的前提下驱车三小时左右就能跨越的距离。

她告诉我，之所以划定这个范围，是因为，这是能够保证遗体转运回家时不至于发臭的最长时限，足以最大程度保全逝者的体面。

其实郭艳汝在制订计划时，已经尽可能结合既有条件去设计。但她如今遇到的阻力之强大，还是远远超过了她的想象。

最终自愿加入医联体的机构，一共只有15家。

我问她，有没有做得相对比较好的案例？她沉默了半晌，然后告诉我，"没有。"

问题究竟出在哪里？

2020年11月29日，在《中国缓和医疗发展蓝皮书2019—2020》发布会上，第十二届全国政协副主席、中国科学院院士韩启德曾提出，缓和医疗以及安宁疗护应当被纳入基本医疗，"这不仅是对生命的尊重，也是相关医保政策进一步完善的重要基础。"

而安宁疗护尚未被纳入我国基本医疗保险的"三个目录"之中，这才是我们目前面对的现实。

之所以会出现这样的状况，很大程度上是因为安宁疗护尚未拥有专科收费项目。在服务病人的过程中，各级安宁疗护机构只能收取传统医疗服务中的常规费用。

在郭艳汝的科室，那些安宁疗护标志性的、要付出大量时间和精力去开展的死亡教育、哀伤辅导、遗容整理等工作，他们全都是免费在做。而即便是想要收费，都找不到相应的收费名目。

发展医联体的另一个作用，是在于，医联体内部的各级医疗机构可以构建一个信息更加统一的生态网络，便于患者向上或者向下转诊。

病情难治的患者可以从下级医院向上转至医联体内的三级医

院，而患者如果病情缓和且想要离家更近，也可以被转至基层医疗卫生组织。

如果真正想要将安宁疗护推而广之，灵活转诊的重要性不言而喻。这根链条如果成功搭建，那么最符合中国人落叶归根想法的居家安宁疗护，也就不再是遥不可及的愿景。

但它的前提是，这个行业必须有明确的准入与分级标准，才能够对患者的病情作出精准的描述。它能够描述怎样的患者适合进入安宁疗护，也能够描述患者的疾病符合哪些条件才可以上下转诊。与此同时，它还能给专项医保政策的制定提供思路和依据。

不过，这一切标准，目前都还是空白的。

至于基层医疗组织，他们本应在安宁疗护的发展中发挥最重要的作用，承接上级医院转诊，以及打通病人居家服务的"最后一公里"。但他们的生存状况却更加令人忧虑。

郭艳汝的业内好友纪光伟，曾于2018年带头建立了武汉市第一家安宁疗护中心。但就在这家中心成立1391天后，它被摘掉了名牌，黯然落幕。

纪光伟告诉我，这家机构隶属于一所社区卫生服务中心。三年多时间里，这里只有他一名医生，护士也是半强制性地调过来的，这不仅是因为"成天和没有生机的人打交道，身心压力非常大"，更是因为，"从业人员没有体面的收入"。

国家卫生健康委统计信息中心特聘专家高山，曾在一场主题论坛中，深入地解析了社区型安宁疗护生存艰难的根本原因——从财政机制上看，我国社区卫生服务中心从本身的医疗行为中其实无法获得收益。它的存活在极大程度上依赖于政府的财政拨款，若是在社区卫生服务中心增添安宁疗护服务，不仅无法为它带来利润，反而会挤压它原本的资金使用空间。

因此，提供安宁疗护专项财政补贴，几乎是基层医疗机构开展这类服务的唯一出路。

而这笔专项补贴，其实不见得会成为新的财政负累，对此，郭艳汝曾同我以逆向思维算过一笔账。

"一个肿瘤晚期病人，比如他平均每天花费3000元钱，他在三甲医院住了一个月，产生的是9万元，对吧？如果他去社区接受安宁疗护，咱们按照最低标准500元一天来计算，每月是1.5万元，那么7.5万元就省掉了吧？死亡质量还很好，对不对？如果按照最高标准来说，每天1000元，那么6万元也就省掉了。"

她认为，这不仅不会增加国家医保基金的负累，反而能够促进晚期病人们选择更高质量与更低价格的死亡方式，有效地纾解医保基金的压力。

为了解决安宁疗护机构的生存问题，欧美国家的确也曾付出许多努力去探索解决方案，其中，美国的一些经验或许能成为我们的参考。

自1982年美国联邦政府颁布《税收公平和财政责任法案》起，美国老年医疗保险就开始提供安宁疗护福利。

对于社区居家安宁疗护服务，他们实行按床日付费的制度，每天支付一笔固定的费用用于开展这项工作，且对于不同级别的安宁疗护，也有与之对应的付费标准。

按照这项福利制度，在安宁疗护期间，以治愈患者绝症为目的的治疗方案、处方药物以及非安宁疗护团队提供的照护服务，都将不再被纳入老年医疗保险的承保范围。

这也就意味着，在美国，当患者的疾病在医学层面已经没有治愈可能性，且生命已经进入终末期之时，如果患者仍然想要选择继续治愈绝症，那么就无法再享受老年医疗保险带来的福利，而需要自费接受治疗。

与之相对应的是，2001年的《福利改善和保护法案》又将老年医疗保险中的安宁疗护服务报销率再度提高了5个百分点。

除了生存堪忧之外，纪光伟在当时的实践中所面临的另一个棘手的问题在于，作为一家建立于社区卫生服务中心内部的安宁疗护机构，他们并不具备获取麻精药品的资质。

这家机构的特殊之处在于，它的地理位置处于一家三级医院内部，同时纪光伟也是这家医院的注册医生，是具有麻精药品处方资格的执业医师，因而他选择从三级医院开具麻精药品，拿到安宁疗护中心去使用。而一旦这家中心从地理位置上脱离了三级医院，那么纪光伟便再难以向病人提供镇痛治疗。

镇痛是安宁疗护的关键，但麻精药品的管控又相对严格。由于缺乏明确获药途径与开药资质等原因，在目前的社区与居家安宁疗护模式中，镇痛工作实际难以开展。这使得它在现实层面成为了社区与居家安宁疗护推广工作中的一组悖论。

那么对于那些疼痛症状更加剧烈、无法正常进食，已经很难前往医院面诊的晚期患者，有没有可能找到一些居家使用安全性更高、起效更快、无需借助消化道就能吸收，并且最重要的是——便于在门诊能够直接获取的镇痛药？

为了解决这个问题，郭艳汝带动着自己的团队成员，开始参与到一些新型镇痛药品的临床试验工作中。

如果能够推出一些跟速效救心丸类似的镇痛药片，就算病人的肠胃已经无法消化也没关系，只消将这类药品放进嘴里，用唾液将其浸湿就能裂解开来，进而作用于全身。

除此之外，贴剂型药品也能提供很好的思路。只要在研发时确保它们具备足够的居家使用安全性，那么病人自行将它贴在皮肤上，就能吸收镇痛。

但除了药品问题之外，还有许许多多的问题亟待解决。

高校内如何开展安宁疗护学科建设？基层医疗组织开展安宁疗护工作的行政许可有无办理流程？医护人员上门进行居家服务能否得到多点执业法律保障？上门服务如何收费？居家患者能否获得在家就可以进行医保结算的便利？

这是一条曲折无垠的道路，正如王兆发所说，他们如今，正处于一个"艰难的爬坡阶段"。

06 | 流浪

在病房里，我见到了蒲苇，一位时常推着婴儿车在过道里走来走去的母亲。

她的孩子叫澎澎，生得一副白净的面庞，眼睛大而闪亮，只是他的脑袋看起来颇为沉重，且因恶性肿瘤造成的颅内积水而显得胀大。

郭艳汝总跟我说，她觉得这位妈妈看着孩子的时候眼睛里有光，哪怕从医学层面上来讲，她同他进行的那些情感互动实际上已经难以获得回应。

澎澎出生于2019年冬天，新冠大流行开始的时节。

起初，他的成长和其他孩子没有什么两样，爱玩爱闹，"看见人就乐"。直到他年满一周岁的时候，变故不可逆转地发生了。

那时候，他先是出现了积食的表现，吃什么都吐，不排便，也不放屁，然后开始坐不住，拿不住东西，进而浑身抽搐，牙关紧咬，直至陷入昏迷。

蒲苇记得，那是澎澎周岁生日当晚九点，沧州市当地的医生对她说，别耽误了，赶紧转院吧，她问医生，能转哪儿去？

"直接去北京。"

于是他们仓促收拾好行装，连夜就开着车直接前往北京儿童医院。蒲苇已经顾不上排着长长的队伍等候，她抱着昏迷的孩子，闯进了急诊室。坐诊的医生看起来特别年轻，但对方稍作检查，就向蒲苇给出一个特别明确的结论，"你家孩子是头的问题。"

CT结果显示，澎澎的脑部长出了一个肿瘤。肿瘤的生长致颅内积水，因此才会昏迷。

并且，在没有做病理检测的前提下，北京儿童医院的医生就已经告知蒲苇，这大概率是恶性肿瘤。起初她并不理解，病理没做、手术没做，怎么就知道这是恶性肿瘤？后来，她跑遍了河北、北京、天津的医院，才从众多的医生口中证实了这个判断。

这是因为肿瘤生长的"位置不好"。天坛医院小儿神经外科病区主任宫剑曾告诉她，澎澎的肿瘤很可能是丘脑胶质瘤，"这个部位瘤子切不干净，而且一般不是良性的。"

宫剑已经算是国内儿童颅内肿瘤治疗领域最顶级的专家，但即便是他，也只能告诉蒲苇，如果采取积极治疗的手段，手术会带来后遗症，孩子有可能会昏迷、偏瘫、失语，并且还需要放化疗。

这其中没有任何一项是一位母亲能够接受的。

孩子确诊后，就成为郭艳汝曾说过的"弃儿"中的一员，于是蒲苇带着他，开始了漫长的流浪。

由于北京的医生判断澎澎可能很快就将死亡，因此曾经最疼爱他的爷爷甚至不肯再见他最后一面，而孩子的奶奶一家则坚决反对蒲苇带着孩子回到家中，因为担心孩子死在家里。在他们看来，年幼夭折的小孩是不吉利的，会威胁到蒲苇另一名女儿的成长。

而澎澎则经历着反反复复地抽搐、昏迷、高烧，每次发作，都可能意味着死神将近。

蒲苇无法坐以待毙。她辗转于各个医院之间，祈祷着医生们能够给予孩子一些最基本的治疗。为此，她找过许多熟人帮忙打听，也曾经伪装成完全不了解孩子病情的样子，去当地的医院从头开始检查，打定主意赖在那里进行保守治疗。

结果医生也只是驱逐他们，让他们去北京找大医院，"我们这儿治不了，你别管是采取什么治疗，治不了。"

最终站到沧州市人民医院安宁疗护科门口的时候，蒲苇惊讶极了。

她对我说，这个浅蓝色的病房看起来真的"好清静啊"，它一点也不像医院里其他科室那样人潮涌动、声色扰攘，即便那时候她对这个科室没有任何概念。她只是从本院做医生的熟人那儿打听到这里能收治孩子，但是，"安宁疗护，什么意思？不知道。"

她真正带着澎澎入住安宁疗护科，是在2022年6月21日。

当时，孩子又开始接连不断地发烧。在医学领域，这个症状被称为"恶性高热"，是颅内肿瘤诱发的症状，普通的治疗方式无法降低患者的体温，只能通过输入甘露醇（一种常见脱水药）的方式来排出颅内积水，进而缓解症状。

由于澎澎年龄太小，血管没有发育好，无法承受长时间反复扎针，而甘露醇又必须静脉注射给药。因此，蒲苇找到郭艳汝时，最强烈的需求，就是要在孩子手臂上置入一根PICC管，直接将导管穿刺插入上腔静脉，便于长期输液使用。

但想要置入这根管，将给澎澎带来远比寻常患者更大的风险，护士长刘志静反复叮嘱蒲苇，她说成功的希望可能只有百分之一二十。

蒲苇回忆起那天，她等候在手术室门口，当手术结束，站在门口的她还没得到消息时，刘志静已经从安宁疗护科的楼层赶过来，把好消息带给了她。

"我在门口等着，我都还不知道，护士长就下去告诉我，成功了。其实说白了，人家都关心着你，对吗？可能是那边手术成功之后，直接给护士长打了电话，告诉他们，就都放心了嘛。要不然就是护士长打电话问了问，是不是？就是感觉人家对你的关心比家人对你的关心还多。"

她始终记得，她和孩子爸爸刚到医院的那天，办好手续之后，两人就疲惫地躺在了病床上。刘志静看到他们以后，立马就问，"你俩行吗？要不然我给你们买点饭去吧？"

到了七月，蒲苇发现澎澎有了些新的症状，他有时候会全身紧绷，双手攒劲，并且浑身冒冷汗。孩子不会说话，蒲苇和郭艳汝只能猜测，他是不是疼？

于是郭艳汝定下了用药方案，给澎澎又装上了一个镇痛泵。

那是个和PS游戏机一般大小的透明盒子，安上电池就能用，时常被蒲苇揣进衣兜里。郭艳汝告诉我，泵里放的是半支吗啡，只有5毫克，价值3.4元，在长达一个月的时间里，这5毫克吗啡能够以绝对精确的流速缓慢地进入孩子体内，为他止住疼痛。

用上泵以后，蒲苇很快就感觉到，澎澎不再浑身紧绷大汗淋漓了，甚至他的恶性高热症状也缓解了一些。

她知道，肿瘤仍然在孩子体内生长，并且时刻可能累及他的生命，但他现在看起来真的并不难过。PICC管持续为澎澎输入甘露醇，缓解着他的颅内积水，原本紧绷得像皮球一样的脑袋也渐渐松弛下来。而镇痛泵的使用，又进一步舒缓了他的痛苦。

尽管旁人难以分辨，但蒲苇笃定地告诉我，七月以来，孩子的情绪明显比以前好了许多，她说澎澎现在，"特别爱乐，真的。"

那天午后，我们坐在病房里聊天，阳光从窗外落进来，澎澎躺在床上听着手机里放的儿歌。他不吵不闹，只是偶尔呷吧着嘴，吃妈妈喂给他的奶酪棒。四下安静，只有护士姐姐每隔一会儿探头进来望望。

她说她如今知道了，这个科室的存在，"就是为这种判了死刑的病人减轻痛苦的。"

我问她，这个科室的生存状况堪忧，如果有一天，它被迫停业，你作何感想？她立马瞪住我说，这肯定不行，"我这个人特别爱打抱不平，如果真像这样，我肯定第一个接受不了。"

值得庆幸的是，王兆发在，沧州市人民医院的安宁疗护科就在。

他希望郭艳汝能够多一些信心，"医院本身是一个救死扶伤的地方，我觉得在医院能够承受的范围内，还是愿意体现医院救死扶伤的情怀。目前医院也还有能力这样做，我们还是愿意在这方面支持它的专业发展，进一步加大资源投入。这方面没问题，从我这儿没问题。"

但王兆发也知道，并不是每一所医院的带头人都有毅力承受住其中的压力。

2021年11月30日，纪光伟所建立的武汉首家安宁疗护中心正式关停，实际上他也和郭艳汝一样，是一位倾尽全力在推动安宁疗护标准化发展的医生，但最终他还是接到了上级医院下发的关停指令，他甚至没有弄清楚这条指令背后的具体原因。

在沧州时，我曾和郭艳汝、刘志静、姬骁亮一起，驱车前往青县，吊唁一位在当天凌晨去世的病人。我混迹在他们之间，或许被看作了一名护士。

我们一进门，原本情绪稳定的逝者妻子和女儿就同郭艳汝他们哭了起来。我听见逝者的亲朋好友说，你们真的是一群太好的医生，"要是早点去你们那里，就不用遭这么多罪了。"

我们离开后，我发觉护士长流了很久的眼泪。后来无意间才听见她说，她父亲因肺癌去世时也是这把年纪，那年她21岁，和逝者的女儿年岁相仿。

如今双亲逝世的郭艳汝和刘志静，其实比任何人都更加明白，让一位生命垂危的病人有尊严地离世是何等重要的事情。而她们同时又比绝大多数人都更深刻地了解，安宁疗护这项与每个人的死亡息息相关的事业，正身处何其艰难的时刻。

9月20日傍晚，我坐在护士长办公室内，结束了一整天的采访。那时候，我已经非常累了，在灯光昏暗的房间里，刘志静同我讲的许多故事，都变成朦朦胧胧的遥远记忆。但我至今仍清晰地记得，她最后用那双疲惫但又水一般柔和的眼睛望着我。

我听见她说，帮帮我们吧。

（应采访对象要求，蒲苇为化名）

小猪，来生要幸福

记者　何国胜

2022年3月21日，农历的二月十九日，在湖南娄底，这天被认为是观音菩萨的诞辰。每年这个时候，人们会前往庙里许愿，这一天也是"祈福日"。

一大早上，刘桂梅就跟着人群去了庙里，为她的三女儿戴小珠还有家人祈福。

下午3点多，刘桂梅在手机上刷到一则飞机失事的新闻。"好像是在刷别人的新闻一样，没想到我女儿身上去。"刘桂梅告诉南风窗，她根本就不知道，去云南出差的女儿戴小珠什么时候回广州。

晚上6点多，女儿公司的主管来了电话，说她女儿就在那架飞机上。刘桂梅第一反应是"不可能"，不相信，"我还想着她会长命百岁，给我养老送终呢"。

刘桂梅丈夫赶紧买票。高铁票已经没了，就买了普快列车的票。两人坐了一晚上车，第二天清晨5点多，赶到了广州。女儿公司派了人过来，领他们去了白云机场。

好好的飞机为什么会掉下来？刘桂梅夫妇想不明白这个问题。对于他们而言，女儿远在他乡的工作和生活细节，一样变成了一个个问号，悲伤需要纾解，而思念却失去了寄托。

他们一直在努力回忆，也一直在努力寻找，不放过任何"可能是她"的最后影像。他们想跟记者倾诉，说说他们的女儿是个什么样的人，在这个过程里重建形象，再现往昔，就像一次无形的祭扫，让内心获得一点安宁与慰藉。

01 | "我还嘱咐她戴好口罩"

家里人说，戴小珠有好几次"免于灾难"的机会，但她都错过了。

出事之前，戴小珠已经在云南出差工作了一个月时间。

戴小珠的舅舅说，按照原来的计划，她应该在3月19日周六就回去，"但不知道因为什么事情，耽搁了"。

3月12日，在跟好友、也是在广州的室友琪琪的聊天记录中，她也说自己"这周回来"。最终，回来的时间定在了21日。

一起出差的有5个人，一个项目经理带着戴小珠和另外3个同事。公司的人告诉刘桂梅，在3月20日买票的时候，项目经理建议大家买第二天早上6点55分的航班，早点回去。不过，戴小珠和3位同事觉得时间太早起不来，就一起买了10点35分的MU5733。

21日早上，戴小珠和3名同事收到信息：MU5733取消了。于是他们改签机票，找了接下来时间最近的MU5735。

不过改签的时候，他们发现，MU5735只剩两张余票。戴小珠和跟她要好的一位同事改签成功，另外两个同事见没了票，又改签到更靠后的航班。

13点15分，MU5735航班起飞升空，但再也不能抵达终点。

刘桂梅不停地问，为什么10点半那趟航班会取消，"不取消的话我女儿就没事了"。刘桂梅说，"可能不只是我女儿他们几个，或许还有更多的人改签到出事航班了。"

刘桂梅不知道的是，3月21日那天，在MU5735之前，航班查询软件航旅纵横显示，昆明长水机场取消了14班飞往广州的航班。

3月25日，南风窗记者致电东方航空客服，询问当天10点35分的MU5733为何取消。"公司计划原因"，客服回复记者。MU5733的前序航班取消，进而导致后序航班取消。

这一切，刘桂梅在出事之前毫不知晓。

她甚至不知道女儿什么时候回广州。出事前，她们最近的一次联系是在3月17日。那天，刘桂梅给戴小珠打了微信语音，她没接。过了一会儿，见她没打来，刘桂梅又拨了电话过去，戴小珠接了，说工作忙没看到。

那次4分多钟的通话，是母女之间最后一通电话。电话里，刘桂梅问女儿辛不辛苦，还嘱咐说，一个人在外要小心，疫情变得严重了，口罩一定戴好。

"但是我没想到过什么交通意外，一点都没想到过。"刘桂梅说道。

好友琪琪知道戴小珠要在3月21日回广州。当天9点46分，在她们4个人的微信群里，一个朋友说她今晚可能不回住处，询问要不要把房门钥匙给戴小珠留在小卖铺。戴小珠问："哪个小卖铺？"朋友又说："没事，等你到了后，我叫人拿给你。"

戴小珠发了一个小恐龙表情包——谢谢。下午4点54分，朋友在群里@戴小珠，问："还没到吗？"

戴小珠再也没有回复。

02 ｜ "愿与生活撞个满怀"

戴小珠属虎，24岁。大年初一，她拍了一张头顶有小老虎帽子特效的自拍，说："希望2022的日子里，三餐四季，温暖有趣。"

戴小珠在家里排老三，前面两个姐姐，后面一个弟弟。在母亲眼里，她是最乖最懂事的孩子，"基本没操过心，最乖最孝顺"。

好友琪琪说，戴小珠是个普通的女孩，没什么特别的故事。"个子很高，爱自拍，笑起来很甜。"她会追星，很喜欢欧豪，看过他出演的《中国机长》。

琪琪提供的聊天记录显示，一位朋友在跟她们共同的朋友回忆时说，她喜欢一切粉色可爱和小猪型的东西。"看到那种可爱的、萌的东西就走不动路。"粉色小猪样的东西是特别喜欢的，所以总有人叫她"小猪"。2019年她刚毕业工作时，住在一起的室友，给她的微信备注是"佩奇"。

2月26日，她在朋友圈发了一条视频，有湖，有海鸥，应该在滇池边上。她说，"世界万物皆可爱"，还配了一个"可爱"的emoji表情。

她还跟另一个朋友约好，五一放假就去琪琪的老家玩。琪琪为此准备很久，把自己家的客房装饰成了粉色主题，就等她五一时过来。

琪琪说，戴小珠是个乐观的姑娘，朋友圈几乎从不见抱怨，都是对生活的热爱。2月13日，飞到昆明出差后，她发了一条朋友圈，"愿与生活撞个满怀"。底下配的是一张从飞机舷窗拍的照片，蓝天、云朵、舒展的机翼。

戴小珠的一个前同事在朋友圈回忆她时提到，有一次公司组织去张家界旅游，她们住在同一间房。后来有人给她们推销精油按摩，戴小珠没拒绝。"明明被坑了，还一脸得意地向别人炫耀，说我们获得了更好的服务。"

她也懂得体贴人。朋友们每次周末一起做饭，她总是最捧场的，"说这也好吃，那也好吃，每次都光盘"。

琪琪觉得，"朋友"这个角色戴小珠"扮演"得很好。她们的关系从小学好到现在，大学也在一个学校。那时，琪琪不住在学校，但会常去戴小珠宿舍找她。很多次，她跟戴小珠挤在宿舍1米2的高低床上，像姐妹一样。

毕业后，她们最初都留在了读书的城市。那时，琪琪还没找到工作，戴小珠在一家公司实习，她就跟戴小珠挤在一起住。戴小珠实习的公司管中午饭，每次吃饭的时候，戴小珠都会先打一份饭，偷偷送去宿舍给琪琪，然后自己再下去吃。

"那个时候，就是她一直养着我。"琪琪说。

03 | 想给爸妈买个房子的女孩

最让琪琪印象深刻的，是戴小珠的努力。

2021年9月，戴小珠一个亲戚把她从长沙带到广州工作。但戴小珠干了一个月，觉得公司不是很靠谱，于是走了。那时琪琪已经在广州，辞职的戴小珠就跟她住在一起。

当时，戴小珠报名了成人高考。在学校时，她参加"专升本"考试，但还没考完就毕业了。争取本科文凭，是为了找到更好的工作。

9月中旬报名，10月下旬考试，只有一个月的准备时间，但戴小珠通过了。不久她在广州找到一个有双休、不太累的工作，但她没有去，觉得钱太少。于是找了现在这份会计工作，开始了频繁出差的日子。

在戴小珠所从事的行业，出差越多就意味着更好的收入。琪琪记得，戴小珠跟她说过，多出差多跑项目，就能拿到更多的提成和奖金。

琪琪回忆，虽然戴小珠跟她住在一起，但有时候一个月只能见到戴小珠一次，甚至见不到。因为她一出差就是半个月或一个月，从入职到失联那天，每个月都在出差。

在各个城市周转，成了戴小珠的日常，搭乘飞机也是这日常的一部分。

刘桂梅到出事后才从女儿同事和琪琪那里知道，戴小珠想要

多多挣钱，是为了在老家的市里买套房子，把父母接过去住。她
对父母的爱和孝顺，琪琪早就知道，"大学刚毕业实习那会，她
一个月只有800块钱，也会想着要给家人买东西……一直想通过
自己的努力让父母过得更好。"

戴小珠的努力刘桂梅也看在眼里。过年的时候，戴小珠在年
三十下午才回到家，刚到初五，又回去上班了。回去没过多久，
马上去了云南出差，一去又是一个月，直到出事。

刘桂梅其实不太支持戴小珠做这份工作。"会计师好忙，
她就是想多赚点钱"，她说，今年过年回来时，她就跟戴小珠讲
过，"我说你个女孩子，不要做审计，要是找个男朋友成了家的
话，哪个男人喜欢你天天往外面跑"。

戴小珠也理解母亲，说等她再做个一两年就回离家近的长沙
工作。后来母亲托人帮戴小珠问工作，就在长沙找到一家公司。
待遇不错，说等下次招人的时候就让戴小珠过去试试。

母亲以为，这一天总会到来——戴小珠回到家附近工作，恋
爱，结婚成家。生活磕磕绊绊，却又平常。

琪琪也相信戴小珠的未来。"本来今年她的注册会计师就要
考完了，她可以有更好的未来……她一直很努力，朝着自己的目
标一步步前进，明明马上就要成功了。"

前路本来是那么阳光满地，鲜花盛开。

04 ｜ "现在都觉得她还在身边"

出事以后，戴小珠父母不断搜寻她在失联前留下的所有

"痕迹"。

刘桂梅刷抖音看到一张登机的照片，里面一个女孩的背影像极了戴小珠。相似的衣服、发型和背包。她把那张照片保存了下来。采访时，她拿出照片给记者看，说那就是她女儿，语气坚定。

记者仔细看了，那张照片中，登机梯上写着"深圳宝安国际机场"，机身上是"China Southern（南航）"字样。

3月24日晚，戴小珠父亲又收到一位家属发来的15秒视频。是MU5735登机时，一个妈妈在舱内拍的，拍后发给了自己的儿子，让儿子转给小孙女看。

视频中，机舱入口不断有旅客进来，有看上去十几岁的女孩、中年的男士和年轻的女士。

视频显示，拍摄者旁边的一位空乘说，"找到座位麻烦侧身放一下东西，A靠窗C靠过道。"

视频的结尾，镜头转向后面，出现一个戴着口罩、眼镜的姑娘。戴小珠的父亲突然说，那个女孩像她女儿。他再次播放，将视频定格在最后的画面。

几乎一直卧床不起的刘桂梅听到这话，一下子从床上坐起，凑过来要看。但戴小珠的两个姐姐说："不像，脸上看着不像。"刘桂梅重新坐回床上，刚鼓起来的劲一下子又消失了。戴小珠的父亲坐在椅子里，重复把视频拉到最后，然后按下暂停。

父亲一遍一遍地听着她之前发给家里的语音，一遍遍地给她打着微信视频电话。没有回音，只有一个个"对方无应答"。

琪琪也觉得戴小珠没有离开，"我到现在都觉得她还在我

'身边'，我现在还是会每天给她发微信。"

"你回来好不好，我在等你。"

"如果能找到你，我第一时间去接你。"

3月23日，工作人员安排刘桂梅他们去坠机现场附近祭拜。天气很差，下着雨，气温低，天空阴沉。但有些家属回来，觉得心里宽慰了些许，因为接近了亲人最后离开的地方。

看了现场，家里人觉得戴小珠不可能再回来了。

刘桂梅说，自己的心愿变得很简单。她希望在现场解封后，家属能被允许再去进行从容地祭拜，让孩子找到回家的路。

另一个愿望，是能在现场修建一个纪念处，哪怕是小小的一块。如此每年的节日时，他们有个去的地方，想念的时候，还能"找到"女儿的所在。

3月25日，刘桂梅一家又去了一趟现场，不再压抑自己，她毫无遮掩地大哭了一场。

回来的时候，他们装了一罐土。

（应采访对象要求，文中人名为化名）

章莹颖父母，失去女儿第六年

记者　肖瑶

2023年6月9日，午后2点刚过，章荣高仰靠在电力公司保安室的椅子上，捏着额头，望着前方隔着窗帘泻进来的阳光，他呢喃道："就是这时候，我莹颖就是这个时候出事的。"

美国时间，6年前的这天，下午2点04分，中国访问学者章莹颖在伊利诺伊大学厄巴纳香槟分校附近的一个街区，搭上了一辆陌生人的轿车，从此消失了。

这一天，章荣高不敢直播，怕被网暴。

直播带货是从年初开始的事，那也是女儿确认失踪的第2047天。章荣高卖的都是些几块十几块的日用品。镜头里的他面容黝黑，目光涣散，似乎提前长出了许多皱纹。

他不是每天都播，常觉得"没人气"，自己也没口才，播频繁了还怕被骂。

章荣高看见评论区有人说他们"吃人血馒头""消费女儿"，他心想，幸好妻子叶丽凤不识字，否则，她会不会也像前不久那位跳楼自杀的武汉小学生的母亲一样，"承受不住？"

第一天直播时，他对着镜头说："这六年来，我们经历了太多。现在，我们一家人的生活已经慢慢回归常态。"

但究竟何为"常态"？

章莹颖的母亲叶丽凤发现，有一种悲伤，不是成日以泪洗面，而是彻底丧失了感受喜悦的能力。三年多前，孙子出生，大喜事，"但又能真的有多开心呢？"

叶丽凤的身体每况愈下，腰疼，不能久站久坐。每天都待在家，断断续续地睡觉，做饭，发呆。晚上章荣高下班回来，吃完饭，夫妻俩就一起发呆。最近高考，更不敢出门，不敢看见那么多走向考场的学生。

章荣高还是和过去十几年一样，在电力公司当司机兼看门，月薪涨到了2150块。来年3月就退休了，没有退休金。夫妻俩的晚年还不知道怎样继续。

小章莹颖三岁的弟弟章新阳娶了媳妇，生了孩子，就住在家里三楼。但章新阳没有学历，做临时工。最近上夜班，晚出早归，除了偶尔吃饭，一家三口并不常与二老打照面。

我在6月一个暴雨的下午走进这栋位于南平市建阳区老城的小平楼。叶丽凤撑伞站在巷尾等我，两扇木门推开，一进去就黑压压的。也许由于这漫长的雨季，才五点钟就没了天光。

叶丽凤却说，"这个房子是这样的，光线不好"。她没想着要去开灯，"就是这样的"。白天和晚上似乎差不多，昨日与明日也差不多，家里大多数时候都黯淡而沉默。

在章家的第二顿饭桌上，叶丽凤忽然望着我，说出了那句意料之中的话："你很像我莹颖。"然后她扭头去看丈夫，"昨天我就跟你说的，她很像，对吧？"

"脑子糊涂了。"章荣高说，每次有女记者来，他们都觉得对方长得很像莹颖。但当她得知我26岁后又摇摇头，"我莹颖比你大，三十多了。"莹颖出事那年也是26岁。

午后，我坐上章荣高的车，打算一起去他工作的地方。一位邻居阿姨忽然从窗外探出头，望着我，一脸惊异地问章荣高："女儿回来啦？"

章荣高不假思索，点点头，"嗯、嗯，回来了。"

出了巷子，他才又同我说，"她人很不错的，莹颖出事的时候帮我们很多"，旋即又叹口气，"但这两年（她）脑筋也不大行了"。

01 | 直播间里没有眼泪

莹颖卧室那面墙，老传出嗡嗡嗡的噪音，像有人在捣蒜，或是磨什么木材，章荣高听说隔壁住了个搞"雕刻"的。但叶丽凤起初听着像是飞机，从头顶不知道哪个地方呼啸而过。

其实，隔壁从多年前开始就一直很吵，有段时间深夜老打麻将，影响莹颖学习。叶丽凤跑去跟他们商量小声一点，无果，她甚至一度考虑带着女儿搬到别处去住。

总之，没法在家直播了。

经亲戚介绍，章荣高在家附近约两公里的一栋写字楼租下了一间房，每个月租金500块。房间内布置简陋，没有空调，一张长桌，一块白板，白板上写着亲戚帮章荣高标记的货品提示词，诸如"味道很好""物美价廉"等形容词，其间夹杂一句："我没什么文化，表达不好，请大家多多谅解。"

章荣高不是每天都直播，一周能有个两三次算不错。晚上七点半，他把自己端放在桌子面前，镜头对着自己黪黑无神的面孔，直视前方，视线却不大能聚焦，好像不知道应该看哪里，又像是总在寻找着什么。

他对着镜头讲得最多的是"谢谢"，除此之外就是"好"。这个肥皂好，那个眼镜擦布也好，"物美价廉"。几个简单的形容词翻来覆去，除此之外，就是时而的沉默。

直播间卖的都是日用品和零食，成本低，一袋纸卖29块，章荣高赚2块多。有朋友送给章荣高一箱南平市建阳区的特产、属于宋代八大名瓷之——"建盏"。这两年，直播带货把这玩意儿炒得很热，卖这个比日用品好赚钱。

但章荣高不敢卖，"有人喊高就卖高，但我们怎么拿得准？"他不敢碰价格不透明的东西，怕骗了人。这箱建盏被藏在家中角落，再没碰过。

这年5月初母亲节，在网友们的呼唤下，叶丽凤出现在了章荣高的直播镜头里。她坐在丈夫身边，将自己那张同样乌黑、疲倦的脸放进镜头里，涣散地望着前方，勉强说了一句"谢谢好心人"，说不下去了，起身离开，去隔壁抹眼泪。

后来，即便一起入镜，她也只是安静地坐在一旁，不再说话。一说话就想哭，"但平台可能不会让你在那里哭"。

章荣高也不敢哭，更不敢笑，有一次网友要求他们笑笑，他勉强一笑，人流就莫名其妙地溜走了。最后他只好哭也不是笑也不是，继续面无表情地念着词。直播间画面里，偶尔有网友送上墨镜，遮住夫妻俩疲惫的双眼。

对不识字的叶丽凤来说，从接受噩耗到寻找女儿，这六年实在不能算好过。

她不懂英语，看不懂凶手的名字，不认识太多中文，读不懂国内的报道，最多只能从密密麻麻的叙述里找到"章莹颖"三个字。

除了偶尔买菜，叶丽凤几乎哪儿也不去。一旦思念涌来，她就会翻开女儿的朋友圈，找到莹颖曾经分享过的几首歌，放出来听。

"我莹颖唱的"，她对每一个来访的记者这么介绍。有中文、英文和日文歌，叶丽凤都听不懂，但她记得女儿从小就爱唱爱跳，还拿过奖，"人人都夸她唱歌厉害"。

那几首歌的音色、声线、精准度，简直与专业歌手无异。但当我往叶丽凤的手机屏幕里一瞥，发现章莹颖分享到朋友圈里的其实是音乐软件里的原唱。

"您听着是莹颖的声音吗？"我问叶丽凤。"是。"她坚信。然后把手机出声孔对准耳朵，默默流下泪来。

02 | 关于莹颖的一切

南平市位于福建北部，山多，没有机场，从广州过去不算方便，得飞到附近城市后转火车，再转汽车。章荣高早有领略，

"我莹颖去中山大学读书的时候，我还陪她坐的铁皮车。"那会儿还要坐十几个小时。

在见面前，章荣高每次回复微信都要求打一个语音或者视频电话。他得反复确认电话那头的人是谁，叫什么名字，来自哪里。女儿莹颖悲剧发生的第一步，就是因为对陌生人的信任。

开始直播后，这小半年来，家里总是隔三岔五进出记者，有的拍，有的写，叶丽凤不记得大多数人的模样，更不知道他们的名字，"还有人记得我莹颖，就很好。"

实际上，在过去的六年内，记住莹颖的比他们想象中多很多。

刚到家里，叶丽凤就端出新鲜杨梅、荔枝和牛奶来招待我，不少是"霄霖从北京寄来的"。

章莹颖和男友侯霄霖是2013年在北京大学念研究生期间认识的，原计划等莹颖从美国留学回来后，两人就结婚。

六年过去，霄霖对莹颖父母始终保持牵挂，偶尔会南下回来看看他们。2019年，去美国寻找莹颖，也是霄霖全程陪着，帮他们订票、翻译和沟通。"要是没有他，我们都不知道怎么办。"叶丽凤说，这些年，霄霖一直没有结婚。

前些年，叶丽凤在家附近一家酒店做保洁，从早上做到晚上，一千多块钱一个月，好歹可以补贴家用。后来这家酒店倒闭了。

章荣高每天上班8个小时，中午回来吃完饭，还会提早到单位，找个没人的会议室坐着休息。

他不敢在家午睡，怕睡太沉起不来。迟到一次不打卡就要扣

10块钱，两千块的工资，经不起几个十块。

近年来，他的睡眠变得很差，有时半夜睡不着或忽然醒来，就会走到四楼这间卧室去，和"女儿"单独待一会儿。

关于莹颖的更多痕迹，都安静地搁在四层顶楼这间单人卧室里。约莫十平方米的房间整洁而宽敞，单人床靠墙，旁边是一张上了年纪的古朴书桌，桌面一角摆着莹颖的大部分照片。另一角是她从美国带回来的吉他，书柜上方堆着几个暗红色的行李箱。

柜子正中央的凹台里，摆着莹颖被新闻媒体引用得最多的那张照片——干净的白衬衫，浓密的黑色中长发，脸上笑容灿烂，黑框眼镜也挡不住的一双晶莹闪光的眼神。

每次有记者来，都会上去看看，但叶丽凤从不会走进去，里面有太多女儿的气息，她做不到。来访者进去参观，她就坐在门口的小板凳上，望着小天台上房檐的滴水答答。

这六年来，他们过着一种节制到抑制的生活。叶丽凤觉得自己和丈夫的脾气都变差了，经常吵架。叶丽凤有时伤心得不能自已，章荣高还冲她嚷。

常年沉默的家里，唯一的欢声笑语来源于三岁多的小孙子。圆脸蛋，大眼睛，白皮肤，很爱笑，光着脚丫在屋内跑来跑去，会主动邀请记者吃零食，也会挥动小手大声喊"拜拜"。

他见过姑姑章莹颖的照片，却不知道她去了哪儿。叶丽凤想着，现在孩子还太小，"但迟早要告诉他的，最晚一二年级就该让他知道了"。

儿子章新阳，其实小时候学习还不错，和姐姐一样。上了初中开始贪玩，"和一些混混学生混在一起"，成绩下去了就再也拉不上来。姐姐劝过，爸妈打过，都无济于事，最后初一没念完就辍学了。

在美国西北大学留学生施佳妍拍摄的纪录片《寻找莹颖》中公布的日记里，莹颖写道："要继续给弟弟买书读"。

她还不止一次提到父母的不容易，"节约，再节约，都是爸妈辛苦赚的钱。"莹颖从小就知道家里条件不算好，读书从不让父母多花钱，中小学升学一路保送，都是南平最好的中学，"很多人交钱，几千几万的都去不了。"叶丽凤说。

再后来，一路考取中山大学、北京大学，成为全家"最有出息"的人。2016年，章莹颖进入中国科学院植物研究所，一个月工资4000元。

也是在这一年，她获得了去美国访问交流的机会。

其实当时叶丽凤是不太希望女儿去的，太远，但章荣高很支持女儿抓住机会。回想起来，"我感觉真的是我害了她"。

章荣高觉得，这些年来，儿子"话越来越少"。渐渐不愿意交流，更不愿意接触媒体，并和父亲一样养成了饭后一根烟的习惯。

不过，章荣高夫妇都没留意，章新阳的朋友圈签名，一直写着姐姐失踪那天的日期，"2017.6.9"。

03 | 寻找继续

"迄今为止，莹颖父母没有得到一分钱赔偿。"为章莹颖案提供法律援助的华人律师王志东明确表示，近年来，网络上部分关于章莹颖家属获赔、索赔的传言，均为空穴来风。

章荣高夫妇，甚至连来自凶手的一句道歉都没听到。

据王志东律师说，章莹颖家属可获得的赔偿、补偿，仅可能来自向嫌疑人提起民事赔偿，并且只能以嫌疑人的个人财产为限。而凶手布伦特·克里斯滕森的财产只有一辆二手车，还有负债。

"这六年来，章荣高先生和妻子承受了太多不公。"多年来，与章荣高保持密切联络的王志东，向南风窗记者重新梳理了一遍整个案件的判决经过。

2018年1月，联邦检察官经美国司法部部长批准，对犯罪嫌疑人、伊利诺伊大学香槟分校物理系博士生布伦特·克里斯滕森，提出了死刑判决请求。

"接下来的案件进程分为两个阶段。其一是定罪，即确认克里斯腾森是杀害章莹颖的凶手。"王律师说，这一步骤几乎没有阻碍和异议，2019年6月24日，伊利诺伊州中部地区联邦法院陪审团裁定，布伦特·克里斯滕森绑架和谋杀章莹颖的罪名成立。

第二阶段是量刑阶段。然而，陪审团的12人，最终没有就"死刑"结果达成一致。

王律师听说，陪审团的12人里不同意死刑的2人，"其中一人通过自己研究的法律知识和案例，误以为可判死刑的情况只应该有两种：一是在一次作案中杀死多人，二是在不同案件中杀死不止一个人以上。由于克里斯腾森只杀害了一个人，所以不应该被判死刑。"

"但这种结论显然完全忽略了克里斯登森在杀害章莹颖的时

候，手段极其恶劣、残忍。"王律师认为。

另一个不同意死刑的陪审团成员，是本身对死刑有抵触，"认为任何人都没有权利剥夺另一个人生命"。

于是，克里斯滕森最终被判处终身监禁且不得假释。

2019年6月，章莹颖家人对伊利诺伊大学心理咨询中心的两名社工提起了诉讼。理由是，心理顾问疏忽了克里斯滕森透露的杀人倾向及可能对他人造成的伤害威胁，最终导致章莹颖受害。

但该诉讼在同年12月底被伊利诺伊州联邦法院驳回。

章荣高无数次幻想过，如果凶手站在他面前，他可能会扑过去亲手撕碎那个禽兽，扼住他的脖子，再割断他的脑袋……一一偿还。

"就算是个动物，受到了这样残忍的对待，它的父母也会反抗啊，我们连反抗的机会都没有。"

他与妻子的第二大不能承受之痛，是女儿的尸体至今还未找到。

但也恰恰是因为没有找到女儿，这六年来，叶丽凤总是在想："我莹颖可能还在。"她对每一个来访的记者都这么说，说多了，自己越来越相信。

2019年底，去美国的时候，由于怕叶丽凤听到细节承受不住，章荣高便没有让她进入法庭。几个月前莹颖出事时，叶丽凤也是最后一个得知噩耗的。

事发后快一个星期，叶丽凤的爸妈、姐妹，全都涌进了家里，看着她，欲言又止。叶丽凤问："怎么啦？"没人搭话。她又问："不会是我莹颖出事了吧？"说罢她立刻给女儿拨去视频电话。那时还能拨通，但没人接。她颤抖着反复拨，但那边的女儿再也不能接了。

叶丽凤不在的时候，章荣高才会忍不住反复追问："就算他要杀人，为什么要折磨（莹颖）呢？多痛，多惨啊？"事发当晚，他也反复给女儿打电话，很长一段时间内都能打通，只是没人接。"那时候可能还没遇害"，他猜想。

哪怕再早一天，甚至是早几个小时，结果会不会不一样？想不得，站在女儿房间里，对着狭小箱子的窗外，章荣高又点燃一根烟。

04 | 漫长的季节

这些年来，章家几乎没有多少亲戚走动了。来探望过他们的，除了记者、霄霖和一些好心人，还有江歌妈妈。

"多坚强的女人啊。"提起她，叶丽凤忍不住感慨，章荣高却忽然想起什么，抬起手指指屋子往南的方向，"就在我们建阳下面五十公里那里，住了个黑子，这么多年一直在黑她（江歌妈妈）"。

悲痛让章荣高夫妇更能理解悲痛。比如5月份意外车祸身亡的武汉小学生，以及那悲痛欲绝、最终跟随孩子而去的母亲；比如更早之前，新闻里出现的几名失踪的中学生。

2022年3月的东航梧州空难发生后，叶丽凤默默哭了一个星期，"那么多人的父母亲，肯定和我们一样痛心"。

她想，"意外是谁都没办法的，但我们这个（痛苦）太难、太长了"。

叶丽凤始终没办法接受世界上存在这样一种悲剧：一个人被另一个陌生人残忍杀掉，凶手与被害人无冤无仇，也不是冲动报复社会，也不是客观意外所致。她莹颖怎么会好好地就莫名其妙被杀掉了？

如今，除了继续寻找莹颖，夫妇二人活下去的寄托还有一样：去莹颖曾经参加支教的地方看看。

莹颖在中山大学念本科时，曾去过偏远山区支教。回来后，她同父母说，那地方穷得只能吃干菜，得走老远老远的山路。叶丽凤问女儿："那怎么办呢？"莹颖忽然又笑了，"没关系，还有我在，我会帮助他们。"

章荣高和叶丽凤一直想着，替女儿去一趟，替她完成心愿。但夫妻俩都不知道支教地究竟在哪里，只模糊记得好像是在贵州。

听说我是贵州人，叶丽凤激动坏了，忙问我能不能带他们去。章荣高打断妻子，"贵州是个省啊，比福建还大！你知道（具体）在哪？"

离开南平的前一晚，我与章荣高、叶丽凤一同走在家附近的街道上。建阳属于老城区，入夜后，四下弥漫着一股子寂静。章荣高坚持要去路边一家"很有名气"的小吃铺，替我买一碗福建特产"扁肉"，"你打包回去，当夜宵吃也可以"。他不顾我的阻拦，手已经伸向了腰包。

叶丽凤忽然拉过我，偷偷讲："他把你当女儿看待的，真的。"章荣高对待来访的每一个年轻记者，都这样关心、招呼人家吃喝。虽然多数人都待不了几天，记者离开后，家里重新寂寞下来，入夜后，章荣高捻灭烟头，站在巷口朝外望了老久。

叶丽凤还问我，一个女孩子为什么要做记者这一行，"跑来跑去那么多地方，你爸妈担不担心？"她倒是面露担忧。

"这一行女孩子还不少嘞。"我笑笑说。

在来往章家的记者中，的确有不少是年龄不大的女性记者。由于章荣高夫妇对媒体几乎来者不拒，于是，这些年来，家里偶尔出现二三十岁的女孩，"像莹颖"。

小人物的弧光

小女仕梅，诗与伤心梅

记者　张旦珺

因为去北京参加联合国的演讲要请假，韩仕梅与厂里起了冲突，丢了干了五年的工作。这个忙碌了大半辈子的妇女，在2021年的年尾，有了难得的闲暇时光。

韩仕梅，一个来自河南的普通农妇，因为在网上写诗而受到关注，登上了联合国的演讲台，以一口河南话，分享自己的平生经历。

韩仕梅以前在家中附近的一家化工厂做饭，失业之后，她剩下唯一的"活儿"也是做饭。她平常不爱出门，除了准备午饭和晚饭，其余时间，她都穿着厚外衣，捧着手机，窝在床上。

北方的十二月，韩仕梅家后门的水龙头被冻得拧不开，屋内也能听见风在窗外呼呼作响。农村的房子大而空荡，卧室里的光线很暗，发亮的只有床边一盏便携式充电台灯。床上有一本《历代女性诗词》，是一位采访过她的记者送来的礼物，韩仕梅偶尔会拿起来翻翻。

农民、诗人、进步女性，是外界贴给韩仕梅的标签。喜欢她的人给她寄来李煜、纳兰容若、仓央嘉措的诗集，还有人送了一整套那不勒斯四部曲。这些书沉甸甸的，都装在一个袋子里，但韩仕梅说，她不爱看书。

"我已不再沉睡，海浪将我托起。"当韩仕梅开始写诗时，外面的人才将好奇的目光投向原本不被关注的农村妇女，他们因她诗中的痛苦，与这个"沉默的群体"有了突然的共感。没有人能解释这个初中就辍学的女人的才华，包括韩仕梅自己。考虑到她的身份，人们相信，她是如此特别。

然而，在这种好奇的关注与真正的韩仕梅之间，始终存在一个巨大的真空，就如那些好心寄来的书籍，最终也只能落在真空外面，成为好心的装饰。

很多人依旧不知道，韩仕梅，为什么要写诗？韩仕梅，她到底在想什么？

01 | 小女仕梅

韩仕梅住在河南省淅川县薛岗村，距离丹江口水库二十公里。她家是独门独户，一条水泥路从边上穿过，沿路往南便是一座南水北调大桥，桥下的人工河道有着这个小村庄难见的壮阔庄严之感。韩仕梅说，顺着这条河，可以直接游到北京。

有记者来采访的时候，韩仕梅会建议他们在桥上下车，她气势十足地骑着电动车去接。在外人眼中，这是一个结实且生机勃勃的北方农村女人，圆脸庞，双颊透红，即便站在台上面对众人演讲，也毫不露怯。

韩仕梅出生在1971年，记忆尚未形成的时候，父母带着她与三个姐姐从老家湖北迁徙到河南。她家共有六个孩子，中间四个姐妹，一头一尾是大哥和小弟。

小时候，韩仕梅家中有一箱小说，里面装着《西游记》《红楼梦》《三国演义》，她一放学回家就拿出来看，"看上瘾了"。

几个兄弟姐妹中，韩仕梅读书读得最久。她的功课好，一次写作文，她编了一个故事，写学校组织爬山比赛，爬到山顶的人可以奖励一个蝴蝶结。山路蹒跚，同学们一度要放弃，不过最终大家克服了困难，完成任务，拿到了蝴蝶结。

因为写得好，老师在课堂上念了韩仕梅的作文，这件事她一直记到现在。在她的童年记忆中，母亲爱挥霍钱财，孩子们"一犯错就往死里打"。乡村生活粗糙、贫瘠，只有在文字的世界里，才有自由、奖赏还有浪漫的蝴蝶结。

初二辍学后，韩仕梅就在家里纳鞋底、帮忙做农活，见证几位姐姐依次出嫁。因为家中贫困，她们都嫁给了"说不来"媳妇的男人。大姐结婚之前，没有见过男方，母亲和外婆看了一眼就定了亲；二姐的丈夫四十出头就去世了，之后一直没有改嫁，她的儿子扬言，如果她要走，"就把娘俩都杀了"；三姐是"换亲"，当时遇上爷爷和父亲去世，家里需要安葬费，就给三姐说了一个婆家，三姐夫相貌不好，是一个"斜眼子"，个子比一米六的韩仕梅还要矮。

"都不是自己选的，都不开心"，韩仕梅说。到了她适婚的年纪，家里人原本承诺她可以挑一个自己喜欢的，却依旧事与愿违。她至今仍埋怨母亲当初说话不算话，二十二岁那年，家里收了三千彩礼，她被嫁给了邻村的王中明。

韩仕梅不喜欢王中明，觉得他长得老，不机灵。到了他家，她才发现，彩礼不仅掏空了这个家庭，还使它负债累累。家里没有顶梁柱，王中明平日里在镇上给人理发，没生意就去赌博，还在上世纪90年代的时候，他有一个晚上就输了一百八十块；王中明的母亲也难主事，她是一个极其瘦小的女人，站起来不到韩仕梅的胳肢窝，鞋码只穿三十。

眼看彩礼利息越滚越高，韩仕梅闷着头就开始下地干活，割草、浇水、锄地，扛起生活的重担。从前，家里都是母亲做饭，她到王中明家里才开始学。除了家务与农活，为了还债，其他生计她也抢着做，村里有人盖房子，她一个女人照样跑去搬砖。韩仕梅常常对来听她故事的人说："是我花钱买了我自己。"

结婚的第二年，韩仕梅生了第一个孩子，从此她多了一份养育的工作。她上午出去干农活，中午回家，孩子跌跌撞撞哭着跑向她要奶喝。这个场景狠狠刻在她的心里，那是一个母亲、一个当家人的疲惫与辛酸。

韩仕梅不仅是两个孩子的母亲，有时候，她还觉得自己是王中明的妈。结婚之后，讨债的人四处上门，丈夫婚前赊的一件衣服，也有人问她要钱。

"成天都在挣钱还账、挣钱还账。"生计之苦在韩仕梅的身体上留下痕迹，1993、1994年的时候，她整个人消瘦了下去，别人看了都说认不出她。

因为三千块钱的彩礼，韩仕梅觉得愧疚。那时候，农村有很多换亲的女人，用夫家的彩礼给自家兄弟娶媳妇，逃跑的新娘也不在少数。但她始终放不下，她无法想象，如果就这样一走了之，这个负债的家会怎么样。

毫无疑问，韩仕梅是一个能干的女人，彩礼连本带息，她一共还了四千多。1996年，家里终于盖上了房子。尽管盖到最后，生活费都没有了，但在她的操劳下，日子渐渐还是好了起来。他们现在住在一个临街的大房子里，韩仕梅把二楼分成一个个房间，租给附近的工人，打工的同时，也收起了房租。全村人都知道，王中明家大事小事都要韩仕梅做主，但少有人因此夸奖她，在很多人眼中，这不是一个女人应该做的事。

02 | 婚姻与诗

韩仕梅平日里干完活，还得给王中明做饭、洗衣、生儿育女，这是那时大部分农村女人的命运。如果丈夫撑得起家，日子便好过一些，丈夫撑不起家，生活就成了地狱。韩仕梅说，四个姐妹中，她过得最苦。

心里很痛的时候，韩仕梅就写诗。她第一次写诗，是与王中明结婚不久之后，那些句子直接从心间流淌出来，苦闷的、哀愁的、想象的，它们不需被人朗读，诗是与自己的对话。写完一首诗，就像从喉咙里吐出一颗伤心梅，人就好受一些。

王中明是一个沉默寡言的男人。2007年，因为儿子上大学急需用钱，他"改邪归正"，开始去厂里打工，挣来的钱悉数上交。现今，大约下午六点，王中明从厂里回家，有时买几个馍回来交给妻子。回家后，王中明就坐在小板凳上看手机，韩仕梅在边上做饭，夫妻在同一个房间，也不怎么说话。

在女儿王心悦眼中，父亲为这个家同样操劳，"就知道赚钱，还抠得很，不知道心疼人"。然而韩仕梅最想要一个"爱我、懂我、理解我的人"。她心思细腻，渴望精神相通、相互扶持的爱情。没在网上写诗的时候，她靠电视剧获得一些消遣，她喜欢看《三生三世十里桃花》，主角是一群天上的逍遥神仙，早就抛却生老病死等人间俗事，花几万年的光阴只为谈一场恋爱。

"和树生活在一起不知有多苦，和墙生活在一起不知有多痛。"在韩仕梅的诗中，王中明就是那棵树、那堵墙，树和墙把她困住了，不管是哭还是笑，都给不了反应。

2020年4月，韩仕梅开始在网上写诗。事情的起因并不特别，因为可以拿五十块钱的现金红包，她在手机上下载了快手极速版。一开始，韩仕梅在上面看相声、刷搞笑视频。直到发现有人在快手上写诗，她的内心开始蠢蠢欲动，新世界的大门叩响了。

"是谁心里空荡荡，是谁心里好凄凉，是谁脸颊泪两行，是谁总把事来扛……"这是韩仕梅在网上写的第一首诗，因为不会写"时光匆匆"的"匆匆"和"孤灯"的"孤"，她用了拼音代替。发布作品时，她在边上添了一句话："女人一定要找一个你爱的人再嫁，要不然这辈子就瞎了"。

就和小时候被老师在全班面前朗读作文一样，在网上写诗，也能收获网友的认可与赞美。诗不只是抒情，还是一种乐趣，韩仕梅写诗总是即兴的、自在的。教师节到了，她写"三尺讲台情系天下，各行各业数你伟大。育出清华育出北京大学，夜半独自还在灯下"；在网上看到一张古装美人图，她写"清宫美人夜寂闲，微动纤指拨玉蟾。君王今晚何处归，推窗望月卷珠帘"。

韩仕梅说，写诗之后，她的脑子越转越灵。她写得很快，有时一上午就能写三首。她认为自己写的算不上诗，只是顺口溜。在她曾经烧饭的工厂，有一个念过高中的人，他夸韩仕梅的诗写得好，她听了心里高兴，给身边的人都编了一段"顺口溜"。

韩仕梅写的最多的还是情诗，她没有谈过恋爱，但多的是丰沛的感情。她在诗里写恋人的亲吻、对恋人的思念，即便这位恋人并不以实体的方式存在，他是她心里的一个影子，也是她的一面镜子，寄托着最理想的爱情，以及觉醒的自我。

韩仕梅一直想要离婚，无奈王中明并不答应。2021年4月的一天，她在网上找到一位律师，询问他是否可以帮她离婚，律师答应了，带她去县城提起了离婚诉讼。

离婚的消息很快传开。在农村，人到中年还打算离婚的女人是可疑的。一些亲戚跑来劝她，在他们眼里，韩仕梅的日子并没有出什么差错——最苦的时候都熬过来了，为什么偏偏在生活变好的时候离婚呢？

大姐、大嫂理解她，她们说，自己年轻的时候也向往过韩仕梅向往的东西，只是现在不再想了。然而对韩仕梅来说，紧迫的苦难过去之后，似乎正是她追求自我的最好时机。生活没有磨光她的渴望，她始终有着对主体性的呼唤，期盼一种比现在更好的生活。

可以说韩仕梅因为敏感而有了才华，但她所做的一切，也离不开她身体里的强悍与勇敢。一个会写诗、会起诉离婚的农村妇女，与眼下的女性主义浪潮不谋而合。韩仕梅渐渐出了名，外面的人带着笔杆与镜头纷至沓来。

韩仕梅的故事虽然充满苦难，但在媒体的笔触下，它进步并且浪漫，然而，在一片赞颂背后，始终有一双不安的眼睛。王中明紧紧盯着韩仕梅的一举一动，生怕她突然离开，韩仕梅把自己的照片发在网上，他故意说丑，并趁她不备拉黑那些与她聊天的网友。他还揍哭过几个记者，捣乱他们的采访。

有媒体写王中明收到离婚的法院传票后痛哭流涕，希望她再给他一次机会，为此，他破天荒地拖了两天的地。王中明说他爱韩仕梅，韩仕梅嗤之以鼻：他根本不懂什么是爱。

太阳底下无新鲜事。留在传统秩序里的男人在面对现代的女人时，往往手足无措，和20世纪意大利作家莫拉维亚的小说写的那样，王中明遭到了妻子的鄙视。韩仕梅有时对记者说丈夫"脑子不行"，因此在一些报道中，他变成了一个"智力有些许障碍"的人。

在韩仕梅的认知中，脑子好的人能理解别人，脑子不好的人眼里只有自己。王中明说她写的诗是黄诗，韩仕梅觉得受辱，拼命为自己辩解，但对方怎么说也听不进去。

说起这件事，她依旧神情激动。

出于对孩子的考虑，韩仕梅最终撤回了离婚诉讼，但她与王中明的矛盾依旧在继续。2021年8月的一个晚上，韩仕梅又与王中明吵了一架，她想自杀，一个人跑去桥上站了很久。那天晚上的风刮得格外大。

就在不久前，村里有人因为受了委屈，直接从桥上跳了下去。

外面的世界可以给韩仕梅特别的荣耀。有大学生在网上告诉她，老师在课堂上讲了她的诗，她感到骄傲，觉得这辈子都值了。但她的话语总是时而快乐，时而哀伤，外面永远是外面，韩仕梅还是那个长在乡土、困在乡土里的女儿，在这里，她显得不太"规矩"，面子、流言与尊严，始终困扰着她。

12月的一个傍晚，韩仕梅做着饭，不知为何突然停了下来，说："我就像一个没有死的死囚"。

03 | 与宿命和解

因为手机内存太小，韩仕梅卸载了微博和抖音。对网上找她的人，她几乎来者不拒。有大学生写毕业论文想请她参加访谈，她也乐得答应。只要有人理解、支持，她就开心。

因为写诗，她有了更多机会离开薛岗村。去年，韩仕梅受到一个诗歌节目的邀请，还北上首都做了演讲。她似乎从原本的生活里走出去了，但一切又没那么简单。

韩仕梅的手机里不是没有秘密，网上很多男人都说爱慕她，说想娶她，她从来没有听过这么多甜言蜜语，把一些话收藏在微信里。打离婚官司的时候，她把它们给律师看，律师看完后对她说：阿姨，这是骗子。

韩仕梅还是觉得自己不能被束缚在这个小小的村庄，她决定去外地打工。以前为了赚钱，她也出过远门，去外地一家电瓶车厂打工，一天给五十块钱，管吃管住。当时女儿还小，一和妈妈打电话就哭，听到孩子哭，韩仕梅也掉眼泪，最后母女二人在电话里哭作一团。想到婆婆和王中明都照顾不好孩子，韩仕梅不忍心，没干两天就回去了。

现在，女儿长大了，她开始支持妈妈去更远的地方。女儿帮她下载了一个家政服务类APP，填好个人信息后，很快就有人请她去做家政阿姨。上个月，韩仕梅千里迢迢去了山东，晚上七八点钟到车站，走了两个小时，还没走进城，最后只能叫了一辆小车。刚到旅店，儿子就打电话过来，说疫情又严重了，如果人在外地，可能过年都回不来。

听到过年可能回不了家，韩仕梅就着急了，她六号去的山东，七号就回到了河南。

家是她无法割舍的地方，习惯了乡村清新的空气，韩仕梅一到城市就觉得闷。去北京演讲那回，有人带她参观了故宫，吃了北京烤鸭。烤鸭的味道没有给她留下深刻的印象，她记得烤鸭的配菜分成一格格放在盘子里，讲究极了。她还记住了北京十块钱一杯的豆浆，而在老家镇上，一杯豆浆只要一块钱。

她知道那些都是好东西，但就是吃不惯，韩仕梅在北京待了两天，回家后，瘦了六七斤。

不过北京之行有一个意想不到的好处。韩仕梅离开家那几天，没有人知道王中明心中受了多少煎熬，只是突然地，自从从北京回来后，王中明不再管她了。或许他开始明白，韩仕梅去再远的地方，都能回来。

韩仕梅又回到了诗里去。她在快手有九千多粉丝，与其他动辄数千万粉丝的网络大V比起来，这个粉丝数算不上多，但在快手的写诗圈子，她属于极有影响力的人物。

一个叫苏约的农民工把自己写的诗录下来，请韩仕梅帮忙发布，因为发在自己的账号没有人看，那首诗叫《雪人》，诗是这样的：

"雪/又一次倏然造访/其间我们聊了许多话/我们谈及的温暖很少/因为那样会使自身很快消融/今天，我们说说冷/以及谁能在太阳下站立得更久/我们只是在成为流水路上/短暂塑成自我/短暂相逢

我仔细打量着/你在我的面前口吻生花/我的目光所致皆是你的躯壳/当我们把视线移在街边，那个雪人身上/阳光正在使它消瘦/直到消失/而它却无法挪步"

像韩仕梅那样，公众眼中来自社会底层的写诗者，并非只有一两个。这是一个庞大的群体，根据后台统计，在快手讨论诗歌的人数超过六十万，他们当中只有极少数人才得以被看见。农民或者农民工写诗，也不只是今天发生的事。十年前，徐立志还在富士康打工的时候，微博就出现了打工诗人社群，那些在微博写的诗，被称作"微诗"。

东北人任桂龙是韩仕梅在网上结识的诗友之一。他是一个"诗痴"，一天甚至能写上百首。有一次，他想一句词失了神，在厕所里摔了一跤。

任桂龙只有小学学历，他天生体质差，吃不惯工地里的伙

食，干不动活、容易生病，因为次次外出打工最后都只能饿着肚子回家，他变成了村里人的笑柄。因为"气愤，委屈，无处诉说"，任桂龙开始写诗。他说，只有文字才能包容他。

他对诗越来越沉迷，有时梦里也会出现诗句。一天做完梦后，他提笔写下："心在泪水中炸裂/疼痛在文字里高歌/我恨自己有着钢铁般的骨头/身体却像是烂泥巴捏成的"。

韩仕梅有不少这样的诗友，他们不像其他人理解的那样简单、粗糙，每一个人都很复杂，有很多故事，也有很多想法。因为写诗不能赚钱，诗歌无法改善他们的生活，但他们通过那一个个短句，费力地与自己的宿命达成了和解。

韩仕梅说，她现在的愿望就是把诗写好，但还是要打工的，她打算先休息一阵，春节快到了，工作的事来年再看。

新年来临之际，有平台请韩仕梅用"我祝福"造句，她想了一会，马上就写出来了："我祝福我的爱永恒，祝福人世间不再有苦痛"。

海德格尔才不是解药

记者　董可馨　张茜

　　我们在2021年11月末的厦门，见到了谷雨《一个农民工思考海德格尔是再正常不过的事》中的主人公陈直和他的妻子彭欢。

　　距离谷雨的稿子发出已将近一个月，对网络上的讨论和争议稍作梳理，很容易看到，热烈一时的延展讨论中，却很少有思考能够超出"一位在工厂流水线上从事繁重的工作之外，坚持阅读并翻译哲学专著的农民工"单一形象所关联的意向化范围。

　　有微博大V以陈直不记得结婚纪念日和儿子生日的细节，顺手借用性别的大旗，批评这个男人是在用哲学来逃避现实，并友好建议他当下最应该做的"是肯定现实、安分工作"。

　　"爱具体的人"脱离了文学和哲学的语境，成为指责一个具体的人时过于好用的教条，大多数的建议当然也没能跳出绩效社会的优化逻辑。

　　而早已失去现实影响力的知识精英们，在"农民工"和"海德格尔"两个标签中，条件反射般地又一次发现了"阶层"

和"文化资本"的对勾所揭示的身份壁垒。

结果就是，以掉了一通书袋的方式，用左右手互搏术般的表演式批判，老调重弹了自身在文化上早已过时了的阶层偏见。

不管是哪一种，通过抽空个体生活的复杂性制造出来的观念博弈，分享着完全一样的傲慢底色。

反而是说不出大话的普通网友，从陈直的人生故事中看到了自我的挣扎，很多人为陈直在困境中的坚持而动容。赞美和肯定，伴着一些讥讽和批评，通过网络涌向陈直。

他本人当然全都看到了，针对那篇非自述的自述体报道、接受媒体采访的事宜、网友指责他不关心妻儿的批评，陈直通过社交媒体，一一作出了回应。

而不论是在网上的有限回应，还是现实中面对面的交谈，他的表达始终是克制而礼貌的。

克制，好像是一种攫住他整个生命的本能。

即使是正在吐露缠绕着自身生活的恐惧与痛苦，他的情绪也是时而平静时而冷漠的。要想抓住他不经意间的真情流露，远比让他出让自己最拒绝出让的隐私，要困难得多。

01 | 为什么是海德格尔？

初见陈直，是在他的住所楼下。

他和妻子彭欢两个人，于早前的4月来到厦门，进电子厂打工赚钱。

周六上午八九点的城中村，行人寥寥，只有村口的早餐店氤氤着一些烟火气。上白班的工人已经上工，下了夜班的工人神态疲惫，在路边小店随便吃点热食，着急赶着回家睡觉。

陈直和他的妻子目前就租住在这里。还需要再往里走五分钟，走过两个岔路口，看到一所涂了彩墙的幼托园，就是我们约定碰面的地方。他和妻子租的单间就在幼托园对面的楼上。

他从一个狭窄的巷子里出来，手里拿着一个Kindle，戴着近视眼镜，皮肤白净，穿着浅色衣服，整个人被一股文弱内敛的书生气包裹着，显得和这个以工人为主要租客的生活区环境格格不入。不用有任何迟疑，你就知道是他。

在和陈直的相处中，可以观察到，虽然来到厦门快半年，但他对自己生活的周边区域的熟悉程度，就像一个不怎么用导航的人被随机放在了陌生的街区里。他走在自己并不熟悉的僻静街道上、拘谨地坐在冷清的咖啡店里，用缓慢、断断续续的语速语调，深思熟虑、近乎小心翼翼地回应着我们提出的问题。

问他附近哪里有可以安静说话坐坐的地方？他说自己对这里并不熟悉，平常非必要也不怎么出门。工作的时候，就是"工厂—出租房"两点一线。最近这一个月因为自己处于失业状态，基本上所有的时间都待在房间。

来厦门之后，陈直唯一去得比较多的地方是厦门图书馆，坐十几站公交就可以到。不过最近没怎么去，因为他正在读一本关于克尔凯郭尔的书*In Search of Authenticity: from Kierkegaard to Camus*，没有中译本，他是自己在网上找到的电子版原文，不需要特意跑去图书馆。

他会在豆瓣更新自己的阅读和翻译笔记。11月以来的几条笔记下面会有一些网友和他互动，讨论与文本相关的内容，有零星的点赞和转发。但在面对面的交谈中，即使谈到他投注了热情的哲学，他也是三言两语带过。

有了一些关注度后，有媒体联系陈直做一些问答，在和网友的文字互动中，他经常用到海德格尔意义上的"存在"。

我们好奇，为什么唯独是这个哲学概念吸引了他？

他回答说海德格尔的哲学指出了存在论差异，把对存在意义的追问放置在了时间的维度上，不同于传统上强调的"在场的存在"。他本人非常不认同"存在即目的"，在他的理解中，生命本身并没有什么超验的意义。

而在海德格尔的哲学中，人的主体性不被置于超验的位置，超越了笛卡尔以来的主体主义，主体只是作为存在者而存在，但存在的意义是需要存在者去追寻的，因为并不存在一个超验的真理意志，追寻的尽头也可能是无尽的迷茫。

2012年，在北京通州马驹桥的地下室里，深陷迷茫的陈直第一次通读完了海德格尔的《存在与时间》，但这还不是故事的起点，他和哲学的故事还要再往前倒带几年，来到他未完成的大学时期。

2008年的时候，他考到了杭州一所二本院校的数学系。因为对存在问题感兴趣，加上他自己极度内向敏感的性格，图书馆成了他在大学里的精神栖息地。

在大学之前，他根本不知哲学为何物，新世界的大门打开来，对哲学的专注淹没了他，他不去上专业课，也不去参加考试，不在意绩点，更别提任何社团活动。对外在世界规则的习惯性漠视，也许就是从这个时候开始的吧。

对于大多数出身于贫困农村的大学生来说，从大学主动退学，需要克服巨大的心理压力。但当时的陈直，即使家里有个阴晴不定的父亲，还有个"把生活的意义建立在家庭和儿女身上的母亲"，他还是义无反顾地离开了校园。

每一个记者都会问他，是否对当初这个决定感到后悔。

在公开的回答中，他并没有直接承认过自己是否后悔，只是说："假如我回到退学那个时刻，可能会做出不同的选择。但以我当时的环境和状态来看，也可能不会。"

我们只知道，31岁的陈直至少是向往再次回到大学中去的，蜷缩在底层社会，从一份劳累的短工到另一份更劳累的短工，自己的"不会来事"、他人的歧视、需要赚钱谋生的生存压力和灰暗前景交织在一起，他所求不多，只是希望能有一份稳定一点、可以不耗费他那么多时间的工作，这样他可以专注在哲学上。

他说需要做工的日子，在工厂车间里一站12个小时，会累到没有时间和力气去读他要求自己必须读的书，这让他觉得痛苦。陈直的英文日记中，全是无力的崩溃和沮丧。所以他才会在豆瓣小组中主动发帖，想知道能否靠自己的译稿、凭同等学力考取哲学的研究生。

他说网友的跟帖和之后自己的了解，让他明白了这个想法的不可能："我理解的'同等学力'，和规则中的'同等学力'是两码事。"也有教授给他提供读研的offer，但他没有本科学历，无法进入招考程序，老师只能建议他先去自考。

很多人通过评论和私信给他各种各样的建议，但他不觉得那些建议中有他可走的路。他并不是完全不想尝试，但尝试在这个阶段的生活中，限于主动找到他的一些机会，但他很难行动起来，为自己争取些什么。

他强调了不止一次，自己水平很差，即使是面对自己所痴迷的哲学，也始终担着很多"害怕"，他觉得自己也不具备行动的力量。

"行动在你看来需要什么力量？"

他条理清楚地列了三点：人际关系处理能力、专业能力、进行哲学思考所需的领悟力和创造力。他自认自己是个"低能儿"。

有限的英文水平和难以理解的文本，会在阅读过程中随时随地给他带来挫败感。做翻译的初衷，也是因为他想写论文，结果发现自己拟好题目，什么也写不出来，那种状态让自己显得像一个"精神上的口吃者"。

"我看到这片星空很美，但是我上不去。"

02 ｜ 压抑作为生活的常态

占据着他此刻人生主基调的，依然是迷茫和焦虑。

有人说陈直对哲学的痴迷，不比酒鬼对酒精的沉迷更高级。但对哲学的热忱只是让他深陷无止境的拉扯和分裂中，酒鬼至少可得一夜安眠。

陈直自己是清楚的，从出生就被抛入的"底层生活"，充斥着暴力和情感绑架的家庭生活，是造成他今日之痛苦的根源，生活自带的重力把他拉向哲学的同时，又残酷地拒斥他。

陈直当然无法代表中国"农民工"群体的精神面貌。"底层"是陈直自己会用到的表达，代表的只是他个人对自身处境的理解。

很多人惋惜，觉得陈直从大学退学，是他人生的转折点。

我们见到陈直的时候，他处在失业状态。

电子厂的工资，同样的劳动量，短工要比老员工拿到稍微多一点的钱，所以他签了三个月的合同。他和妻子彭欢在同一家厂里，但分属不同的车间。

陈直在厂里，是维修机器的。工人进入车间，什么都不能带进去。机器出问题的时候需要他去修，但机器也不是时时坏，不忙的时候就只能放空熬时间。

工厂默认所有人都必须加班，如果想一天只工作8个小时，也可以，但只能领到1800元的最低基本工资，而且也没有工厂会愿意雇只工作8小时的工人。

吃饭时间会扣掉一个小时。小跑去食堂，快速在放置了隔板的餐桌上吃完自己的饭，再小跑回工位，是休息时间的常态。也有人不想被扣一个小时的工时，所以会饿着不吃饭。

做完三个月，陈直觉得自己太累了，整个人因为作息和无法读书的焦虑，要崩溃了。他跟妻子提出，他想休息一段时间，她就让他休息了。

做工的时候，一边劳累赚钱，一边因为无法研读哲学而焦虑。

休息的时候，一边继续自己中断的阅读和翻译，一边因为没钱而焦虑挫败。

他的发间有很多白头发。了解他的生活之后，可以省去这句"为什么"。

然而，这并不是陈直生活的全部。

进入大学接触到哲学，是一整个哲学世界的大门朝他打开的开始。但他挨过了很多时间，才走到这扇门外。

他憎恶自己的父亲。从陈直记事起，他的父亲就是一个混蛋。他说自己是在家庭暴力中长大的，有拳脚交加的肢体暴力，也有无缘无故的冷暴力，当然还有毁人不倦的言语暴力。

他更愿意将那个所谓的父亲称作"那个男人"，在家里也从来不会叫爸爸。两代父子之间，也是同样的亲子模式。似乎是因为早年结婚的时候，因为太穷拿不出来结婚的钱，所以陈直的爷爷对自己的儿子极尽羞辱。

毁灭式的代际关系顽固地"传承"了下来。陈直不愿回顾太多的往事，只提到自己高考出成绩前，那个男人莫名其妙地说"你不要妄想上什么大学"。

陈直的生命，在初始的时候，好像就被设置了"全盘否定"模式。

他的情感体验中有没有"爱"？

31岁的陈直说，他已经不谈"爱"了。

在他的认知中，他从大学辍学，又赚不到钱，给母亲造成了他无法抚平的痛苦。母亲是典型的农村妇女，安于穷困，嫁鸡随鸡嫁狗随狗，把生活的意义全部建立在家庭之上。而陈直本该用自己的"会读书"给她带去一些荣誉感，可他却偏偏长成了"没用处的孩子"。

他知道，母亲永远无法理解自己的选择，但这不妨碍她表达自己的失望。在家闲聊的时候，母亲会劝他不要老是闷闷不乐，至少应该过得开心一点，她说"'我'这样的人生是很不值得的、没有意义的"。

他说自己是随便结了婚。结婚主要是为了不让母亲再增添更多的伤心和痛苦，他清楚这些年，她因为这个儿子所承受的恶意和嘲讽，已经太多了。

这些互相交织的苦痛，是和陈直的本名勾连在一起的一张大网，他被黏在网上，可是他不具备在网上自由行走的能力，或者说没有人费心培养过他，至少告诉他，生活如网，你我这样的普通人应该用尽全力，保证让自己不掉下去。

来自外部世界的所有评价，他都照单全收，并且像动物反刍一样，全部内化成了自我认知，当他说自己没有力量、没有本事、没用、软弱的时候，他都是真心的。

我从来没有见过自我评价如此之低，低到别人想如何看待自己都没关系的程度。

他的妻子说，陈直在家中时常会焦虑地快步走来走去，有时候会莫名其妙问她："我是不是对你不够好，让你跟着我吃苦受累，还要这么辛苦地工作！"

痴迷于哲学的陈直，是在逃避他的境况吗？

他说他绝对不是，在一个"他人即地狱"的世界中，他所感受到的，全都是来自外力的否定和压抑。作为一个资源匮乏的普通人，有几个人能在全盘的否定和自我否定中找到生命本身的意义?

"主观和客观都规定了你要长成一头会产奶的牛",可是你偏偏长成了一头犀牛,只听说犀牛角很贵重,但普通人的生活好像用不到这份贵重。

陈直说,他走向哲学,是问题导向的,因为他想找到存在的意义,所以他继续读克尔凯郭尔论"本真性",继续找,但完全无法预料,这束光将把他带向何方。

通过高度自觉地建构出"陈直"的存在,他试图用此刻对"除了读书之外的所有事情都很后悔"的陈直,用陈直的苦闷和挣扎,来否定自己十年前的选择:从大学叛逆退学,之后又因为生活境遇触底,沦为被别人看不起的、无用的、失败的、不值得的"我"的选择。

可是,一个人只靠内化他人对自己的全盘否定式评价、靠纵身跃入鼓励从"内在性"出发追寻本真性存在的哲学汪洋,来看到"我"。

虽然有点残忍,但却很难由此来获得"站出来"的力量。

在这样的意义上,来自父母家庭的全盘否定和经年累月的自我压抑,造就了陈直的"软弱"(他的原话)。冷漠的恨、难以弥补的愧疚、双重焦虑和无底线的自我否定,几乎可以用来概括他所有的情感体验。

所以,在他的讲述中,他的婚姻生活,是一对适龄的男女"随便结婚"。

"你爱你的妻子吗?"

短暂的沉默后,他轻轻答道:"可能不爱吧,没有那种东西"。

我追问："那你手机上存有你们结婚当天举行仪式的照片吗?"

"没有,真的没有。"

同行的同事在结束采访后,说他是一个完全不关注外部世界的人,婚姻生活也处在他的外部世界。而他本人,对所有的一切都兴趣缺乏。

客观实在的生活,对他来说是"次要的、不重要的"。

"在流水线上的工作会让你觉得有'异化感'吗?"

他说或多或少会有一些,但那些属于基本生存方式层面的问题,并不会影响到他对"内在性"的追求与感知。

此刻的他,沉迷于海德格尔和克尔凯郭尔的思想中,这种沉迷和十年前的不管不顾,区别在哪里呢?

03 │ 被低估的妻子

在一上午的相处和采访中,除了对自己过往的讲述,会涉及一些早年生活的细节之外,他大多数时间回答问题,倾向于用高度抽象化的词句给出简短的回应。

对哲学的热忱和他的现实处境之间,竖着一堵冷漠的墙。很难让他完全抛开抽象的哲学术语,来直接表达自己。

"如果暂时抛开海德格尔,就只谈陈直本人,你是如何理解存在的?"

"如果只是我自己的感受……对'存在'意义的追问……可

能……可以让我超越平庸社会的价值规范和评价体系"。

具体指哪一类的评价体系？

他提到"把钱作为唯一的目的"和"希望自己的生物本能得到最大的满足"，"这个社会把这样的满足称为自由，但我认为这恰恰不是自由，对吧？"

韩炳哲在《精神政治学》中也讨论了这个问题。现代社会对体验和情绪的强调，无益于帮助主体摆脱自己的屈从性，相反，只会让人在屈从的泥潭中越陷越深。

陈直并不熟悉韩炳哲，但这并不妨碍他对社会产生类似的观察。这里又放着另一个悖论，他为了安慰他母亲而结的婚，由他母亲操办的结婚仪式，完全违背他声称想去超越平庸社会的努力。

听之任之，是他对待婚姻的态度，至少是他极力在表达的态度。

在那篇稿子中，他不记得婚礼的具体日期，也不清楚儿子具体的生日。这个生活细节冒犯到了很多读者。

作为陈直的妻子，一见面，我们并没有问相关的问题，但彭欢还是想做些解释：自己的丈夫并不是网友想象的那样。她举了很多生活中的例子，怀孕的时候陈直对她的照顾；生产的时候他和阿婆等在医院，给孩子哄睡、冲奶；如果看到她很累，会让她把脏衣服放着，说他来洗。

她是一个非常开朗的女孩，笑着说其实自己也不记得具体是哪一天结的婚。不过儿子的生日，她记得，因为很痛，身体大概有自己的记忆。

我和同事都很好奇，陈直的失业状态，会让她很焦虑吗？

"焦虑是肯定有的，这个月没有来自他那一份的经济来源，但孩子在老家的尿布和奶粉开销一日也不能停，也会有压力。"不过她的焦虑只限于此，她对丈夫的评价，要远远高于陈直对自己的评价。

她说这个人就是这样的，读书和休息对他来说很重要，那她就尊重他，他也尊重她在生活中的喜好，休息时间他看他的书，我戴着耳机刷我的抖音，互不打扰。而且他也不是要赖的那种人，休息够了，他就会自己去找工作，之前也是这样的，休息半个月之后，自己待不住，就会重新开始工作。

那陈直得到的关注会不会影响到他们的生活？

彭欢说因为用的是化名，所以在现实生活中，她周围的人没人知道陈直的存在，她要求给她化名，除了隐私暴露可能会有无谓的闲言闲语之外，其他没什么影响。和我们见面，接受两个小时的采访，回去早点休息，明天正常7点起床，吃过早餐去工作。

她是一个非常具体可爱的人，一个对生活充满着热情和规划的年轻女性，希望自己的儿子能平安长大，然后考个好大学，找一份自己喜欢的工作过一生。

我们送她回家的路上，问她在流水线上的工作日常会有什么不愉快吗？然后她就很热闹地讲了起来，一人分饰三个角色，描绘了一出工厂里两个部门间的扯皮小剧场，最后的结尾是作为质检员的她也不去和他们掰扯了，不会影响到她的KPI，没必要把自己搞得很上火。

至于陈直，她唯一的期望是他可以把握住一些机会，留在外面找一份安稳一点的工作。在彭欢的规划里，到了孩子的入学年龄，她会回去江西照顾孩子，肯定没有现在这样的收入，丈夫能有一份稳定的收入，至少可以免去她部分经济上的压力。

她不会太去想，她的包容对陈直来说有什么意义，也不会太去想，别人会怎么解读她的包容。

在夜色中和彭欢道别后，她的体面和脚踏实地，好像才让我和同事稍稍松了一口气。陈直近乎愚蠢地，低估了这个相亲认识的妻子在他生活中的重要性。在他的角度可以理解成屈从的婚姻，像一根结实的绳子一样，保证了他不会被淹死在抽象的哲学术语中。

很多人，很多境遇要比陈直好得多的人，生活中却不敢奢望这样一份陪伴。

流云非等闲

记者 赵佳佳

关于王柳云的故事，存在一个通俗版本——

一个年过五十，时常以洗碗工、保洁员为职业的女人，在经历了半生由贫穷、暴力、孤独联合的围剿后，终于能够背离她原有的生活，走入她所爱的文学与艺术之中。

在她偶然"捡来"的新生活里，她昼夜不舍地创作油画，也在手机上写下她观察和构想了几十年的故事。流传出去的画作使她成为别人口中的"画家"，接连出版的书籍又为她冠上"作家"的标签。

但无论是"画家"还是"作家"，对于一个在命运中反叛了半生的女人而言，都是太过简化而粗暴的叙事。

她渴望刻画与书写的，是天空中烈焰般往来自由的流云，是悬崖边生长起来的繁盛的巨树，是那些如同她一样辛辣而顽强的生命。

而我们要讲的故事是关于，在这个时常将人划分为三六九等的、充满了傲慢与成见的世界，一个出身寒微、命途坎坷，却笃信自己内心高尚的女人，怎样如同烧不尽的野草那样，去寻找她的立身之地。

01 ｜ "请向我学习"

在北京黄寺大街上的金融科技大楼里，王柳云握着被水润湿了的拖把，一边拖地，一边大声地骂那些曾经来采访的记者。

"一家著名的媒体，来了说，'阿姨你先说一下，你叫什么名字，你是什么职业，你是哪里来的？'他还怕我说不出来，自己写好了给我看，叫我照着说一遍。我最恶心这个玩意儿了！我说，'我就不说！'"

周末的大厦内部空旷得近乎寂寞，领导办公室的地面覆盖着半干的水渍，窗外是初春时节冷冽的北京城。王柳云停下拖地的动作，将拖把杵在地上，像一门架好的大炮那样开火。

"我说我没有职业。他说，'那你这个（保洁员的工作）'呢？我说这是职业吗？我是从生到死都在做这一份工作吗？给我上五险一金了吗？给我退休了吗？职业？他说，'哎，你先说一遍嘛'。我就不说！这些王八蛋！"

她痛恨记者们报道她的新闻标题，痛恨那些像胶水一样黏在手机屏幕上的字眼——清洁工、农妇、保洁员。

在第一次见面结束以后，她发消息来问："请你告诉我，你将在文字里怎么称呼我？"

旁观者必须非常深入地去思考这个问题，才能明白，新闻标题里的那些标签是为何刺痛了她的内心。她的灵魂具有一种非凡的敏锐，使得她能够迅速辨认出哪怕最隐匿的傲慢。她曾跟一位记者强调了多次，不要在标题中写她是位"农妇"，但对方还是执意以这样的称谓发布了报道。

"本来世界没有谁了不起谁。我还跟她说了三次。我真的想问她一句：那你的妈妈是工人，我应该叫你的妈妈'工妇'吗？"

在她的批评中出现得最多的人名来自作家王朔。年轻时她看他写的书，认为乏味至极，判定此人是个"肤浅的流氓"。后来她看王朔有句经典名言流传甚广，说的是"世界上最无耻、最阴险、最歹毒的赞美，就是用穷人的艰辛和苦难，当作励志故事愚弄底层人"。

她气得跳脚，"王朔你说这句话的时候，你认为你是上层人吗？那么底层人是按什么等级来排呢？哪里是底层，哪里是中层，哪里是上层？有几等几级呢？你认为你自己排在第几个档次？狗不如的东西！"

与王柳云打交道是一场对采访者的考验。

如果你无法理解她讲述的那些痛苦的记忆、记混了她故事中的时间地点、在她讲述的过程中不合时宜地露出笑容或者皱起眉头——都有可能会招致她的批评。她会用最显而易见的方式表达自己的不耐烦。一位记者曾告诉我，她在采访结束之后就被王柳云拉黑了微信。

只有来访者能够做到真正尊重他人，并且足够认真地倾听他人的声音，王柳云才会愿意向你敞开，让你参观她绚丽的心。

　　我笃信她有一颗绚丽的心。在认识之初，我曾向她求道，我问，怎样才能在孤独中保持从容而不至于痛苦？她迅速地作答，告诉我："一个人孤独以后，灵魂里就盛满了甘露。"

　　2017年，曾经为了修建房子、抚养女儿、偿还债务而四处奔波打工的王柳云年满五十，女儿已经大学毕业参加工作，为了装修房子而欠下的债务也终于偿清。她决心要"换一种活法"，比如，到杭州去学点做小吃的技艺，以便今后摆个早点摊养活自己。

　　但在去杭州之前，她先到福建省屏南县双溪镇走了一趟。她牢牢地记得，在她曾经打工的宾馆里，闲暇时曾在电视上看到中央电视台播放的一部纪录片，就是讲一名全无美术基础的老妇人如何在双溪镇的免费画室里画出了一盏马灯。

　　她不曾抱有什么不切实际的幻想，而只是迫切地想去看看，这种所谓高贵的艺术怎么就平凡人也可以学，"我只看一眼就满足了，我想"。

　　正是从双溪镇开始，王柳云的人生走向迥然不同的方向。画画，最终成为她"捡来的"一种稀释孤独的办法；而画画带来的机遇，又帮助她进一步开启了她为之准备了一生的文学生命。

　　我们应当首先让王柳云来重新介绍她自己：

　　王柳云，来自世界最富庶的农村之一：台州。人间福地。借杜甫诗：台州地阔海冥冥，云水长和岛屿青。画家，散文家，兼任爱鸟协会会长，社会问题学家。极具才华的家庭主妇，会做多种名小吃。会说相声，生性幽默且豁达，从小习过武，爱打抱不平。几十年游历半个中国，也是双溪画室最优秀亲和的扫地工。

请向我学习。谢谢。

02 | "就像换了一种人生"

在双溪镇一千平方米的画室里，王柳云执意要找到她曾在电视上看见过的那盏马灯。终于找到的时候，她发现马灯已经残破得只剩下一绺捻子和一个底座，连可以提起来的铁丝架都没有了。

她望向助教王亚飞，想知道该从何画起。她本以为王亚飞能够教她，但对方只说，这是你自己的事情，你想怎么画就怎么画。

2015年，福建画商林正碌在双溪镇创办了"安泰艺术城"，打出了"人人都是艺术家"的标语，声称为全国各地的人们提供免费的油画教学。来到这里的有身患残疾无处可去的人，也有家境贫困难以谋生的人。它收容所有看似被社会排挤到边缘的人们。

但当王柳云来到此地，她才明白，这里没有真正的老师。她能够获取的是一些实际的东西：免费的颜料、画笔和画纸。

王亚飞说，你想象一下一盏新的马灯是什么样子，我两个小时后来看。

于是王柳云坐在画架前，和自己较上了劲。面前的马灯黑溜溜的，难看得"像狗屎一样"，但在她年幼的时候，马灯曾真实地点亮过无数个夜晚。她眯起眼睛，一星火光在她眼前亮了起来，光源的中心最为明亮，橘黄色的光晕弥散在周围，最外侧是暗红色的气流，逐渐隐没在黑暗中。

两个小时后，王亚飞看到了王柳云笔下的火焰。王柳云记得她说，画得好神奇哦，"像梦幻一样"。

在2023年出版的自传性散文集《青芥人生》中，她写下当时的内心震颤：

"如果是以前，我才不相信！这世上，这大半生，我从来就是垫底的那个，以我为标准，其他人再层层高级上去。几十年来，我的心早已由悲凉转而完全相信自己不是个东西，也不该是个东西。"

"……可是现在却有人忽然一下把我赞到顶，虽奇怪，心里却有些不踏实的高兴！所以，学画的第二天，我起个绝早，走到双溪镇外的田园之上，内心感慨，多少年低头劳作，多少年已久违天空！"

原本只是"看一眼就满足"的王柳云，从此决定在双溪镇留下来。

年过半百独自外出游历的女人总是难免招人非议。在台州的村庄里，乡邻之间流言四起，邻居们撺掇她的丈夫老林跑到双溪镇来寻她回家，说是怕她跟别的男人跑了。

老林才不相信她会跟别人跑，他三十多岁和王柳云结婚，别的本事没有，全心全意相信她还是做得到的。但他仍旧跑到双溪劝王柳云回家，他跟王柳云掉眼泪，说乡亲们讲得让他没面子。王柳云发了脾气，她说，要是非得逼她回去，她就从桥上跳下去，"我说你就把我拿回去就行了"。

老林不敢再做声，"夹着尾巴就回去了"。

报大人见到王柳云时，她已经在双溪镇画画一月有余。在一篇名为《农妇流云》的文章中，报大人以王柳云为原型，写下了"流云"的故事。他在画室墙壁上初见"流云"的画，大都是用笨拙的线条去勾勒乡村中最常见的事物：鸡、鸭、篱笆院、树木、稻田。她运用的色彩总是艳丽，绿色占据画面的主体。

报大人觉得，那些画虽显笨拙，但却具有"一种原生态的、近乎于野蛮气息的吸引力"，显示出作者对生活有极生动的洞察。

他曾在距离双溪画室几十公里之外的另一个村庄偶然碰到"流云"，她正推着自行车沿河岸行走。他惊诧于这场相遇，"难道你是骑自行车过来的？那可是几十公里山路啊，处处陡坡"。她说是啊，她骑自行车前来寻找好的景色写生，等回去以后画成油画。

等到王柳云感到再也难以在双溪画室学到更多技巧后，2017年底，她决定离开。后又在画友的极力邀约下前往深圳大芬油画村继续学画。

但在大芬油画村，真正技术娴熟的画师压根不屑于收王柳云为徒。她原本想去找一位画刀笔画的老画家，学那种能用一把胶片做刀来画画的技法。刀笔的表现力强，能够画出很有质感的山体。

她跑到画家的画室门口说，你好，我跟你学习好吗？却只引来画家"哈哈"的大笑声。她还没完全走出门，就听画家和旁人说，那个人还想到我这里学，老到什么地步了？

为了学习，也为了守护自己的尊严，她练就了一套"偷师学艺"的本领。

当她寻到又一位心仪的画家,她再也不会走到人家面前去请求拜师,但她会每个星期都去画室里看他画画。当她出现的时候,画家的笔在东西难辨地胡乱游移,如同障眼法。画家也不禁止她看,只是说,就算你天天在这里看也看不懂。

"我对全国人民说,我还真看懂了。不管你的笔怎么用,我最后只看结果,我就知道你那些笔是该怎么用的。"王柳云说。

于她而言,大芬油画村就是一所大学。她蜗居在此,继续她对自己的人生教育。

每年从大芬销往世界各地的油画超过100万张,画师们临摹的"星空""蒙娜丽莎""梵高自画像"远渡重洋,被装裱在精美的画框里,挂进欧洲富人们的豪宅中。这里可以买到世界各地顶尖的油画资料。在街头巷尾,还能捡到离开大芬的人们留下的锅碗瓢盆。阁楼上的小房间,租金600元,王柳云和画友平摊。

她这一生大多数时候没有余钱,始终过的是一种"用问题把钱解决掉"的生活。在她眼里,钱不是个东西,问题才是。报大人曾写"流云"有一栋"非常气派的"四层楼房,这就是王柳云之所以负债累累的原因,她想要把房子装修得漂亮,没钱没关系,借钱来修,打工来还。这是她的人生哲学。如今她想要学习,钱永远不是个问题。

那时候,王柳云的女儿林伊达每个月都会给2000元作为她在大芬的生活费。实在拮据的时候,她还会去酒店里打零工。如她所言,"我凭劳动养活我自己"。

她的房东舒友文也是一名画商。在王柳云离开大芬后,他们仍然维持着联系。舒友文记得，在大芬的王柳云没什么朋友，她总是独来独往，长时间地把自己关在屋子里闷头画画。

那是2018年，王柳云以她高度的勤奋给舒友文留下了深刻印象。舒友文说，王柳云总是在天刚亮的时候就起床，在画师们都还在沉睡的时候，她已经在她画画的画室门口等待。画室主人的妻子还为此和王柳云闹得有些不愉快，根本原因就是"王柳云来得太早了"。

这是一种奇妙的生活。林伊达记得，母亲以前在工厂里面踩缝纫机，回家后总说脚疼。但如今哪怕要跋山涉水去写生，也不会让王柳云感到疲累，"看着自己每天画出不同的事物，我觉得生命被翻篇，很多纠缠我的思维与肉体病痛在沉浸于快乐的忙碌中被遗忘，被驱逐"。

她反复写下那种感受：就像换了一种人生，重新活过。

在开始学画的第二天清晨，站立在双溪镇外的田园之上时，她仰头望向南方雾霭沉沉的天空，太阳陷落在云雾之中迟迟不肯升起。但有一种新鲜的变化正在她的内心之中剧烈地发生，仿佛太阳从未属意于照亮这苍茫人间，而是退回并悬于低空，从来未曾落下，"只为等待我看它的眼色，等着一再照亮我"。

03 | "游过死海"

王柳云的前半生，是一部与恶劣的命运缠斗的历史。她与之作战的对象分别是贫穷、偏见、暴力和孤独。改变命运的契机一度降临，却又暴虐地转瞬即逝。但她从未放弃武装自己。几十年过去，她说她已变得非常强大，因为人要学会用苦难做盔甲。

她生于1967年，父母原本有七个孩子，夭折了两个。在活下来的孩子里，她最年幼，排行老五。在一个母亲刻薄、父亲残疾的贫困家庭中，排行最末意味着，她出生时父母已然年迈，她还未独立成人时，父母皆已离世，因而从小到大不曾得到妥善的照顾。

她的母亲缺乏让女孩接受教育的意识，"女孩子读个啥啊？她又不懂事"。

直到她八岁那年，有老师上门来问，你要去读书吗？她不知道读书意味着什么，老师说，"读了书能够到外面去"。她这才动心，开始去上一年级，从此展露出她在学习上的天分。

那些年她时常吃不饱饭，饿着肚子上课没精神，几乎从头到尾睡过去，在半梦半醒之间拼命听老师在讲些什么。数学老师看她打瞌睡，把她叫上讲台做题目，本想以示惩罚，却没想到她竟做了出来。她记得老师咂舌，说没办法，这是天才。

但除此之外，她从未得到过老师们真心实意的夸奖。她将之归结为老师们认为她太过骄傲，同时嫌弃她家庭贫穷。

她的身体里似乎蕴藏着一股藐视权威的天性。当时的农村小学不乏"自己都没文化"的老师，她听老师讲课讲得牛头不对马嘴，就在上课的时候拿根木棍不耐烦地敲桌子。老师因此让她去教室外面罚站，问她为何这样做，她直截了当："你讲课讲得不好"。

来自成年世界的"恶意"从很早的时候就在她的心灵中投射下了阴影。

她记得自己曾被校长深刻地"仇恨"过。当学生们在操场上集合的时候，校长站在前面讲话，太阳光从他的脑袋后方照射过来，王柳云个头小，站在前排，校长的影子刚好投射到她的脚下。于是她在原地跳过去，又跳过来。校长问她在干什么，她说，老师，我踩到你的头了。

王柳云认为，正是因为这句话，校长从她三年级开始"恨"她，直至毕业。

"他在课堂上一再讲驼子死了以后的故事。驼子死了以后，就用一块木板压住他，先让脸朝天，两个人压着踩，要跳着把他压平。我心里想，那骨头不就断了吗？但是我就不敢做声。他还不解恨，还说要把尸体再翻过来，再把这个木板又压到他的背上，再踩，踩平为止——我父亲是驼子，知道吗？"

她天生悲悯她的父亲，一个因先天性骨骼硬化而残疾的男人。因为驼背的缘故，父亲逢人必须先抬眼帘再抬头。小孩们常奚落他，说怎么看也不像个好人。

只有王柳云知道，父亲是这世上最温和善良的人，连一只蚂蚁的生命也不忍心践踏。

在回忆父亲的文章中，她写道，"我做女儿的，为捍卫你直接就是打架长大"。白天打完架，晚上就在破楼里对着哥哥买来的一本拳书学功夫。讲不通的道理，拳头之下见真章。

至于那些挖苦并欺负父亲的大人，王柳云有另外的办法。

她曾挑无人防备的夜晚，捡起大石头去砸别人房顶的青瓦，一声巨响就造成一个大窟窿。她的老家在湖南新化，雨水时常光临，若不及时补上窟窿，屋子就会遭水浸泡。而补窟窿又是麻烦事，要赶紧去买新的瓦片，爬上屋顶，把旧有的破瓦一层层揭开，再将新瓦渐次码放上去。

要是谁跑来想教训她，那也是没门的，她随便抄起一根棍子，管他是谁都敢打。

升入初中以后，知识已经充分启蒙了她的心智。她为自己树立了理想，渴望成为一名工程师，因此拼命地学习物理、化学和数学。但贫穷始终还是一道无形却牢固的缰绳，在她刚进入高中后不久就勒紧了她的脖子。

高一上学期，王柳云辍学了。整个小学和初中，她不怎么需要为两三元钱的学费发愁，但读高中需要缴纳每学期接近两百元的学费和住宿费。她因此被迫中断学业，回家种了四五年田，度过了一段"非常忧伤"的时期。

做工程师的理想自然湮灭，只能日日夜夜俯身在贫瘠而又无望的田地之中。她穿着褪了色的衣裳，脸上黑黑的，起满了麻子。那种压抑来源于，人没有尊严。

直到她21岁那年，命运的转折时刻才到来。她从报纸上看见隔壁县里有位姓刘的老师经营着一家园艺场，专门培育优良品种。她写信联系刘老师，得到允许去学习种树苗，于是她卖掉五十斤大米，用得来的十元钱坐车去了隔壁县。

她学成技术的时候，恰好赶上当地县林业局开始采用经济作物去绿化荒山，她回家后种出的第一批树苗就以4900多元钱的价格卖给了县林业局。那是20世纪80年代末期，掌握了致富密码的王柳云，在一两年内就赚到了两万多元，瞬息之间成为了创业楷模。

然而，与财富一同到来的，还有她的第一任丈夫，那是噩梦的开端。总是命运弄人，她好像在不断地"从一座地狱走向另一座地狱"，再"从一片死海游向另一片死海"。

在他们的女儿林伊达出生之前，前夫伪装得很好，待她无微不至，会跪在地上为王柳云擦亮皮鞋。但在此之后，他开始暴露本性，想方设法套走王柳云所有的钱。心情不好的时候，他掐她的脖子，穿着她买给他的皮鞋踹她的身体。他时常夜不归宿，光明正大地搞婚外情。

为了威胁她，他说，如果胆敢逃跑，他将不计代价地寻找她。找到以后，首先就要对她的女儿下手——就好像伊达不是他自己的女儿那样。

这是王柳云记忆中讳莫如深的禁区，一个阴森恐怖的修罗场。她讲述这一切的时候如同恶鬼附体，鼓着双眼，突然冲上来掐我的脖子，以模仿前夫恶毒的言行。

她说，"我才不痛苦"，在面临这一切的时候，她心里只有唯一的念头——"这个人必须死掉"。在他看不见的地方，她不断地念他的名字，咒他去死，"不然我一辈子就被他毁了。我还无所谓，小孩呢？就没有前程了是吗？真的哪天被他搞残了，那我生不如死啊，是吧？"

在这段婚姻维持了七年以后的某个夜晚，王柳云记得，她煮了三次米饭都煮不熟。而前夫非要在晚上十点开车出门，不知道要去做什么事情。就在这天夜里的凌晨两点多钟，前夫开车时径直撞向一堵墙，撞断了树，也撞穿了墙，他蹊跷地死在了车里。

王柳云认定前夫不是酒驾，因为他总怕别人在他醉酒后害他。她相信那天夜里是有鬼作祟。她说前夫死前途经的那条路两旁就是他们家种下的树苗，土地是向农民租来的，前夫嫌人家的祖坟占了种树的地方，拿着铁锹把坟铲掉了。

就在这件事发生后不久，他就在那附近撞死了自己。

林伊达已经记不清楚关于亲生父亲的一切，她只朦胧地想起她在读一二年级时的某天，母亲在上课期间突然来找她，告知她生父的死讯。正是从那时候起，王柳云母女才真正脱离了又一座人间炼狱。

2002年，王柳云在浙江打工的时候遇见了老林。老林年纪比她小些，没结过婚。他不喜欢赚钱，对物质生活的要求非常低。林伊达说，当地的其他男人做木工，每月至少工作二十天，可是老林每月最多只愿做五到十天，"他不愿意出去工作，觉得外面工作好苦"。

但王柳云看中他的善良。二十年里，老林将伊达视如己出，他虽怠于工作，但也尽力地赚一点钱，仅够伊达学习和生活。

这段婚姻从现实层面上让王柳云基本满意。但在精神层面上，又让她饱尝孤独的滋味。

她对我说她从来不哭，但林伊达推翻了她的话。伊达说，二十年间，母亲赚钱赚得很辛苦，有时候身体不舒服，转头看见身边的男人一点帮助都无法提供，时常在家里崩溃得大哭。

那是一种很深刻的孤独，来自于她毕生高傲的心气与落魄的现实之间的冲突。

不管是街坊邻居，还是老林，他们都无法理解，为什么非要把房子装修得那么漂亮？简单收拾下，能住人不就行了？十几万元的装修债务，落到王柳云身上，全都要用血汗钱来偿还。

"我对自己要求很高，所以为什么小时候老师老是要骂我骄傲，也许我真的在那种年龄表露出了我的天性，玩世不恭，什么都不在我眼里。所以这就造成我的孤独，造成我与世人的格格不入。"

"我为这个事情痛苦了二十年，让我活得这么卑微，让我活得这么贫穷。因为这个世界的人都是以钱来计量人的价值，是吗？人家都要瞧不起我，我还瞧不起所有人，搞得我老是处在一个对立的环境里面。这就很痛苦，知道吗？所以我就老是对着天说，你为什么要给我思想？你给了我思想，那你就给我相应的物质和地位是吗？那我说的话也有人听嘛，因为现在的我说出来的话，就跟我父亲当年说的话一样，在别人的耳朵里，只能成为奇谈怪论。"

"我走到哪里都不能融入。"

04 | "我爱画生命力巨大的树"

林伊达小时候常听王柳云讲起一个故事，说的是她当年出门闯荡江湖，在往返于湖南和广西两地之间曾遇到土匪路霸。两三个小伙子拿着刀拦车抢劫，而王柳云走上前握住其中一个人的手，和他讲，"有什么困难跟姐说，不要这样子。"

故事里的男人们都愣住了，骂骂咧咧地离开。在他们走之前，其中一个人举着刀威胁司机："这个大姐的钱，你不准收。"

在王柳云此后的一生中，无论她身处何种境况，她都未曾改变过她的心性。哪怕此刻身处泥泞之中，也不能放弃自己，要时刻努力向善向上。她很天然地认为自己终将离开糟糕的环境，离开所有鄙夷和轻贱的目光，"我会走出去的，"她说，"我自认为我会走得比他们高尚。"

从园艺场到双溪镇，王柳云从没放弃过从命运中突围。她前往双溪镇学画并非偶然，而是经年累月搜集全国各地潜在机遇的结果。她收集到的信息包括：山东寿光种菜的基地地址、无土栽培技术、大面积种花、杭州培训面点技术的免费机构、深圳大芬油画村、福建屏南双溪镇的免费画室……

画画，是她怀着功利的动机无意间寻到的一种"稀释孤独的办法"。当她因画画而吸引了第一批记者以后，其中一个女孩帮她开通了微博，让她有机会开始面向陌生人写作。

早年间她从毛泽东的传记里学会了在看书的同时写批注的本事，只要书不是借来的，她就可以密密麻麻地写她的批注。初中时期老师讲课，她走笔如飞，当场就能把听到的所有东西记下来。

她形容自己读书就像饿狗扑食。她读捡来的报纸、包过糖的报纸、乡政府办事处陈列的报纸，只要有一点养料就行。无论走到哪里，她首先去找当地的书店，囫囵吞枣地把很多书都翻过去。她从外国文学读到中国名著，再钻进四书五经，唐诗宋词，《离骚》《九章》《天问》……她说："我读书养育我的灵魂。"

如今，几十年积累起来的文学热望就像地下河，她偶然挖开心间的一块泥土，文字就像泉水一样哗啦啦地涌现出来。她每天从早到晚可以写下一万字，从不需要打草稿。"我准备了一辈子，我不断地思考，不断地观察。"

颜料与文字，让王柳云终于得到机会袒露她苦难之下丰盛的内心，让她从一个"受苦的女人"重新成为"人"本身。

小时候，没人有空照顾她，她最常趴在地上找乐子，观察各种昆虫和植物。

她问我，你见过苔藓开花吗？她说春天的时候，苔藓会长得高高的，像人的眼睫毛那样细，它们会开出句号那么小的花，有粉色、紫红色和深红色的花瓣。她说她数过了，认定苔藓的花有五片花瓣。

下雨天，蚂蚁也会外出觅食，细细的双腿在泥巴地里面行走，等到天晴之后就会穿上泥巴做的"靴子"。没有风的时候，乡村只剩下一片寂静，她说自己会趴在地上，听蚂蚁穿着靴子走路的声音，"叮叮咚咚地响"。

她曾经厌恶密集出现的蚂蚁，每每见到就要"弄死它们"。直到她中年以后，她才意识到蚂蚁的生命与人的生命一样平等。她见过蚂蚁将死去的同伴抬回洞穴，她用棍子撬开它们的家，发现它们会把同伴的尸体抬进一个"房间"，码放整齐，就像人类祭奠自己逝去的亲人和祖先。

那是她眼中的世界，真切得令旁人难以辨明虚实。我不知道蚂蚁的文化传统，但是我向重庆大学环境与生态学院的教授杨永川请教了苔藓的问题，我问他，苔藓是否会开花？他说，苔藓植物咋会开花嘛。

"所谓的苔花，是苔藓植物孢子体顶端产生孢子的膨大部分，孢蒴。"

但客观世界与人的精神世界之间本来就存在天然的鸿沟，人只能相信自己看到的一切。她想，蚂蚁纵然渺小到如此地步，也在努力求生，试图改变自身的命运。因此，她为自身弄死蚂蚁的残暴行径而内疚万分，"我不停地向它们忏悔。"

她的画里最常见大自然的景观，其中被称赞最多的是她笔下的云彩。但她看了几十年也热爱了几十年的天空，觉得可能终其一生都画不出自己眼中最美的彩霞。日落时分，云彩最为变幻莫测，她凝望着它们苦恼万分，她想自己只看见了云的这一面，云的背面又有什么呢？肯定藏着她看不见的东西，"我但愿那朵云裂一个洞，掉个什么东西下来。"

云里有她参不透的道理。深红色的孤云在风中来往自由，对于它曾震撼了她幼时心灵的美，她今生今世都难以表达完全。

她喜欢画那种"非常巨大的树"，树龄几百年，根部千绕百曲。她说自己从小在山林里和树做伴，认为树的根部是树的创伤所在。人类会去砍它做柴火，动物会拿头上的角去蹭它以挠自己的痒。但纵使伤痕累累，树仍然重新生长起来，枝叶参天地，邀请各路植物动物来筑造它们的家。

"还有那种生长在悬崖之上，没有土，根也悬空的，那种生命力巨大的树。我现在想来就是表现出我自己的生命力，是不是？我天生就有那种生命力，别人都能被这种生命力所震撼。"

采访结束的那天，我们打算去餐厅吃饭，她换下保洁员灰色的工作服，准备穿上她自己设计的红色外套。穿在身上的衣服就像是一个人的姓名，能够显示出她炽烈的性情。她的设计绝不流俗，乍看起来像一件悬挂流苏的披风，却又具备双袖，是一件便捷好穿的外套。

她问我，穿这件衣服会显得奇怪吗？我说好看，她眯着眼睛笑了起来。

走到楼下，原本灰败的灌木丛中出现了一群喧闹的小鸟。王柳云指给我看，说她每天把大家吃完不要的剩饭拿到这里来喂鸟，开始只有零星几只，如今成群地来。城市巨大而荒凉，但她说她的心从来没有离开过曾经滋养她的山野。现下，鸟儿们与她共享这独一份的热闹。

岁月会让这世上大多数承受苦难的人都变得乖顺，面对不公的命运，抗争不过就得接纳。在几十年的战斗之中，王柳云也几乎被苦难磨灭了希望，就像一团燃烧的火，无论一开始烧得有多旺盛，失去薪柴都将熄灭。"很多人不是一辈子也没能实现自己所谓的理想吗？"

但她看遍佛门经典，只听见佛在回答唯一的问题——怎么做人。

她相信自己是用灵魂生活的人，"不是每一个人都会有思想。"在五十年的沉默和压抑之中，她凭借确信自身高尚的信念活了下来，在顽强战斗到即将缴械投降的时刻，苦难的生活终于出现裂缝，一丝新燃起的火光透了进来。

这束崭新的光线印证了王柳云的执念：一个人与这流俗的世界格格不入没有关系，首要是应当充分认识自己、相信自己，然后捍卫自己。

有天采访结束，她送我进电梯，在电梯门即将合上的刹那，她突然对我说，"永远不要去蹚别人蹚过的水。"

后来我知道，她不仅仅是在告诫我，也是在提醒她自己，永远不要走世人为你设想好的路，永远不要蹚别人早已蹚过的水。生而为人，无论面对命运为你铺设下的怎样崎岖的道路，都要保持独立的思想，用苦难做心灵的盔甲，去战斗到最后时分。

孤勇者郝南

记者　朱秋雨

　　发求助消息、寻制氧机、找新冠药，武汉、上海、香港、广州……全国，新冠三年，上千名志愿者屡次因他集结。2022年4月，日超1000人在他首创的救命文档上，向外求助。他用信息打通多方，将人间温良送达最需要的人。汶川地震以来，每一次火灾、地震、洪流，他总会响应，线上筑桥，救人水火。生命至上，郝南始终如一，路过人间，他让爱没有期限。

　　郝南很忙。

　　女儿"小耳朵"今年（2023年）上二年级，她已经很清楚，爸爸"经常一晚上不睡觉"。

　　北京时间2023年2月6日，近叙利亚边境的土耳其东南部两次发生7.8级地震，当时死亡人数逾4万。当天中午起床后，郝南发了条朋友圈："近十年影响最大的自然灾害，超过汶川地震。"那一天，正是我们约好采访的时间。在苏州淅淅沥沥的雨季，郝南用背影对着我，眼睛盯着两个电脑屏幕，噼里啪啦地打字、通话、开会。

郝南已经进入灾区时间，连上洗手间都是快步地穿越客厅，啪，关门；咔嗒，迅速返回。

关注土耳其救灾、连续不睡觉的第二晚，郝南终于打开了一盒寿司，抓着吃。快速咀嚼的声音配上出油黏在一起的头发，让他很像电视剧里的"野人"。

我一下子理解了，为什么有人对他钦佩中带着一点不解，还有专访文章称他为"疯子"。资深公益人陈嘉俊感叹："是什么让他经历了无数遍，都依然竭尽全力（救灾）？我真没法像他连续两天只睡三四小时。"

对公益圈而言，郝南或许是一个小众的存在。他从事的领域不算主流——专注于各类灾害发生时提供信息。他的机构卓明灾害信息服务中心（以下简称"卓明"）也小众，成立13年来，始终不超过2位全职成员。

但灾害一发生时，许多救援队队长、公益圈人士、志愿者，第一时间想找的仍是他。郑州水灾时一张救命文档火速被关注；在新冠三年，他和志愿者做了线上诊所、"找床位"在线文档、制氧机漂流计划等，每一项都得到热烈的响应。成百上千名志愿者因为他的号召，而聚合起来，向陌生人伸出援手。

郝南好友、研究民间灾害响应的学者彭林说："如果郝南不做了，我担心救灾信息领域可能失去动力，甚至消失。"

从2008年汶川地震开始，十多年过去，郝南在救灾信息这一条道上越走越远。北京大学医学部毕业的他辞掉了北京的医生工作，专职做公益，已经是很多人眼里"孤勇者"般的存在。

但郝南坚称，这条路是他反复衡量，经过理性博弈蹚出的一条路。

外人不知道他的爱，也不知道他的野心。

01 ｜ 极限应急

"你困了就应该去睡觉。"

"我怎么睡啊？没有人干活儿，活儿分不出去，我只能那么累。"

在郝南的两室一厅，关于要不要睡觉的分歧，在夫妻二人间展开。多数时刻，郝南声音大，更焦躁。

妻子徐诗凌了解他，说郝南的心思已经飞到了土耳其地震现场。"他脑子有各种分叉。灾害所有细节，土耳其的地形、建筑的图像，都在上面。"

连续60小时没睡觉，他也吃不下饭。徐诗凌点的馄饨，隔了一天他还没打开包装盖。感到饿的话，可乐和香蕉成为首选，因为"吃（其他）太饱，容易犯困"。

比起要用筷子的米饭、汤粉，徐诗凌后来干脆买寿司、生煎包，"他能用手抓着吃"。

自2014年全职做公益后，应对灾害占据了郝南一年超过1/3的时间。缺觉状态有时持续两周、一个月、两个月。2022年春节前后，西安、吉林、香港到上海，陆续暴发疫情，他有6个月处于接近极限的状态。

这样工作的代价是，不在救灾状态的时候，"什么都干不了，只能放空、躺平"。

2023年2月6日，土耳其发生7.8级地震，郝南在朋友圈宣布，启动了"二级国际响应"。这个级别与半年前四川泸定6.8级地震相当。

不同的是，国际救灾不仅关乎生命救援。救援队出国的语言、宗教信仰与国际各队伍的配合，都需要人脉和经验。地震发生后的三个晚上，郝南电话响个不停，来者大多询问上述事宜。

这种竭尽身体的状态，一定程度也是他"自找的"。

因为他的联系方式就摆在网页上，这个电话是真的，而且很轻易能被检索。救援队、公益伙伴、记者，想冲去救灾一线的志愿者，谁都能在这时候给他打电话。

只要是与土耳其地震有关的疑问，郝南都会接话回答。

除了应付外界，郝南还在维持自认为王牌且重要的项目——救灾简报。历次的操刀写手，是在放寒假的高校研究者徐诗凌。

救灾简报综合了公开信息和郝南的人脉，专门为去往土耳其前线的救援人员提供信息。

灾区最新交通、地形、风俗、救援队伍数量，对灾情形势的判断……每天更新的简报里，一目了然。

郝南后来告诉我，写简报的难度并不小。土耳其地震发生的第一夜，他盯着地图看了一整晚，研究震中10省的具体灾情。

他解释，城市的布局、大小、分布、人口、地理等因素，都会导致地震影响不均匀。除此之外，比对图层，查看余震的分布，也要花大功夫。

做完这番努力后，郝南很确信，自己能给出准确的救灾建议。

于是，在郝南家的那几天，有时会听到一个焦急的声音。

"对，我是郝南……现在我的脑子里已经有一个土耳其的沙盘，我形容不出来。你有什么问题都可以问我，只要能让我帮到你们就可以了。"

02 | 救人的东西

对灾害的天然反应，让郝南陷入忘我的境地。

在苏州待着的四天里，我就坐在他家的客厅等待，等他回头接受采访。而郝南似乎全然忘记了外来者。

徐诗凌有时也会对此感到不满。一到这个时候，家务、带孩子，全落在她的身上。

她同时还担心郝南的身体，总希望他别再继续做卓明，"这是会短命的工作"。

但她偏偏又是理解他的人，不然，她也不会爱上他。

她解释，郝南向来很自我。"这是他不得已的状态，他也没得选。"

作为卓明联合创始人，徐诗凌和郝南的相识也是因为救灾。

2008年，汶川发生8.0级地震，还在北京做牙医的郝南请了假，与五湖四海的志愿者一起，奔赴灾区救人。抵达成都时，他发现，过多志愿者堵住了灾区的路。人们甚至不清楚前方灾区的需求。

郝南留在了成都，租下一间房，在互联网为前线救援人员提供信息。

但汶川救援的部分失效，还是给他留下了严重的创伤后遗症。大地震中错失的救人机会，总在他心中挥之不去。"此后我一直想要恢复心情，想抚平那种愤怒、遗憾和悲伤。做的事情也是出于这个。"

于是，卓明在2010年成立。

2010年4月，玉树大地震，郝南拉上北京大学校友，包括徐诗凌，剑指此前没做好的灾害信息工作。地震第七天，几位志愿者讨论出创办"卓明"，名字取自电影《2012》的诺亚方舟。2013年雅安地震后，卓明尝试组织化，7位志愿者成为联合创始人。

徐诗凌说，卓明创办的初衷是想尽快消失。"当时希望各大机构共同提高救灾信息上的能力，今后大家就不需要卓明了。"

广州市社科院副研究员彭林2011年与郝南相识。他正写着以地震灾害为主题的博士论文，发现郝南在做国内救灾界绝无仅有的事，他把这定义为"危机众包"。利用互联网的灾害救助形式，彭林说，放在国际上都是新事物。

彼时，无论救灾还是危机众包，公益界都处于昂扬、积极的氛围。徐诗凌回忆："各机构有比较大的工作空间，我们相信可以充分影响政府政策。"

2014年，郝南辞了牙医的工作，全职做公益。

他确信，信息不对称是民间救灾时突出的问题。"这么大的国家，在这种事上一点办法都没有。救人的东西，怎么能没有呢？"

这与他过往学医的理念相悖。做医生时，治病救人讲究专业化和标准化。可同样是救人，标准答案在救灾领域缺失，人们总是手忙脚乱地面对灾害。

"我不相信，觉得世界上一定有这个方法。"

人类如果像罗曼·罗兰所说，世上只有一种英雄主义，就是认清生活真相之后，依然热爱它。郝南要给出另一个答案："当发现世界的荒唐，下一个问题是，我可不可以改变它？只有说'可以'，故事才能继续。"

03 ｜ 一个人

一个重要但没解决的问题摆在面前，郝南坚信自己能走出那条路。

有救灾领域的前辈听说他辞职不干牙医，脱口而出："你疯了吗？"

郝南无奈地笑："一个人做出正常社会应该做的事情，竟被认为是疯了。"

2015年，郝南给了自己心灵喘息的机会。他认为那是人生的翻篇，原谅了2008年没能有效救人的自己。"接下来，所做的一切都是为了我自己。"

他开始自费参加各种国际讲座和研习班。2016年，他跑到日本仙台，参加为期4天的国际行业峰会。已经30多岁，英文水平并不出众的他每天踩着自行车，奔波在各个讲座会场。他4天没睡觉，疯狂地吸收救灾知识。

他记得在闭幕一次边会上，"国际上最牛的大佬都来了"。议程的最后环节是，在场的十多名参会者要轮流上场发言。

郝南最后一个发言。在众目睽睽之下，他阐述了创办卓明的理念，他想要建立一个完整描述灾害的信息模型，来做一些有效的预测，从而指导救灾。

台下的人面面相觑，这是他们从未听过的说法。

他说："灾区应是一个有边界的系统。所有影响灾区的因素都是有关联的，且多数是线性关系。"

"掌握了其中的因子和互相的作用关系，就掌握了系统内所有因素的变化。当我们知道灾害和灾区初始状态，就能知道它的演变过程。"

这种表述堪称大胆和狂妄。国际专家也不敢说，只要掌握了灾区的变量和关联性，人就可以预测未来。

2015年尼泊尔地震，经历民间救援合作的高光后，国内公益环境发生变化。救灾领域开始走下坡路。

学者彭林和我阐述变化的发生。他在桌上画了个圆，说，如果把公益圈比作一个大圆，救灾领域的公益，如今变成其中一个靠边的小圆。郝南做的救灾信息服务，是更靠边的一个小圆，约只有米粒大小，已经是非常边缘的工作。

2018年，郝南开始缺钱。卓明曾经的经济支柱——"银杏计划"每年十万元的非定向资助没能延续。一家三口要靠妻子徐诗凌的大学教职支撑。

徐诗凌工资一个月五六千。但孩子在北京的幼儿园学费，每月已近七千。加上房贷，全家只能靠存款过日子。

直到2019年的一天，夫妻二人猛然发现，"下个月连饭都吃不起了"。

那一年，郝南80%的收入是受邀担任培训讲师、做评审、"打零工"获得的。

"年末我看了一下银行卡，一年有5万块钱的收入。挺满足的。"

这样的生活状态甚至让公益圈的人都大为吃惊。因为，卓明看上去不像一个缺钱的机构。直至此刻，卓明依然每一年照常响应大小灾害，从未缺席。

徐诗凌回忆，卓明创始人都步入中年，有了孩子和其他的人生安排。这些响应行动多数靠郝南的个人意志和松散的志愿者网络维持。

"实际上，也不用花什么钱。"

04 | 唯一且最直的路

郝南还沉浸在他构建的系统里，相信有一天他能找到答案。有的时候，他会想象自己是阿尔弗斯特·贝斯特的科幻小说《群星，我的归宿》的主角。在宇宙飞船抛弃他、黑暗包裹他时，格列佛·佛雷从一无所成的技工，变成了一台无情的复仇机器。

郝南"平民主义"的信念部分来自这部科幻小说。格列佛在最后，把多年积攒的维持世界的核心资源，像扔铅球一样抛向了人类世界。

郝南也想做这样的事。

2018年，受联合国工作经验的启发，他总结出了一套救灾领域的分析模型，命名叫HEINA。这是一套利用信息评估灾难、预测未来走势的模型。

他曾介绍，第一类叫H，即致灾因子信息，即灾害自然属性，第二类叫作承载体与环境……

他告诉我，有了这套模型，地震、洪水、台风等各类灾害将可以通过数据分析，有一个非常清晰的走向和分类。他找到了穷极10年想要的答案。

"比如这次土耳其地震，我很早就想好了灾害未来几点可能的走向，救援队跨国遇到的问题。一二三四五，都在脑子里。"他说，每个问题都对应一套解决办法。

外人很难验证郝南脑子里的分叉和模型的准确性。得出HEINA模型后，他立刻告诉了志愿者。徐诗凌写了下来，发表在卓明的公众号上。

这个模型，他自认为是卓明的核心能力，一种预判灾害和给出救灾建议的理论基础。但发表的公众号文章至今只有几百个阅读量，"没几个人能看懂"。

志愿者谢一景在2017年参加卓明的灾害响应。这是她人生第一次真实地发现，行动比转发更有作用。"卓明强调一套信息核实办法，以及信息核实后资源该往哪里输送。你会发现，它这种方式能更切实帮助人。"

她形容郝南，比起个性的直接果敢，讲话反而有些弯弯绕绕。每次开志愿者培训或灾害响应会，他会一次性发表很多观点，让听者抱怨他"长篇大论"。

合作多了，谢一景才发现，郝南的脑子装了太多东西，构成了他表达的障碍。他更擅长去做。

"他想让大家从根本上理解为什么这个事情是这样，为什么要这样做；讲完了再让你判断自己想不想做。"

从这点来看，谢一景说，郝南是一个纯粹的理想主义者。他希望激励每个人，抱着让人类社会变得更好的愿景做事。

郝南也告诉我，HEINA模型只是分析灾害的一种方法。他的脑子里有很多分叉至今还无法对外表达。

"这可能就是我接下来20年要做的事——把内容可视化出来。"

许多人无法理解他的执着。2020年，一篇文章以"疯子"形容郝南，得到了公益圈人士甚至徐诗凌的共鸣。

我问他怎么看待这个称呼。

"我当然不同意。我做的所有事情都是基于理性分析、谨慎权衡和反复确认的选择。你管一个自认为理性的人叫疯子，我怎么可能认同？"

他说，现在这样，是摆在他眼前唯一且最直的路。

05 | 人生如蜡

2020年新冠疫情暴发，郝南在1月22日就启动响应。他成立了全国第一家新冠在线诊所，向命悬一线的人们伸出了大手。

他给线上行动取名为"NCP生命支援"。

三年间，线上诊所问诊接待了上千人，以"NCP生命支援"之名的行动有5次：武汉、上海、香港、广州，以及疫情转向防重症、防死亡后的全国。

彭林发现，新冠疫情让线上信息协作成为民间参与公共危机的重要方式。他乐观地认为，"危机众包"变得比从前更主流。

郝南却愈加感到力不从心。身体的反馈，让他在一年中的很多时候感到难熬。2023年春节，他刚结束工作，和妻子女儿去了丽江。在玉龙雪山脚下的白沙古镇，他得了肺水肿。

血氧饱和度很低，人喘不上气，这是身体长期处于极限的信号。

他的内心同时感到前所未有的消耗和空虚。他曾和公益界朋友分享，这是一种"磨损感"，就像所有机器在使用半生后，不再能快速维持运转。

郝南的"中年危机"正在来临。

2022年末最后一次新冠响应时，在武汉发挥大作用的"制氧机漂流"、线上诊所等等，收到的效果甚微。很多时候，是群里的志愿者用这些资源帮助了家人，真正需要的普通人却鲜少向外界求助。

"我们诊所的医生都在线上，等着大家来看病——没人找我们。"

他把这归结为经历疫情后，人心的麻木和失能。"这种失能不是失去能力，而是失去能量。大家失去了相信的能力。"

环境的变化一度让郝南感到悲伤。

他会经常想到死亡，想自己死后能给世界留下什么。如果格列佛·佛雷满心愤懑，向世界丢的资源，对人类社会一点也不会产生涟漪呢？

他后来想通了"死亡的意义"，时隔一周打电话告诉我。

"你知道义齿是怎么做出来的吗？"——这是独属于牙医的举例方式。

他说，制作牙齿基部的石膏模型以后，需要高温烧一层蜡；包埋后放到烤箱中，蜡经历高温淬炼就会熔化，留下牙齿形状的空隙。再往其模具中直接注入熔化的贵金属牙质料，经过冷却，一颗坚韧的假牙才会最终成形。

他觉得，自己就像那层蜡，为了世界最终的形状而被塑造。他相信更好的世界终会到来。

"人的一生，实际上也和无法知晓的未来紧密相关。"平民英雄主义色彩的故事总能给他力量。

2023年初，他在随机发表的新年感言中说："有些东西，一定是对的。再怎么不确定，这些东西也不会变。它就是我们的灯塔、北极星和指南针，直到我们都灭亡。"

我问他，他坚信的美好世界是什么样的？

"人人都能获得尊严。既不沦落为冷漠的狱卒，也不异化为僵硬的酷吏。"郝南说。

塔尖上的人

0.43分的遗憾与0.63分的梦想

记者　姚远

声音消失了。

《忧愁河上的金桥》，音乐响起的一刻，裁判、观众，数架黑洞洞的摄像头，还有一直陪伴左右、忐忑不安的教练团队，全部从隋文静的世界里消失了。她只看得见搭档韩聪，听得见音乐，还有自己的呼吸声。

"感觉风都在帮我。"她向南风窗回忆2022年北京冬奥会赛场上自由滑的4分钟。

无声世界一直持续到成绩公布的那一刻。总分239.88，排名第一。掌声、欢呼声、周围人的哭声，忽然涌进耳朵。

赢了！隋文静和韩聪，赢得了金牌，北京冬奥会中国队的第九块，花样滑冰双人滑项目历史上中国队的第二块。就此，隋文静和韩聪达成花样滑冰赛事的全满贯，他们是世界第一个完成全满贯的双人滑组合。

这块至关重要的金牌，来得有些惊险。总成绩，他们只比亚军组合高出0.63分。教练赵宏博赛后承认，俄罗斯选手强大的压迫力之下，他一度感觉中国队会失去这枚金牌。

但这块金牌来得不是偶然。决胜的关键，在于捻转四周这个最高难度的技术动作——同场竞技的选手组合中，只有隋文静和韩聪挑战了它、完成了它。

4年前，平昌冬奥会，隋文静韩聪曾以0.43分的微弱分差屈居亚军。4年后，从低0.43分到高出0.63分，毫厘之差，在竞技体育的赛场上，却意味着太多、太多。

2023春天的广州，"2022社会价值年度颁奖盛典"现场，这对16年的搭档，冬奥会的冠军，被粉丝们热情包围，久久无法"脱身"。

01 | 不被看好的组合

想找到一对适合练花样滑冰双人滑的好苗子，很难。全世界都是这样。学滑冰的男孩一股脑儿地涌去了更强调对抗性的冰球、速滑，花样强调艺术性，被普遍认为"都是女孩子练"。就这样，一个基层训练单位里练花滑的男孩，掰着手指都数得过来。

2006年，哈尔滨冰上训练中心缺男孩，教练栾波犯了急。

她突然想起来一个孩子。个头不高，但天资聪颖，身上有股要强、刻苦的劲儿。刚升上中学，似乎已经有一段时间没来训练了，栾波赶忙发去消息。

14岁的韩聪接到教练的消息，哭了。

韩聪不愿意回去。刚刚适应学校生活，学习成绩正在往上爬。训练又辛苦、又枯燥，每天绕着400米操场跑12圈，跑不完不许走。一次，他跟腱受伤，教练说，以后也许滑不了了，把韩聪高兴坏了。借此离开冰场、回到课堂，男孩暗自发誓："这辈子再也不滑了。"

但栾教练的信息来了，父母希望他抓住这次机会，就当是学个吃饭的本领，"以后当个滑冰教练也好"。这也是父母的期许。

不情不愿地，韩聪重新穿上冰鞋。

一年后，2007年4月的一天，栾波领着他去冰场，躲在台下看一个女孩滑冰。

女孩满脸的稚气，两个高高的麻花辫，两条弯弯的长眉毛，做燕式平衡的时候，后腿抬得比腰还高。韩聪看了一会儿，心里打起鼓，问："这是我舞伴啊？教练。"

花样滑冰习惯把双人组合的搭档起始称作"牵手"。就在这一天，15岁不情不愿来滑冰的韩聪，和12岁一脸天真稚气的隋文静，牵起彼此的手。

一牵，就是十六年。

隋文静回忆对韩聪的第一印象，"脸色挺臭的，脾气不太好"。"那时他就跟我说，你的体重最好饭前饭后一个样儿。真的，他原话就是这么说的。这你们一定要写上。"一次隋文静向媒体"控诉"时，韩聪在一旁笑。"结果他自己每顿饭两盒米饭、两份茄子煲、两份鱼香肉丝，半拉西瓜。"

一个吃不饱，一个使劲吃，这种饮食管理上的极端反差，隋文静和韩聪自牵手起，一直坚持到现在。

双人滑最具难度的两个技术动作，抛跳、捻转，需要男伴足够强壮，给予女伴足够的力量，以足够的高度和初始速度在空中完成三周，乃至四周的旋转。所以，男伴的身高非常重要，力量与体重和肌肉含量成正比，而身高决定了两者的上限。

女伴完成抛跳、捻转，则需要保持足够轻巧的体重，让男伴托得起来，让自己转得够快。

所以，女孩的体重是关键，每增长0.5公斤，就需要男伴多花费2.5公斤的力气去完成托举。

栾波在办公室放了一把卖菜的秤，每个清晨让小女孩来称重，她曾经对媒体说："这种项目，体重一旦失控，前途就没了。"

总之，放眼国际赛场，一名高大、强壮的男伴和一位纤细、轻盈的女伴，是一组优秀双人滑搭档的标配。

显然，隋文静和韩聪不符合这个标准。

国家体育总局冬季运动管理中心一位负责人说："以文静和韩聪的身体条件，别说在高手如云的国际赛场，就是在国家队里都没什么优势。"

韩聪个头不高，尽管发育期顿顿吃得"肚子跟个皮球似的，打个嗝儿就想吐"，最终只长到了170厘米，只能十年如一日地练力量。先天条件好的，如2006年都灵冬奥会亚军组合的男伴张昊，181厘米，浑身的腱子肉，结实强壮。

隋文静不是个天生纤细的女孩，小时候她想练艺术体操，被教练说小粗胳膊小粗腿，不适合。成年了，她身高150厘米，需要把体重保持在42公斤，只能十年如一日地控制饮食。

一个不够高大的男孩和一个不够轻巧的女孩，隋文静和韩聪是一对不被看好的搭档。

少有人料想过，这对"不被看好"的组合，将在未来15年，创造花样滑冰运动历史上的一段传奇。

02 | 自律

刘冬森是中国花样滑冰国家队的队医，自2008年起就随队工作。他清晰地记得，自己第一次与隋文静韩聪合作是2011年，在哈萨克斯坦举办的亚洲冬季奥运会。

当时，另一对双人组合张丹张昊由于伤病困扰无法参赛，于是选拔了一组青年组选手补位，正是15岁的隋文静和18岁的韩聪。

刘冬森接触过不少青年组选手，大都还没褪去稚气，有些小孩子的调皮和随性。但隋文静韩聪不一样。"他们很自律"，刘冬森对南风窗回忆，"很有目标，很想取得好的名次，比同龄选手表现出更成熟的技术和心智。"

让他印象最深的，是赛后隋文静被抽中尿检，刘冬森陪着她在兴奋剂检查站等了足足5个小时。因为"小姑娘在比赛之前控制体重，吃东西很少，水也喝得很少"，一直等到凌晨2点才取得足够的样本。而另一位被抽中的中国选手，4小时前就已经检完回去了。

这5个小时，让刘冬森有些惊讶。

据他的经验，青少年选手出国比赛，一般"不太能管住自己"。在哈萨克斯坦，中国队吃的是自助餐，没有人刻意去控制运动员的饮食，这个15岁的小姑娘，在如此高压、新鲜的环境下，能如此苛刻地去执行体重管理目标，刘冬森说："没有人能像她执行得这么好。"

至于韩聪，他的第一印象是"老成"，站在"没心没肺"的小姑娘隋文静身旁，显得格外成熟。后来认识久了，刘冬森更确认，韩聪尽管年纪轻轻，却早早"过上老年人的生活"。

身体有自己的时钟，想把力量稳定地维持在一定水平，就得遵循严格的作息规律。但运动队的男孩，几乎没有一个不熬夜的。一天的训练结束后，回宿舍打个游戏，上上网，怎么也得十一二点才睡觉。韩聪是例外，"有时候九点半、十点，他就上床躺着了，睡不着也躺着闭上眼，然后早上6点就起来"。

规律给韩聪带来了出人意料的成果。国家队有时组织内部测试，其中一些项目，团队成员本以为韩聪成绩会不如别人，结果出来，韩聪却是全队第一。比起其他动辄身高180厘米以上的男性运动员还高一筹，刘冬森说，这"主要归功于他后天坚持不懈地努力"。

体重、力量，隋文静韩聪以近乎苛刻的自律，将先天"不足"，克服了过去。

只是补足还不行，再进一步，他们还要练出自己的长板。

中国花样滑冰国家队双人滑主教练赵宏博第一次注意到隋文静和韩聪，是2010年。他们在花样滑冰世界青年锦标赛双人滑比赛中摘得桂冠。

赵宏博对这对新星组合当时的印象就俩字，用东北话来说，"忙叨"。

"有力量，速度快，但是动作中透着一些待雕琢的粗糙，只想着把自己的节目滑完，动作能多快就多快。"

滑速快，是隋文静韩聪从小养成的习惯。在哈尔滨训练中心，一天上三次冰，一次两小时，可时间还是紧张。"如果不非常快地、一个接一个地完成动作，根本完不成教练安排的内容。"韩聪说。

只能在有限的训练时间里，不断提高训练的密度。每天，他们能将长长的训练计划完成95%以上。

至于其他组完成多少？不知道，没工夫关心。隋文静说："当时还要练习抛四、捻四，必须特别专注。"

"捻四"，全称捻转四周，男伴给女伴身体两侧施加不同的力量，如同捻动"竹蜻蜓"一样将女伴在空中旋转四周，下落时用双手接住、降速，然后滑出。

从上空看，就像是洁白的冰场上，一朵花忽然绽放。这是花样滑冰双人滑项目里难度顶尖的技术动作之一。

2008年，隋文静韩聪还在青年组时，已经开始练习"捻四"。

很快，他们就练成了。

紧接着，一对小将，以令人惊讶的滑速和超高难度的技术动作闯进国际赛场，以未来之星的姿态，技惊四座、脱颖而出。

"捻四"成了隋韩组合的杀手锏。14年后，2022年北京冬奥会上，这个从儿时就开始训练的动作，成为了决定奖牌成色之战的关键一搏。

03 | 火与冰

个性上，隋文静和韩聪有什么共同之处？

刘冬森思索了好一会，觉得这个问题很难回答。"就好比让我讲，火和冰有什么一样的地方。"

火与冰，隋文静与韩聪。他们生来不同。

反差在采访中比比皆是。经常是一个人先答完，待另一位回答时，开场就说："我和他（她）不太一样。"

就比如，取得奥运金牌后，两人没有继续参加2022—2023赛季的比赛，休息了一年。

拥抱"运动队以外的世界"，隋文静兴奋不已。她闲不下来，把自己的行程安排得满满当当，去北京舞蹈学院访学、写书、录制舞蹈综艺，学一门新语言、新乐器，认识一个又一个的新朋友。一切新鲜的、闪亮的事物，都在"射程范围之内"，让她跃跃欲试。

但对韩聪来说，新的生活让他有些不适应。

"从运动队跳脱出来，你要学会自我生存。"他说得慢条斯理。运动队是个更单纯的世界，躺着有觉睡，饿了有饭吃，每天只需想着怎么训练。现在一个人出来，找房子、租房子、一日三餐，怎么办理出国手续，都得亲自考虑。

一个更热衷挑战，一个更谨慎周全，个性和思维习惯上的迥异，曾让他们在训练时面临过不少分歧。

刘冬森印象中最深刻的，隋文静和韩聪的争吵，发生在2021年12月。

　　原定于日本大阪举办的花样滑冰大奖赛决赛因疫情取消，再过两个月，北京冬奥会就要开始，此时失去一个大赛机会，没法和主要竞争对手碰个面、过个手，隋文静和韩聪都有些着急。

　　韩聪觉得，已经连续打了三场比赛，两个月舟车劳顿，应该先休整一阵、养足精神。而隋文静觉得，比赛的取消是个好时机，应该抓紧给训练上强度、上难度，提前为奥运会做准备。有了分歧以后，训练场上，围绕捻转四周的质量、单跳成功率而产生的矛盾，就爆发了。

　　有时候，二人和刘冬森单独待在治疗室，"你顶一句我顶一句，说着说着，气氛就越来越不对"。

　　但通常第二天一早、最迟再过两三天，二人就和好如初，一起去克服具体的难题。

　　刘冬森清楚，隋文静和韩聪的出发点是一致的——就是拿金牌。即使偶尔有分歧，只是对拿金牌的路径、方法有不一样的想法。但换作其他组合，如果两人的目标不一样，比如一个想继续往上走，一个只想维持现状，"这种双人滑组合男孩女孩之间的冷战就会打得特别久，打到最后拆伴都有可能"。

　　像隋文静和韩聪这种基于共同目标之上的分歧，其实可以视作一种个性和能力上的互补。

　　隋文静细腻，主导解决细节问题，韩聪冷静，重视把控整体节奏；隋文静感性、有创意，在艺术编排上更有想法，韩聪严谨，对技术标准和比赛规则更有研究。

　　花样滑冰兼具竞技与艺术，分数由技术和节目内容两部分构成。而隋文静韩聪是一对世界赛场上难得的、兼具技术难度与艺术表现力的双人滑组合。这种平衡，让他们所向披靡。

一次闲聊时，刘冬森看着俩人笑，说："这个挺有意思，也就你俩这种性格，合作时间会比较长，不然早没法玩在一起了。"

04 | 过命的交情

彭程是花样滑冰国家队双人滑运动员，从小也在哈尔滨冰上训练中心练习，和隋文静韩聪相识于少年。

她记得，那时在冰场，隋文静的江湖称号是"小刘胡兰"。很多家长、一起滑冰的小朋友或许不知道隋文静是谁，但一定知道"小刘胡兰"。"她从小特别吃苦耐劳，不怕摔、不怕磕，有非常能拼的劲儿。"

隋文静韩聪从2008年开始练习抛跳四周、捻转四周，没有什么成功经验可以参考。有时候只能反复摔，在一次次失败中摸索正确的技术，形成肌肉记忆。

韩聪记得，冰场上别的女孩摔完了还得调整一下，隋文静摔了，"拍拍冰碴子就滑过来，等着我继续练"。

隋文静没把这个当回事，说自己就是"心大"。

她说，自己喜欢做"捻四"时飞翔的感觉，被抛向近三米的高空，在零点几秒的时间里完成旋转，然后被男伴接住——完成这个高难度动作的关键在于，"放弃自我保护意识，把自己豁得出去"，隋文静在自传《不止文静》中写道。

换句话说，就是得把命交在男伴手里。只要男伴稍一失神、失手，女伴就会径直从三米高空摔在坚硬冰冷的冰面上，这种冲击对身体造成的伤害，不亚于一场小型车祸。

尽管概率极小，事故还是发生过。

两人记得都很清楚，是在2019年。一次捻转四周的训练，韩聪发力将隋文静抛起后，自己也在冰面转了一圈。再去接已经来不及，隋文静硬生生地摔在了地上。

轻微脑震荡，稍微深呼吸，五脏六腑都在疼。马上就要去日本参加世界锦标赛了。隋文静说，那一次，自己是真的怯战了。但她伸出手去，理解了舞伴的不易："其实也是因为韩聪哥长期身体负荷过重，伤病越来越多，影响了他对身体的控制力导致的。"

刘冬森说，双人滑项目里，一些女孩因托举、抛跳、捻转等动作的失败造成心理阴影，摔在冰面上造成身体损伤，"很多人退出这个项目，或者选择早早退役"。

加拿大花样滑冰运动员，平昌冬奥会双人滑季军得主杜哈梅尔第一年参加世锦赛时，捻转三周的技术动作发生了失误，由于被抛起的高度不够完成转体，她的脸和男伴撞在一起。杜哈梅尔说，这次失误给她带来了毁灭性的打击，每一次捻转被抛起，心头就会萦绕着挥之不去的紧张与担心。

一次失败的经验就会构成恐惧，而恐惧会转化为出于生物本能的自我保护意识。但对于"捻四"，隋文静说："但凡有一点儿自我保护的意识，动作就容易出问题。"

怎么克服？

"我们俩15年来的彼此信任。"韩聪说。

"我们之间是过命的交情。"隋文静说。

2019年世锦赛取得冠军后，两人着手开始面向3年后的北京冬奥会制定策略。当时，由于伤病累积和技术规范的收紧，他们已经将比赛中的"捻四"换成了"捻三"。某种意义上，"捻四"性价比不高，比"捻三"的基础分数只高出2分左右，难度和失误风险却呈几何级增加。

面向北京，两人决心搏一把。

赛前几天，教练说，如果出现情况，可以把"捻四"拿掉，换成更稳妥的"捻三"。

隋文静回忆："当时我很坚定。我说，反正不要。我们一定可以。"

05 │ 从0.43分到0.63分

2022年，北京首都体育馆。从第一场公开训练起，隋文静和韩聪就面临着严峻的形势。主要竞争对手俄罗斯奥委会构成"集团优势"，三组选手状态奇佳，对奖牌榜虎视眈眈。

自由滑节目上场前，隋文静情绪几度崩溃，韩聪陷进"想赢怕输"的心态。他们最后一组出场，眼见着前几组选手完美发挥，甚至超出了他们的赛前预判，韩聪想着，"可能完了"。

4年前，在平昌，他们就是在自由滑比赛中被主要竞争对手德国组合萨夫申科马索特反超，以0.43分的微弱分差屈居亚军。平昌之憾，在他们心里刻下难以磨灭的印记。

为什么没有做到？为什么只差那么一点点？他们早早就摘得

花样滑冰其他主要赛事的金牌，只差奥运会这一块，意义最重大的这一块。

赛后很长一段时间，隋文静夜里睡着睡着就哭起来。家人担心她的精神状态，就在夜里留心着，听到她一哭，就过去拍拍脸喊醒，让她玩会手机、看会书，缓一缓情绪。

韩聪家里有个奖牌柜，妈妈把他得的所有奖牌都挂在上面。临近北京冬奥会，韩聪特意让她把平昌冬奥会那块奖牌摘下来，"位置留出来，过段时间挂金牌"。

北京冬奥会，一块梦寐以求的金牌，是实现梦想的最后一块拼图。

距离上一组选手节目结束还有1分钟，隋文静和韩聪走向通往赛场的大门。隋文静深吸了一口气，听见场馆正在播报上一组选手的成绩：自由滑155分，暂列第一。这是他们今年从未达到的分数，隋文静周身血液都凝固了。

眼泪在眼眶里打转，她走向韩聪。

从2014年开始，他们就习惯在上场前互相特别使劲地拥抱一下。一是刺激神经和肌肉的联结，二是给彼此一些力量，就像是说：接下来四分钟，就靠你了。

这一次，隋文静没有直接去拥抱搭档，而是牵起他的手。韩聪的手指有些凉。

隋文静小声说："《忧愁河上的金桥》是我们第一个拿到世界冠军的节目，我觉得，这一次我们也会表现得特别好。每一次我们最后一个出场，总会创造奇迹，这次一定也可以。"

韩聪心里波涛汹涌的恐惧、担忧，被瞬间抚平。

他们深深地拥抱，然后上场。隋文静一边滑、一边大声喊："干！干！干！"

刘冬森在现场观看比赛。捻转四周干净利索地完成。所有技术动作结束，刘冬森一颗悬着的心落了地。他知道，奥运金牌的归属已经确定了。

隋文静韩聪拿下金牌，刘冬森开心得仿佛是自己实现了梦想。

他说，2018年平昌，其实是隋文静韩聪身体机能状态的巅峰。京张周期，他们持续被伤病困扰，隋文静双侧脚踝、韩聪的髋关节，分别都做过大型手术。他们一边忍受积攒下来的伤病，一边还要进一步寻求突破。如果不是那0.43分的遗憾，隋文静韩聪这个四年不会过得如此艰难。

从一开始搭档练双人滑，两人的身材就是巨大的不利条件，不被人看好。后来一步步取得成绩，仍然会被人拿着放大镜去挑错。"即使已经成为了世界一流选手，还会有人以身材不合适为由，就冰场覆盖度、姿态优美程度、默契程度议论纷纷。"刘冬森说，"所有了解他们如何走来的人，都希望他们拿到这块金牌。"

竞争对手俄罗斯奥委会的教练塔兰科夫，颁奖礼时和刘冬森一起站在场边。这位在索契冬奥会夺下金牌的前双人滑运动员，望着隋文静韩聪戴上金牌，祝贺说："对我们所有运动员来说，这是一个最好的结果。"

日本冰舞选手小松原尊说："看见隋（隋文静）韩（韩聪）终于完成他们的征程，经历漫长而艰难的道路后斩获奥运冠军。技术、实力与真心，他们值得整个世界，而他们的确得到了。"

时间流回2018年，平昌冬奥会颁奖礼。隋文静和韩聪站在亚军的领奖台上，泪流不止。韩聪用手捂住隋文静的耳朵，不想让她听见场馆内播报比赛结果的声音。隋文静小声对韩聪说："2022年是我们的，这一次不算什么。"

四年后，梦想成真。

鲐背老者的超越与忧愁

记者 董可馨 王小豪

已九十高龄的许倬云，丝毫没有松懈下来的意思。

他于2022年4月完成了《万古江河》的续编；在此两年前，在疫情背景下，仿薄伽丘的《十日谈》，同大陆学人进行了十次谈话，集结为新书出版。

他所谈话题包罗万象。

谈中国瘟疫史。他着重于瘟疫对中国历史走向的重要影响，提示"瘟疫从来不只是一个医学或科学问题，一开始就有其社会性和政治性，瘟疫肆虐的地方，人口结构会被改变，政治秩序可能被推翻"。

谈美国问题。他批评特朗普时期的"政治瘟疫"——执政者牢牢抓住权力不放，对外四面树敌、对内任性胡为——远比病理性疫情更令人担心。

谈人工智能。他希望人不要把自己主动找课题的能力和权利都放弃了，要能提出有价值、有突破性的问题供人工智能分析、处理。

2022年4月13日，在美国匹兹堡，许倬云通过录制视频接受了南风窗的邀访。屏幕那头，他穿着格子衬衫，套上一个羽绒夹克，打理得很干净，整个人精气神很足。

尽历社会变迁，见识过人间百态，他难得地拥有了一种当代人罕有的跨文化与穿越时代的视角。我们所聊的话题涉及了知识与行动、现代与传统、科技与社会等。

令人意外的是，在采访结束的第二天，许倬云主动提出要对问题进行补充回答。那个勾起他谈兴的问题，也许击中了他心里最柔软的部分：他的中国情愫和一生经历。

他一口气又谈了近半个钟头，回顾自己横贯几个政权时期的经历，讲到抗战时期最穷苦的日子，母亲要替"外交机构"做点心招待外宾、补贴家用；哥哥从餐厅里的菜板上刮了油，带了辣子和盐，拌饭给他和弟弟吃……谈至动情，眼中泪光闪烁明灭。

远隔重洋，我们虽未能亲见，但那一刻，深情穿透屏幕，令见者动容。

"中国事是我的事，我认真得很！"访谈中，他对此着重强调了两遍，一字一顿，音调提高，神情认真。

这位历经世间百态的老人，已把自己的生命融入了他的中国，也把他的中国融入了他的生命。这个生命，这个中国，都将如他钟情的江河，奔流万世，生生不息。

01 | 家与国

变动，是许倬云一生的主题。

他的童年时期，恰逢日本入侵，国家与民族处于危急存亡之秋。战火、饥饿、恐惧等切身经验，深入骨血。

他回忆战乱之中的离乱岁月：逃亡途中，看见日本人扫射难民；有些人逃难路上，体力衰竭就倒毙途中，旁人走过都没余力埋葬；伤兵每天一半一半地死掉，没有药，喝一大碗高粱酒，就截肢了，痛得"鬼哭狼嚎"；"火光血影，流离失所，生离死别，人不像人"。

"在那种经验里长大的孩子，快乐不起来。"许太太说，八十岁以后，他时常回顾逃亡的经历，一讲就忍不住哭。

他的父亲做过海军军官，一生骄傲的，是缴过德国人的两条军舰和俄国人的一条军舰，也陪孙中山巡视过江防。他的父亲提出在象山港建立海军基地的建议，后来也被孙中山写进了《建国大纲》。孙中山还写过一条横幅送给他父亲。

饶是这种家庭出身，在战乱时期，也过得很困苦。

物资总是匮乏。采访中，他说："除了外宾以外，没有人吃饱的。"家里的情形是，钱不够用，他常常在夜里听母亲计算——明天可以有几个钱用？数来数去，就几张钞票、几枚硬币，叫人发愁：明天一天的菜钱怎么办？

苦、穷、累、怕，都经历过，知道是什么滋味，那是"生命不知何处，安顿不知何处"。但他始终"有股气撑着"，否则就要做亡国奴了。

在他那一代人之前，一个中国人，或许知道宗族、知道村子、知道朝廷，但哪晓得国家是什么、民族是什么。只是当某一天，飞机、大炮突然呼啸而来，敌人以国家的面目迫近，危及生存，自己的国家才变得具象，感情也自然依附上去。

"房子起火的时候，救亡是第一位的。"对于那时有过战乱经历的许倬云来说，一个很容易接受的道理是：国家和个人的生死利益系于一体，没有国家，个人何以保全？

钱穆在逃亡途中著《国史大纲》；余光中于台湾满怀热忱抒乡愁；黄仁宇在美国写回忆录《黄河青山》；或许进路不同，但那代人共享了同一种情感底色，对国家的深厚感情自然得"不容怀疑"。

后来他到了台湾，同样眼见国民党处在风雨飘摇之中，而当时的台湾社会也刚经历过苦难，一片残破。在一穷二白三不济的情形下，克服困难，慢慢整顿到可以过日子，再到可以做一些建设，乃至收获一点百姓的满意。

因这种困苦经历生发的感情，他对后来国内所走过的路表达了理解，在采访中说："我知道中国是怎么一步步走来的。"

对于他，"民族"和"国家"都是活的，后人生在太平日子，生计和安全都不复成为问题，民族和国家在日常意识里便自然隐遁了。对儿子，也自知"不能把自己所沉溺而他不了解的家国之思强加在他身上，每次面对他时，以他的处境为前提"。

但他的家国思考，没有停留在同理心式的豁达理解，走得很深。

02 ｜ 人与群

关于人与群的关系，他曾讲过这样一个比喻：

"人类是动物，是跟猴子一样的动物。很少有孤独的猴子，猴子是成群的。虽然猴群里面有被欺负的小猴子，但群猴在一起了，它的生存要靠猴群。聪明的猴子会利用小猴子。人基本就是动物，我们要理解这一点。"

进入人生后半程的许倬云，对于群体，仍保有深挚感情，但思考更为冷峻。

这与他的人生经历有关。

许倬云的求学、教学、治学生涯，有相当一段时间在美国的芝加哥大学和匹兹堡大学度过，在那里，他广泛接触中外学人，交了不少各国朋友。其中，有二战期间被日本政府迫害的日本教授，有从德国逃出来的犹太人，他们虽生在法西斯国家，但反对给世界招致灾难的国家主义。

与他们的交往，促成了许倬云思想的转变。50岁之后，他已反思道，要"关怀全世界的人类跟个别人的尊严。"他依然反战，伤痛刻骨铭心，但他理解普通人的难。

时代会强人所难，群体也会迫人窒息，但人要始终记得："一个群体的归属，应是自己的选择。"

我们的采访中，他谈到的两句话，可看作人与群辩证关系的极好概括：

其一，"群体是生命之所在"。

其二，"你决定着群体给你的意义"。

"我从群体中来，但我并非群体的附属物，非要有个健全的我，而后才能和群体建立健康的关系。"

这种意识渗透进许倬云的学术生命，立起了他关怀个体的原则。"写《万古江河》时，不写政治、战争、制度、帝王将相，只写老百姓。"

他走得很远，已经不拘束于一地一群，而是把自己置于广阔的天地人间，与万物生灵相联结。

许倬云曾为北岛的《青灯》写过一首诗，诗名就叫《读北岛〈青灯〉有感》，其中有诗句：

当满天光束纵横/投情梭，纺慧丝/编织大网，铺天盖地/将个人的遭遇，归于诗人青灯的回忆/将生民的悲剧，谱进不容成灰的青史/再撒上鲛人的泪滴/如万点露珠/遍缀网眼/珠珠明澈，回还映照/一见万，万藏一/无穷折射中/你我他/今昔与未来/不需分辨，都融入N维度的无限。

他的心境是："拿自己作为起点，用佛家的因陀罗网——因陀罗网是无所不包的大网络——网络上每一个点都有一颗明珠，每颗明珠是完美的透光，完美的反照。所以，一颗珠子看见别颗珠子，从别颗珠子回头看见自己，珠珠相印，任何一颗珠子是反映全宇宙。你自己的心，如能去障去蔽，就能玲珑剔透，就能反映全世界的心。"

03 | 限制与超越

许倬云是双胞胎，孪生弟弟许翼云身体健全，而许倬云出生时手脚却是弯的，肌肉一直未能发达，需要借助拐杖和轮椅才能行动。

这样的他，不像一般的天真孩子，"七岁时，就有悲苦之想"。但他没有陷溺于弱者的自怨自怜，反而在旁观者位置，获得了常人不具备的视角。

他还年幼时，家人常放他在走廊晒太阳。他坐在竹凳上，一晒就是两三个钟头，等家人想起来了，他才被搬进房。

动弹不得，他也不无聊，只觉"有意思得很"。他看蚂蚁怎么搬家；想蚂蚁为什么走这条路，不走那条路；为什么日影今天照在树上，跟昨天不一样。

1957年，他去芝加哥大学念博士。从台湾港口出去美国，坐56天货船，和船员一起过日子，他甘之如饴。读小说、晒太阳、看海景，"海上变化婉转，有时候在黑夜里，海藻的荧光会发亮，时而一片蓝光，时而一片绿光，时而一片黄光，时而一片红光"，"飞鱼飞到甲板上被太阳晒成了鱼干，拿来当点心吃"。

他喜读武侠，对金庸前后的武侠小说，如数家珍，相当熟悉；他的学养来源很杂，戏称自己练的是"百花错拳"；他还爱好昆曲，曾为白先勇策划的《姹紫嫣红〈牡丹亭〉》一书撰写序文《大梦何尝醒》。

他似乎有一项独特的天赋，当身体、环境或时代对他形成挤压时，他能自建宇宙、四散触角、找出新路，绝不把自己从世界中孤立，即使是庸常生活，也能品尝出真味和趣味。

在采访中，他时不时流露出孩子般的状态，讲着讲着，会突然不由自主地笑起来，眼睛眯得弯弯的，皱纹也跟着笑，慈祥、亲切、憨态可掬，像个老小孩。

"Full alert。"认真起来，他又会以劝告后辈的口吻说，"我盼望每个人，脑子永远保持激动。要常常好奇、常常反思、常常警觉、常常回顾、常常检讨。这样，日子才有意义。"

肉体的桎梏、伤痛于他不是限制。他的头脑、他的生命经验、他的人格精神，熔铸在一起，形成一种独属于许倬云的人格魅力。

而这种人格，在人间并不孤独——他遇到了太太孙曼丽，他们彼此吸引、靠近、结合，心心相惜，携手一生。

在《十三邀》里，孙曼丽如此描述他们的相伴："他追求完美，不认为他身体的不完美会影响到他人的完美。我跟他在一起从来没有把他当作一个身体有缺陷的人，我们两个上街买菜，都牵着手走路。"

而太太对他也是如此的重要。2021年9月7日，他与混沌学园对话时说："我没认识曼丽以前，我不晓得天下还有更完全的路，等到看见曼丽了，我看见星星亮起来，看到了一个完全崭新的天下，就觉得非她不可。这样一结合，就把两个天下满足了。"

04 | 普通人与大历史

许多老一辈读书人心中有天下。他们身上普遍汇集了三种特质：浓厚的家国情怀，大问题意识，以及启蒙济世的使命感。

学术与生命相互滋养，方能见自己，见天地，见众生。

鲁迅一生的骨头都是硬的；胡适一生致力于在中国提倡、普及"德先生"和"赛先生"；钱穆、吕思勉、范文澜耗费心血，以一己之力撰述中国通史；陈寅恪研究历史，关怀不在历史本身，而是与他本人的处境相映。

这种学人传统，延续到历史学家葛兆光这辈人身上。在接受《十三邀》访谈时，葛兆光也谈到这个问题。他更偏好研究大问题，书写大历史。而年轻一代的历史学者，或者出于反叛，或者出于兴趣，把目光放在了更细小、专门的领域。

许倬云的学术生命，当然也流淌在同一条河流里。他着眼大问题，从具体处着手；他写中国，视野在全球，不自外于他者；他写当下，背景是长周期的历史变化。

他说自己关心的"就是21世纪大转变的问题"，我们"关心自身，心系周围的事情，永远不能离开今天的世界"。

在我们的采访中，他提醒知识分子，要努力认识真实的中西双方，"认识中国传统的意义，认识西欧从过去到现在的转变过程，玄想未来的世界该是如何，会是如何"，这也是他自己的终身志业。

当他以历史学的进路书写时，要处理的问题有两个：记录谁的历史？以什么方式记录历史？

因为有深入中国民间和农村的经历，他能理解普通人的真实和不易；在中国文化中浸染，他有"修身、齐家、治国、平天下"的理想气度；他身为知识精英，但保有对精英阶层的质疑和反思。

从兵荒马乱年代走出来的许倬云，对书写帝王将相本能地拒斥。他在《西周史》（生活·读书·新知三联书店）的序言中写道："我治史的着重点为社会史与文化史，注意的是一般人的生活及一般人的想法。在英雄与时势之间，我偏向于观察时势的演变与推移——也许，因我生的时代已有太多自命英雄的人物，为一般小民百姓添了无数痛苦，我对伟大的人物已不再有敬意和幻想。"

为了让普通读者可以明白他想表达的内容，他将《万古江河》写得"很浅"，力争打破学术著作一贯的知识壁垒，在他心中，"为生民立命，就是为世界帮忙，这是儒家的本分"。

在新书《许倬云十日谈》里，他同样流露了诚挚的理想主义关怀："理想境界永远到不了，但我们自己永远要有更进一步的可能性，永远要有纠正错误的可能性。任何制度都会演变，好的制度要留下可以改变的空间。"

"知识分子，是为用自己的理想去帮助社会的其他成员一起走到理想的大同世界而工作。"这是他的立场自觉，也是道义责任。

05 | 抵抗与重建

太太孙曼丽眼中的许倬云，很稳，但情绪起伏大，他脑子里的事情太多，总也停不下来。"太聪明，不见得是blessing（祝福）。"她在《十三邀》中说。

如今许倬云关心的，是全人类的当下困境：疫情恐慌下的社会民情、美国的衰落、中美的竞争、人类的科技化未来，等等。

其中，尤为值得我们关注的是：在塑造人类社会的种种因素中，科学技术是否正从一项重要因素变成决定性力量，是否会颠覆从前解释人类行为与组织方式的理论范式？

他几乎是没等问题提完，就语气肯定地连答了几个"会"。

在他看来，知识通向两途：一途是像他这样，为知识而知识，通过知识反观自我与社会；另一途是寻找生产事业所需的工具，为效率逻辑所统领。到如今，生产领域的自动化已经势不可挡，技术工具逐渐替代了人，他担心人被工具奴役。这两类人所代表的力量，每天都在进行激烈的搏斗，在新闻里、在校园里、在彼此的谈话间。

他关心：当技术统摄一切，文化逐渐凋零，生活的价值和意义在哪里？

我们问他，当下的意义危机、价值危机如此突出，读书也正在退化为一种工具化的、非道德的行为，不再关乎人的心灵秩序，这种时候，读书是否还可以通向良好生活？

他没有从学理的层面进行回答，而是首先给了我们一记直球："我劝你们振作一点。"

在这种普遍迷茫的时期，他主张回归生活本身。打开自己的感受力，向生活世界的四周张望，是生命力迸发的表现。他解释道："境由心转，你是你自己的主人，你不转的话，什么都不会发生。即便你的生活朝九晚五、在工厂的流水线讨生活，也要注意到每一天是不一样的。"

在许倬云看来，价值虚无是全世界的共同危机，这不唯独是西方社会的问题，"中国在经济上已经走出一条路来了，后半段将来怎么走，怎么实现社会公义，怎么创造共同价值，中国怎么在安身立命之外为世界文明贡献一把力，现在是重要时期。"

当世界行至此时，民众的"敌人"只多不少，有的看得见，有的看不见。他说，知识分子要成为民众的眼睛，帮助他们看清这个世界的真实，识别技术的暴政，以及其他许多看不见的暴政。

"战斗每天都在进行，对方的力量太强大。"

"我们尽力抵抗"，他最后说。

穿旗袍的物理学家

记者 赵佳佳

"为何吴健雄没能获得诺贝尔物理学奖？"

时至今日，我们已经很难寻觅到一个准确的因由，去回答这个问题。

距中国人首次取得诺奖已过去六十多年的今天，人们熟知杨振宁与李政道在物理学领域的声名，却很少有人忆及她，一个本应该被共同铭记的女性的名字。

1956年12月24日，那个风雪交加的夜晚，身形娇小的中国女性吴健雄，在结束一场持续了整个夏秋季节的物理实验后，从美国首都华盛顿搭乘末班火车前往纽约，为宇称不守恒理论的提出者——李政道和杨振宁——带去了她的实验结果。

这一结果，验证了李杨二人的观点，即"宇称在 β 衰变中不守恒"，因而直接推翻了此前统治整个物理学世界的关于宇称守恒的基本假定。

1957年，诺贝尔委员会顺理成章地将物理学奖颁发给了杨振宁与李政道，这也是中国科学家首次出现在诺奖的聚光灯下。

不过，这段历史为我们留下的一桩悬案是，为验证李杨观点进行实验的吴健雄竟然与诺奖失之交臂。

虽然按照常理，她本应与理论的发现者同享殊荣，就像杨振宁所说的那样："我相信真正念物理的人会知道，吴健雄确实应该得到诺贝尔奖。"

那是华人女性最早与诺奖迎面相逢的时刻，她实至名归，却失之交臂。

但无论最终结论如何，吴健雄的光芒难以被掩盖。她至今仍因自己在核物理世界的卓越成就而被称为"东方居里夫人""核子研究的女王"。

自1997年2月16日吴健雄离世至今，已过去27年。而当她的头像已然与爱因斯坦、费米、费曼等科学巨人共同被印制于美国永久纪念邮票之上时，人们知道，她的辉光再也不会散去，她的能量将持续辐射整个世界。

她的存在本身，已经向我们印证了以下结论——

外在环境的不平衡有时也难以抑制女性的天分与激情。在这个世界上对人的才智与毅力提出最高要求的领域，女性也可以极尽智识之美，最大程度地实现她心之所想，以及生而为人所尽一切可能之事。

01 | 身着旗袍的基基

如果你在1936年到1942年间来到加州大学伯克利分校，你将很容易从人群中辨别出吴健雄的身影。

她个子不高，总是穿着剪裁合身的高领旗袍，盘高发髻，有张典型的东方面孔。据后来因发现了超铀元素而获诺贝尔奖的西博格回忆，吴健雄是当时伯克利仅有的几名女学生之一。

在伯克利，朋友们喜欢叫吴健雄为"基基"，其中也包括"原子弹之父"奥本海默。之所以如此称呼，是因为这是中国话"姊姊"的外文口音，叫起来让人感到亲近。

同时，由于她才分出众，形象高雅，个性又大方活泼，因此成为当时公认的系花，有些男生还会把她的姓氏唱进情歌里。

从表面上看，她和那些受人欢迎的年轻女孩或许没什么两样，同样有着天真烂漫的个性。

她的好友玛桂特记得，吴健雄和她在伯克利时最喜欢的事情，就是坐在火车最前排的座位，从伯克利出发，跨过海湾，一路开进旧金山。

她还记得，从物理馆走回国际学社的路上会经过一片草地。有次天色已晚，四下无人，她们就直接在草地上一路翻起了筋斗。

但往深处追究，我们又会惊觉，如果仅仅停留在她天真烂漫的形象表面，就将错失这位物理学家丰富人生的绝大部分风景。

在1936年8月，吴健雄乘坐"胡佛总统号"轮船由中国抵达美国之初，她原本只计划在旧金山停留一个礼拜，然后就东行前往密歇根大学念书。

但阴差阳错地，她踏进了伯克利的校门，并很快地拥有了一场极其浪漫的邂逅。

在伯克利，为她担任向导的，正是后来成为她丈夫的袁家骝先生。但"浪漫的邂逅"并不是指她与袁家骝的相遇，而是在袁家骝为她担任向导的过程中，她意识到，伯克利恰好拥有世界上第一台回旋加速器。

2021年底，吴健雄唯一的孙女Jada Yuan在《华盛顿邮报》上写下回忆吴健雄的长文。在文中她就提到这场对物理学家而言极其重要的相遇："这是一个仓库大小的设备，可以将带电粒子沿着螺旋的路径加速并将它们射向更小的粒子。我的祖母一看到它，就知道自己必须留在这里。"

我们可以从这件事中清晰地感受到吴健雄在进行个人选择时的敏锐与果决。那时候，和她约定了共同前往密歇根大学就读的好友董若芬不得不独自前往，并断绝了和她的友谊，但她也并未因此动摇自己的决定。

而当我们回望这段历史，就不得不叹服于吴健雄的远见卓识。

从某种程度上说，回旋加速器可以被视作彼时伯克利学术盛况的缩影——当年，这里正聚集着一批年轻而顶尖的物理学家，聚集着世界上最聪明的一部分头脑。

发明和建造回旋加速器的劳伦斯时年35岁，当时正在物理系任教的传奇科学家奥本海默只有32岁。吴健雄的师友们，诸如塞格瑞、兰姆、西博格等人，也在此后的工作中各自获得了诺贝尔奖。

她像海绵一样狂热地吸收着新世界的知识，并且为之付出了巨大的努力。

初来乍到时，吴健雄的英文表达和听力都还不太好，上课时难免有些听不完整的地方，因此想要详尽地记下笔记便不太可能，于是她总是会向同学借笔记来抄。在她的传记中记载着，她交好的女性朋友们想约她出去玩时，她常常表示自己时间紧张，因为，"早上要念书"。

就像她曾经在南京就读于中央大学（南京大学的前身）时那样，同窗好友们对于吴健雄也总是有着这样的印象：她虽然头脑聪明，却从不恃才傲物。

好友程崇道就曾回忆她："吴健雄在面积不过方丈、仅容一桌一椅一榻的小屋中，经常是闭门在内读书。有时宿舍总电源开关关闭之后，还可以看到她在摇曳烛光里坐着看书的身影。"

当天分有了勤勉加持，吴健雄自然迅速在学习上取得了进步。当第一学年结束，她的成绩相当好，已经达到可以申请奖学金的标准。而老师们也喜欢这个聪明而勤奋的学生，在劳伦斯和塞格瑞的指导下，吴健雄真正投入了世界最前沿的物理学研究。

1938年，吴健雄正式开启她在原子核物理世界中的实验研究，此时此刻，原子核物理的学科发展，正呈现出一片蓬勃而璀璨的景象，而吴健雄也正成长为一颗逐步升上夜空中央的、闪亮的新星。

02 | 关于 θ 和 τ 的谜语

时间推进到1956年，对于吴健雄的命运而言，一个至关重要的变化即将发生。

在杨振宁与李政道二人对宇称守恒理论提出质疑之前，在物理学的世界中，人们始终相信，自然界的定律存在一种恒定的对称性，就像左手与右手对称，或者镜中世界与镜外世界对称。

绝大多数时候，这种在对称性基础上揭示世界规律的做法，都畅行无阻。但随着科学研究的不断深入，悖论出现了。

20世纪中叶，在普通物质被高能量质子撞击之后产生的众多"奇异粒子"中，最引起科学家们兴趣的是θ和τ。这两种生命期很短的粒子，会在诞生后逐渐衰变成为其他生命期较长的非奇异粒子。

当时的测量结果显示，θ和τ的质量和寿命都相同。由此可以推断，它们可能是同一个粒子。

奇怪的是，θ的衰变会产生两个π介子，而τ的衰变却会产生三个π介子。如果使用宇称守恒的理论进行推算，那么科学家们就会得到一正一负两个不同的宇称结果，它指向的结论是，θ和τ并不是同一个粒子。

这两种物理基本原理在θ和τ身上相互打架，于是争议随之产生。在当时的物理学界，这一现象被称作"θ-τ之谜"。

而"θ-τ之谜"之所以重要，是因为它直接关联着物理学的基础理论，要么是用质量与生命周期衡量粒子属性的理论出错，要么是宇称守恒的计算方式出错。反正，总有什么关键节点出了差错。

而无论哪里出了问题，都将是个大问题。

物理学家们对于这个话题的热烈讨论，在1956年的罗切斯特大会上达到了顶峰。

在这场于美国纽约州举行的重要国际性会议上，粒子物理学家云集，时年34岁的杨振宁正是在这场大会的最后一天，提出了一个大胆而开放的思路，他的发言在当时的罗切斯特会议记录中有如下记载：

"杨振宁认为，由于我们到目前为止，对于θ和τ衰变的了解是这么的少，因此也许最好是对这个问题，保持一个开放的想法。遵循这种开放的思考方式，费曼替布洛克提出了一个问题：会不会θ和τ是同一种粒子的不同宇称状态？而它们没有特定的宇称，也就是说宇称是不守恒的。这就是说，自然界是不是有一种单一确定右手和左手的方式呢？杨振宁说他和李政道曾经研究过这个问题，但是并没有得到确定的结论。"

杨振宁和李政道的灵感，产生于罗切斯特大会后一场漫长的午后讨论。

当时，他们已经意识到，虽然宇称守恒理论在电磁相互作用和强相互作用中始终成立，但却未曾在弱相互作用中通过实验得到证明。因此，他们探讨出的关键突破点在于，要将宇称守恒是否成立，单独地放在弱相互作用中去进行验证。

1956年6月，杨振宁与李政道在美国《物理评论》期刊上共同发表了《弱相互作用中的宇称守恒质疑》一文，正式向"宇称守恒"这一基本理论提出挑战。

不过，作为理论物理学家的李杨二人，难以亲自通过实验去验证他们的问题。

此时此刻，他们亟须找到一些愿意共同进行挑战的实验物理学家。但由于宇称守恒作为基本理论的观念是如此深入人心，因此几乎没有人愿意耗费经费与时间在这上面。

对于那些试图进行实验的人，原本以惊人的物理直觉闻名的天才费曼先生曾给出评论，"那是一个疯狂的实验，不需要浪费时间在那上面"。他还以一万比一的赔率打赌这个实验绝对无法取得成功。

另外一位诺贝尔物理学奖得主布洛克还曾放出豪言，称若是宇称不守恒得到实验证明，他愿意吃掉他的帽子。但最后，布洛克始终没有兑现他的诺言。

在质疑的声浪中，最终只有吴健雄愿意进行实验。

1956年，吴健雄已年过不惑。自她1936年前往美国留学开始，已过去二十载。在物理学的世界中浮沉多年，她此时已经是享誉国际的实验物理学家，以实验风格的高度精确著称。

当时的物理学界流传着一句话："如果这个实验是吴健雄做的，那么就一定是对的。"

在李政道找到吴健雄请她进行实验时，她很快意识到了这个问题的重要性和紧迫性，因此果断放弃了和丈夫袁家骝前往东亚地区进行演讲旅行的计划，迅速投入到验证弱相互作用中宇称不守恒的实验。

后来，杨振宁曾重提当时的情况，客观地说明了吴健雄当时进行实验的动机：

"在那个时候，我并没有押宝在宇称不守恒上，李政道也没有，我也不知道有任何人押宝在宇称不守恒之上……但是吴健雄的想法是，纵然结果宇称并不是不守恒的，这依然是一个好的实验，应该要做。原因是在过去，β衰变中从来没有任何关于左右对称的资料。"

也正因此，他评价吴健雄是一位杰出的科学家，因为"科学家必须具有好的洞察力"。

03 | 将基本概念推翻

如果说想要验证宇称不守恒的前提条件是进行弱相互作用，那么，杨振宁和李政道势必要找到一位在 β 衰变领域极富权威的实验物理学家，因为弱相互作用正是在 β 衰变中表现得最为明显。

而李政道再清楚不过，吴健雄正好就是这样一位不断在 β 衰变领域做出成就的人。

1948年，李政道通过吴大猷认识了吴健雄。1997年，吴健雄逝世后，李政道在北京大学所作的演讲里曾回忆起与她初识的场景。

那是一场发生在实验室里的会面。那时候的吴健雄已经在逐步推进工作，以纠正从前 β 衰变实验中的种种错误。

当时，吴健雄正在磨着什么东西，李政道便问她，你在干吗？

她回答道，要正确地做 β 衰变实验有两个秘诀：第一，使用的晶体表面一定要光滑，不能有脏东西；第二，电子要训练得特别好，使之不"straggling（离散）"。

那是李政道第一次认识到，原来在这位实验物理学家的世界里，竟可以将电子的状态和行为像小动物一样进行"训练"。他后来总结道："电子训练得好，晶体里面没杂质，从它们的行为中得到的数据才能告诉你实在的世界是怎么回事。"

1956年初，那是个耀眼的春天。当李政道来到吴健雄的办公室，告诉她"θ-τ之谜"的答案可能是宇称不守恒时，她很快意识到，这场"至关重要的"实验将成为她生命中一个"宝贵的机会"。

她在回忆录中写道："我怎么能放弃这个机会呢？……我必须立刻去做这个实验，在物理学界的其他人意识到这个实验的重要性之前首先去做。虽然我感到宇称守恒定律是错误的可能性不大，但是我迫切要做一个明确的测试。"

因此，她制定了实验计划，选定钴-60作为β衰变放射源，并尝试通过彼时新发展起来的极化原子技术进行检验。

她的实验原理看起来并不难以理解，就是制作出两个钴-60装置，对它们都施加一个能够造成原子极化的电流；而这两个电流的方向左右相反，因而可以使得两个钴-60装置的极化方向也相反，形成一个互为镜像的局面。

当两个钴-60都衰变出电子，便可以通过观察它们衰变产生的电子数目是否相等，来判断宇称是否守恒。

但吴健雄想要让纸面上的实验计划落地，就像要在热带雨林中闯关，难题接踵而至。

原子核的极化，必须在极低的温度下，当原子内没有扰动时，才能够达成。因此她不得不从纽约赶往华盛顿国家标准局寻求援助，因为只有这里才有可以达成原子核极化的低温实验室。

为了使得放射源极化，必须将钴-60附在一种晶体表面，然后将它们置于零下270摄氏度左右的低温环境中，再通过一项作用于晶体的技术使得温度再次下降，直到逼近绝对零度的极低温。

因此，吴健雄还必须想办法制作一种能够在极低温环境中维持稳定的大块晶体。

好不容易生成合适的晶体，麻烦事儿却远未完结。

为了将晶体组合起来，形成一个保护放射源的低温屏障，吴健雄和她的合作者们还从晶体专家那儿学来了用牙医牙钻在晶体上钻孔的技术，只为了能够将薄薄的晶体黏合到一起。

实验进行到这一年的11月，吴健雄在国家标准局的伙伴们告诉她，他们得到了一个宇称不守恒效应很大的实验结果。但当大家都很兴奋时，吴健雄却敏锐地感觉到，这不是她所要的结果。

有时候真理与谬误就只是一线之隔，而事实验证了她的判断。

在检查了实验装置以后，他们发现了装置中的物件已经因磁场造成的应力而垮塌，所以才会出现一个效应很大的实验结果。

到12月中旬，他们在重新安排之后得到了一个比较小的不守恒效应，吴健雄判断，那就是她在找的结果。但即便如此，她也还是抱着极其谨慎的态度，指导她的研究生进行计算，看看那些实验数据是否真的显现出了 β 衰变的宇称不守恒效应。

1956年圣诞节前夕，华盛顿机场因大雪而临时关闭，吴健雄不得不改乘末班火车回到纽约。那个夜晚，她直接在火车站给李政道打电话，告诉他，她所做的实验观察到的不对称现象是可以重复的，并且效应很大。

在紧接着来临的1957年第一个礼拜，吴健雄和同伴们密集地进行了一系列核查工作，他们不舍昼夜，一遍又一遍地重复试验，检验了所有可能推翻他们结果的因素，最终确认了β衰变中宇称不守恒的结论。

1957年1月15日，吴健雄等人将实验报告寄送到《物理评论》。次日，《纽约时报》的头版头条标题是这样写的："物理的基本概念被实验推翻。"

也就是在这一年的10月31日，诺贝尔评审委员会将物理学奖项颁发给了杨振宁与李政道，以表彰他们对宇称守恒理论提出的质疑。这也是中国人第一次站上诺贝尔奖的领奖台。

但令众人难以理解的是，吴健雄的姓名，竟然不在其列。

04 | 排在首位的姓名

关于吴健雄为何没能取得诺贝尔奖的原因，物理学界内众说纷纭。2007年，杨振宁曾在接受采访时说："吴健雄始终没有获得她应该得到的诺贝尔奖。这是什么缘故呢，没有人知道真正是怎么回事。"

关于原因的推测，最有可信度的是以下两种说法。

第一，在1957年初，也就是吴健雄告知李政道初步实验结果后不久，李政道就将这个消息分享给了其他科学家。

彼时正在进行另一项实验的利昂·莱德曼听说后，意识到只需将自己正在做的实验稍加修改，也能够验证宇称不守恒。于是他们很快完成了实验，与吴健雄团队同时寄送了报告给《物理评论》期刊，并同时获得了发表机会。

虽然莱德曼在论文中承认，他是在听说吴健雄的实验结果后才开始自己的验证，但这一因素很有可能会影响诺贝尔评审委员会对吴健雄成果的评定。

第二，由于吴健雄是与美国国家标准局低温实验室的几位同伴一起完成的实验，使得论文的作者数目超过了诺贝尔评审奖的限定人数，所以很有可能也因此干扰了评定。

对于第二种推测，可以解读的空间极大。为了便于理解当时的情境，我们应当重新回到华盛顿的那座低温实验室中去。在此之前，我们可以首先了解这样一桩事实，即，吴健雄在结束与国家标准局的合作时，他们之间的关系其实已经十分恶劣。

矛盾的爆发，发生在实验做完后的那个星期日，国家标准局内参与实验的四位科学家与吴健雄一同坐下来，正准备开始探讨报告论文的事，未曾料到吴健雄直接拿出了一份已经完成的论文。

这份论文只谈及了杨振宁与李政道的质疑，以及她和李杨二人的讨论，却全然没有提及国家标准局四位科学家的工作。他们这才意识到，原来作为实验提议者的吴健雄，从始至终都认为这是属于她自己的实验，其他人都是来给她帮忙的。

在决定作者姓名顺序时，有人提议采用英文字母进行排序，如此一来，国家标准局的安伯勒就将排在首位。此时，吴健雄以一声深长的叹息来表达了自己的反对。

最后，她接纳的方案是将自己的姓名置于首位，并且没有允许其他人改动她的论文内容。

但如果仅仅因此就判定吴健雄是个独断专行的人，并不能有助于我们看清楚事情的本质，因为对于吴健雄这样一位爱恨分明的女性而言，她早已在心中确立了行事的原则。

她对国家标准局诸位科学家的不满从很早就开始生发。

比如，当她迫切想要进行实验的时候，安伯勒却来信称，他将在八月出门度假两周，因而实验不得不推迟。实验期间，她也无法接受他们的工作状态，矛盾点在于，吴健雄会要求大家午饭时间不超过十五分钟，但她的这群同伴却还在饭后打桥牌。

国家标准局的科学家曾说，在实验期间，他们都感受到吴健雄的一种不安全感。

而她的这种不安全感也曾见诸其他事件的记录。

比如，她的一个学生曾回忆道，当时有个很出名的欧洲物理学家到哥伦比亚大学去上课，但这位物理学家英文并不是很好，他会在讲课时不经意地问学生，应该用哪个英文字才对。

这位学生说，吴健雄从未如此自在，她总是努力地准备非常完备的讲稿。

如果我们将这个现象与另外一系列事实联系起来看，或许能更加深入地解析这个问题。

1942年下半年，在伯克利堪称出类拔萃的吴健雄还是离开了这座校园，到美国东岸的史密斯学院去教书，她并非不想留在伯克利，而是因为伯克利没有要她留下来。因为那时候美国最顶尖的20所研究性的大学，没有一个学校中有女性的物理教席。

1951年，吴健雄在哥伦比亚大学担任研究员，好友兰姆彼时是哥大物理系教授，他曾在一次物理系行政会议上，提议给予吴健雄教席的地位，但遭到大科学家拉比的反对。纵然拉比私底下和吴健雄关系不错，但他还是认为，哥大物理系教席不应给予一位女性。

1956年，已经成为哥大正教授的李政道在物理系教务会上提出，像吴健雄这样一位世界知名的科学家应当被升为正教授，但"会上的人居然全部都反对"。经过了漫长的讨论，才有一位名叫库施的教授表示赞成。

1957年1月15日，吴健雄和李政道，以及她的同事们，共同在哥伦比亚大学举行新闻发布会，宣布他们的突破性发现。在那个历史现场参与见证的所有的科学家中，只有吴健雄一位女性。

但她还是没能被授予诺贝尔奖，虽然许多诺贝尔得主都认为她理应得到。

最后，让我们再来回顾吴健雄与国家标准局的几位科学家合作的最后显示出来的那种令人费解的强势。

作为实验想法和方案的提出者、实验障碍的解困者、纠正实验谬误的人，她一定要非常勇敢地抢夺实验的所有权，要把自己的姓名排列在所有参与者的首位。因为此刻没有人能比她更深刻地明白机遇、成就、署名权对于一位女性科学家的重要性。

吴健雄以对人生极强的掌控感书写了一位女性对物理学的功绩。但时代的局限却让她的人生留下遗憾。然而，吴健雄的精神熔铸在了万物不变的定理之中，淌过一代代求知、求真、向上者。

2021年，在孙女Jada Yuan为吴健雄撰写的文章中，她描述了自己对于吴健雄最后的记忆，那是吴健雄坐在一把褪色黄灯芯绒扶手椅上的画面。她当时刚中风不久，总是喜欢看着窗外的巴纳德学院校园，对体育馆大窗户里正在打篮球的女青年大加赞赏。

她说："看她们有多强壮，多快。看她们做事多么努力。"

再见黄家驹

记者 李少威

1986年3月，一张名为《再见理想》的黑胶唱片自费发行。

那是黄家驹地下时代最强烈的一次价值表达，"理想"二字，从此伴随余生。

余生不过7年。但他的精神与信念，在几代年轻人心头，激荡至今。

我和黄家驹在尘世里擦肩而过。

当我在1994年知道他，并且迷上他时，他已在前一年作别人间。

然而，有的人是永远不会死的，他们的死亡，只是用一种最激烈的方式来分发自己。

就像一朵蒲公英的花，"呼"的一声，满天都是。

其中一颗种子，1994年，掉落在我的心里。

他说："我觉得自己背着吉他，就像背着一把宝剑。"

我说："我觉得自己听他的歌，就像得到了一把宝剑。"

常常在黄昏时分，背对夕阳，驶上高速，驱车向东。

眼前的一切都是金色的，暗暗的金色。

心情却是灰色的，浓郁的灰色。

这时，我就把一盘名为《光辉岁月》的CD塞进光驱，把音量调到最大。

把车速提到最高限速，在规定限度之内放肆。

吉他声响起，我就主宰了世界，感觉自己可以和一切抗衡。

我是一个他律的人。

如果这个世界没有交警，我一定会从后排摸出来一瓶酒，让自己从内到外像风一样。

风。

风四娘。

古龙在《萧十一郎》里塑造的角色。

她"骑最快的马，爬最高的山，吃最辣的菜，喝最烈的酒，玩最利的刀，杀最狠的人"。

那是一个无法无天的江湖，没有交警，也没有刑警。

她的"六最"，我只能做到"两最"：吃最辣的菜，喝最烈的酒。

我连刀都没有。

没有刀的人，不配有英雄梦。

虽然朋友董小姐说：文字呀，也是刀。

01 | 做自己的主宰

黄家驹的"刀"，是捡来的。

出生在香港苏屋区，这个纸醉金迷的世界里最安静也最贫穷的角落。

少年时代，邻居搬走后，他在一片狼藉中捡到一把吉他。

许多人的英雄，从一把捡起的吉他中诞生。

17岁那年，他加入了一个业余乐队，被主音吉他手痛骂："你弹得真是烂透了，一辈子也不会有出息。"

他自卑、沉默，倔强，暗中发誓一定要弹好。

他做过公司助理、铝窗、冷气工程、五金、电视台布景员，还卖过保险，一事无成。

叶世荣也卖过保险，他俩加上邓炜谦、李荣潮，组了一个乐队。

在他人眼里，这好像是"废柴"们的业余组合。

1983年，《吉他杂志》办了一个吉他比赛，黄家驹和叶世荣想要参加，就要有个乐队名字，"Beyond"问世了。

他们获得了冠军。

1985年，一个叫黄贯中的大专美术生加入了Beyond，成为吉他手。

你可能不知道他，但你肯定知道他老婆——朱茵。

有点专业的样子了，他们决定做一场演唱会。

黄贯中会画海报，就负责画海报。

所有的工作都是自己做，经过艰辛筹备，终于万事俱备。一声划弦，演唱会开始了。

还没有结束，人已经走了一半。

这个地下乐队，"旗开得败"，亏了6000元港币。

但有一个人看到了他们，他是个音乐经纪人，名叫陈建添。

他们有了更多机会，慢慢成为了香港地下乐坛老大——不要看漏字，是"地下"乐坛老大。

"地下乐坛"是什么意思呢？

在当时，就是"没多少人鸟你"的意思。

他们做"后朋克新浪潮""重金属""艺术摇滚""华丽摇滚"，也从英语摇滚到粤语摇滚，但只有极少数人感兴趣。

地下时代相当于地狱时代。

只不过，相由心生，有的人能看到希望。

我最喜欢的一首歌，不是《海阔天空》，不是《光辉岁月》。

是《再见理想》。

这就是他们地下时代最重要的代表作，在1986年8月面世，收入同名唱片。

"几许将烈酒斟满，那空杯中。

借着那酒，洗去悲伤。

旧日的知心好友，何日再会；

但愿共醉，互诉往事……"

黄家驹说，写出这首歌的时候，实在太兴奋，几个晚上都睡不着。

这盒磁带，卖了2000份。在当时，是他们的巅峰。

那时，谭咏麟的一张专辑，平均销量是200万。

没有关系，黄家驹很开心。

他读书那么差，数学那么烂。经常逃课，一无是处。

但在这样的音乐世界里，他做自己的主宰。

1988年，他们到北京首都体育馆开专场演唱会。

没有红毯，没有粉丝接机，没有烦人的代拍或者直播跟拍，你能想到的跟明星相关的一切，统统没有。

香港直飞北京，一个人要多800元，所以主办方让他们先坐火车到广州，再坐飞机到天津，又坐火车到北京，历时两天，入住燕京饭店。

路上饿了9个小时，到了酒店被丢下不管。自己出门找吃的，又被"宰客"。

只有一个人是热情的——崔健。

10月15日，他到首体排练场探访，和黄家驹做了交流。演唱会当晚，黄家驹唱了一首《一无所有》以表回应。

他唱得很棒，不仅仅是因为嗓音。

因为他一无所有。

他在自掏腰包补了800元的机票钱之后，才能直飞回到香港。

02 ｜ 超越

"Beyond"的意思是超越。

这个名字怎样诞生，已经无法考证。

事实上，关于他的资料非常有限，我只能买到一本传记——那是一本写得非常烂的传记。

聊胜于无。

但这个名字，的确符合了冥冥中的宿命。

超越，超越自己，超越时代。

我对神秘主义没有太大的兴趣。

偶信宿命，都是社会学意义上的。

宿命=出身+天赋+努力+际遇。

天赋又包括天生的才能与性格。

黄家驹首先超越了自己。

按照剧本，他的出身是苏屋区的一个穷小子，扮演过很多底层角色；然后一事无成，人到中年，油腻不堪；最后穿着白背心、大裤衩和蓝色塑料人字拖，独自彷徨在悠长悠长又寂寥的雨巷。

但他不是。

他在1989年，以一首《真的爱你》横扫华语世界。

那时我们家还没有录音机，我是从村里别人家的窗户外听到的。

虽然不知道是谁在唱。

然后，有《午夜怨曲》，有《灰色轨迹》，有《光辉岁月》，有《AMANI》，有《喜欢你》，有《谁伴我闯荡》，有《情人》，有《不再犹豫》……

他红遍大江南北。

一个地下歌手，火了，意味着理想实现了。至少今天是这样。

但这不是黄家驹想要的。

黄家驹也不在乎任何形式（物质或语言）的奖励和赞许。

他说，生命不在乎得到什么，而在乎做过什么。

1988年后，Beyond获奖变得频繁。黑豹乐队鼓手赵明义回忆，他们领奖下台后，黄家驹在后台拿一支球棒，把奖杯击得粉碎。

"当时这给我的印象是非常震撼。"

这就是黄家驹。

1991年，Beyond在香港红磡体育馆开了演唱会，成为第一支在这里开演唱会的乐队。

为什么是第一个？

因为这里太大，一般的乐队不需要这么大的地方。

他们红了。

然而，"虽然红了，但是不开心，要做很多无聊的事情"。

最重要的"无聊的事情"，就是要按照公司的要求，去电视台参加娱乐节目，玩各种游戏，增加曝光度。

于是黄家驹说："香港只有娱乐，没有乐坛。"

很多人不爽，但Beyond回应说："只要身为音乐人，便有资格发表意见。"

他动了去意，想去日本。

那里，想必是一片艺术和理想的乐土吧。

从这里开始，他就超越时代了。

超越就是永生。问题是，永生如何到来？

03 | 怕有一天会跌倒

时代，是由时空结合而来。

你可以轻易超越空间，却很难超越时间。

你也可能来到更前沿的时间，却进入更局促的空间。

日本就是后者，可能时间上比香港更先进，但空间上比香港更逼仄。

就像现在香港在许多方面依然比内地更先进，但人们的未来却更受限一样。

物价高，房子小，没有窗帘，就用报纸。黄贯中个子不高，却可以躺着用脚碰到房间内任何地方，"根本不用遥控器"。

这就是"华语圈第一摇滚乐队"在日本的处境。

黄家强打游戏过日子，黄贯中从滴酒不沾到借酒消愁，不会抽烟的叶世荣学会了抽烟，黄家驹的吉他落满了灰尘。

"这个世界已不知不觉地空虚……"

不过，Beyond真正有思考深度、超越个人体验而进入家国关怀的歌曲，主要是在日本完成的。

从他们在日本完成的两张专辑的名字就可见一斑：《继续革命》和《乐与怒》。

这两张专辑里，有《海阔天空》《遥望》《长城》《农民》《命运是你家》。

《海阔天空》里唱：

"原谅我这一生不羁放纵爱自由，也会怕有一天会跌倒……"

《遥望》的声音如此悲凄：

"让雨点轻轻地洒下，却把忧郁再掩盖，像碎星闪闪，于天空叫唤你……"

《长城》在回忆：

"围着老去的国度，围着事实的真相，围着浩瀚的岁月，围着欲望与理想……"

《农民》里的确是中国农民的写照：

"见面再喝到了醺醉，风雨中细说到心里，是与非过眼似烟吹，笑泪渗进了老井里，上路对唱过客乡里，春与秋撒满了希冀，夏与冬看透了生死，世代辈辈永远谨记……"

《命运是你家》是一种孤独的命运抗争：

"从没埋怨，苦与他同行，迎着狂雨，伤痛的灵魂，不经不觉里，独行……"

词与曲，今天听来，都如此"动其心"。但在日本，却不是他们想要的样子。

在香港，他们都是自己编曲，但日本公司安排的专门编曲的制作人，把歌曲都做得特别美。

想想吧，在落英缤纷的樱花树下唱着摇滚——"软性摇滚"。

太美，就太软。而他们不喜欢太软。

黄贯中火了：你们大老远费尽力气去签一个香港乐队回来，目的就是为了把他们都变成日本人吗？

他说："我快分裂出另外一个自己了。另外一个非常摇滚的黄贯中，站起来问自己："你现在到底在干吗？'"

…………

游戏还得玩，商业法则在哪都差不多。

所以他们每天都和经纪人吵架。

还是黄贯中的话："不是说到日本有大一点的天空吗？大一点的天空不就意味着不用玩游戏吗？结果不是，一来就是玩游戏……肉在案板，抱怨没有什么用。"

黄家驹的脾气没有黄贯中火爆。但在这个团队里，最压抑的就是他，因为他是灵魂。

他想，这样的"乐土"，还不如在香港做自己喜欢的音乐，哪怕是纯音乐。

这时才更加深刻地体会到，自由是何等重要。

这时，你会不会想到窦唯？

"作为一个创作人，一定要有一颗奔放的心。"

这番话，是他在电话里对朋友刘宏博说的。

通话结束前，刘宏博问他一会儿干什么去，黄家驹说，有个节目要上。

这个节目，就是1993年6月24日，东京富士电视台的《想做什么就做什么》，在日本收视率很高。

日本时间凌晨1点，录制开始。

在一个名为"对决Corner"的游戏环节中，12名嘉宾分组比赛。

台上湿滑，有些人滑倒了，撞向台后的背景板，背景板倒了，黄家驹和主持人内村光良掉到3米高的台下。

内村光良没有大碍，黄家驹头先着地，陷入昏迷。

日本时间1993年6月30日下午4点15分，黄家驹去世，时年31岁。

"原谅我这一生不羁放纵爱自由，也会怕有一天会跌倒……"

逃离游戏，死于游戏。

04 | 理想不死

黄家驹，草根出身，没有上过音乐学院，甚至不懂乐谱，但他创造了什么，举世皆知。

所以一直和他合作的刘卓辉说："除了天才，还能说什么？"

黄家驹去世一年后。1994年，魔岩三杰红磡演唱会之前，三杰之一的何勇说："香港只有娱乐，没有音乐。"

这句话是不是特别熟悉？

台湾音乐人罗大佑干脆就说："香港没有真正的音乐人，除了黄家驹。"

除了黄家驹，我也喜欢另外一些香港歌手。比如谭咏麟、陈慧娴。

但同时，我也赞成罗大佑的话。

其中最根本的差别，就在于"理想"二字。

多年前，我在广州花城广场大剧院，跟朋友谈理想。

朋友说，话题是你提起的，如果是不熟悉的人，我会觉得你是个神经病。

的确如此。

谈理想，似乎早已是一件滑稽的事情。

我也本该这样想的。糟糕的是，我在1994年遇上了黄家驹。

黄家驹说：

"自由是我的愿望，如果旁人不干涉我干任何事，多好！"

"如果没有音乐，我会死。"

"只要有音乐，就不会有世界末日。"

"音乐不是娱乐那么简单，是生命里面一个节奏。"

"我觉得我们的歌曲，并不是用来娱乐，是用来欣赏的。"

"好奇怪，有些艺人能够装出笑脸，明明不是很熟的，见面时却互相拥抱扮亲热。为什么？我却不愿意做木偶，对人强颜欢笑，音乐人只需做好音乐。"

"有人说我们的歌好惨，好可怜，我不同意。生活里确实有很多无奈，但我唱歌不是要告诉别人我怎么惨，怎么可怜。"

"下面我们要给大家带来的一支歌，歌名就叫《再见理想》。"

…………

"再见理想"的意思，就是理想不死。

多少次，我写过同样的一个命题作文——《理想不死》。

每一次，我都愿意写，就因为黄家驹。

这篇文章，怀念的是黄家驹，不是Beyond。

因为黄家驹不在，就没有Beyond。

黄贯中、黄家强、叶世荣，都是优秀的音乐人。

但优秀，和领袖不是一回事。

是谁杀了黄家驹？

香港，还是日本？或者哪个电视节目？

都不是，是90年代。

我就成长在那个年代，本应该从精神上被杀死，但还苟活。

到今天为止，一直这样的一根筋，很大程度上就是因为1994年，那一次惊艳的阴阳对撞。

他告诉我，人生其实可以很开阔。

人们经常忘记了自己是谁。

少数人会偶尔想起，然后就是一阵痉挛的疼痛。

多数人再也不会想起，直到人生终点。

人和机器的界限，日渐模糊。

某一天，有个朋友要远行，都门帐饮无绪，我饮下一杯烈酒，对她说：

"人们拼命工作，努力地生产自己的贫困。"

我脑子里总会冒出一句话：

"你现在到底在干吗？"

我曾迷失，我又回来。

坂本龙一，去矣

记者　肖瑶

文字与音符之间存在着某种坚韧而隐秘的联系。二者皆为艺术，皆有节奏、感情与张力，不少善于写文字的作家都同时擅长赏析甚至创作音乐，比如喜欢古典乐的余华，曾梦想做摇滚的石黑一雄，迷恋爵士的村上春树，等等。

与其他艺术相比，音乐的确能更直接、强烈地侵占人的感官，拨响幻想与情感。莫扎特甚至认为，诗应该成为音乐的顺从的女儿。

作为一个写作者，第一次听坂本龙一的感受，我的感觉也像是听到一首诗。

开头并不惊艳，没有华丽辞藻，还需要点耐性。渐入佳境后，仿佛踏入一片幽静古朴的森林，赤着脚在落叶与鸟鸣中感受生命。和声是排比抒情，交响是散文与描写，简单重复的旋律，是娓娓道来地叙述。

但那条幽径通往的并非爱与和平，而是一种宏大与深沉的悲戚，一种隆重的宿命感，在冥想的宇宙深处，坂本龙一最爱的巴赫正溺入沉思。

这种悲剧的触感，有别于日本传统物哀美学的那种"淡淡的忧伤"，音符里始终有一股挣扎和对抗的韧劲，有生命与死亡的辽阔，有对自然万物的敬重与不忍。

这就是坂本龙一。一个可以让人为了他一首插曲而去看整部电影的音乐家，一个用旋律反思战争、灾难，用音符重塑生命美学的社会艺术家，一个因其辽阔与深度，给予人无限平静及力量的哲学家。

2022年10月，坂本龙一通过社交媒体宣布，12月11日，他将面向全球举办一场钢琴独奏音乐会。"我已经没有足够体力来举办现场音乐会了，或许这也是我最后一次以这种形式进行演奏。"

2014年，坂本龙一确诊口咽癌。2021年又患上直肠癌并接受了手术，同年10月、12月，癌细胞转移到了双肺。

"教授"坂本龙一不是真的教授，却几乎在各界都留下了"音乐还能做什么"的探索痕迹。从战争到政治，从天灾到环境问题，他的音乐流淌在万物之中，但终其根本，仍然忠于最本原的自己。

"人的生命是越过越短的，我是一个音乐人，我在创作的时候必须诚实"。诚实使创作自由，音乐使人自由，而自由的音乐，是世界与全人类的。

01 | 日本的德彪西

如果不谈晚年的癌症，坂本龙一的一生幸运而平稳。精英阶层家庭出身，父母皆从事文学艺术，未曾亲身经历过金钱、灾难、情感等方面的重大挫折。

伟大的艺术并不非得从苦难中汲取灵感和生命力，也可以通过一颗超越经验、抵达万物的强磁场的心来成就。

当然，天赋是不可回避的。坂本龙一自三岁开始学习钢琴，小小年纪就迷恋上斯特拉文斯基和巴赫，在照顾幼儿园的小兔时，他写出了人生的第一首歌《小兔之歌》。坂本龙一后来回忆童年："比起被声音吸引，我是与声音相遇了"。

这是一种对音乐的原生的、诚实的灵性思考，且将持续终生。

"教授"是个温文儒雅、柔和沉敛的老人。但青春期的坂本龙一，却是个十足叛逆、中二、放飞自我的天才少年。

他会仅仅因为校服好看而认真读书考学，约女孩出去不是去看电影而是去参加游行示威，写情书不写"我爱你"，而只写了一句波德莱尔《恶之花》里的话："你就是主宰死因命运的刽子手"……

他还迷恋上了披头士与滚石等印象派音乐大师，为他们复杂而精致的和声着迷，更惊异于这些创作者们坦率不羁的自由表达。直到偶然从舅舅的收藏夹里遇见德彪西，坂本龙一惊觉找到了"世界上另一个自己"。

德彪西是一个特殊的印象派音乐家。他的音乐总是似有一份东方的含蓄与轻柔，有一种孩童般的纯澈与宇宙般的辽阔、深沉，在那些直击自然、生命的音符里，坂本龙一与德彪西相遇。

他甚至认为自己是"德彪西转世"，不理解"自己为什么会住在这种地方？又为何是说着日文"？还在练习本上一遍遍地模仿他的签名，宛如走火入魔。

20世纪60年代的日本，本身就是一个疯狂而叛逆的时代。世界局势大变革，安保运动兴盛，后现代主义思潮泛滥，亚非拉民族解放独立运动风起云涌，学生们走上街头进行反战抗议。

不少日本文字、音乐或影片都在对准那个迷离失序的时代，比如我们耳熟能详的村上春树、诺奖获得者大江健三郎，等等。

年轻人的热血弥漫社会，坂本龙一也深受左翼思想的影响。他在小酒馆里和朋友畅饮，大胆陈词"一起解放被资本主义操控的音乐，让我们仿效中国人的精神，用音乐为劳工服务"！

在后来的歌曲*Thousand Knives*里，坂本龙一还采样了毛泽东的《水调歌头·重上井冈山》，用大量电子合成器完成了这张专辑，充满一股新奇的科技与未来感。

那一年，坂本龙一26岁，也是他与高桥幸宏、细野晴臣三人组成第一个乐队"Yellow Magic Orchestra（YMO）"的那年。三人团队中，因为坂本龙一的学历最高，高桥还给他起了"教授"的绰号，从此传称至今。

念音响研究科硕士期间，坂本龙一结交了很多音乐知音，他们迥异的风格也给坂本带来了不同程度的影响，促使他逐渐形成了自己的风格。

学院派、古典派的坂本龙一，第一次发现，自己从小奉以为权威的德彪西、拉威尔等大师，或许并不是创作的必要基础。他那些狂野的、玩流行乐的朋友，仅靠自学就可以与大师相遇。

1983年，乐队宣布解散。从此后，坂本龙一开始专注于音乐创作与电影配乐，致力于探索音与画的交融汇流。

这年春天，电影《圣诞快乐，劳伦斯先生》在日本上映。而大多数人认识坂本龙一，其实都是从此片的同名配乐开始的，歌曲本身，比电影更出名。

02 | 比电影更广阔的

导演许鞍华拍《第一炉香》时本想找坂本龙一来参演，为此她还特地跑了一趟东京，可坂本龙一一再婉拒。"他只想当一名音乐家，于是死心了"，许鞍华在采访里无奈道。

坂本龙一与电影的渊源的确不浅。他在大岛渚导演的镜头里献出了自己的第一个银幕角色——陆军大尉世野井。而后来获得英国电影学院奖的电影主题曲《圣诞快乐，劳伦斯先生》则被认为："没听过这首歌，你的生命将会缺少四分之一。"

歌曲以金属敲击乐器的合奏为主体，配以锣及少量管弦乐器，一股极具东方特色的凄婉和平静自然流淌。情感节奏递进丰富，前半部分柔和平缓，像低吟叙说，夏日的蝉鸣，宁静的梦境，却对应影片中的战俘营画面。在战争中不被允许的爱与欲，在沉默中忍受的无尽煎熬与压迫，与空灵的乐声形成了鲜明对比。

渐入后半段的浓烈与凛冽，战争带来的残酷与暴戾图穷匕见，不能不叫人瞬间怆然。

而几年后那部大名鼎鼎的《末代皇帝》，则将坂本龙一以另一种视角——某种程度上也可以说，从中国出发，更广阔深远地走向世界。

当时，导演贝托鲁奇临时拜托坂本龙一为"溥仪加冕"那一幕画面配乐，但留给作曲和录音的时间只有3天。工作人员用货车运来一台"满映"（前身为"满洲铁路电影部"）的老钢琴，走音得厉害，因此，坂本几乎是"一面想象乐音，一面写下曲子"。

在后来的访谈里，坂本龙一回忆，在当时的他眼里，20世纪80年代的中国是黑、白、红色的，但人们异常有活力。

坂本龙一置身于故宫，一面感受历史的回声在中式特色建筑上落下晚霞，一面目睹新北京城物是人非的市井街头，人声、风声、自行车叮咚声，时代的辽阔和残酷，被他揉入了恢宏壮丽的宫廷配乐里。

《末代皇帝》杀青后，制作人又希望坂本龙一负责影片所有配乐。

为了熟悉中国民乐，坂本龙一买来20张中国音乐精选集，从头至尾细听，将西方的小提琴、钢琴糅合东方的二胡、古筝、琵琶，最终在两周内创作出了一共44首曲子，不仅成为了电影的神来之笔，更先后赢得了奥斯卡金像奖、金球奖和格莱美奖。

坂本龙一也开始与不同民族、地域特色、风格各异的电影艺术家合作，从印度的阿米尔·汗，到伊朗导演施林·奈沙，再到墨西哥导演伊纳里图，他们的电影里，都能惊奇地听见坂本龙一。他告诉世界，自己并不是只有舒缓、平静与哀戚。

他的辽阔是超越民族和传统的，是从历史中生长出来的后现代之花。

如今，泛泛听坂本龙一的音乐，总觉一个"悲"字为底色。但坂本龙一对于悲剧性的理解，始终有一层丰富的、充满生命张力的韧劲。不是一奏到底的悲戚和沉沦，而是围绕多感官构筑起来的音容、行色，每一个音符都长出触角，越听越丰富，越听越辽阔。

坂本龙一将对万物生存宿命的悲悯融进音符，冶炼出对灵魂返璞归真的崇敬。他采撷这个星球里每一种声音，冰川死去时的呻吟，垂钓的微澜，树叶落地的声音，雨水打在鸟儿羽翼上……万物更迭，生死交替，自然流淌，你无法预测下一个音的走向，但旋律与节奏的交辉与接洽，自然得简直仿如没有人为痕迹。

2008年，坂本龙一前往格陵兰岛，目睹了因全球变暖导致的冰川融化。冰雪的断裂声和水流声深深留在了他的记忆里。

回去后，他在专辑《Out of Noise》里镌刻下了那些声音。"当人类加诸大自然的负担一超出大自然容许的范围，受害的是人类，大自然不会感到任何困扰。生活在冰山和海水的世界的那期间，我不断感到人类是多么微不足道。"

纪录片《坂本龙一：终曲》中，记录了坂本龙一在格陵兰岛记录冰川融化的声音，他把收音设备放入海水中，对着镜头说："我在把声音钓上来。"

03 | 音乐还能做什么

2020年春天，武汉爆发疫情，坂本龙一在快手上为中国观众献上了30分钟的演出。半夜12点，超300万人一起观看演出。

坂本龙一用刻着"中国武汉制造"字样的20寸汉镲进行表演，手上的黑色马林巴槌是用医用橡胶回收制成。"20寸"对应着"2020"年，"汉镲"象征武汉，昭示着坂本龙一对正经受着病毒考验的人民的关心，他将支持切实融入表演中，在结尾化为一句汉语："大家，加油！"

这样一个人让你相信，他对灾难与苦难的长期关注是超越国籍、民族与地域的，至少有着一种面向全人类与整个时代的世界公民精神。

"3·11东日本大地震"的翌年，坂本龙一去探望一架从海啸中幸存的钢琴。这架"淹死的钢琴尸体"浑身遍布伤痕，琴键松弛，奄奄一息，但坂本龙一看到的不是死亡，而是生命。

在他看来，"钢琴是通过'文明的力量'让自然符合人类的标准，海水重击钢琴，对人类而言它们是失准的。但本质上，他们只是恢复了自然中原本的状态。"铸型钢琴经历了历史，走调的琴键发出的不是靡靡之音，而是"木头都在努力恢复原状"，扭曲其原生、自然的状态。

终其一生，坂本龙一未曾停止过思考，"音乐与艺术能为灾难做什么"。

在2019年接受媒体采访时，他给出了答案："比起送食物和捐赠，我认为所能做的最高层次，应该是深思灾难的意义并用自己的作品表达出来……接受人类文明与自然是对立的事实，将由此引发的认真思考转化为作品，这是到任何时候都没有终点的一件事。"

每一个用心创作反战艺术的人，本质上都是在追求一个和平、平等的美好世界。

上世纪90年代，坂本龙一移居纽约，不久后遭遇"9·11"事件。紧跟着，美国发起阿富汗战争、伊拉克战争。人类社会面临的恐慌与战争似乎还未结束，这促使坂本龙一的创作进一步社会化，因为他"完全看不下去"。

在新专辑Chasm里，他用5首曲子反思战争，2首染指环境问题。比如名为War & Peace的这一首，就收录了20人不同语调的录音，重复着歌词："战争是最佳游戏，也是最惨生活。"

坂本龙一还与朋友一起出了一本书，名叫《非战》。不同于抗议目标明确的"反战"，"非战"意味着远离矛盾的和平、友谊。在后来许知远的《十三邀》里，坂本龙一还借此事反思自己年少时的叛逆，认为那个时候"反抗有时太容易了，不够有深度"。

要控诉是容易的，而要建立与争取，才是困难的。

坂本龙一亦从未放弃对故土的关切。2015年，日本通过了新《安保法案》，日本民众掀起了反对抗议示威游行活动，国会前的冒雨集会人群里，也有坂本龙一的身影。

彼时已因癌症宣布退休的他身着黑色雨衣，举着喇叭喊道："请大家不要把这当成一时兴起的行动，就算《安保法案》通过了，也绝不是结束。请和我一起，坚持下去，把行动继续下去。"

确诊喉癌后，坂本龙一只能分泌正常人一半的唾液，这让他不得不时时刻刻处于口渴状态，只能不停嚼口香糖来刺激唾液分泌。

但他没有停止反思生命，"人们总以为生命是一口不会干涸的井，但所有事情都是有限的。多少个迷人的童年下午，回想起来，还是会让你感到如此深沉的温柔。"

2017年的纪录片《坂本龙一：终曲》，呈现了坂本龙一晚年的日常状态：每天练琴、记录灵感、读报、做一些简单的食物、吃药、带着塑料水桶听雨声……然后坐回创作台，朝向自己，创作生命的旋律。

他通过阅读野口晴哉的《感冒的功效》，感悟人体对病毒和细菌的自然防御功能如何被药物弱化，也反思工业时代后的僵化工作规则、习惯正将人的身体扭曲、歪斜。

如何在现代社会保持忠于本心与身体的本原？如何恢复我们已经变得钝化的感知力？如何释放生命本来的张力？

从音乐人到社会活动家，从环保斗士到病人，即便已经可以看见死亡，坂本龙一仍然没有停止思考音乐与人生的新边界，艺术在他身上，超越了生命。

正如其自传译者曾评价的那样："他仿佛是一位修行者，不断地经历着重复着'守、破、离'，并最终回到最简单也最纯粹的'人'的身份。"

理性与秩序

逃离嘉年华

记者　何承波

狼狗的叫声，始终回荡在很多人的记忆里。它们偶尔才会叫，无法确定其方位，也许在外墙，也许就在某个院落，隐秘，但也醒目，让试图逃跑者心有忌惮。

4年后，2019年11月2日，解羽与田冉重返这里，在南墙开水房附近的角落周围，锁定了狼狗的确切位置。

6天后，解羽从远处的农田里飞起了无人机。传回手机的图像，让他看清了记忆的全貌，疯长的树木，把墙体、平房、跑道，遮盖得严严实实。远远看去，瓦片跟道路的颜色相互混淆，中间留出一块突兀的空地，视线再往下拉，空地中央立着一个圆形的监控探头。

把镜头再放大，成都西北郊外的郫都区新民场镇，有一片广袤的花田、菜地。无人机镜头下，这座院落呈一个畸变的四方形。

这家名叫"成都嘉年华青少年心理辅导中心"的问题少年矫

治机构，打着"拯救孩子""拯救家庭"的旗号。嘉年华官网赫然列着"权威媒体高度认可、推荐"等字样，同时还列出了"尊重关爱""绝不打骂孩子""拒绝暴力"等口号。

但解羽和田冉等7名嘉年华营员却向南风窗讲述了种种他们认为"匪夷所思"的经历。这里以学生管学生，以问题少年迫害问题少年，学生们在讲述中，直指嘉年华是一个等级森严、异化人性的矫治体系：极限体能、体罚、暴力；谄媚、举报；"越顺从，越有权力"。他们声称，嘉年华的教导员和心理老师，却对此纵容和淡漠。

至此，这家隐秘经营了十来年的矫治机构，面目模糊起来。日光之下，是否真有黑影游弋？

01 | 欢迎来到嘉年华

铁门打开，解羽瞄见门边的众多挂牌中，有"成都嘉年华青少年心理辅导中心"的字样。挂牌边上，另有一串标语："拯救一个孩子，就是拯救一个家庭"。

车子快速穿过院子，径直进入车库，哐，大门关上了。黑衣人反扭着解羽的胳膊，把他押下车，进入一间30平方米左右的平房。

那是2014年11月4日，一个解羽不可能忘记的日子。

房间沿墙摆满了床架，十来个穿着迷彩服的学生，正迎接着他的到来。为首的，是一个1.8米左右的胖高个。他们在房间中心指定了一块砖，叫解羽乖乖站上去。胖高个指使学生摁住他，开始搜身，扒光了衣服，只留下了一条内裤。

解羽并不知道这是何处。几个小时前，父母说要带他去买电脑。一家人从四川东部一座遥远的城市赶来，刚出成都东站，三个黑衣大汉把他截上了一辆车，全程押送着，几番无效的反抗后，车子已经开进这荒郊野岭。

几天前，他因初二月考数学考砸了，在家没日没夜地玩了几天游戏，暴怒的父亲拿着手铐，准备要揍他。情急中，他随手捡了把菜刀，挥舞着自卫。

眼下站在他面前的，是一群跟他年纪相仿的学生。他愤怒未消，又紧张、迷惑。

胖高个要跟他简单交流，问他为什么进来。他正倔着，不回答。胖高个厉声告知，反抗是没有用的。并宣读了一长串繁复的规矩，问，服不服？

"不服！"

解羽一直站在那里。不知过了多久，开始试着踩线，以图挑衅。解羽回忆道："有人快速冲了上来，一个过肩摔，把我掀翻，肩胛骨重重地撞击地面，脑袋也震了一下，嗡嗡的。"

后来他才知道，这一招，有个内部术语，叫"甩翻"，招待新生的必备招式。而现下，这个14岁的少年仍无知无惧，开始朝着所有人破口大骂。骂完，他又讲起了法律，吼着："你们这是违法的，我要出去告你们。"没人回应他，大家像看一场无聊猴戏一样，面带嘲讽。人们呆滞地坐在床上，而他像空气一样。

不罚站时，他便被拉进队列。天刚亮，便整队去跑步、吃早餐、打扫卫生，随后是一整天的漫长训练，站军姿、蛙跳、鸭子步、下蹲等，以及跑步，跟不上的他，两名老生架着，拖着也要跑完。

这是一个比连队更讲究纪律的地方。上厕所都是统一时间的，整队、报数，两两一组，面对面蹲一个坑，拉不出来，也要进去蹲一下。洗澡、吃饭，也同样纪律严明。

回到宿舍，人们便坐在床上，几个人把教导员的床架挪到门后，紧紧地抵住出口。

解羽很快明白过来，没有任何人可以离开教导员的视野，也没有任何单独行动的空间。他们被置身于24小时的监视中。

而解羽必须回到那块划定的砖上，通宵罚站，每个老生轮流值守一个小时。"只要一离开地板砖的范围，马上'甩翻'伺候。"僵持到第三天，倒是肚子先服了，为了能吃上饭，他便不再吼闹。

路西法效应的"人性实验"，至此才刚刚开始。

02 ｜ "体制"

多年后，在成都市郫都区扫黑办录口供时，解羽的母亲张玲才真正得知，儿子在这里经受了怎样的屈辱。

"潘老师说是心灵上的感化，绝不打骂，你想嘛，哪个父母愿意……"面对南风窗，她的哭泣声盖过了说话声，眼睛泛红，泪珠滚落，把脸别了过去，颤抖着，努力压制哭腔。

2014年10月，张玲在网上搜索网瘾后，跳出了成都嘉年华。

跟别的戒网瘾学校不同，嘉年华的官网提到CCTV《讲述》栏目"多次讲述我们"。节目讲述了一个少年离家出走，被送进一家未具名的行为训练基地，再次逃跑，最终在心理辅导老师的帮助下，迷途知返。

节目播出时间是2009年5月19日。而这家青少年心理辅导中心的工商主体，其实是"成都市嘉年华健身服务公司"，成立时间在节目播出的两天后。而"十二部委认可"的依据，则是嘉年华被收录为中国校园健康网的戒网机构，该网站号称十二部委联合主办，但主体却是一家民营公司——中天之玉（北京）投资有限公司。

但当时正焦急的张玲没有发现问题，直接前去考察了。那是一栋农家院落，条件简陋，湿气又重。但自称郫县某中学政治老师的潘晓阳告诉她，孩子是来吃苦不是享福的，且人身安全有保障，这里没有高楼。张玲担心孩子间交叉感染，"对方又说，不会，孩子们不会交流"。最后，张玲下定决心交了三个月的费用，18000元。之后如果续费，每月2000元。

只是"没有高楼"这句话，事后想起来，令人格外后怕。

作为新生，刚来的解羽不能跟任何人说话，除了带他的胖高个。语言隔离，据称是一种防范逃跑的举措。

解羽管不住自己的嘴，憋着太难受了。他逮着人就问，"你咋进来的？"

某个老生不小心回了一句。一个名叫王睿的新生听见，马上打了小报告。随后，解羽被倒挂在床架上，两个人在上铺按住他的双脚，手和头撑在地上，整整半个小时，"脖子快断了的感觉"。

回应他的老生，也未能幸免。

这里规则多如牛毛。多名学生表示，进去的第一件事，就是要牢记八不该："看拿问学听动说想"——不该看的别看，不该拿的别拿，不该问的别问，不该学的别学，不该听的不听，不该动的不动，不该说的不说，不该想的不想。

新生还要跟老生抄写众多"生存法则"。笔记本上，满满的规则，十来页。

老生管新生，教官管老生，嘉年华有一套自上而下、完全自足的规训体系。胖高个全方位管理着解羽，他叫史蒙，据称因为反对家里的留学安排，独自坐飞机从美国回来，矛盾闹到不可开交，遂被送了进来。

男生共3支队伍。史蒙担任"男生二队"的队长，是队里"四大骨干"之首，拥有仅次于教导员的权威，二队所有人的训练，均由他协助教导员进行管理。据解羽称，其余骨干，还有负责内务的室长、清洁员、安全员，安全员职责是防止新生自杀、逃跑。

权力等级背后，有一个选拔制度。新生过了一关，则成为老生；老生过了两关，有资格选拔为骨干；过了三关，便可"出营"，回家了。不过，过三关者，少之又少，通常是家长不再续费，主动接走。

新生熬完两三个月，可获得提名资格，由学生和教导员、心理老师共同投票，便可过一关。这种民主选举背后，要依靠"挣表现"。何谓挣表现？就是"讨好带你的老生、教导员，思想上很服从"。

前一年入营的齐辉说,要争到足够的表现,必须对教导员极度服从。一般是待上一年左右,才能当得上骨干。"他们就是一个傀儡政权。"

解羽说:"待的时间越久,听话程度越高,你的权力也就越大。"

胖高个叫解羽为他端洗脚水,解羽愤然回绝:"我怀疑你在侮辱我的人格。"他错失了这个表现的机会。打过他小报告的王睿,马上抢着去做了。此外,给老生洗袜子、洗内裤、刷鞋,也是常有的表现机会。

人们抢着给教导员挤牙膏、收衣服。不管教导员走到哪里,总有人为他端着茶杯,跟在后面。

除了过关,挣表现影响着日常的方方面面。比如每两天才吃一次的猪肉,负责分菜的人,自然会多分给表现好的学生。解羽说:"当然,你也可以再把几片肉奉献给教导员或者老生,以挣到更多的表现。"有了好表现,洗衣粉、厕纸等管控性的资源,也不会缺漏。

2014年12月,解羽进去一个月左右,一张厕纸引发的暴力事件,差点要了他的性命。傍晚,是集体上厕所时间,队长史蒙在分发厕纸。先前在卫生安排时,解羽对他有些怨言,生出了芥蒂。轮到他领厕纸时,史蒙少给了他一张。解羽见不对,伸手便去抢。这时,一位心理老师路过,没人敢造次。"当时他确实把纸还给我了,但当教导员进入厕所后,他又抢了回去。"

据解羽陈述,争执中,恼羞成怒的史蒙伸出手臂,勒住了他的脖子，他双脚离地，前后一分钟的时间，直到晕了过去，进入半休克状态，有一种人生走马灯的濒死体验，全身是麻的，他感觉自己在抽搐。

他说，史蒙自己也吓坏了，忙着给他赔礼道歉。

解羽清楚，如果向心理老师投诉，只会引发更恶性的循环。嘉年华每个月会有心理咨询，解羽第一次待了三个月，咨询做了两三次。面对心理咨询，要伪装成乖顺听话，不能表现出负面情绪。心理老师拥有最大的话语权，解羽学乖了，主动给心理老师端茶。这被认为是一种好表现，增加被父母接走的概率，而不是被续费。

被续费，是所有人的噩梦。

屈辱感没有表达和发泄的途径，解羽就在日记上编造"往事"，他写小学时一群同学给他灌尿，或者莫名就朝他扔来一把刀。他把这些想象成真实的，仿佛跟他在嘉年华感受到的屈辱感同根同源。

03 | 惩戒

对于所有不服从者，最直接的惩戒措施，就是"加体能"。一位骨干管理着"体能本"，负责记录、监督并勾销。

体能训练跟不上来，会加体能。常规的反抗，不服从，也会加体能。附加的体能，必须要利用中午和晚上休息时间来做。解羽记得，有人加到几万个小时，不吃不睡，也要好几年才能做完。

周会时，解羽从不按规定的格式写"错了什么""改什么"和"怎么做"，而是质疑学校的合法性，控诉绝对顺从的价值观和管理体系，拒绝背《弟子规》等，结果可想而知。

把加体能惩罚发挥到淋漓尽致的，是女生队。通常以组为单位，蛙跳、下蹲、高抬腿、展腹跳、俯卧撑各50个，250个为一组，两组起加。刚来仅仅三四天，刘梓涵就加到了6万个。

刘梓涵来自距离成都120公里的绵阳，于2017年2月14日进入嘉年华。她因为特殊的性取向，被父母发现，关在房间。逃出去后，父母诱骗她回来买手机，之后，舅舅开着车，把她送进了嘉年华的大门。那时，她才15岁。

带她的老生，是打开车门把她拽下车的黄发女子，闵悦。据称是因吸毒被送进来，30岁左右，凶神恶煞的样子。闵悦接管生活和训练的方方面面。洗衣服时，她规定倒多少洗衣粉，洗得她不满意，重新再洗；洗澡时，她也同时站在喷头下；上厕所，她守在旁边。什么她都能知道，包括日记里写的。人变成一个透明的状态，没有丝毫隐私可言。

"女生间，本来事就多。"稍有不慎，就是加体能，有时，刘梓涵一句反问："凭什么？"

敢顶嘴？继续加！做不来？再加！

附加的体能必须在训练以外的时间做，有时一个通宵做好几千个，一边做，一边喊数，如果报错，推倒重来，再双倍加上。负责监督的老生会假装睡着，试探被惩罚者是否想跳着报。她要是心情好，或者想睡觉了，刘梓涵也能跟着睡上3个小时。

体能做得太多，腿一瘸一瘸的。到了半夜，用最后一点力气，把自己的身体送上床架，有时一个趔趄，差点就整个摔下来，引来下铺的老生一顿臭骂。一身汗，照样睡了过去。

据刘梓涵说，运动量再大，正餐也只有一个馒头，外加稀饭和凉菜。常常因为太饿，刘梓涵会在擦桌子时，捡着馒头屑和剩余的肉丝，悄悄送进嘴里。

进去差不多一个月，不记得是什么事情让她感到委屈，被教官骂了，一下子加了5000个体能。她更加苦闷了，心不在焉的，不小心忘打报告，队列也没走好，像多米诺骨牌倒塌那样，一连串的事故，当天体能噌的一下，加到了15000个。

委屈，无助，眼泪流了出来。一个老生却在旁边厉声说，哭有什么用，做不死你，接着说了一堆冷嘲热讽的话。

刘梓涵压抑着反抗的念头，咬着劲，身体机械地动着，一起一落，双腿失去知觉，脑袋昏沉一片。那天下午，头顶上挂着成都夏天最酷热的太阳，厚实的军服把人裹得严严实实的。没有休息便去跑步，她整个人就昏倒过去。

她被两个老生架了起来，拖着继续跑，脚磕在凹凸不平的水泥跑道上，阵阵生疼，受不了那种磕碰的疼，只好自己跑几步。

"给我口水喝，我等下自己会跑。"

"现在不是喝水的时候。"

跑完，体能继续。

刘梓涵想要自杀。找不到任何利器，她想到厨房的菜刀，但当学生们去帮厨时，她发现，菜刀被死死地锁在柜子里，"也是防止有人自杀吧"。看见墙上那坚硬冰冷的瓷砖，她心里想着，不如一头撞上去算了。她想，要是妈妈知道自己受的苦，会多难过，但又是为什么，他们那么狠心，把自己送来这个地方。那晚，她躺在床上，眼泪直流，她用被子捂着脸，以防哭声被人听到。

在那种高压的环境里，情绪没有任何疏导的地方，只要说出来，就是"心态有问题"。某次，她把难过写在日记里，闵悦看了，转给教导员，说心态不好，随手就加了体能。

两个月后，闵悦走了，一个姓廖的老生，接管了她的生活。廖更加严苛，进门没打报告、速度慢了一点、下蹲蹲不下去……大大小小的"错误"，都加500个体能来伺候。

刘梓涵认为，在高压的环境里，人的性格、善与恶的边界，会模糊、动摇，甚至扭曲。

当刘梓涵离开嘉年华后，加了廖的QQ（这是她在练习本上方程式里秘密留下的）。得知她当了主播、幽默、和善、又很温柔，也乐于帮助她，完全不是刘梓涵从前所认识的。

当然，这是后话。但在当时，每时每刻都活在一种小心翼翼的谨慎中，尽力避免自讨苦吃。但刘梓涵膝盖附近的半月板疼痛越来越严重了，跑步跑不动了，老生抓到这个把柄，有时踹她两脚，有时则扯着她的头发跑。

第四个月，刘梓涵熬出头了。她过了一关，逃脱被压榨的底层，进入权力结构的中层。这就意味着，她成了一名老生，骨干们会对她宽容一点。周末，她能去看半个小时电视。不能豁免的是脏活累活儿，这是骨干集团才享有的权利。

但她发现，她自己也很快成了廖那样的人。

04 | 逃跑

刚来那段时间，每次打扫卫生时，刘梓涵一望着红色的大门，心就怦怦跳起来，但她从来不敢做点什么。曾有人私下讨论，趁机从大门口扔一张纸条出去，也许还能得救。

有一个晚两天来的新生，体能训练或者站队列时，总在刘梓涵旁边，两人搭上了话，就暗暗商量着如何逃跑，最后锁定了一个主意：挟持一个人。

但挟持谁成了问题。新生提出，让刘梓涵来挟持自己。但刘梓涵不敢，也不太相信人。

某天跑步时，两人一前一后，正说着，新生就跑去路边，打算捡砖头，刘梓涵其实还没准备好，心思动摇了一下，见她行动，也跟着跑了上去。很快，两个老生发现了，冲上来，直接把她们扑倒在地。

那个女孩性格刚烈，冲着教导员破口大骂，说："凭什么这样？我交了钱，你们还给我来这一套。"

于是她被绳子紧紧地绑着。去食堂吃饭，也拖着过去，扔在旁边。晚上也不能睡觉，被绑在床架上。每两个人值班一个小时，轮流守着她，要是睡着了，就拿手电筒的强光照射她的眼睛。刘梓涵觉得心疼，心想，生而为女生，这样够丢人的。

她乖乖认了怂，只是被加了点体能。好在，没人识破这种异常的举动其实是逃跑的计谋。

偶尔有老生时不时诈一下刘梓涵，假装一副和善的表情，试探她："你还有想走的想法吗？"

学生们能想出各种各样的逃跑方式。刘梓涵亲眼见到，有人喝碘伏自杀，有人拿了砖头相逼。

解羽记得一个用树脂镜片自残的人，最后把镜片弄碎，吞了下去。跟解羽同期的东哥，一个玩单片机的技术宅，还想出了粉尘爆炸计划：把食堂的面粉拖出来，撒向空中，明火引燃，便可趁乱逃脱。但东哥从未实施过，只说不做是他一贯的特征。

有人谋划去厨房抽一把菜刀，挟持人质逃出去。但窝里反起来了，被自己人告发，被打得哭喊一片。

齐辉是2014年2月进入嘉年华的。因为不想读高中，工作人员伪装成警方，进入他家，带他去接受调查，直接从绵阳带进了嘉年华。

一个月的时间里，齐辉无法适应高强度的训练和体罚，腿拉伤了。其间，每天上了床，他就默默流泪。"哭泣不会有声音，我的哭泣，是内心的哭泣，眼泪自然地流出来了。"抑制不住时，会有低低的、极其隐秘的几声抽泣。

用一种痛苦的方式，去表现阳光积极，这令他感到屈辱。他只有一个念头："Freedom, Freedom, Freedom。"

进来后一个月左右，齐辉实施了逃跑计划：那天上床睡觉时，悄悄把鞋子拿到了床上，小心翼翼地藏在被窝里。凌晨两点钟，穿上了鞋子，下了床，一点声音也不敢弄出来。

此前，齐辉在另一间房间偷偷测试过，能把松松垮垮的铁窗掰开一点。所以他跟下铺打了招呼。现在，他推开了玻璃窗门，双手握住了防盗窗的铁栏，铁栏有些生锈，可以微微掰开一些，但不如测试时那么大幅度。他把脚伸了出去，整个人却卡着，赶紧收了回来。

第二次逮到机会，已经是四个月后了。一次在厕所打扫卫生，大家忙乱成一团，教导员叫他去洗衣台拿扫把。"他给了我10秒钟的时间。"

齐辉脑子里快速过了一遍自己逃出去的情形，周围是一片农田，就算偷菜、挖树皮，一路乞讨，也要回到绵阳。而这10秒钟的时间，他可以踏上洗衣台，跳上一个矮墙，再跳到一个扎着玻璃片的墙，然后翻进农田。

但再一转念，他放弃了，"已经待了四个月"。

洗衣台可能是唯一的突破口，一直被学生们偷偷地讨论着，默念着，觊觎着。

如果被抓，教导员会召集男生三个队、女生一个队到教室集合，在讲台上扒了逃跑者的裤子，用扫把和木棍，一次次抽打，直到满是血痕。齐辉对此历历在目。

逃跑成功者，往往能成为传奇。

解羽和他同期的田冉亲眼见证过传奇一幕：某天，宿舍大门一开，隔壁队新来的一位营员"唰"一下，向操场冲去，钻进了一排树木，消失在黎明的朦胧和雾色中，解羽愣在了原地。

后来，他们多次讨论，也许他是从宿舍斜对面的活动板房那里，蹦跶了出去。解羽想象，逃跑者三两下登上了两三米高的墙，潇洒地跳入一片农田，再也没有回头。就像《飞越疯人院》的片尾，逃出生天的麦克墨菲，消失在苍茫的暮色中。

05 | 扭曲

解羽最终也没有晋升为老生。随着新人不断进来，他发现，所有人都是拴在一条绳子上的蚂蚱，想法、行动，要跟这种高度集团化的生活完全贴合，才能生存得下去。

有时，他看不惯一个人，向队长史蒙打了个小报告，史蒙会帮着他，针对一下对方。另一边，对方也会伙同自己的小团体，联手挑解羽的刺儿。

解羽说，不断有新人进来，遇到反抗激烈的，会对全队形成冲击。有时，新生一闹，全队跟着不得安宁。但对于那种极其苦闷和无聊的日子来说，新生又成了不可多得的快乐来源。

解羽也获得了一些协助管理新生的"特权"。人手不够时，他也会被叫上去摁住新生。因为他知道，拒绝的后果，要么直接受罚，要么暗地里被边缘化。

田冉也是绵阳人。因为早恋，田冉被家人送来，比解羽晚一个月。田冉的表现有些木讷，被称为天然呆。解羽不知他是故意装的，还是真的没有求生欲。

田冉"被值班"，罚站通宵，解羽排到三四点起来守，见他瞌睡一摇一摇的，已经偏离划定的位置。解羽当即喊起几个老生来，给了他一个"甩翻"。

解羽心里会产生一种莫可名状的兴奋感，身体里紧绷着的东西，一下子散开了，觉得这种发泄很爽。事后，他才对那样的自己感到陌生、害怕。

但田冉不记得有这一幕发生过，他仔细想了想，"似乎又有"。他选择性地遗忘了很多事情，只记得，他跟解羽一起搭档去倒垃圾（他们给一位教官收了很久的衣服，才换到这样的机会），那是嘉年华的漫长时光里幸福的时刻。

他们坐在"陈主任"的面包车里，闻着奇臭无比的异味，去了一两公里以外的地方。外面的世界，尽管荒凉、寻常，却是满满的新鲜。返回时，还能在野地里撒一泡尿。

解羽觉得，唯一亲切且感到快乐的，则是打篮球。如果挣得到足够的表现，教导员心情好，偶尔会带他们去院子中央的篮球场。解羽从未参与，但他远远地看着，身体自由地跑跳，似乎所有人都卸下了纷争，人与人之间，恢复了短暂的柔和与亲近。

在女生队，扭曲感似乎变得更为明显。大家的共识是，那是一个比外面的世界更江湖的江湖。某一个关于嘉年华的群里，一位女生A说，待久了，心理会变态，变成自己讨厌的样子。因为没有心机就会被害。

比如，练习叠被子的时候，下铺给她讲了讲古惑仔的剧情，遭到处罚。因为脚痛，有人帮她擦了点红花油，同样是处罚。后来A当了老生，她把所有害过她的人，一并告了。"想想就兴奋。"

群里讨论着的，以正常的视角看，很多是日常小事，但在嘉年华，它们会被人性无限放大。

A坦诚地讲了一件事。在厨房帮厨，有个女孩在收拾桌子时，到处瞄，看着很不对劲。后来，有人无意间告诉她，那个女孩是捡垃圾吃。她直接告诉了一位教官。当天，捡垃圾吃的女孩就遭了殃。

有人失势，也有人得宠。有学生说，在嘉年华像度假一样，出来后，对此也无太多恨意。混得好的老生，去心理老师那里拿烟，躲在厕所里，一人一半，抽得"脑壳都打昏"。也有人为了上位，不择手段，偷偷告密，想把骨干撤下来。

在嘉年华，女孩们相互倾轧。多年后，在群里相认了，却谈笑风生，一句"生活所迫"，化解所有恩仇。

扭曲，也在刘梓涵身上清晰可见。刚进去的时候，看见一个中国和尼泊尔的混血儿想逃跑，被绑在床架上，三个老生围着，扯头发，扇巴掌，一脚踢上去，正中肚子。她心疼，吓得流泪。但看得多了，人心麻木了，也就习惯了，与生俱来的那种悲悯心，荡然无存。没人会为一个激烈的反抗者说话，更不会怜悯她。"否则，你也没有改造好，你跟她性质一样。"

到最后，惩罚新生成了一种为数不多的娱乐，或者发泄。当了老生后，刘梓涵不时冒出一些陌生的念头：我经历了这么多痛苦，为什么要让你这么放松？

要是有人偷奸耍滑，她会突然暴怒，狠加体能。但一转念又想，算了吧，我给你减一点。这种喜怒无常的心境折磨着她。她也不知道，自己到底怎么了。

对事物的认知开始扭曲、变形。任何暗藏的心思，都是一种不听话、不服从的表现。即便刘梓涵半年没有来"大姨妈"，也被老生们说成心思太多的征兆。这套系统以训练人听话为终极目的："父母开心，你才能开心，而只要你还在里面，你就要绝对服从老生、教导员和心理老师。如果这种意志磨炼你都做不到，以后出去，你也没什么用。"

"你就是心理有问题。"这是一个无孔不入的声音，每到午夜，刘梓涵就会被种种复杂的思绪困在床上，内心摇晃起来。

观念无时无刻地涌入大脑，像一种染剂，不断沁开。三个月时间，她发现自己快被染成了另一个人。过去的自己，全错了，对父母满心愧疚，活着，就是增加他们的痛苦。但也有一个残存的角落，另一个弱小的自己，拼命抵抗："不，不是这样的，这些都是他们强制的。"

两种思想交织在一起，越想，越极端，越痛苦，越迷茫："我活着，就是个错误。"

06 ｜ 重回人间

对于田冉来说，在嘉年华最不能忍受的地方，倒不是外在的，而是一种精神上的感受：时间。那里是一种空白，一座迷失的孤岛，炼狱一样。

他说他好像从生活中凭空消失了，没人知道他去了哪里，所有的关系都斩断了。"等你出来，已经物是人非。爸妈也陌生了，你不再信任，也找不回逝去的一切，女朋友已经永远地离开。你要花很长时间，才能找回友情。"

物是人非，最可怕。

6个月后，他终于看到了妈妈，只觉得好陌生，喊一声"妈"，心里异常别扭。亲人间的亲切感，荡然无存。

父母坚决不愿意听他讲嘉年华，他们发怒。田冉看得出来，他们也在逃避，他们害怕面对自己不负责所犯下的错误。

但他会适当地，见缝插针地提出来，用很自然的口气，提起嘉年华里的种种酷烈，刺激他们，让他们感到痛苦。

田冉被送去网球学校，试图以特长生谋得学业的出路。但他打不起精神来，又会经常性地紧张。

他害怕被抓走，他变得很乖，竭力展示在嘉年华学到的，拖地，洗碗，帮大家叠被子，紧张兮兮，唯唯诺诺，毕恭毕敬，"自己像个没有内容的空躯壳，被一种强大的力量牵制着，威胁着，像奴隶一样。关系变得扭曲，不自然"。

每天晚上睡觉，他会把床挪到门后，像嘉年华的教官那样，死死地抵住门。失眠变得日复一日，即便偶尔能睡着，也必须开着灯。

太久没有休息，某一天晚上身体过于疲倦，他忘了搬床抵门，一觉睡了过去，做了梦，梦见有人把他从床上拉走。当他睁开迷迷糊糊的眼睛，醒来发现，床边站着四个陌生的壮汉，左右两个，直接把他拎了起来，抬下楼，开车走了。

这一次，他被送到了成都四院，一家精神专科医院。

无法适应的茫然，在每个人身上都有。齐辉说，他的行为举止全脱节了，每天提心吊胆，对人唯唯诺诺，人出来了，心还在里面禁锢着。他不信任任何人，也不信任自己。"我也不知道我是谁。"

刘梓涵也一样，每天还在做噩梦，总是梦见在洗衣服，或者跑步，甚至逃跑被抓了回来。在家里，她也小心翼翼，很听话。但她很清楚，那是迫于一种恐惧。"父母说带我去哪里玩，我马上激灵起来，瑟瑟发抖。"

父母送她去昆明的国际高中，但她发现自己全变了。"我不再是过去那个幽默的自己，我也没办法跟人交流了，干什么都害怕。"随着嘉年华那一套价值观在她身上慢慢淡化，她对父母的怨恨日益加重。对父母来说，性取向并没有得到矫正，矛盾也激化了，她离开了国际高中，再一次出走，身无分文，独自去了陌生的西安。只有逃离才能带给她一点解脱。

她给自己纹了大面积的文身，"要让人觉得，我很凶，不好惹"。实际上，她经常无缘无故掉眼泪，就那么突然的一下，心情急速下滑，伴随着强烈的厌世感，被一种没由来的情绪困住。

确诊了，重度抑郁。自杀的念头，每到深夜就攫住了她。两年来，她的手腕上，划出了近20道口子，却不觉得疼。

17岁的她，为了在西安谋生，找了一份舞团的工作。她出入各种酒吧，驻场和商演，她跳着充满力量感的爵士舞。

偶尔下蹲，膝盖处，仍有隐隐的痛。

留下严重后遗症的，还有解羽。2015年，第一次出来，他回到学校，但疯狂嗜睡，注意力涣散，面对课本就焦虑和抓狂。只隔了3个月，"老熟人"去了他家里，再次拉回了嘉年华。这一次，又是3个月。

而这也彻底加重了他的病情。最终，华西医院一纸诊断书，证实了他严重的双相情感障碍，吃了两年多的药，累积了20多张药单，连着车费每月开销近2000元，但不见好转，只得停了。

只有站出来抗争，他才感觉生活有一点希望。从2019年6月开始，他辞去了工作，把全部精力放在报警上，他去了新民场镇派出所，但未被受理。接着，他去郫都区扫黑办举报。

而南风窗获取的一份文件显示，郫都区公安分局在处理书中称："经走访，未发现该企业有体罚、虐待和非法限制未成年人自由的软暴力和暴力行为。"事实上，他也打听到，近一年来，嘉年华的体制，确实放宽了不少。但这一盆冷水解羽还是不接受。

解羽想起了一件久远的事情。当年，带他的老生，那个胖高个史蒙，临走前对他说了个信息：嘉年华不是教育机构，而是个健身服务公司。

以此为突破口，他向四川省信访局举报。果然，8月初，郫都区教育局打电话给他，嘉年华存在违规经营，没有办学资质，已被勒令停止办学，目前已有的70多名学生已经遣散。记者获取了一份来自郫都区教育局的《行政程序处理决定书》，证实了这一点。

这是过去五年来，解羽最开心的一天。不过，关于体罚与虐待方面，他也拿不出物证了，"每个学生出来，都不允许携带"。记者向解羽的心理老师，亦即据称是嘉年华的负责人之一的朱冬梅求证，她说不了解情况，并以养病为由，拒绝了采访请求。

2019年11月8日，记者以家长身份，敲开了嘉年华的大门，一位自称潘老师的中年男子告知，过两个月，这里将重新开学。

随着案件曝光，2019年11月，当地教育局进行了进一步搜集调查，认定成都嘉年华为非法从事教育经营活动，郫都区市场监管局也吊销了它的营业执照。

（为保护受访者，文中部分人名为化名）

"小马云"回归范小勤

记者　朱秋雨

"又一个找'小马云'的"，村口小卖部的男人们在搓麻将，抽空看了一眼外来者。

江西南部的吉安市永丰县石马镇四公里外的严辉村，每个陌生的面孔都能被村民一眼认出。多数时候，他们的目的地一致，奔向村庄深处只有水泥装饰外墙的那户二层人家。

2016年11月，8岁的范小勤因为长相酷似阿里巴巴创始人马云而走红。一年后，他获得经纪公司的签约，边出外读书边走演艺道路。三年过后，范小勤被解约，永丰县政府称他今后会在村里的严辉小学继续念书。

质疑声也随之而来。认识他的人都发现，十来岁的范小勤长不高，有的村民还宣扬，在外"风光"几年回来，范小勤比以前更矮了。关于他走路一瘸一拐，两个小腿上还有淤青的事情，他们也觉得好奇。

网络上流传的视频显示，有人替他拉上裤腿，用手按一下，问他"疼不疼"，他点点头。问他是不是有人给他打了抑制生长的针，他一会儿大声地回答"不是"，一会又含糊地说"是"。

"消费孩子""还他一个童年"……公众对范家的质疑声蜂拥而至。范小勤表哥黄新龙对南风窗记者回忆，年前的大年二十七，他拉上范小勤在抖音上开直播，"一下就火了"。但是，一万出头观众的直播间里，9000多人都在骂他炒作。

父亲范家发和范小勤一起"失踪"了。2021年2月22日后的连续几天，来访的人都扑了空。喜欢坐在水泥地上的大儿子范小勇会告诉外人，"弟弟和爸爸去南京了"。

范小勤智力障碍的母亲也在家。她听不懂外人的话。多数时候，她搬出两张红色塑料椅子坐在家门口，把一条腿放在椅子上，卷卷的发丝被油烟黏紧。只有外人提到范小勤，掏出手机找到与他相关的视频时，她才会凑过头观看，也不吭声。

不过，沉默的人没能挡住接踵而来的对名气与利益的追逐。村民群里会相互转发范小勤的视频。有人用"小马云"的名字注册了抖音号，每天数次更新范小勤的生活。表哥黄新龙也想雇佣专业运营团队，他要亲自当经纪人，将"小马云"直播卖货赚来的钱，一半拿去"做慈善"。

当"小马云"再度变成范小勤时，周围的人还不放弃他的最后一点光环。

01 ｜ 回村

2月下旬的雨水，如针般插进泥土里。往年的时候，范家发会用仅剩的一条腿，拄着拐杖弯腰在田里，蹦跳着给水稻育种。熟悉他的人都知道，他一年四季都"闲不下来"，水稻、花生、红薯、青菜，他都要种。

但这年，家门口田野上的杂草长得荒乱。2月25日晚，范家发带着范小勤返家，发现菠菜已经长到小腿的高度。他止不住抱怨：要不是接待外来者占去了时间，那些鲜嫩的菠菜就可以"拿出去卖"了。

村里的人都认为，来找"小马云"的人是继2016年走红以来的第二波高峰。

传言也随之而来，有村民说看到"新的外地老板开着豪车过来签约"，在水果店打麻将的中年人拍着胸脯说："南京老板出了15天5万元的价钱，把人接走了"；抖音账号名为"小马云"的网友宣称，有公司年底将会签约范小勤，"签三年，税后300万"。

不过，相比传言，更多人认为，范小勤正是因为失去商业价值，才被经纪公司解雇。

回到家乡的范小勤依然被人说穿得像个"乞丐"。出外多年，他拥有了款式多样的外套。但在乡下，身上的衣服他还是习惯穿上好多天，袖口始终是脏的，衣服上全是成片的污渍，手指甲的缝也是黑的。

村里人的感慨是，他和四年前比，"一点长进也没有"。在网传的视频中，有人拿出一张100元的钞票，问他数额，他认不出来，告诉别人是两个鸡蛋，引得周围人哄堂大笑；还有人问他一加一等于几，他知道等于二，但是到了"二加二等于几"时，他只伸出了三根手指。

虽然不认识钱，但对钱的概念，范小勤却很清晰。陌生人拿出手机拍他时，他会立刻伸出手来大喊："给我钱。我要赚钱。"手上有了纸币后，范小勤第一时间嚷嚷着要买他喜欢喝的可乐，甚至因此主动拉起陌生人的手，蹦跳着求着带他到村口的小卖部。

村里的人很早就认为，范家两个小孩有智力缺陷。有了一脸褶子的刘叔回忆，老师留作业，范小勤只会在本子上画圈圈。因与班上学生水平差距太大，哥哥范小勇无需参加期末考试就能直接升学。由于兄弟二人身上邋遢，同龄孩子大多不愿意和他们玩，小时候还老是笑话他们。

大两岁的范小勇的习惯、行为变得和弟弟越发相似。来探望的人多了，他也喜欢管外人要钱，从买饮料到水果，抑或"买辆新自行车"。不爱读书的他每天踩着父亲买的320元的老式自行车，一溜烟往山下窜。有时他跑到小卖部拿起物品就跑。"明天再还。"他会丢下一句话。

"他们的命运被改变了吗？"

"他家这情况，再怎么改变也没用。"一位从浙江务工回乡过年的村民回答。

02 | 走红

黄新龙并不认同。

他在2021年2月23日的抖音直播里说："'小马云'比我们

村里（的人）强太多了。别说村里，全镇有多少个人上过《星光大道》？拍过电影？和冯小刚合过影？"

让黄新龙至今感到骄傲的是，他正是第一个发现"小马云"的人。

2015年6月22日，在外打工回严辉村看望亲人的黄新龙，在阴雨绵绵中看到了站在家门口戴着草帽的表弟。他发现范小勤与马云神似。当晚10点，黄新龙在QQ空间上传了12张范小勤的照片，配上了一句"咱也是有身份的人"。

他也没想到，一个举动，"就这样一步一步走到了今天"。经过吉安本地媒体的曝光，马云本人的亲自"盖戳"，再迎上"双十一"的浪潮，"小马云"在2016年底火遍全国。

寻找他的人也蜂拥而来。媒体、爱心人士、官员、生意人、影视公司等，均慕名而来。当地村民都有印象，由于到访的车辆过多，范小勤家门口的水泥路因此被碾坏。

父亲范家发对"马云"没有概念。只读到小学三年级的他没有微信，不会用浏览器的搜索功能，手机于他只是接打电话的设备，更别提滚滚流量的到来。

他发愁的是，自己管不住孩子。一家五口，80多岁的母亲得了阿尔兹海默病，妻子天生智障，他只能蹦跳着抓紧干活。只是，范家发一埋头种地，转过头两个儿子就不见了。他们从村头窜向村尾，总是带了一身泥泞回家。

2017年7月，杭州公益面馆老板张成良，以慈善之名，成为第一个接范小勤出外上学的人。

这位高调的"慈善家"早在2016年12月就提出相应计划，

"小马云父子来杭州，我们会带他们去阿里巴巴、去各大博物馆，去趟动物园、儿童公园、海底世界。"他在微信公众号上刊发了给范家父子的募捐公告，却在结尾附上了他个人的银行账号。

2017年下半年，黄新龙称，带范小勤上补习班的张成良向石家庄的"老板"刘长江推荐了他，认为刘长江的资源更适合培养这个9岁孩子。后者为范小勤找了一所位于石家庄裕华区城中村的学校，还带范家发和范小勇到学校参观。

从外界来看，这个石家庄老板成了范家改变命运的"恩人"。过去，范家楼房只有两层，是2014年在政府的帮扶下建起来的，几乎是全村最矮的。刘长江派人给家里墙壁贴好了瓷砖，买了两张床，装上了有线网络电视，范小勤兄弟最喜欢的奥特曼电影也能直接从电视上看到。

刘长江甚至口头承诺，将对范小勤负责到18岁。

而据《中国青年报·冰点周刊》报道，刘长江曾在自动取款机前教范家发使用银行卡，按下"查询"键，范家发看到老板账户里有100多万元，那是"无数的钱"。

范家发因此对刘长江充满信任。

03 | "小马总"不在

面对范小勤被解约一事，范家发和黄新龙都表示，这是媒体炒作和谣言惹的祸。

"消费儿子""把这么小的孩子送去那么远的地方赚钱"，

范家发列举了两个说法，这些都让他感到格外不满。他一再强调，把孩子送出去，是为了让他"好好读书"。他的设想是，"有人对他好。他在外能成家立业。"

在石家庄的三年求学生涯，范小勤有了一个名为王云辉的年轻女子贴身照顾。她在社交账号上自称"阿狸保姆"。有网友猜测，这恰恰是"阿里保姆"的谐音。

团队运营的"小马总"短视频账号里，王云辉总在身旁，扮演着辅导孩子学习，照顾饮食起居的"家长"角色。她喜欢用笑眼对着范小勤说话，范小勤表现得当，她会给零食做奖励，镜头也会记录他狼吞虎咽地啃食物的样子。

范家发认为，正因为"在外面"有人常给他奖励，范小勤如今变得喜欢伸手问人要零食。

极昼工作室曾报道，范小勤去石家庄后，刘长江为了开发孩子智力，决定从条件反射的生活小事教起。

一次路过商场的西装店，范小勤向站在门口的店员打招呼，得到了一句"孩子真乖"的夸赞。范小勤便抬头对着刘长江说"真棒啊，鸡腿多一块。"得到新奥尔良鸡腿的奖励后，范小勤以后每路过一家店，都会主动挥手，大声地对人说："你好"。

但刘长江的野心不止如此。他曾形容，支撑他坚持下去的是一个梦想中的场景："小马总"成为了如同阿里巴巴一样响当当的品牌。范小勤坐在中央总裁桌上，范家发和范小勇站在两旁，三人齐齐喊出："让山区不再有贫困和受苦的孩子。"

他将范小勤打造成已经改变命运的山村孩子，意图以公益之名刺激更多感动人心的力量。

2019年3月，他策划了一场"小马云"与云南"冰花男孩"王福满的见面，他给这名云南留守儿童送去了1100块钱，甚至承诺将资助其到大学毕业。而2019年1月成立"江西小马总文化传媒公司"时，身为最大股东的刘长江还介绍，公司主营文具产品，收入将主要用于资助农村贫困学生完成学业。

只是，刘长江自认为先进的教育，在范小勤身上最终体现的，只有机械式的模仿。

2017年，最火的时候，范小勤出演了《大国小兵》《雾路奇途》两部电影，出席各种商业活动。

在摄影机与镁光灯前，他只会做王云辉反复教的比"耶"手势，响亮地说一句发音清晰的"大家好，我是小马云，我爱你们么么哒"。有西装革履的人对着他敬酒，他会先看向王云辉，看她怎么做，再学着她说："祝大家身体健康，万事如意。"

范家发也对南风窗记者承认，出外三年，除了变得"会说普通话"，范小勤与从前相比"没有进步"。

04 | 扶起小马云

如今，再问他"如果还有人提出资助范小勤出外读书，是否同意"时，范家发咬定了说："现在不是这样。"

他重复了两次他的决心，大意都是："我再苦一点，也要把他留在身边。"他给出的理由是，担心小孩的身体。

王云辉出示的河北医科大学第一医院2020年12月的诊断书显

示，范小勤患有矮小症。永丰县残联则在次年2月22日为范小勤办理残疾证。经专业机构鉴定，范小勤系智力二级残疾。

范家发希望外界忘了孩子，"媒体不要过多关注"。

只是，回乡后的范小勤，生活依然喧嚣。

走在街上，有人总喜欢逗他，大声喊"小马云""小马总"。围观者让他表演歌曲，起了一个"阿里"的头，范小勤就会条件反射般地唱："阿里，阿里巴巴，阿里巴巴是个快乐的青年。"这是过去三年间"小马云"登上舞台会表演的唯一才艺。如今，只会惹得哈哈大笑。

有人将他在农村的日常上传到短视频，每日定期更新。据南风窗记者不完全统计，"小马云""小马云日常"等有关范小勤回到农村的账号，在抖音、快手两个平台共计有9个。在镜头前，他依然会跟着其他人乖乖学舌，"不怕京东、拼多多，就怕我永丰小马哥"。

镜头背后的含义却已经截然不同。他过去被包装成"总裁"式的人物，成为各大商业活动中吸睛的"锦鲤"。如今，回到原点的范小勤，短视频文案则变成"沦落""悲惨""匪夷所思"。人们同情的背后，往往还带着一层从舞台高处坠落的唏嘘和嘲讽。网传的小视频中，有村民拿着装水果的红色塑料袋甩在范小勤的头上，告诉他："你没用了，你不能赚钱了。"

表哥黄新龙想成为那个帮助"小马总"重新成名的角色。在外拼搏多年，他有了两家公司，自认为"有了实力请专业的运营团队"。他的打算是，每天晚上在范家进行一次时长约为半小时的直播，范小勤只需"出镜两三分钟"；再利用周末的时间，带着范小勤"做慈善"。

他的直播计划十分直接，"不求观众打赏，就做卖货"。他打了一个比方："我们卖一件商品赚10块，我们拿出5块，去帮助更多的贫困儿童或者孤寡老人。"

带给他灵感的同样是互联网。但这一次，他不再有五年前对"无法给范小勤好的未来"的担忧。

正月二十七（2021年2月8日），黄新龙记得很清楚，他从工作地安徽阜阳回来的第二天，听说有村民给"小马云"拍了一个视频，"在抖音点赞一下子超了8万。"他自己也尝试，晚上带着范小勤直播，观看人数很快超过了1万。

第二天中午，黄新龙带着拟好的合同找上范家发，与他签好了代理人协议，正式成为范小勤的经纪人。不过，他第二次带上范小勤直播结束不久，抖音账号已经被封禁。

他对南风窗记者用"帮助这个家庭"解释了他的行为初衷。他认为，范家五口缺乏的是今后能养家糊口、照顾家庭的人。他本来的打算是，用赚来的钱请人每天照顾范家五口。

但他也发现，"不管谁去做这个东西，网友都会说我们在炒作他、消费他。"

严辉村村委会一名郑姓的工作人员表示，对于范小勤家庭而言，在政府的帮扶下，生活条件不算贫穷。但一家五口缺乏劳动力，才是这个家庭最大的难题。

客厅墙壁上悬挂着的"严辉村贫困户年度收益表"，记录了范家发一家五口2014年到2020年的年度收入。上面显示，2020年全家共计收入40 895元，其中包括"长期赞助范小勤"10 000元政策性补助，以及南昌小马总公司的3300元分红收入。

黄新龙说，他羡慕范小勤，从头至尾"弄不清发生了什么事"，因此人生总是"无忧无虑"。

2月26日，元宵节的午后，范小勤坐在厨房的竹凳上，看着哥哥范小勇杀鱼的背影出神。

有人好心提醒，这鱼死太久了，"臭了"。范小勇坚持说，这条鱼是他亲自在小溪里抓的，"好得很。"

我问范小勤："你喜欢在哪里的生活，是家里还是石家庄？"

"家里。"他立刻回答。

"家里有哥哥、奶奶、爸爸、妈妈。"他缓缓地重复两次，怕落下任何一个人。

中职生，走出去

记者　黄茗婷

穿过叙永县白腊苗族乡密密麻麻的竹林，一个蓝衣女孩走了出来。她一看到我就说："好想快点回上海开学啊。"

女孩叫吴霞，顶着2022年8月末42摄氏度的高温和晒得皮肤生疼的太阳，吴霞邀请我到她家坐一坐。

在院子门口，有啄食的鸡群，一边的棚子里有号叫的猪。放暑假回到家，吴霞需要帮家里喂鸡、喂猪、砍柴。

吴霞将我带到屋里一张木桌旁坐下，便讲起她在上海的校园生活：除了文化课和电梯维修专业课，还有戏剧社、足球赛、新学期的实习岗位和在外滩、博物馆参观等活动。

两年前，中考成绩出来，没考上高中的她，哭了。这时候，已经从上海职校毕业的姐姐告诉她：去参加"中职项目"吧。

吴霞的姐姐吴娜，是"中职项目"第一届学生，如今已在上海买了房、成了家，成为"改变命运"的一个榜样。

"中职项目"是上海思麦公益基金会（下称"思麦公益"）创建的公益教育项目。11年前，一群上海公益人来到乌蒙山区做教育扶贫——他们向四川叙永县当地没考上高中的孩子，提供在上海接受免费的中等职业技术教育的机会，希望间接改变当地的贫困面貌。"中职项目"的时间跨度之大、地理跨越之广，需要上海和更多省市的企业和政府合作。

过去11年（截至2022年），云贵川三省共有820名孩子进入"中职项目"。如何用教育消除贫困，是这群公益人十多年来在思考和解决的问题。"中职项目"的出现，将公益教育的覆盖面拓宽到此前甚少有人注意的"职校生"身上。它就像一颗种子，在乌蒙山区发芽、结果。

随着时间拉长，枝干渐长，触发的思考也愈多——作为与就业接轨的职业教育，"中职项目"该如何为职校生的实习和就业托底，如何向外推广和更新迭代？而在国家脱贫攻坚取得胜利后，"中职项目"的链条该往哪个方向延长？职业教育如何反哺乡村发展？

这些问题的答案，要从一场长达11年的公益实践说起。

01 ｜ 读职校，是卖孩子吗？

"送孩子去上海念职高，不是卖孩子吧？"一位家长跑到县里问。

听到家长这么问，贾汝敏肚子里窝着火："我不是卖人，我怎么可能卖人呢？"

一位县领导怎么会卖孩子呢？但这是"中职项目"在招生初期承受着的质疑。

对"中职项目"的不信任，一方面是当地人对一个全新的公益项目的不了解，而另一方面则是对职业教育沉积多年的偏见。

叙永县扶贫基金支会是"中职项目"在叙永落地的主要推动者，时任会长贾汝敏，曾任叙永县人民政府副县长，分管过叙永县当地的教育。她知道，职业教育是当地教育系统中"最令人头疼"的一环。

彼时叙永贫困，交通也不发达，当地的职校教学大多停留在理论层面，最关键的实操课程，却在现实中缺位。

曾有家长向贾汝敏反映："我的小孩去了职高之后，三年学完之后都不知道干嘛。"

在对职校不了解、不认可、不信任的情况下，一些考不上高中且家贫的孩子只能辍学，在餐厅、发廊打工，甚至在游戏厅度日。当看到这种情况时，贾汝敏觉得需要做点事情了。

这时候，已在叙永当地做过多年教育资源捐赠的思麦公益再次到来。在此之前，他们一直在思考，除了改善校园的硬件措施，给山区捐赠教学、生活物资，成立帮助贫困大学生的助学金之外，公益项目应该如何迭代，才能惠及更多人并适应社会的发展？

他们越来越感受到：光改善当地的硬件设施是不够的，当地上了高中甚至大学的孩子毕业后，不少依然面临找工作的难题，而一些连高中都没读上的孩子，就像墙角的青苔一样，没有被外界关注到，至于那些辍学的孩子，境况可能更糟糕。

在前往叙永调研前，思麦公益的创始人、理事长黄岩，在和上海市房地产学校及一些房地产企业交流时，了解到上海许多家长不愿意让孩子去职校读书，上海一些职校招不满学生，但偏偏，社会上职业技术岗位有很大的空缺，尤其是在楼宇设备智能化、自动化的趋势下，上海非常需要懂技术的新一代职业蓝领。

在那次交流中，上海市房地产学校校长忻健强对黄岩说："现在，电梯维修等楼宇管理很重要，如果能帮助社会培养出一批责任心强、懂技术的年轻技术工人，上海人民感谢你。"

这句话，黄岩一直记在心里。思麦公益开始筹备，以中职教育为公益项目的新起点，在叙永进行下一阶段的教育公益。

他们将想法带到叙永，思麦公益另一创始人盛放向叙永县扶贫基金支会提议，将叙永贫困家庭的孩子接到上海，接受职业技术教育。

贾汝敏心想：上海有空置且优质的职业技术教育资源，而职业教育偏偏是叙永教育的短板，如此一来，不是正好可以将两地的资源进行匹配吗？

双方一拍即合，开始研究合作模式，并将项目命名为"中职项目"。

但仍有许多制度性问题需要处理。中职生一般只在省内流动，要将叙永的孩子送到上海读书，需要体制内跨层级和多部门的配合与多环节的打通。

经过近一年的打磨，叙永县扶贫基金支会和思麦公益制定了一系列合作协议，经过律师事务所的修订，确定上海和叙永两地相关单位的权责，并将协议送到叙永县政府法制办审定，最后由时任县委书记王波批示同意。

有了官方的背书，当地民众对项目的不信任感得到一定程度的降低，但他们依然对那个两千多公里外的都市感到陌生。

02 | 在老家，有些东西不敢想象

第一届"中职项目"，在家长的担忧和项目方的坚定中开始了。

姜远记得，当时有5名家长也登上了前往上海的大巴，因为还是不放心孩子。而自己的父母，因为正值秋收，离不开家，只将他送到了车站。

出发前，母亲让他带一点自制的腊肉、剁椒到上海，怕四川娃娃吃不惯浓油赤酱的本帮菜。但姜远环顾四周，没有一个人是带着家乡的土特产到城市里的，敏感的他谢绝了母亲的好意。

姜远是"中职项目"第一届学生。此前，他只去过叙永所在的地级市泸州市一次，17岁前的人生，都是在叙永的山村里度过的。

姜远家世代生活在山里。父母靠务农和偶尔到县城打散工为生。一个月3000多元的收入，维系着一家六口的生计。

上学、干农活、休息，构成了姜远此前17岁人生的全部。5岁，他就开始做手工活儿和农活儿挣零花钱。叙永盛产竹子，竹竿纤维经过机器的碾压，变得柔软坚韧。他跟乡里其他孩子一样，很小便会将竹子编织成竹席。10张竹席弄成一捆，一捆能卖出一块多钱，姜远从中可以得到两三毛。

如果没有意外，姜远的家庭，可能会一直过着如此传统的农耕生活。"中职项目"的面世，让姜远看到了另一种生活的希望。

通过面试后，他获得入读"中职项目"的资格。2012年9月1日，他坐上一辆大巴，从家乡叙永县出发，最终来到上海。繁华城市景象在姜远的眼前展开。突然，落差感和迷茫从心里生出：怎么样才可以在这座城市里找到自己的位置？怎么样才能生存下来？

招录姜远的是上海市房地产学校智能楼宇专业，简单来说，就是电梯维修。第一个学期的理论学习，让姜远在心中慢慢勾勒出关于这个专业的轮廓。但学校不仅仅是专业学习而已，也是日日夜夜、一件一件小事积累起来的心态转变。

十年过去了，姜远还记得那一次语文课上的演讲，这是一名山区孩子蜕变的起点。

除了日常的文化课和专业课外，学校会举行戏剧、演讲等课外活动，而课堂也提倡大家发言。为此，语文老师规定，每一节课的前5分钟，需要同学上台分享自己的经历。

轮到姜远时，内向的他站到台上，紧张得只能想起小时候在家抓泥鳅、鳝鱼还有编竹席的经历。当他小心地向班级分享这些趣事时，没想到竟引起了全班同学的共鸣。

这群被命名为"四川班"的孩子，有的说"我小时候抓小龙虾"，有的说"我小时候抓过蛇"，在这座最繁华的都市里，一个个来自山野的孩子，争相分享小时候在田间山头的经历。

课堂上活跃的气氛，让姜远感到意外，他尝到了主动外向带来的快乐，感受到了山村生活并不意味着贫苦，反而是一种乐趣。

这也让他第一次感受到在这座城市的归属感。渐渐地，他更加主动地融入这个班级，开始积极参与校园里的活动和比赛。他参加过主持人比赛，还代表上海市中职生参加全国技能比赛。

姜远对电梯维修的认知，是在比赛中慢慢建立和充实的。职业技术教育更强调实操性和应用性，房地产学校校长忻健强告诉南风窗，为了培养学生对技术工作的兴趣，学校开设了许多兴趣班，并鼓励学生参与各种项目比赛，引导学生在兴趣中锻炼技能。

每一年，房地产学校都会组织学生参加全国性的技能比赛。得知这个消息后，姜远找到了负责实操培训的老师，主动报名。在那一年里，当其他同学在周末休息、出去玩的时候，姜远和其他3名同伴待在机房里，研究一架电梯的构造、拆解故障发生的路径。如此一来，与同期学生相比，姜远相当于多了一年的实习时间。

他的付出也是有成果的。在这次全国性技能比赛中，姜远和队友获得三等奖。这次获奖，让他体验到作为一名技术工人的成就感，他开始思考未来的职业规划。

在做"中职项目"的过程中，黄岩等人了解到，学校教育和业界需求存在较大的脱节，"至少5年的发展差距"。"中职教育怎么样适应市场的需求？校企共建是关键。"在中职生三年级的实习期，思麦公益和学校以及企业建立了校企合作。姜远也由此得到进入三菱电梯在重庆地区实习的机会。

实操经验丰富的姜远，渴望具有挑战性的任务。他再次变得主动，向企业的领导说："我们想多学点东西，您可以多给我们安排点活儿。"

这家企业当时刚好遇到一个发生很多故障的项目，领导见姜远如此主动，便将他调到了项目组。姜远进入项目之后，异常兴奋，他将这些"疑难杂症"看作是自己"升级打怪兽"路上的关卡，每解决一个，职业路上的段位就升一级。

现在的姜远，已经从技术岗位转型为管理层。他目前是一家楼宇工程公司上海地区经理，成为了大家口中的"大师兄""优秀学生代表"。

回想起在"中职项目"的三年，他很是感慨。他告诉南风窗，"中职项目"带给他最重要的东西，是眼界。如果当初他听从了父亲的安排，在家乡学厨或者汽修，做的同样是职业技术的工作，但可能一辈子都只留在山区。

"在老家那个环境里面，有些东西你是不敢想象的，觉得很多东西是不可思议的。"姜远对南风窗说："但走了出来，有了眼界，才知道有些事情是有可能的，我们才会改变自己的选择，三观和行动也会随之改变。"

03 ｜ 从没有灯的教室，到820名中职生

像许多中国公益人一样，2008年汶川地震，也是黄岩做公益的起点。

那年5月，几十万名志愿者和公益人士赶赴震中救灾。年轻的黄岩也身在其中，他当时是上海一家国企的团委书记。地震发生后的第30天，他向单位请了假，带着上海一众朋友和爱心人士

筹集的资金来到四川，也想投入震后的重建工作。

但震后，学校等公共建筑重建的抗震标准大大提高，建筑成本随之增加。一名校长告诉黄岩，他所筹集的资金，最多只能帮助学校修建一个操场。对比之下，黄岩感到了一丝挫败和伤感。正当他准备带着筹款从成都返回上海时，他认识了当时经四川省人大机关下派到叙永挂职副县长的李伟平。

李伟平跟黄岩说，不要在全国都关注的地方去抢项目，这样公益资金没办法发挥更好的作用。他建议黄岩，去云贵川交界的地方，100多万元就可以建造一所学校，那里也很需要外界的帮助和资源。

在李伟平的建议下，黄岩跑到了叙永。在一所小学考察时，他看着空荡荡的天花板，有一种说不出的奇怪。几番环顾之后，他才意识到，教室里连一盏灯都没有。

小学校长告诉黄岩，因为教室没有灯，晴天孩子们会在教室外上课；下雨时，孩子只能回到昏暗的教室，在看不清课本的情况下，跟着老师读、背课文。

那时候当地山区的办学条件，令黄岩大受震撼。他决心改善当地小学教学环境。

最开始是从捐赠做起，后来在叙永县扶贫基金支会的协助下，黄岩将公益事业扎根在乌蒙山区腹地。

慢慢几年过去，黄岩意识到，要规模化地做公益，需要成立一个正规的组织。

2011年12月，上海思麦公益基金会成立了。

在创办思麦公益之际，黄岩就坚持基金会必须有生命力，而项目的迭代和调整，就是生命力的体现。

叙永县的喀斯特地貌无法储蓄水，他就筹资建水窖；当地教师生活环境简陋，他就改善教室宿舍……渐渐地，他的助学从硬件转向软件，成立"栋梁工程"，资助考上大学的贫困生。

公益项目需要可持续发展，所覆盖的教育环节的链条也要往外延伸。为此，"栋梁工程"之后，又有了服务没考上高中的学生的"中职项目"。

在过去11年里，"中职项目"培养了许多像姜远这样的优秀学生代表。叙永县扶贫基金支会办公室主任陈俊作向南风窗介绍，"中职项目"切实地改变了许多叙永孩子的命运，一些学生毕业后在上海、重庆、成都等城市找到了工作，有的已经月薪过万；有的学生在中职毕业之后，通过高职考试，甚至被免试直招，进入了大专院校，有些通过成人高考，之后还完成了"专升本"的考试，圆了自己的大学梦；还有个别学生因品学兼优并掌握了一门技术，被特种兵部队应征入伍。

"中职项目"给孩子们带来的立竿见影的效果，让思麦公益看到了项目向外推广的可能性。

2015年开始，"中职项目"延伸到云南省红河哈尼族彝族自治州的元阳县。2019年，首次在贵州省遵义市桐梓县招生。"中职项目"逐渐覆盖了云贵川三省，受助学生共820人。

04 | 辍学，5%的遗憾

说起"云南班"里那个辍学的小女孩，王明辉红了眼圈。

王明辉是思麦公益的执行秘书长，受黄岩等公益人的影响，2015年，她放弃了一份体制内稳定的工作，加入了思麦公益。

小女孩父母双亡，原本跟伯父伯母生活，被"中职项目"选中后来到了房地产学校。但因为家庭变故，她产生了退学的念头。

思麦公益知道小女孩的情况后，希望能用额外补助等方法让她继续读书。但小女孩最终顶不住来自家庭的压力，还是主动退学了。

小女孩之后到了广东打工。一年后，她联系学校说，打工时才觉得，还是读书更好。但她的学籍早已退出，在制度上，她难以复学。

面对这些因不可控的外部因素导致辍学的学生，王明辉很心疼。"中职项目"里有几个孩子，都是因为家庭变故，需要他们早早出来打工而离开的。但他们也决心，对于其他可控的辍学情况，要从源头遏制。

2015年"中职项目"开始向外扩张，但这个过程中，出现了一些问题。只有95%的学生能顺利完成三年学业，剩下的5%则由于各种原因无奈辍学。

辍学，是职业教育中普遍存在的问题，在贫困地区尤为明显。根据西南大学教育学部讲师林克松等人的研究，2014—2019年，云贵川渝四省市18个国家级贫困县的职业学校辍学率为8%～40%，辍学高发期集中在第一学期结束或实习结束后。

"中职项目"的学生辍学是从2014年开始的。它的辍学比例相对中职群体平均水平要低得多，但仍旧让思麦公益反思。

王明辉他们曾针对这种情况进行过复盘。在前三届学生的口碑和就业成果的带动下，不少山区的家长带着孩子加入"中职项目"。这些孩子自己的意愿不大，而家长也没有进行深思熟虑，更多的是看到好处也就"随大流"。

这样的学生，来到上海上学后，会发现自己对所学的专业不感兴趣、学不进去，丰富的课外活动也无法让他们对校园生活产生兴趣，加上其他各种个人境况、心理因素的影响，久而久之也会生出厌学进而辍学的念头。这些问题，与林克松在调研中发现的职校学生非贫困性辍学原因大体相似，是当下职业教育运作过程中几乎难以避免的问题。

作为一个非公募的公益基金会，思麦公益每年筹集资金的渠道有限，每一个资助名额都尤其宝贵。他们容不得、也不希望出现学生半途而废的情况。

为了减少学生辍学的情况，思麦公益调整了招生面试环节，除了看学生是否贫困、中考成绩以及学习能力、为人品德之外，还会考察他们到上海上学的意愿是否足够强烈。面试时，家长或者监护人也要在身边陪同，家长的想法，他们也想了解。

这样的面试，可以筛选掉那些只是"随大流"、意愿不强、没有经过深思熟虑者。

思麦公益希望，"中职项目"的每一个学生都像姜远一样，面试时眼里含光，对外界有足够的好奇，对走出大山有足够的渴望，对改变命运有足够的信念。

05 | 迭代，公益项目的生命力所在

"中职项目，除了教会孩子一门技术之外，是否还关心他们作为人的全面发展？"

在一次交流会上，有人如此问王明辉。

几年前，"中职项目"刚完成了从面试入学、实习、毕业的中职人才全链条建设，尚不太敢回答探索中职学生"全人培养"的问题。但现在，王明辉已经足够有底气地回答：当然有。

自2016年起，思麦公益探索开设了"成长课程"，针对孩子们不同阶段容易出现的问题，进行有针对性的辅导和支持，帮助他们更好地适应在上海的学习和生活，包含了法律讲座、金融知识讲座、各种文体团队活动等。其中最受欢迎的是"足球成长课程"。

因上海疫情，学生们只能在宿舍上网课，线下的"足球成长课程"也暂停了一个学期。总有孩子问王明辉："足球课什么时候可以开课啊？"

女孩吴霞，暑假最想念也是足球课。每周一次的足球课，西班牙教练都会给学生们安排不同的主题，"尊重""鼓励"这些词，吴霞是在足球课上学会的。一个人讲话时，自己不要插嘴；其他同学摔倒时，要伸出援手。当足球比赛胜利的时候，外籍教练还会给孩子们送小礼物，有护肤品，也有老干妈。那是快乐的体育时光。

一学期下来，王明辉眼见着这些孩子从内而外的变化，变得自信、变得关注自己的同时也会关注别人，班级的凝聚力也有所

提升。

一次足球课结束后，一个男孩从操场的一端跑过来，找到王明辉。那是一个来自云南的男孩，初中时就辍学过一段时间，在外打工。工地生活太苦了，年纪小、体力小，却一直干着最重的活儿。

"出去打过工才知道学校好，所以我又回来读书了。"那天，男孩穿过操场，特意对王明辉说："老师，我很感谢您这个项目，让我继续有书读。"

曾有人不解地问王明辉，为什么要千辛万苦将孩子们接来上海读书？上海能带给孩子们什么特别的收获？

她相信，沿海和山区的教学差距，一直在缩小，但沿海城市能够提供给孩子的眼界、资源和先进经验，特别是在某些行业上的专业优势，是山区在一段时间内难以追上的。

但时代在发展。2019年，叙永摘下"国家级贫困县"的帽子，上海本地职业教育的形势也催促着"中职项目"作出调整。

作为项目推动者之一、叙永县人大常委会主任周之平对一个场景印象深刻：去年（2021年）是"中职项目"十周年，他带队到上海探望叙永的孩子们，座谈会上问起："现在你们还有没有继续提升学历的想法？"

许多孩子说，他们一直有这个想法，会选择成人夜校或者单独招生等途径，进入高职院校读书。

"中专的学历是不够的，现在能留在大城市的，门槛都是大专学历了。"周之平跟南风窗说。为了解决孩子们的诉求，周之平从上海回到叙永后，召集了相关部门开会商讨如何完善招考制度，拓宽学生提升学历的途径。

在云南，让中职学生参加高考的制度也已打通。王明辉告诉南风窗，去年毕业的"云南班"，自主参加成人高考的比例为100%。如今，制度为这些中职生打开了大门，向上流动的机会再次增加。

中职向高职迈进，是向上的调整；而专业设置的更改，则是"中职项目"广度上的调整。

叙永县扶贫基金支会会长张德全告诉南风窗，2019年之后，叙永县扶贫基金支会的工作转入乡村振兴的阶段，他们和思麦公益开始思考，"中职项目"还要不要做，要怎么做？"乡村发展依靠谁？叙永县也需要人才。"他对南风窗说。在电商助农效果显著的当下，叙永县有着对于电子商务人才的集中渴求。

在多方协调下，2021年，"中职项目"增设了电子商务专业。2023年，第一批"中职项目"电子商务班的学生即将毕业，效果如何，还需要时间来检验。

但无论是上海还是叙永，都对"中职项目"的未来充满信心。

他们相信，不断随着社会发展而作出调整，是"中职项目"的生命力所在。

（文中吴霞、吴娜、姜远为化名）

被冻卡的义乌商人

记者　何国胜

　　义乌市银行账户冻结援助中心（下称"援助中心"）内常见这样的情景：几个被冻卡的商户围着一个工作人员，商户在讲述自己银行卡被冻后带来的损失和困境，工作人员扯着嘶哑的嗓子，大声解释该如何配合冻卡的公安机关。

　　他脸上一会儿是无奈的笑容，一会儿是被解释不通的急躁带来的涨红。但在每一通的解释后，他都不忘强调：不要收无关第三方汇来的人民币（货款）。而在他的嘶哑的大声解释中，掺杂了其他商户间互诉自己被冻卡经历的叹气声和无法理解大面积冻卡行为的埋怨声。

　　这样的场景自援助中心2020年11月10日成立后，几乎日日都在上演，而且一天几次。

　　此前，一封义乌公安《致全国各地公安机关的一封信》在网上热传，将大量义乌外贸经营户银行账户被冻结的事情推到了众人面前。银行卡冻结虽非首次发生，但当义乌经营户常用外商通过地下钱庄汇来人民币的结算习惯和全国公安机关自2019年严打电信诈骗和启动"断卡"行动遇在一起后,这波"打击面"广泛的"冻卡潮"从2020年下半年得以形成。

有国内电信诈骗和网络博彩骗局的赃款,混在了外商通过地下钱庄汇来的人民币货款中,合法经营的商户,因为一笔赃款的混入,突然成了"犯罪嫌疑人"。随着冻卡到来的是上述公开信中提到的"企业因流动资金问题面临破产,经营户支付不了供货商的货款,甚至出现发不了工资等情形,给义乌市经济和社会稳定造成极大影响"。

实际影响不止这些。经营户赵振华被判处拘役四个月、姚波的信用卡被双向冻结导致逾期、林玉被河南警方询问了五六个小时后被要求退了17万多元的"涉案金额"、卢强被张家界法院强制扣划16万多元、罗玉兰的七个仓库被货物堆满,只因不敢再收外商汇来的人民币、王林的一张卡被41个公安机关同时冻结……义乌商贸城的商户们被冻卡带来的恐慌笼罩。

大量被冻卡的"冻友"们挤满了一个个微信群,讲述冻卡经历,找寻解冻方法及防冻"秘籍"。为此,义乌市成立了全国第一个银行账户冻结援助中心,并派出多个工作组前往全国各地公安机关走访对接,但解冻的速度远远赶不上冻卡的速度。义乌市政府在2020年11月公布的数字中,冻结账户已有1.5万个。

众多的被冻卡经营户和企业只有一个迫切的心愿:只冻结涉案金额,解除账户内非涉案金额,缓解经营困难。

01 | "寒潮"的来处

义乌商户卢强等14人不会想到，2020年他们银行卡被冻结、强行扣划的结局，早在7年前就开始书写。

2013年，厦门人李某获得"亚洲国际"赌博网站的唯一专属推广链接。3年后，他在微博、QQ空间、网络论坛和百度贴吧发布"亚洲国际"的专属推广链接。到2019年12月，李某通过推广赌博网站，发展下线赌博会员，非法获得佣金132万元。

2016年6月，李某又代理另一家赌博网站，以同样的方式推广，到2020年9月时发展下线会员178人，非法获得佣金46万元。在将一部分佣金分给自己的线下赌徒后，两个赌博网站的代理人身份，给李某带来73万元的收入。

2020年4月13日，李某被湖南张家界公安机关抓获。后经法院审理查明，在李某代理的两个赌博网站产生的近1.4亿元赌资，流转到了1509个个人账户。而卢强这些就在这1509人当中，被动地成为接收赌资的"嫌疑人"。

在李某被抓获3个月后，卢强去给供应商汇款的时候，发现自己的银行卡被冻结。算上理财、基金和平时的流动资金，那张卡里有200多万元。银行告诉他是张家界公安机关冻结了他的卡，并给了两个民警的联系方式。同时，他遇到几个同样被冻卡的商户，互相一聊，发现都是被张家界警方冻结的。

民警电话拨通后，对方说他账户中有一笔4万元的汇款涉案，卢强解释说自己是义乌的商户，钱是一个孟加拉国外商转给他的货款。民警让他带着订货单、营业执照等相关材料去张家界处理。

之后，他们几人一同去了张家界，去后对方说他还有一笔12万元的转账也有问题。提供完所有材料后，警方让他们回去等消息。回到义乌后等了4个月，没等来什么好消息，等来的是银行一条强行扣划16万元的短信。"我们当时觉得莫名其妙，什么都没提供给我们，"卢强说。

其实在他们账户被扣划前一个月，当地法院宣判了该案，李某因犯开设赌场罪，判处有期徒刑7个月，并处罚金20万元。同时，流转的赌资全部予以追缴，所以卢强等人才收到那条短信。

钱被扣划后，卢强等人打电话问警方，对方说钱是法院扣的，应该去找法院。费了一番心思找到法院后，对方说案子是公安办的，应该去找警方。卢强等人要求司法机关提供他们14人与此案相关的证据或判决书，对方以此案涉密为由拒绝。后来他们从另一个被强行扣划人员处复印到了判决书，其中写着该案是公开审理的。也是在这个沟通过程中，他们才知道外商汇给他们的货款是通过地下钱庄转过来的，而这里面包含了赌博网站中的非法赌资。办案机关循着资金流向，追回账款，办结了案件。但卢强等人觉得，这种做法不过是"把一个受害者变成了另一个受害者"。

卢强等人的经历几乎是义乌商户的缩影，只不过大部分人比他们幸运，没有遭遇强行扣划。

但他们收到赃款的途径是相同的：外商通过地下钱庄汇货款，地下钱庄跟电信诈骗或网络赌博犯罪分子合作，让国内骗来的赃款披上货款的外衣，流入合法经营的外贸商户的账户中。而很多商户坦言，他们只关心收到的钱跟货款的数额是否一致，不关心这笔钱具体是谁汇入，更无力核实是否干净。

02 | 义乌商品的利益之旅

义乌是座典型的外贸城市。2016年，国务院批复义乌市国际贸易综合改革试点总体方案，义乌成为首个由国务院批准的县级市综合配套改革试验区。卢强等人经营所在的国际商贸城，一直以来是义乌的标签，7万多家商户和2万多名常驻外商为这个县级市每年贡献着数千亿元的交易额。

最早的时候，义乌小商品市场采用"旅游购物商品"贸易方式，境外旅游者自带外汇在现场购买或委托境内企业托运出境5万美元以下的商品。由于此种模式报检费时且成本高，2013年4月，义乌试行市场采购贸易方式（因此模式海关监管方式代码为1039，所以也称"1039模式"），属国内首批。该模式是指在经认定的市场集聚区采购商品，由符合条件的经营者办理出口通关手续的贸易方式。

相比之前的"旅游采购"，1039模式将报关限额提升至15万美元，增值税免征不退，实行归类通关，无需每种货物都报检。该模式允许义乌市场采购贸易过程可以采用人民币结算，外贸公司、市场经营户等开设外币结算账户，进行收汇结汇。

2014年11月，市场采购贸易方式在义乌正式实施。

义乌一外贸公司负责人吴先生告诉南风窗，依据1039模式，一批义乌商品到达外商手里，流程一般是：外商委托外贸公司采购商品，外贸公司找经营户下订单，并在收到外商外币货款后，去银行将外币结汇成人民币。经营户在约定时间将货物送到指定仓库，外贸公司和经营户结清货款后，外贸公司办理相关手续，交由货运代理公司将货物运至对方口岸。货物到岸后，外商清关提货。

吴先生坦言，多年来义乌的小商品外贸其实并未严格遵循1039模式，"不是我们不想，而是没有选择权。"问题主要出在最后的货款结算环节。1039模式要求外商的货款必须要用足额外汇结算，但在实际操作中，这一点很难实现。

义乌的外贸客户主要集中在东南亚、南亚、中东和非洲地区。由于海关监管的疏漏和外商避税行为，该地区的外商在货物到岸后，并不会全额清关，如将实际价值1万美元的货物报成3000美元。如此，外贸公司只收到3000美元的外汇，剩余的7000美元通过地下钱庄"对敲"（外商将外币给境外地下钱庄，其境内合伙人再将人民币转给商户）的方式结算。

此外，还有一些被美国制裁的和外汇储备短缺的国家，也无法进行美元结算，只能通过地下钱庄用人民币结算。而问题就出在这里。义乌市银行卡冻结援助中心的工作人员解释称，随着电信诈骗与地下钱庄紧密联系，外商找地下钱庄汇款时，钱庄会以低价兑换人民币。"外商要给你打30万元的货款，通过地下钱庄，他只需要给你25万元就行了，另外5万元是地下钱庄凑进去的（脏钱）。"

在这个过程中，不论是低额清关还是通过地下钱庄汇款，外商始终处于获利状态，所以他们更愿意长期以这种模式进行交易。而且随着外商跟市场商户经过几次交易后熟络起来，外贸公司这一环节被很多外商省掉。外商直接在线上跟商户下单，之后商户将货物交给外商指定的货运代理公司，外商就省了给外贸公司的佣金。货物到岸后，外商通过地下钱庄直接将货款以人民币的方式转给商户，而犯罪分子则在境外直接套现外币。

2020年之前，不少外商会亲自采购，并在国内完成结算，几乎没有赃款混入的情况。疫情发生后，外商一度无法入境，交易更多地通过线上完成，货款几乎全部通过地下钱庄转入。这种交易方式已经存在十多年，问题的突然严重是因为网络诈骗和网络赌博的猖獗。

吴先生说，事情发生后，"很多人以为我们是因为偷税漏税被冻卡，其实我们每年要缴近3万元的定额税"。

03 ｜ "花式"冻结

2021年3月8日下午，商户王林收到一笔塔吉克斯坦客人打过来的17万元货款。因为听过太多被冻卡的消息，王林想在第一时间把钱取出来，但当时银行已经下班。于是王林将这笔钱转到了自己一张从未收过货款的卡上，然后再将其中14万元分别转至自己和妻子另外的7张卡上。晚上8点多，他带着那7张卡，从ATM机取出14万元。

第二天王林想把剩下的3万元也取出来，取钱的时候发现自己的账户被冻结。他用手机查了一下那7张卡，全被冻结了。去银行查询冻结他账户的公安机关时，打出来的名单有整整一张

A4纸——41个。成为已知被冻结账户中，冻结公安机关最多的一个。

但王林比大多数人幸运，被冻结三天后，他的8张卡全部解冻。冻友们将这种情况称为"临时冻结"。

相对于临时冻结，冻结期限为6个月的人数占据冻友中的多数，并将其称为正式冻结。2020年3月，商户郭东收到印度一家外贸公司转来的3笔货款，共计11万元。后来发现自己账户被冻了半年。郭东从银行得知是江西警方冻结，卡里有130多万元。之后电话联系，对方说他收到的一笔5万元货款是国外邪教组织汇进来的。郭东表示想去江西提供材料证明自己是合法经营，但对方说案子正在侦办中，先不用过来。

半年到期后，郭东的银行卡不仅没有解冻，而是被再次续冻半年。

除了"临时"和"正式"冻结，吴先生告诉南风窗，也有商户被多个公安机关"排着队"冻结。吴先生给南风窗出示的一张图中，有三个公安机关"排队"对一个银行账户进行冻结。专业术语将其称为"轮候冻结"，即对已被法院冻结的存款，若其他法院也要求冻结，只要前一个冻结一解除，登记在先的轮候冻结即自动生效。

值得一提的是，商户刘勇的银行卡被西南某省份冻结，涉案金额4万元。后来，当地民警来义乌找他，说那笔货款是他们当地被骗走的98万元扶贫款中的一部分。

被冻结的不光是商户，外贸公司也遭遇冻结。吴先生的公司在此前被浙江台州警方和山东寿光警方各冻结了一张卡，两张卡涉案金额不到6万元，但被冻结的金额多达530万元，且至今未解冻。

外贸公司账户被冻结的影响大于个体商户。首先是外贸公司被冻结金额大，直接影响公司现金流。其次，外贸公司冻结后会引起连锁反应。外贸公司将收到的货款转给供应商户，商户再用该资金支付工厂货款。一旦其中有一笔钱出了问题，冻结会从外贸公司一直传导至工厂。卢强告诉南风窗，他们了解到有个工厂因为拿收到的货款支付工人工资，导致工人账户也遭冻结。"公安是跟着资金流向走的，钱到哪里就冻到哪里"。

遭遇冻结的也不光是义乌一地，温州、宁波、广州、泉州等外贸发达地区均出现了不同程度的账户冻结现象。义乌只是因为外贸过于集中，商户体量大，所以显得严重。

冻结账户是公安机关侦办相关案件的正常工作流程。但自2020年9月1日，公安部新修订的《公安机关办理刑事案件程序规定》施行后，针对电信诈骗案件，被害人被侵害时所在地和被害人财产损失所在地公安机关获得管辖权。加之当下冻结方式以网络远程冻结为主，使得异地公安冻结银行账户变得更为简易。这也是出现如此大面积冻卡潮的原因之一。

04 ｜ 漫漫解冻路

郭东在被江西警方冻卡前，也被北京警方冻过卡。但那次经历他不怎么对人讲起，因为被冻后处理得很顺利。只有在跟现在的解冻困境做对比时，他才讲述第一次被冻卡的经历。当时被冻卡后,他联系到北京警方,对方说有笔钱涉及电信诈骗。郭东解释了自己的商户身份,警方就让他将相关证据材料通过电子邮件发送过去。"15天之内就给解冻了。"

这是整个"冻友"群体中几乎最为顺利的一次解冻。之后的解冻显得越发困难,首先是找到具体冻结的公安机关变难。2021年4月15日,记者在冻结援助中心听工作人员给商户解释称,近来冻结账户的公安机关要求银行不能提供具体的办案机关和联系方式,只提供冻结地公安局(如长沙市公安局)。这使得被冻结商户联系到具体办案机关需耗费更多的时间和精力。

联系到具体办案机关后,还会要求被冻卡商户带着相关证明材料亲自到办案机关说明情况并做笔录。上述吴先生曾先后前往浙江台州和山东寿光提交材料并做笔录,但银行卡并没有解冻,反而付出了机票、住宿等额外成本。有些商户的银行卡被偏远省份的公安机关冻结,则要远赴上千公里前往处理,而且无法确定是否能一次解决。此外,自从商户赵振华前往异地提交证明材料被当地公安拘留,最后被判处拘役4个月。这让很多商户不敢再贸然前往异地。

不少商户表示,现在光靠提交证明材料很难解冻。这一点郭东深有体会。他那张被江西景德镇警方冻结的银行卡,在他提交了证明材料的情况下被续冻。2021年3月他电话询问,警方说案子已结,他以为解冻有望。4月初,景德镇警方两位民警到义乌找他,在义乌市公安局刑侦大队,两位民警向郭东表示,只有他私下将5万元涉案金额退回公安才能解冻。

郭东不解,既然案子已结,为什么还让自己退钱。经过一番沟通，郭东说退钱可以，让警方给他写个收据，但警方拒绝了，郭东也没有退钱。他觉得，这种退钱方式是不合理的。

义乌公安的致信中也提到，"对于一些过度执法、选择性执法，义乌公安将不予支持，并将认为具有过错的情形，上报相关部门，由主办方承担相应执法活动的责任。"

这不是个例，吴先生告诉记者，目前解冻的人大多是"退了赃的"。冻友微信群中，也有人频繁分享自己"被迫退赃"和缴纳"保证金"后，银行卡得以解冻的经历。吴先生分析称，这种方法并不科学，如果"里面有真正的诈骗犯也去退钱了，是不是就洗白了？"

为了跟冻卡"赛跑"，有些商家在货款刚到时就赶紧提现再存入安全账户后转给工厂。但这一做法并没有解决实际问题，反而导致了更严重的后果。商户黄静用这种方式转存了几次货款，之后异地公安直接找过来，怀疑她转移涉案资金，从她家中扣走等额的现金。这在冻友微信群引起不小的轰动，之后大家又不敢在到账后立马提现。

还有段时间，有人称信用卡不会冻结且冻结难度大，商户间又掀起一股办信用卡的热潮。商户姚波就是信了这话，把部分货款转到了自己的信用卡上。但最后信用卡也被冻结，而且是双向冻结，"不进不出，导致我无法还款而逾期。"发现信用卡也照冻不误后，商户们又纷纷停用信用卡，因为信用卡冻结后风险更大，可能会影响征信。

因为冻卡的影响，不少商户停了很多国家的生意。在冻卡的恐慌中，商户们有钱不敢收、有货不敢发，导致交易量下降，生意冷清。卢强告诉记者，跟前一年疫情期间比起来自己的生意减少了一半，现有的也多是一些欠款生意。

卢强说，义乌的外贸市场是一个买方市场，所以商户在支付方式上不具备主动选择权。而且因为外商多是一些小个体户，外汇短缺的现实也决定了，完全采用外汇结算很难实现。"我们希望国家能给一个官方、合法的结算渠道"，卢强说，如果没有这样一个渠道，然后又堵死以往的渠道，他们这些商户就陷入了一个死局。

吴先生说，"我们是完全赞成断卡行动的，也非常同情受害者，但希望不要人为制造出另外一个受害者！"

个人破产第一人，还完债了

记者　施晶晶

历时两年，梁文锦终于体会到"无债一身轻"的实感。

2023年6月20日是个工作日，梁文锦请了半天假，去深圳市中级人民法院领取一份特殊的裁定书。

这份案号01的法律文书裁定，过去21个月里，梁文锦清偿了67万元的债务本金，他的个人破产重整计划执行完毕，法院最终裁定免除他未清偿的债务。

裁定从6月16日起生效，这意味着他在法律意义上获得了"经济重生"，且比原计划提前了15个月。

这不是传统的"欠债还钱，天经地义"的故事，而是"个人破产制度"在实践探索中的一个完整落地的现实案例。

2021年5月11日，《深圳个人破产条例》试点施行两个月之后，梁文锦的个人破产申请获得法院受理，受理案号01，梁文锦由此成为第一个以自然人身份（相对于企业法人身份）进入个人破产程序的债务人。

也是从这一天起，个人破产制度开始真正为和梁文锦一样"诚实而不幸"的债务人撑起一个足以喘息的空间。

对梁文锦这个"85后"来说，"喘息空间"有更具体的意义。他不必遭受催债电话和短信的日夜搅扰，被起诉和强制执行，也不至于四处躲藏，在滚雪球的债务里被逼入绝境。相反，他得以专注工作，重新创造价值和财富以清偿债务，借此恢复个人信用，并前后减免近40万元的债务利息和罚金。

同样重要的是，个人破产制度不是偏袒债务人、无视债权人的利益，恰恰相反，它是让"借贷收还"回到一个有序且合理的法治轨道上来，并始终尊重债权人的合理权益。

经天律师事务所律师刘胜军、纪少燕是梁文锦个人破产案件的管理人。这一制度施行两年多来，他们接到不少咨询，却发现很多人对它误解颇深，上来就问申请了个人破产"是不是可以不用还了"。

纪少燕回复的第一句话常常是：你要调整观念，第一，不是不用还；第二，申请人要符合"诚实而不幸"的门槛要求。但仍然有人心存侥幸，抱着"试一试"的心态申请，其实并不符合条件；即便在符合条件的申请人里，之后主动退出的也不在少数。

在这个意义上，梁文锦个人破产案也就此向社会提供了一个完整且具体的参照样本，它向我们展现：当一个新制度面向社会公众，各方如何识别申请人是不是"诚实而不幸"，挡住虚假陈述、企图恶意逃避债务的老赖，防止投机取巧，甚至破产犯罪。

在更多典型案例中，我们发现，个人破产制度要体现的不只是温度和人道主义，更是拨乱反正，强调秩序和规范。而过程中，一条脉络贯穿始终：接受信用考验。

01 ｜ 诚实而不幸的债务人

梁文锦是个技术型的工程师。

多年打拼之后，2019年3月，他在深圳创办了一家科技公司，开发了一款有原创专利的蓝牙耳机，却没想到卖不出去。2020年，疫情来了，他又趁热打铁开发了一款额温枪，依然没能找到销路。

他不得不承认，自己虽有技术，却不懂市场销售，也没有足够的钱支撑产品生产，投入像"肉包子打狗，有去无回"，资金很快支撑不下去。

为了给员工发工资、给产品续命，他不得不在几张信用卡、多个网络借贷平台上拆东墙补西墙，就此欠下75万元的债务。

创业失败的第二个月，凭着一身技术，梁文锦找到了工作，做回了打工人。工资待遇不错，他也努力还债，但75万元的债务窟窿一齐向他步步紧逼，压得他喘不过气。

催收的电话一个接一个，多的时候一天就是七八个，他不敢在工位上接，只能跑到楼道里去听。一家五口、祖孙三代挤在城中村的一处两居室里。

转机出现在2021年3月1日，《深圳经济特区个人破产条例》（下称"条例"）施行，条例明确：在深圳经济特区居住，且参加深圳社会保险连续满三年的自然人，因生产经营、生活消费导致丧失清偿债务能力或者资产不足以清偿全部债务的，可以依照本条例进行破产清算、重整或者和解。

很快，梁文锦向深圳市中级人民法院提交了个人破产申请。

社会上负债累累的人很多，但并非所有申请人都能获得法院的受理。现实中，不少人忽略了一个重要的前提：诚信而不幸。

事实上，从提交申请材料的那一刻起，针对梁文锦的诚信审查就开始了。一旦发现申请人有转移财产、恶意逃避债务、损害他人信誉的不正当目的，或是作虚假陈述、提供虚假证据，法院都将不予受理，或驳回申请。

梁文锦通过了法院的第一次考验。经过听证调查，5月11日，法院裁定受理梁文锦的个人破产重整申请，并指定破产管理人。刘胜军、纪少燕就是从这个时候介入案件，以破产管理人的身份开始履职。

在个人破产案件里，破产管理人（以下简称管理人）的作用不可替代，他们的一项重要职责，就是对债务人做全面细致的诚信审查和核实，它涉及财产、负债、个人经历、家庭关系等，甚至细致到退税、200元的补贴。

"我们在实际操作过程中，重点关注两方面：资产和债务，看过程中有没有需要关注的特殊事项，比如是不是通过离婚把所有财产转移给伴侣，债务留给自己，过往有没有赌博行为，银行账户流水有没有异常往来，有没有欺瞒？"刘胜军对南风窗解释，他们由此审查梁文锦是否确实丧失清偿债务的能力或资产不足以清偿全部债务。

梁文锦通过了第二次考验。

当时他负债75万元，仅有约7万元存款、不到5千元的住房公积金，并持有两个公司的股权、两项专利、三个商标，没有房产和车辆，资产不足以清偿全部债务。他的婚姻状况稳固，在进入破产程序之前，他就已经找到工作，税后固定工资月收入约2.2万元，大多用于还债。

通俗地说，梁文锦符合个人破产制度对债务人"诚实而不幸"的要求。

截至2023年7月，在深圳市个人破产信息公开平台上，发布的112份受理申请，对应着119名"诚实而不幸"的债务人。

从他们的经历中，我们可以瞥见社会生存中种种不可抗力的风险。

比如，有人是因为替他人担保而承担连带清偿责任，导致自己的房子被法拍，申请破产前的11年里，其每月的退休金也被划扣，最多只有2200元基本生活费。

有大龄单亲妈妈开了教培机构，却因为场地的出租方公司破产倒闭以致创业失败，又遭遇"双减"政策；成了代课老师后，又碰上疫情期间无法上课，为退还预收的补习费、支付员工工资，她前前后后背上了480万元的债务。

除了担保牵连、创业失败，更有疫情风险、裁员失业、遭遇诈骗、罹患重病、个人投资失败、为家庭负债所累等不幸遭遇。他们当中有网约车司机、公司文员、年轻的创业者、个体工商户，是家中顶梁柱，是孝顺的儿女……

对这119名债台高筑的普通人，个人破产申请获得受理是一个重要的转折点，意味着，从那一天起，债务停止计息，他们得以先松一口气，而这也是债务纠纷回归秩序的开始。

02 | 直面债务，对话债权人

如果没有进入个人破产程序，梁文锦的债务或许会是一笔糊涂账，债权人也都面目模糊。谁催得紧、催得狠，他就继续拆借，垫上一笔来应急，但债务仍是一片混乱，债权人也吃力不讨好。

进入个人破产程序之后，债务人最重要的一件事就是直面债务、对话债权人。而管理人作为第三方，在二者中间架起沟通的桥梁，通知债权人申报，并对债权具体数额做审查，根据债务人的实际还债能力拟定重整计划。

光审查债权这一项工作，就需要管理人花费很多力气。

纪少燕告诉南风窗，梁文锦的债权人里，包含多家银行的信用卡中心，债权数额涉及利息和逾期产生的滞纳金，各种名目复杂混乱，"有时连（银行信用卡）代理人也不知道怎么算"。

梁文锦还在多个互联网借贷平台上借了钱。审查债权时，纪少燕以快递书面文件的方式通知他们申报债权，结果发现，他们也只是中介平台，根本不是债权人，背后的实际贷款人是银行或小额贷款公司，他们又得辗转联系实际的债权人来申报。

过程中，纪少燕也发现，部分债权人不在深圳，对方也向她提出疑问：深圳经济特区的个人破产条例，适用于我这里吗？不知道怎么参与到程序里来，怎么行使权利，怎么计算偿债利息。

虽然没有前例可循，但他们最终顺利审查确认了15家债权人，也明确了每家的债权数额，梁文锦的债务这才清晰明了。

债权人申报债权很重要。进入程序之后，不合法行为就会受到约束，它建立起秩序，双方有了正常沟通对话、化解纠纷的渠道。"个人破产制度不是保护某一方，它是双向的。"纪少燕表示。

重整计划的焦点，是梁文锦最大程度地能够偿还多少钱，债权人同意免除多少债务。

管理人提供了两个数据模拟测算，也就是"破产清算"和"破产重整"两个不同程序选择中，梁文锦的清偿率高低。

刘胜军告诉南风窗，当时他们做了测算，在"清算"程序下，梁文锦的偿还率是33.34%，这就是债权人能够收回的资金总额。若在"重整"程序下，债务偿还的比例是88.73%，免除的只是法院受理破产之前的利息和滞纳金。相比之下，"重整"程序下的方案显然对债权人更有利。

对梁文锦来说，尽管他当时的资产不足以清偿全部债务，但他没有丧失偿还能力，重新找到工作后，他的固定工资收入超过2万元——是否有"未来可预期的收入"是判断适用"清算"还是"重整"的关键。

"在有未来预期的收入的情况下，约定期限，尽可能地去还债，这是诚信的体现，也是对债权人利益的保护……要防止债务人明明有履行能力却躺平，最大限度地平衡两者的关系。"刘胜军说。

有了一个公平合理的方案，2021年6月22日，第一次债权人会议上，债权人一次性表决通过了梁文锦的重整计划。根据重整计划：债务人梁文锦100%清偿债权本金，按月偿还债务，债权人按本金比例公平受偿，需在3年内执行完毕。

2021年7月16日，法院裁定，批准梁文锦的破产重整计划。之后，每个月15日，就是梁文锦的还款日，他需要固定偿还2.2万元，几乎是他月固定工资的全部，他之所以能偿还这么多，离不开妻子的帮助。

重整计划约定，妻子的收入归入豁免财产，用于家庭最低生活保障，除非客观意外，每月一家五口的总支出不得超过7700元，而梁文锦的工资收入全部用于还债，夫妻共同承担起清偿债务的责任。

对梁文锦来说，这也是对信任和勇气的双重考验。

纪少燕记得，开债权人会议那天，梁文锦要面对债权人的现场发问：你的钱都到哪里去了，你怎么会欠那么多钱？

但也正是因为直面债权人，梁文锦才有机会让他们知道自己的不幸遭遇，让他们看见一个活生生且负责任的人，而不只是"欠钱不还又见不着"的冰冷债务人。他有机会用真实的陈述和凭证来证明自己的信用，用积极的行动争取债权人的信任，寻求东山再起的空间。

"如果他没办法正常地面对这些债权人，像躲猫猫一样，那其实才是在逃债，逼着他逃了，人失去了信心的时候，他就会躺平，陷入无能为力的恶循环。"刘胜军说。

03 | 让渡出来的生存空间

从法院批准重整计划那一天起，催债电话就停止了。

梁文锦不再需要频繁去楼道里接电话，他可以专心工作卖力赚钱，按重整计划清偿债务，恢复自己的经济信用。

如果没有申请破产保护，梁文锦的债务会越滚越大，他只能独自面对所有的债权人，却无法整体性地化解它，更别说东山再起了。

这个不过37岁的青年，是一个家庭的经济支柱，他掌握技术，应当且能够继续创造价值，一个良性的社会理应给他重新开始的机会。

个人破产制度，的的确确为他撑起了一个喘息的空间。

这个空间是这样形成的：在制度框架内，债权人更加理性和克制，让渡合理的空间和时间；债务人则需要配合审查，让渡合理且必要的个人信息、财务信息；与此同时，法院、破产管理署的公信力，破产管理人的专业履职能力，社会公众的舆论监督，共同介入其中，将这起债务纠纷置于多重监管视野之中。

从"化解债务纠纷"的视角来看，梁文锦的破产重整达到了一个理想的状态：他提前清偿债务，实现了经济重生，得以重新创造价值；债权人也不需要再花成本催债，不需要额外诉讼，可以定期收钱，且所有债权人按债权比例公平受偿，不分先后。

和梁文锦稍有不同的是，个人破产制度为呼羽和张院生撑起来的，是需求更紧迫的生存空间。

呼羽就是前文提到的那个公司因外力因素破产、打击教培、疫情期间无法代课、欠下480万元、年龄接近50岁的单亲妈妈，她也是第一个以"清算"程序宣告个人破产的债务人。

呼羽个人破产案件的管理人、华商律师事务所高级合伙人胡隽告诉南风窗，清算程序对申请人的要求和限制最为严格，法院受理也更为谨慎。

呼羽之所以能以"清算"程序获得法院批准，源于她符合"诚实且不幸"债务人标准，且未来可预期收入不确定。

个人破产清算允许她在免责考察期届满后，只要没有违反法律规定的情形，法院可以依法裁定免除未清偿的债务，约92万元。值得注意的是，在申请个人破产之前，她已经卖掉了唯一的住房，260万元卖房款全部用于偿还债务。

"如果无法通过个人破产清算解决未偿还负债，最终的结果也是每个债权人去起诉她，也只会徒增诉累，而结果也是无法清偿到期债务。债务人已经尽到了足够的努力去还债，在其无力偿还的情况下，也要包容其失败，赋予债务人重新开始的机会。"胡隽说。

对第一个以"和解"程序免除未清偿债务、年龄最大的申请者张院生来说，个人破产制度在20年后，为这个78岁的老人，换来了相对宽松的生存空间。

我们在前文也提到了他，他因在24年前替他人担保，不幸负债。不仅房子被法拍，退休金也在过去11年里大部分用于偿债，每月只能留下2200元作为基本生活费用，实难为这个老人提供保障。

法院受理了他的个人破产申请。该案破产管理人、锦天城律师事务所律师包嘉多告诉南风窗，据他们核算，过去十多年里，张院生已基本偿还了债务本金，剩下的其实是部分利息和罚息。

后经管理人协商，债权银行同意和解，在债务人张院生支付

5.2万元款项后，免除剩余未清偿债务。包嘉多对南风窗估算，免除金额约92万元。

该案的法院裁定已于2021年10月生效，在那之后，张院生终于领到了完整的退休金。

你也许已经发现，免除未清偿债务绝非申请个人破产通过之后就一劳永逸，它始终需要债务人履行义务，尽力偿还大部分债务，而非许多人误以为的"不用还了"。

执行重整计划的21个月里，每个月，梁文锦除了定期还款，还要在"I深圳"APP上，细致地申报收入、支出和债务清偿明细，上传票据凭证，大到工资收入、房租交通费用，小到退税收入、水电燃气费，而非一个笼统的数字。刚开始，梁文锦要花上两三个小时才能申报完成。

同时，月支出总额超过7700元，视为异常，需要合理解释；收入比上个月少了超过500元以上，或是明显增加了，都需要向管理人说明；离开居住地回家过年，也需要向破产管理署登记备案。

执行期间，梁文锦仍然继续接受诚信审查，也是对前期财务、债务陈述的真实性核查，以避免个人破产申请被法院驳回的后果。

严格监管之下，他享有的仍是相对的自由。

起初有一回，梁文锦15号晚上才申报，不巧赶上申报系统异常，他险些错过时间，纪少燕大晚上联系破产管理署协调，才赶在次日零点前完成了申报和偿还。

对呼羽也一样，3年的考察期里，她也要做同样的申报，清算程序对她的限制要更多，截至采访时她仍在考察期。

"个人破产是一个从'失去权利'到'恢复权利'的过程。在恢复权利的前置程序中，要经过很长一段时间的被限制权利的过程，每一笔收入和支出都得是透明的，才能判断是否诚信。你不能在已经负债的情况下继续举债，高消费……如果我们认为你在考察期间的行为违反了相关法律规定，或者有所隐瞒，或者怠于履行考察期的职责，管理人、破产管理署可以给出'不通过'的意见，"胡隽说，"后果就是不免债，债务要继续想办法偿还"。

也是在这些细致的申报里，纪少燕感受到梁文锦一点点"活过来"。

他涨了两次工资。2022年底，他提出想要一次性多偿还些债务，或提高每月还款额度，加快清偿的速度。

2023年4月14日，梁文锦一口气还了23万元，重整计划提前15个月执行完毕。刘胜军还记得梁文锦说，还完之后，兜里就剩500块了。不过新一笔工资很快就会到账。

当年5月，他租下更大的房子，租金翻了一倍。上了初中，一儿一女早就想有自己的房间了，一家5口终于不用挤在一起，彼此都有了更大的空间。

6月20日，领取裁定书这天，纪少燕在法院见到了梁文锦，此时的他和两年前大不一样。

2021年，他看起来很不自信，说话有些胆怯，人也瘦了。这回再见到他，纪少燕发现，梁文锦胖了。

04 ｜ 从一小步，到一大步

申请个人破产，是梁文锦为解困迈出的一小步，因为他恪守信用，积极补救，得以在化解债务纠纷上前进一大步。

随着梁文锦个人破产案件的终结，深圳的个人破产制度在法制层面的试点实践，也迈出了极具示范意义的一步。

我们可以从公开数据里管窥实践探索的步伐。

截至2023年7月6日，破产事务管理署完成了147批次、对1801人的申请前辅导。深圳中院共收到个人破产申请1635件，已立案审查411件，裁定受理破产申请117件。

递减的数字背后，和公众对"个破制度"的认识偏差有关，也可见先行的实践探索，步伐仍然谨慎。

尽管解决债务纠纷是现实需求，咨询电话也不少，但4位管理人都发现，从负债成因以及尽力还债的意愿来看，很多人不符合受理标准。

"你现在还没有办法证明自己丧失了偿还债务的能力，这个时候就不想还了，我们肯定不会允许这种事情发生。"胡隽说。

纪少燕也注意到，有不少申请人是抱着试一试的心态去的："（误以为）万一受理了，扣掉我的豁免财产，剩下的钱交给法院去还就可以了，这真的是很大的误解，怎么可能这么简单。"

"个人破产程序执行完毕，受益的不是法院、不是管理人，是债务人自己，它一定是债务人自己的事，程序要完整地走下去，绝对离不开债务人自身的努力。"纪少燕说，可现实中，不乏申请人因受不了程序限制、磨不开面子，自动退出。

据纪少燕的观察，目前法院受理的个人破产案件中，生活消费类的破产案件较少，更多的是受理包含生产经营的个人破产案件。

在同样因生产经营而负债的群体里，包嘉多接到了不少来自企业主的咨询。他们的企业已宣告破产，但因为他们对企业提供了连带责任保证，企业主个人和家庭仍背负着巨额债务，同样有化解的需要、东山再起的空间。

"尤其里面也有一些是受制于客观的宏观环境导致企业破产的情形，也没有任何证据证明是他们个人转移了公司的财产或者侵害了公司的利益"，但现阶段那些企业主想要获得个人破产受理仍有难度。

从当前来看，刘胜军认为，与个人破产制度相关的配套制度也需要进一步探索。

最典型的是，尽管梁文锦的破产重整计划已执行完毕，免除剩余未清偿债务的裁定书也已送达，但他的征信还没有完全恢复，未来金融机构和社会大众如何看待"个人破产"的记录和"执行完毕"的信用恢复行动，也还没有达成共识。

李曙光是中国政法大学教授、破产法与企业重组研究中心主任，20多年来，他致力于研究破产制度的立法设计与完善，参与了我国破产法的起草和修订。

李曙光屡屡关切的一个现象是，社会上有很多污名化破产的声音，把"破产"视为不吉利的东西，却没有真正深刻地认识到它跟市场经济体制的关联作用。

"很多人不了解，破产法是市场经济的衍生物，是市场经济最深刻的游戏规则。"李曙光说，而市场经济有三大铁律：价高者得、公平竞争、优胜劣汰，它的内核是信用。

"对于竞争失败的一些市场主体，它的信用就没有了，没有信用，它就很难在市场经济里面生存。如何让丧失了信用的企业、个人能够退出市场，那就要建立一个规则。这个规则就是破产法。"

采访中，李曙光不断强调，破产法是市场经济"最重要的、基础性制度"，没有它，资源难以得到有效配置，社会难以良性运转。

在这个意义上，个人破产制度，既是通过债务来让个人为投资创业的失败承担责任，让债权人审视自己的风控意识，也是帮助诚实而不幸的债务人，争取生存的空间。

截至2023年7月29日，中国执行信息公开网公布的全国失信被执行人数达到832万，而2014年，制度开始实行5个月后，这一数字是8.7万人。

这一庞大的群体，都离不开经济社会活动，当中有小型商户、小微企业，也不乏创业失败的知名企业家。

一家公司宣告破产，意味着它在法律上已经"死亡"，会被注销，退出市场；但身为自然人的个体，他的生命仍然鲜活，永远有生存和追求美好生活的需要。

"人都可能经历创业失败和负债。但他这个人还是活着的，如果不通过一个制度化解债务，疏通生存渠道，永远背负着债务的时候，他的经济活动只能受限，家庭会受到影响，老人的赡养、子女的教育也会因此受影响，下一代的就业也会受波及，长远来看，社会负担会越来越重，社会治理成本会很大。"刘胜军说。

个人破产制度由此被寄予期待，它要化解债务纠纷、构筑起减少失信的防线，赋予更多"诚实而不幸"的负债家庭以生机，继续创造价值和财富，要成为社会和谐稳定的基石。

解铃还须系铃人。穿过债务纠纷的表象，我们会发现，它的核心是维护信用。即便在个人破产的框架里，债权人、债务人、管理人的三方沟通也始终围绕"建立信任"打转。

因为我们越来越清晰地意识到，一个人在社会上生存，唯有诚信才是通行证。

（文中呼羽为化名）